KB148117

Blissful

블리스풀 마인드

Mind

삶을 레벨 업 시키는 지혜

100세 인생 시대의 이니시어티브, '참 행복' '참 성공'

Blissful

블리스풀 마인드

Mind

삶을 레벨 업 시키는 지혜

우리는 어떻게, 무엇을 위해 살아야 하는가?

이인권 지음

돌설 더 로드
The Road Books

국가의 녹색화, 국민의 유열화
Greening the nation, Edifying the people

"국가 공동체가 선진화 되려면 체계, 제도, 정책으로만 이루어질 수 없다. 또 국가가 국민 개개인의 욕구를 모두 충족시킬 수도 없다. 그런 여건에서 추구하는 '행복'은 공상에 머물 뿐이다.

국민들이 즐겁고 기쁜 '유열감'(愉悅感)을 향유하려면 '생각의 대전환' 아니 '의식의 혁명'이 있어야 한다. 우리 모두가 의식을 바꾸어야 사회문화체계가 선진화 될 수 있다. 선진사회는 국민정신과 의식의 '녹색화'(Greening) 필요성을 각성했다. 대한민국은 바로 이러한 가치 실현을 위해 온전한 노력이 요구되고 있다.

모두가 서로서로를 존중하여 가치 있는 삶을 세우는 문화(Meme)를 정립하여야 한다. 이를 위해서는 '소셜 트랜스포메이션'(Social Transformation)이 중요하다. 국민 모두가 긍정의 기운으로 충만하려면 '나'부터 바뀌어야 한다. 그런 인식의 전환이 있어야 이상적인 미래를 열어나갈 수 있을 것이다."

감사의 메시지
Acknowledgements

언제나 인생의 여정에서 지혜와 축복을 주시는
하나님께 모든 영광을 드립니다.
늘 든든하게 함께해 주는 가족의 온유한 사랑에
언제나 감사한 마음을 나눕니다.
참다운 성공과 행복의 가치를 존중하는 분들께도
승리의 삶을 누리시길 기원합니다.

The beginnings will seem to be humble

So prosperous your future will be.

우리는 어떻게, 무엇을 위해 살아야 하는가?

성공과 행복, 인간이라면 누구나 갈구하는 최고의 가치다. 하지만 지금 기준의 성공과 행복은 허울에 불과하다. 이것을 위해 우리는 모든 것을 희생하며 쟁취도 해봤지만 만족감을 누리지는 못했다.

그래서 여전히 느끼는 부족감과 결핍감을 충족시키기 위해 또다시 치열하게 달음박질친다. 물질의 풍요를 달성했지만 끝없는 출세욕은 우리를 무한 경쟁의 덫으로 몰아넣고 있다.

그러다 보니 우리의 행복지수는 하위권에서 벗어나지를 못한다. 겉으로는 최고의 삶을 사는 것처럼 보이지만 안으로는 늘 부족감으로 허덕인다. 충족되지 않은 욕망을 쳐다보며 항상 위기의식 속에 짓눌려 있다.

이 책은 과거의 성공, 행복의 패턴에서 탈피해야 한다는 것을 강조하려고 썼다. 지금의 시대 가치가 된 '지속가능한'(sustainable) 성공과 행복, 곧 '참성공', '참행복'이라는 새로운 개념을 제시하려 했다. 무엇보다 먼저 우리는 과거의 의식구조로부터 환골탈태해야 한다. 그렇지 않으면 진정한 행복과의 격차는 더 벌어지게 될 것이다.

우선 과거나 현재나 똑같은 하루 24시간인데 우리가 충분치 않다고 느끼는 환경을 개선해야 한다. 세상을 살면서 시간이 풍족하다는 인식부터 가져야 한다. 마음과 생각의 여유다.

시간 부족은 우리가 스스로에게 던져준 압박감에서 비롯된다. 매 순간 바쁘게 일하지 않으면 경쟁에서 뒤처진다는 강박관념이다. 이 비생산적인 바쁨의 굴레를 벗어나는 것이 중요하다.

일 중독, 바쁨 중독, 욕심 중독의 울타리에 갇혀있는 한 시간의 쫓김은 당연하다. 제일 먼저 FOMO(Fear Of Missing Out), 곧 소셜미디어 속박과 기술 중독에서 해방돼야 한다.

내 일도 바쁜 세상에 다른 사람들의 일에까지 연연할 필요가 없다. 스마트폰에서 손을 떼고 진정한 쉼의 기회를 가져야 한다. 스티브 잡스는 "제한되어 있는 당신의 시간을 다른 사람이 사는 삶에 낭비하지 마라."고 충고했다.

•--------•

세상은 강물처럼 쉼 없이 흐른다. 넓디넓은 바다도 조류가 있지만 사람들은 느끼지 못한다. 그런가 하면 작은 시냇물은 가뭄이 들면 흐름을 멈출 수도 있다. 그러나 강물은 강우량에 따라 수량의 차이는 있겠지만 결코 마르지는 않는다.

세상이 이어지며 그 속에 살아가는 우리 인생도 강물처럼 마냥 흐른다. '흐름'에는 세월이 멈춰지지 않는 크로노스적 시간의 의미가 있다. 이 시간은 인간이 제어할 수 없는 영원불변한 절대성이 있다.

반면, 우리가 마음먹기에 따라 관리할 수 있는 다변적인 카이로스의 시간도 있다. 이 시간만큼은 상대적으로 사람이 이 세상을 사는 동안에만 누릴 수 있다. 이 카이로스적 시간을 유한한 생명체인 우리가 각자 의미와 가치를 부여하며 꾸려간다.

이 두 가지 의미의 시간을 아울러 우리는 '세월이 빠르다.' 또 '인생은 짧다.'고 말한다. 분명한 것은 갈수록 시간이 초가속으로 질주한다는 것이다. 그러니 하고 싶은 일은 많은데 시간은 부족해, 현대사회를 사는 우리는 '시간 기근'(Time Famine)에 내몰린다.

현대인들은 시간에 쫓겨 마음은 조급하고 긴장감과 스트레스만 쌓이게 된다. 이런 이유는 사회가 복잡해질수록 더 많은 것을 탐하며, 더 많은 보상과 성공을 노리기 때문이다.

점점 더 증가하는 욕구는 더 많은 결실을 갈망하게 돼, 보상체계에 한층 얽매이게 만든다. 그 속에서 제한된 시간으로 삶의 여유를 모른 채 현실과 욕구 사이에서 갈등 감정만 깊어진다. 시간은 빈곤한데 너무 바쁘다 보니 결국 삶의 성취도가 떨어지게 되는 것이다.

·········

이렇듯 삶의 성취감이 부족한 문제는 전적으로 우리 자신에게 있다. 이것을 우리는 진정으로 깨달아야 한다. 복잡다단한 디지털 첨단 시대에서 우리는 덩달아 복잡하게 살아가게 돼 있다.

그러지 않으면 세상을 따라잡을 수 없다. 그렇다고 세태를 쫓아가야 하기에 어쩔 수 없이 복잡한 삶을 행복하지 않게 살아간다 하자. 이것은 현명한 일이 아니다. 이는 내게 주어진 금과 같은 인생을 헛되이 사는 것이다.

이제 선택권은 우리에게 있다. 시간에 쫓기며 숨 돌릴 여유도 없는 압박감 속에서 행복감을 찾겠다는 것은 '나무에 올라 물고기를 구하는 것'(緣木求魚)이나 다름없다.

세상에서 가장 바쁜 사람 중의 한 사람이었던 스티브 잡스는 시간을 가장 아낀 사람으로 유명하다. 그는 자기 시간을 최대로 가지며 그 특유의 명상을 통해 여유를 누렸다. 그런가 하면 빌 게이츠는 매일 밤 설거지를 하면서 생각을 다듬으며 머리를 비웠다.

이렇듯이 바쁜 사람들은 오히려 시간을 가장 소중한 자원으로 생각했다. 곧 그들은 자신들의 인생에서 제일 좋아한 것은 돈이 들지 않는 시간이었다. 그 값진 시간을 바로 자신들을 위해 활용한 것이다.

흔히 말하듯 덧없이 화살처럼 날아가는 시간이 모여 우리의 인생이 된다. 그 삶의 여정을 과거와는 다르게 생각하며 행동하자.

참다운 온고이지신(溫故而知新)을 하자는 것이다. 과거에 익힌 것을 그대로 답습하려고 하지 말자. 그것을 알되, 과거를 토대로 지금 시대에 부합한 새로운 패러다임을 내재화해야 한다.

이 책은 내 자신이 평소 갖고 있는 생각과 믿음과 함께 평생 실천에 옮기면서 터득한 것을 기술한 것이다. 또한 그동안 이 같은 인식을 담은 저작과 언론매체 기고도 활발히 해왔다.

이런 바탕에서 이번에 그동안의 내 자신의 사유와 체험을 종합적으로 엮어 낸 것이다. 이 책이 독자들과 공감대를 형성해 참성공과 참행복의 가치가 널리 전파되기를 기원한다.

이 같은 자전적 인문 자기계발 체험을 담은 저술의 취지를 공감하셔서 흔연히 출판을 허락해 주신 프로방스 출판그룹(도서출판 더로드)의 조현수 회장님께 존경의 마음을 담아 감사를 드린다.

또한 이 책이 출간되기까지 정성을 다해 주신 편집장님과 스태프님들의 열정과 전문적 기량, 그리고 작가를 선대해 주시는 프로방스의 마음자세에 깊은 인상을 받았음을 기록하고자 한다.

저자 이 인 권

✦

Be Blissful!
'희열이 넘치는 인생을 이루십시요!'

✦

'희열'은 '참행복', '지복'(至福), '천복', 곧 '지속가능한 행복'을 의미합니다. 'Be Blissful'은 지금까지 우리가 추구해온 물질주의적 행복의 패턴에서 벗어난 미래 삶 가치의 패러다임입니다.

이를 위해서는 역시 지금까지 우리가 추구해온 출세 강박의 사회통념에서 벗어나 '성공지향 가치관'으로의 전환이 필요합니다. 성공과 출세는 전혀 다른 개념임을 인식하는 것이 중요합니다.

'아름다운 인생'을 가꾸려면 삶에 만족해야 합니다. 이러한 가치를 실현한 경험을 바탕으로 지혜와 통찰력을 공유함으로써 '지속가능한 ESG적 행복'을 전파하기 위해 저술을 합니다.

contents

제 1 장
우주의 주인공은 바로 나

제 2 장
행복은 수수께끼와 같은 것

우주의 주인공은
바로 '나'

1

'80억분의 1'의 '나'라는 존재성
우주의 신비 인간이 풀어낼 수 있을까

'오늘도 하루가 시작된다.'

그 오늘은 내가 '인생'이라는 퍼즐을 맞춰가는 더없이 소중한 삶의 한 조각이다. 이렇게 누구나 각자 환경에서 부닥치는 다양한 삶의 테두리 안에서 생활을 꾸려간다.

그 생활을 영위하는 80억 명의 각기 다른 사람들이 지구상에서 복닥대며 살아간다. 그중에 '나'라는 하나의 개체도 당당하게 세상에 맞서 생명을 이어간다.

어떻게 보면 80억분의 1이란 내 존재는 모래알만도 못하다. 아니 그보다도 못한 나라는 존재감은 어쩌면 상징성을 띨 뿐이다. 그런데도 사람들은 주어진 삶의 테두리 안에서 자신을 중심으로 생각하며 행동한다. 한 번쯤이라도 자신을 객관적으로 바라보는 건 쉽지 않다.

우주, 아니 지구촌 가운데 나는 더 좁혀 우리나라 인구 5160만 명 중의 한 구성원이기도 하다. 그렇게 '나'라는 정체성을 가지고 있지만, 객관적인 입장에서 보면 미미한 한 개별 존재로 비칠 뿐이다.

이 광활한 우주 가운데 인간의 존재나 오묘한 자연 속의 개인의 실존은 보잘 것 없는 아주 깨알 같을 수밖에 없다. 그런 우리가 아무리 많은 것을 알고 누리고 한들 한치 앞을 내다 볼 수 없다.

그렇다면 우리가 아웅다웅 복닥대며 살아가는 지구촌, 아니 우주 가운데 지구는 어떤 존재일까? 1990년 2월 보이저 1호가 우주에서 찍은 사진을 보면 지구는 좁쌀만 한 하나의 푸른 점에 지나지 않는다.

이 사진은 우주 천문학자 칼 세이건이 보이저 1호가 태양계의 마지막 행성인 해왕성을 지날 때 지구를 촬영토록 한 것이다. 해왕성은 태양계의 8번째 행성으로 가스 행성 중 가장 먼 거리에 위치한 신비로운 행성이다. 지구에서는 약 49억km 떨어져 있기 때문에 관측하기 어려운 행성이다.

그는 이 사진을 '아름다운 푸른 별'이라고 이름 붙였다. 그 후 그는 영감을 받아 《창백한 푸른 점》을 저술해 우주에 대한 놀라운 깨달음과 신비함을 전해주었다. 그는 책에서 이렇게 쓰고 있다.

"저 점을 다시 보라. 저 점이 여기(지구)다. 저 점이 우리의 고향이다. 저 점이 바로 우리다. 우리 인류라는 종(種)의 역사에 등장했던 사람들이 저 햇살에 떠돌고 있는 티끌 위에서 살았다.

우리가 우주에서 대단히 특권적인 위치에 있다는 망상과 우리의 상상 속에서만 존재하는 자만심과 가식은 이젠 이 '창백한 점' 하나 때문에 그 정당성을 의심받을 수밖에 없다.

지구 행성은 거대하게 둘러싼 우주의 어둠 속에 외롭게 떠 있는 작은 반점에 불과하다. 아주 작은 지구를 우주에서 찍은 이 사진보다 인간의 자만심이 얼마나 어리석은지 잘 보여줄 수 있는 것은 이 세상 어디에도 없을 것이다."

이 우주의 시각에서 보면 한 점 같은 지구별에서 인간은 영특한 생명체로 천년만년 살 것처럼 자만심과 탐심을 갖고 살아간다. 인간은 불가능한 것을 마치 가능한 일처럼 여기고 살아가는 어리숙한 존재이기도 하다.

마하트마 간디는 '지구는 모든 사람의 필요를 충족시키기에 충분하지만 모든 사람의 탐욕을 충족시키지 않는다.'고 했다. 우주 천체는 한 치의 오차나 실수도 없이 완벽하다.

그렇지만 이 작은 지구상의 인간은 그렇지 못하다. 누구나 결점을 갖고 있지만 '나'라는 존재는 위대하면서도 보잘것없다는 양면성을 띤다. 하나 분명한 것은 우주는 영원한 데 인간은 제한된 시간을 가지고 있다는 사실이다.

그런 가운데 우리는 과거, 현재, 미래를 일궈나간다. 우주 밤하늘, 영롱한 별빛의 낭만을 즐기며 그 수많은 별들 중의 하나인 지구의 주인공으로 살아간다.

그러면서도 한편으로 사람은 고독 속에 서서 여러 은하계로 가득 찬 무한한 세계에서 자신의 존재를 생각하기도 한다. 그럴 때면 내면의 평온함과 자연과의 황홀한 평화 상태를 깨닫기도 한다.

•‒‒‒‒‒‒‒‒•

좀 크게 시야를 넓혀보자. 가장 지능적이고 분별력 있는 인간이 사는 곳이 지구다. 그 지구라는 행성은 우리가 현재의식으로 체감할 수 있다. 그렇지만 우주는 단지 밤하늘을 쳐다보며 무수한 전체가 있다는 것만 알 따름이다.

우주에서 태양계의 가장 안쪽에 있는 지구의 위성인 달만 우리에게는 가장 낭만적인 장소로 꼽힌다. 그래서 맑은 날 밤에 보름달을 올려다보는 것만큼 경외심을 불러일으키는 것은 없다. 그래서 수 세기 동안 작가와 시인들은 달이 주는 고요한 느낌에서 영감을 받았다.

하지만 우리가 쉽게 말하는 수억 개의 별들로 가득 찬 우주는 영원한 미지의 세계다. 당연히 우리에게 떠올려지는 상상, 아니 공상의 대상일 뿐이다. 이 땅 지구처럼 발을 디뎌보지도 못했다. 전 세계적으로 매년 수천 개의 UFO(미확인 비행물체)가 목격되는 혹설만 난무한다.

인간은 자신들이 걷고 있는 소중한 지구 이 땅도 제대로 보존하지 못하고 있다. 그러면서 우주 어딘가에 생명체가 있을까를 무모하게 찾아 나선다.

알버트 아인슈타인은 '무한한 것이 두 가지 있다.'고 했다. 바로 우주와 인간의 어리석음이다. 그러면서 '나는 우주에 대해 확신하지 못한다.'고 갈파했다.

과연 우주의 신비를 인간이 풀어낼 수 있을까? 인간이 정말로 알아야 할 것은 우주 자체가 아니다. 우리가 생각하는 것보다 우주는 더 복잡하다는 것이다. 인간의 무한 도전에 호락호락 응해주지도 않을 것이다.

우주라는 대상은 인간의 지식으로는 알 수 없을 만큼 광대하고 심오하다. 거기에는 인간의 인지력을 초월하는 불가능한 일들로 가득 차 있다. 그걸 파헤치는 게 가능할 것으로 여기는 인간이 아인슈타인의 말처럼 어리석을 뿐이다.

•·········•

과학자들은 이 우주의 기원을 각자 연구를 바탕으로 주장 했다. 그중 대체적으로 받아들이는 게 '빅뱅이론'(big bang theory)이다. 이에 따르면 우주는 약 137억 년 전에 한 점에서 폭발적으로 팽창하면서 형성됐다고 한다.

말이 137억 년이지 무량억겁이란 말로 표현해도 모자란다. 그냥 영원불멸의 시간이다. 그 무한대 시간에 걸쳐진 이론을 벨기에 천문학자인 조지 르메르트가 최초로 제시했다.

이 이론은 지구는 하나의 점에서 대폭발을 통한 팽창을 거듭해 현재 모습이 됐다는 것이다. 점 하나였던 초기의 우주가 매우 높은 온도에서 폭발을 일으켰다. 이때 모든 물질과 에너지와 시공간의 개념이 생겨났다고 설명한다.

　우리 보통사람은 과학자가 하는 말이니 논박할 수가 없다. 사람 생각의 경계를 뛰어넘는 주장이기에 난해하기 그지없다. 아니, 어떻게 보면 황당무계하게 들리기까지 한다. 하지만 여기에선 과학적 실증을 따지자는 게 아니다.

　단지, 우주 공간에서 티끌만 한 지구라는 이 땅에 살면서 우주를 한번 가볍게 사색해 보는 의미다. 사색이나 사유를 한다는 것도 인생을 값지게 사는 길이다. 인간이 이 세상에서 유한한 삶을 살면서 그저 세속적인 쾌락과 만족만을 추구하며 산다는 것, 그 얼마나 무미건조하겠는가.

　수천 년 전 아리스토텔레스는 삶의 궁극적 가치에 대해 말했다. 그저 하루하루 생존해 나가는 데 급급하지 말고 의식을 갖고 사색하는 힘을 기르는 것이 중요하다고 했다.

　어쨌든 우리는 지구가 우주의 중심체 같은 양 여기며 인간이 그 주체처럼 당당히 살아가고 있다. 과연 UFO의 실체는 무엇일까 하는 끝없는 호기심만 품은 채로 말이다.

　그저 하늘을 올려다보며 우주의 존재를 생각해 보고, 상상의 자극물로 즐길 뿐이다. 그 본연의 심리에는 인간의 자기중심의 이기주의적 사고(egotism)와 탐욕이 자리를 잡고 있다.

내가 사는 '심연 우주공간' 비밀
지구의 주인처럼 사는 인간의 값어치는?

우주는 아주 크고, 광대하고, 복잡해 말로 다 표현할 수 없이 기묘하다. 그리고 때때로, 아주 드물게 불가능한 일들이 일어난다. 우리는 그것을 기적이라고 부르며 또 그것이 이론이 된다.

인간이 우주를 이해해야 할 의무는 없지만 권리는 있다. 그렇지만 우주는 아마 인간이 생각하는 것보다 훨씬 더 복잡미묘할 것이다. 그래서 지적 생명체인 인간은 우주를 이해하려고 노력하고, 무엇이 우주를 존재하게 만드는지 궁금해하고 호기심을 갖는다. 오감을 갖춘 인간은 우주를 탐험하는 모험을 과학이라고 부른다.

그 가운데 우주는 시작도 끝도 없이 한결같은 모습을 보이면서 안정된 상태를 유지한다는 설도 있다. 20세기 중반까지 뉴턴과 아인슈타인 등 많은 과학자들이 그렇게 생각했다.

어떤 경우든 과학자들의 주장이며 논리일 따름이다. 한마디로 추정일 뿐이다. 아직도 그런 이론들의 의문점에 누구도 명확한 답을 제시하지 못한다. 그게 또한 과학이기도 하다.

단지 빅뱅이든, 다른 어떤 이론이든 각각 이를 확증하려는 연구만이 지속되고 있다. 137억 년 전 우주 생성의 비밀을 그 누가 확증할 수 있을까.

어쩌면 우주의 신비는 영원한 비밀로 남을 것이다. 그저 끝없는 인간의 과학적 호기심의 발로로 다양한 가설만 난무할 뿐이다. 우주에 관한 한 모든 사건은 지구촌 세상의 특급뉴스가 된다.

얼마 전 미국 뉴저지 한 가정집에 운석으로 추정되는 금속 물체가 떨어져 화제가 됐다. 매년 수천 개의 운석이 지구로 낙하한다고 한다. 그중 대부분은 대기권을 통과하며 타서 없어진다. 아니면 바다로 떨어진다.

그 가운데 온전한 운석이 건물에 떨어지는 경우는 전 세계적으로 1년에 약 6번 정도다. 한 천문학자는 이 운석이 "40억~50억 년 된 태양계만큼이나 오래 됐을 수 있다."고 말했다. 기껏 100년을 내다보며 사는 인간이란 존재가 몇십억, 몇백억의 시간을 운위하는 것 자체가 신기하다.

◆ - - - - - - - - ◆

어쨌든 상상의 우주 속 별똥별이란 유성체가 타다 남은 암석의 작은 덩어리도 인간에게는 돈벌이다. 평범한 운석의 가격은 1g당 5~6달러라 하는데, 가격은 천차만별이다.

작은 운성도 수십억 가치가 될 수도 있다고 한다. 오죽했으면 '우주 로또'라는 말이 나왔겠는가. 운석이 돌인지, 금속인지도 헷갈린다. 모든 걸 돈의 기준으로 생각하는 인간의 속성을 보여준다.

미국 항공우주국(NASA)의 국제우주정거장(ISS)이 상업용도로 개방된다. 이 우주정거장 왕복 비용은 참가비만 5천800만 달러(약 688억 원)다. 여기에 숙박비 1인당 1박 3만5,000천 달러(약 4천150만 원)와 부대사용료가 모두 부과된다.

우주여행이라 비용의 단위는 지구상에서의 기준을 초과한다. 사실 우주정거장이라 해봐야 전체 우주의 척도로 보면 지근거리에 있다. 결국 우주 탄생의 수수께끼를 풀 수 없는 지점이 있다. 이에 이르면 가장 명확한 귀결점이 있다. 바로 우주는 태초에 '창조의 섭리'(Providence)로 만들어졌다는 것이다.

과학적 주장이 분분하고 실증이 없는 가운데 나는 그것을 믿게 됐다. 무엇이든 사람의 두뇌로 밝혀낼 수 없는 한계가 있다. 이것은 인간이 우주 생성이란 큰 틀 속에 부속된 한낱 피조물이기에 그렇다.

'무'에서 '유'를 창조한 절대적인 진리는 과학적 증거를 초월하는 초(超) 고차원이다. 피조물로서 이 땅에 존재하는 인간의 지식과 지혜로는 범접할 수 없다. 그것은 신묘막측한 영원의 세계이기 때문이다.

＊--------＊

빅뱅이론과 쌍벽을 이루는 우주 생성론에 '정상우주론'이란 것도 있다. 우주는 항상 현재와 같은 모양을 유지해 나가며, 팽창으로 밀도가 작아지면 이를 보충해야 한다. 그때 우주 공간에서 새로운 물질이 생성된다는 것이다. 그 이론을 '연속창조'(continuous creation) 우주론이라 일컬었다.

이렇게 빅뱅 우주론과 연속창조 우주론의 당위성을 두고도 논쟁은 이어진다. 그러나 그 어느 것도 인간 탐구 능력의 한계를 보일 수밖에 없다. 후자를 주창하는 과학자들이 상대 우주 이론가들을 조롱해 '빅뱅'(크게 한 방 '꽝')이라는 명칭을 붙였다.

그렇다면 '연속창조'라는 개념에서도 불합리한 점을 꼬집을 수 있다. 창조라는 말 자체는 '새로운 것을 처음 만들어 낸다'는 의미를 지닌다. 그렇다면 반복해 일어나는 일이나 현상을 창조라고 하는 것 자체가 어폐이자 모순이다.

우주의 본질은 분명하다. 성경의 말씀대로 천지는 창조됐을 뿐이다. 우리가 사는 지구 대기권 밖의 '행성 간 우주공간'(outer space)은 미혹의 세계다. 그런데 하물며 태양계를 벗어난 불가지(不可知)의 '심연 우주공간'(deep space)을 인간이 어떻게 규정할 수 있단 말인가.

◆ ⋯⋯⋯ ◆

우주공간을 탐험하기 위해 주요 국가들은 치열한 경쟁을 펼친다. 우주선을 쏘아 올리는 것을 국력의 상징으로 여기면서다. 미국 NASA는 우주에서 글을 쓸 수 있는 특수 볼펜을 발명했다. 여기에 투입된 예산만도 수백만 달러에 이른다.

앞으로 인간은 미래 심연 우주로의 여행까지 도전할 참이다. 그에 앞서 행성 간 우주공간 탐사에 모든 걸 쏟아붓고 있다. 그러면서도 여전히 찾아내지 못한 미지의 세계가 드러나고는 한다.

2015년, 과학자들은 NASA의 뉴 호라이즌스 우주선이 최종 탐사한 명왕성이 마지막 행성인 줄 알았다. 하지만 수천 개의 다른 행성이 더 존재한다는 사실이 밝혀졌다.

이제는 소행성을 조사하는데 하이브리드 인간-로봇도 활용된다. 미래 심우주로 나아가기 위한 새로운 기술 능력을 시험하기 위해서란다. 또 국제 우주 정거장에선 지구와 화성 사이에 행성 간 인터넷 프로젝트도 진행 중이다.

우리가 접하는 풀 한 포기, 물 한 방울이 지구에선 특별하지 않다. 그러나 우주 공간에서는 상상할 수도 없는 기적이다. 우리에게는 하찮은 풀잎 하나도 우주 공간에서는 값으로 환산할 수 없다. 그런데 이 소중한 지구를 내가 만든 것처럼 살아가는 인간의 값어치는 얼마나 될까.

3

우주보다도 더 값진 나의 정체성

인간은 우주 만물 가운데 선택받은 존재

심연 우주공간에는 태양, 행성, 위성, 혜성, 소행성, 항성 등…
수를 헤아릴 수 없는 자연 천체들이 있다. 태양계 내 행성 간 공간
에는 인공천체도 끼어 있지만. 그것들은 우주에 도전하며 인간이
쏘아올린 위성과 행성들이다.

그 우주가 우리에게는 그저 낭만으로 비친다. 도시를 떠나 시골
에 가서 구름 한 점 없는 밤하늘의 별들을 보면 수를 셀 수 없다.
밤하늘을 올려다보는 것만으로도 우리는 무한대의 세계를 바라보
는 것이다.

그 별들까지의 거리는 이해할 수도 없고, 그것을 생각하는 것조
차 무의미하다. 그저 도회지의 밤하늘에 휘황찬란한 네온에 묻힌
별들을 쳐다보기만 하면 된다.

별은 우리 눈에 닿는 빛(photon) 뿐만 아니라 밤하늘에서 별을 감상할 때마다 주는 영감에 의해 다양한 방식으로 우리의 삶을 비춘다. 그래서 많은 사람들이 별에서 영감을 받아 별에 관한 책, 시, 연극 및 음악을 만들었다.

우리가 보는 밤하늘 시계(視界)에 들어오는 별들은 대략 6천여 개 정도가 된다고 한다. 그 별들과의 거리는 100광년쯤이란다. 그 별들만 보고도 인간은 아름답고 멋지다며 감탄한다. 그래서 〈별 헤는 밤〉과 같은 서정 깊은 시의 소재가 되기도 했다.

시인 윤동주는 〈별 헤는 밤〉에서 이렇게 읊었다.

"나는 아무 걱정도 없이 가을 속의 별들을 다 헤일 듯하다.
가슴속에 하나 둘 새겨지는 별을 이제 다 못 헤는 것은 쉬이
아침이 오는 까닭이오, 내일 밤이 남은 까닭이요,
아직 나의 청춘이 다하지 않은 까닭이다."

이 가을밤을 노래한 시처럼 인간의 시적인 감성으로는 별을 다 헤일 수도 있다. 그것은 인간만이 누리는 특권이다. 하지만 그 특권의 이면에서는 인간의 원초적인 한계성을 깨닫기도 한다. 밝게 빛나는 한 점 같은 별을 보면서 우리는 그보다 턱없이 작고 보잘 것 없음을 느낀다.

우리는 잠깐 여기에 있다가 다음 순간에 가 버리는 존재, 우주의 삶에서 보면 재채기에 불과할 뿐이다.

그럴진대 그 밤하늘 별들의 숫자를 누가 감히 단정할 수 있을까. 통상 그 수는 바닷가, 강변, 사막의 모래알보다도 수천 배는 된다고 하니… 그만큼 헤아릴 수조차도 없는 밤하늘의 별이 몇 개가 되는지를 따지는 건 무의미하다. 아마 초첨단의 과학기술을 동원하더라도 파악할 수 없을 것이다. 반박이 불가한 이론으로는 가능하겠지만 말이다.

단지 그 별 수에 견주면 인간 개체의 존재라는 게 초(超)미물에 불과하다는 것은 자명하다. 우주의 그 많은 천체 중에 생물체가 사는 유일한 곳이 태양계에 속한 지구다. 그 속에서 인류 공동체의 한 구성원으로서 내가 존재한다. 이제 시각을 거시적에서 미시적으로 옮겨 보자.

어떻게 보면 '나'라는 실체는 우주를 통틀어 가장 소중한 것인지도 모른다. 심지어 우주와도 바꿀 수 없는 생명체인 내가 있다. 그런 나를 우주보다 더 값지다고 하면 역설일 수도 있다.

따져보면 내가 존재할 때에야 세상도, 막연한 우주도 의미를 갖는다. 내가 살아가기에 가까이는 세상을 꾸려가는 것이다. 또 저 멀게는 삼라만상을 헤아려 볼 수도 있다. 그런 면에서 나는 '의미주의자'인지도 모른다.

인간은 원초적으로 약고 영리한 영혼을 지닌 '고등동물'(靈物)이다. 그러면서 우주도 정복할 수 있다고 생각하는 뛰어난 재능과 불굴의 도전심을 갖고 있는 '걸출한 존재'(英物)이다.

◆ ‑ ‑ ‑ ‑ ‑ ‑ ‑ ‑ ◆

우주 만물 가운데 인간이 선택받은 존재로 살아가는 것은 특전이다. 모든 개개인은 '위대함'을 가지고 태어났다. 그렇기에 우리는 행복한 삶을 영위할 수 있는 권한이 있다.

단지 그 행복에 이르는 수단과 방법이 어떤 것인가에 있을 뿐이다. 인간은 아주 작은 존재이지만, 매우 크고 위대한 일을 해낼 수 있는 잠재력이 있다. 심지어 우주에 대해서도 끝없이 도전하고 있지 않는가.

그런 우리가 개별적으로 행복을 추구하는 것은 당연한 일이다. 그런데 그 행복을 외적인 조건에서 찾으려 한다. 진정한 행복은 내 안에 있다는 것을 깨닫지 못한다.

내 심연에서 솟아나는 생수 같은 만족감이 참행복이란 것을 느끼지 못한다. 그래서 바깥세상에서 만족과 기쁨, 그리고 평안이란 행복을 쫓는다. 거기에 시간과 노력과, 나아가 모든 것을 쏟아붓는다.

그러나 물질과 환경적 요소의 충족으로 세속의 행복을 거머쥐고 나면 공허함과 함께 또 다른 욕망이 꿈틀댄다. 행복은 모든 사람에게 들어맞는 크기의 표준규격이 없기 때문이다.

그렇기에 권세, 재물, 지위 등 외부에서 취할 수 있는 것으로 행복의 기준을 삼는다. 그래서 참행복은 내가 가진 것에 만족하고, 내 자신을 받아들이는 것에 있다는 진리를 놓치고 있다.

4

무한한 세상도 나로부터 시작이다
모든 건 우주 섭리의 명확한 원칙이 지배

내게 우주는 때때로 사유의 기회를 던져준다. 모든 것에 호기심이 많은 나에게는 우주공간은 쉽게 상상의 즐길 거리가 돼 준다. 우리가 밤하늘에 보는 저 별이 수백광년 떨어져 있다고 치자. 그러면 그 별 빛이 우리 눈에 도달할 때까지는 그 만큼의 시간이 걸린다.

1광년은 빛이 1년간 앞으로 나아가는 거리다. 빛이 1초간 나아가는 거리는 지구를 7바퀴 반을 도는 약 30만km 정도다. 그래서 단 1광년의 거리만도 9조 5000억km다.

어쩌면 오늘 바라본 그 천체는 지금의 모습이 아니라 이미 존재하지 않을 수도 있다. 별을 올려다 볼 때마다 우리가 세상에 존재하기 이전의 과거의 빛을 들여다보고 있는 것이다. 얼마나 우주의 천체가 신비로운가. 그렇다면 그 수많은 별들은 어떻게 형성되었을까?

그래서 그 기원을 이해하기 위해 파헤쳐 보기도 했다. 그러나 명쾌한 해답은 세상 어디에서도 찾지 못했다. 그러다 보니 과학이 답변하지 못하는 우주의 생성을 창조주의 역사(役事)로 믿게 된 것이다. 믿음은 믿는 순간부터 마음의 평안을 준다. 그전에는 지적인 호기심이 나를 부질없는 생각의 늪으로 끌어들였다.

'우주 속의 나라는 존재는?'이라는 생각에 몰입되면 정신이 산란해진다. 또 내 실체에 대한 의구심만 증폭됐다. 내가 세상을 살면서 인생관, 세계관을 탐구하는 철학자가 될 것도 아니면서 말이다.

그저 아주 평범한 사람에 불과한 내가 우주에 대해 사변적이어야 할 필요가 없다. 그저 우주도, 나도 창조주의 섭리 가운데 존재하게 됐다는 그 단순한 진리를 받아들이면 됐다. 그래서 마음이 편하고, 창조주를 믿고 그 축복에 감사하니 얼마나 단순한가.

세상의 무엇과도 바꿀 수 없는 만족이요, 희락일 뿐이다. 이렇게 세상을 달리 보면, 관점을 바꾸면, 아니 회심(回心·regeneration)하면 마음의 심연이 깊어지고 넓어진다.

◆········◆

그런데 인간의 아집과 교만은 통제가 어렵다. 모든 상황과 사물을 자신이 건사하고 주재하려 한다. 또 세상살이의 해법을 찾아 나서도록 한다. 그러면서 알량한 자존심과 세상적 지식과 지혜를 전적으로 의지한다.

그러면서 일상이 힘겹다, 생활이 벅차다며 투덜대고 짜증을 낸다. 그러니 힘겨운 삶을 꾸려가게 된다. 그것은 스스로 인생의 '정답'을 찾으려고 하는 어리석음에서 비롯된다. 인간이 찾아나서는 정답이란 이 세상에 없다. 단지 다양한 해법이 있을 따름이다.

해법은 100명이면 100명의 각기 다른 사람들이 자기 방식대로 찾는 돌파구다. 그것이 때로는 신기루 같은 것일 수 있다. 아니면 엉뚱한 길로 이끄는 유혹이 될 수도 있다.

인생은 오르락내리락하는 롤러코스터와 같다. 또 삶은 지그재그로 이어지는 힘겨운 여행길이다. 그 안에서 찾으려고 하는 해법은 복잡하고 상대적이다. 하지만 창조주의 섭리 속에 담긴 정답은 '심플'(simple)하다. 그것은 믿고 따르기만 하면 되는 상주불멸의 절대적 가치다.

천지 창조주의 섭리는 곧 우주적 섭리이기도 하다. 그것은 인간의 생사고락도 주관한다. 일반 사람들은 그것을 우리가 알지 못하는 '거대한 힘'이라 일컫는다.

◆ㆍㆍㆍㆍㆍㆍㆍㆍㆍ◆

그 섭리는 놀라울 정도로 복잡해 인간의 힘으로는 꿰뚫어 볼 수가 없다. 세상을 살면서 우리는 실패도 한다. 그렇지만 겉으로 드러난 그 실패가 지나고 보면 종종 축복이 된다. 우리가 진정 '선한 것'을 추구하면 우주의 섭리는 유익한 것으로 화답한다. 그것은 우리가 세상적으로 생각하는 긍정의 힘이라는 차원을 능가한다.

미국의 시인이자 철학가였던 랄프 왈도 에머슨이 '인간이 일단 결정을 하면 우주가 합력하여 최종 결정을 내린다.'고 했다. 그가 말한 것은 바로 우주적 섭리를 의미한다.

세상에서 일어나는 일에 '우연', '행운', '요행'이란 없다. 모든 것은 우주 섭리의 명확한 원칙에 따라 지배된다. 결코 무작위로 행해지는 것은 없다. 일단 내가 이 세상에 존재하게끔 된 것부터 창조주의 세밀한 계획이다. 그래서 이 세상에 새 생명이 태어나는 것을 '축복 사건'(blessed event)이라 일컫는다.

생물학적으로 보면 인간이란 생명체는 부모의 5억 마리 정자 중 하나가 난자와 접합돼 잉태된다. 그렇게 해서 로또복권 1등 당첨보다 낮은 확률로 인간의 고귀한 생명이 탄생되는 것이다. 이렇게 무에서 유로 선택된 것은 창조주로부터 그저 얻은 놀라운 축복이다.

◆ ‥‥‥‥ ◆

내가 이 세상에 태어날 때 내 노력이나 수고가 들어간 건 하나도 없다. 부모라는 매개체를 통해 이 세상에서 해야 할 역할을 갖고 태어났을 뿐이다. 그래서 모든 인간은 존귀하며 평등하다. 지구촌을 살아가는 80억 명의 인구 개체가 각자 다 다른 것도 창조주의 섭리다.

그렇기에 나는 이 세상의 유일한 존재다. 나야말로 창조주가 고고한 자태로 빚어 완성시킨 생명의 걸작품이다. 모든 학문과 철학, 사상과 종교가 '인간이란 무엇인가'에 대한 답을 찾았다.

그렇지만 각각의 분야에서 다양한 연구 결과를 내놓는데, 명징한 것은 없다. 이는 전지전능한 창조주의 지혜(divine wisdom)와 권능은 인간의 그 어떤 지식의 범주도 초월하기 때문이다.

만약 현대과학에서 원숭이가 진화해 사람이 되었다고 치자. 그러면 어떻게 80억 명 인구의 각기 다른 인종, 지역, 언어 등으로 구별되는 것을 설명할 것인가.

또 '진화'라는 개념을 태초에만 적용시키고 현재는 '더 나은 상태로 변화'하지 않는 것인지? 지금 원숭이와 사람이 동시대에 존재하는 것은 어떻게 설명할 건지?

어쨌든 사람의 지문 하나만으로도 개별적인 신분이 구분된다. 그 정도로 유일무이하니, 나라는 존재는 그 얼마나 위대한가. 한 영혼 한 영혼이 창조주의 '달작'(達作·뛰어난 작품)이다.

• ⋯⋯⋯ •

이런 인간들이 공동체를 이루어 살아가는 '세상'은 무엇일까. 사전적으로는 세 가지의 뜻을 담고 있다. 우선, '생명체가 살고 있는 지구'라는 큰 의미를 갖는다. 또 '사람들이 생활하고 있는 사회'를 지칭한다. 그런가 하면 '마음대로 활동할 수 있는 곳'을 일컫기도 한다.

그리고 보면 인간이 살아가는 과정을 함축적으로 요약하면 '세상살이'다. 그것을 달리 표현하면 바로 '인생'이다. 그 인생의 주인공은 그 누구도 아닌 바로 '나'다. 그래서 나는 나를 아끼고, 배려하고, 사랑해야 한다. 세상 모든 건 나로부터 시작되기 때문이다.

우리가 세상을 살면서 착각하는 것이 있다. 자기 자신을 사랑하라면 자기의 실속만 챙기는 이기주의자로 치부해 버린다. 그것은 세상의 기준일 뿐이다. 창조주의 가치는 바로 '자기 자신부터 지키라'는 것이다.

당신이 자신을 세상에서 가장 아름답고 멋진 사람이 되게 하려면 공들여 스스로를 가꿔야 한다. 그런 노력 없이 타인이 자기를 빛과 무지개로 보아주기를 기대하는 것이야말로 욕심의 극치다.

당신이 자신에게 정성을 쏟았는데 그만큼 다른 사람이 알아주지 않는다면 신경 쓸 필요가 없다. 언젠가는 당신의 가치가 알게 모르게 드러나게 되어 있다. 사필귀정이라는 말도 있지 않는가.

우리는 이것을 알아야 한다. 내가 나 자신을 사랑하는 만큼이 다른 사람을 사랑할 수 있는 분량이라는 것을. 이를 실천하는 것이 참행복이라는 것을 깨달아야 한다.

5

이 '세상'은 어디로 향해서 가나
자연 상태에서 인간의 평등은 최고 가치

나 자신도, 다른 사람도 모두 동등하게 고귀하다. 이 책을 읽는 독자 여러분도 더없이 존귀한 존재로 사랑받아야 한다. 1776년 토마스 제퍼슨이 미국의 〈독립 선언문〉을 썼다. 여기에는 인간에 대한 평등정신이 담겨 있다.

"우리는 모든 사람이 평등하게 창조되었으며, 창조주로부터 양도할 수 없는 특정한 권리를 부여받았다. 이러한 진리를 자명하다고 생각한다. 그중에는 생명, 자유, 행복 추구가 있다."

앞서 중세기 사제 존 볼은 '태초부터 모든 사람은 본성적으로 똑같이 창조됐다.'고 선언했다. 그러나 이러한 신성하고 본질적인 가치는 변질되기 시작했다. 국가와 사회라는 인위적인 조직체계가 형성되면서부터.

평등은 인간 사회에서 상위계층부터 솔선해서 지켜야 할 가치다. 평등은 자유의 영혼이며, 그것 없이는 자유가 없기 때문이다. 이는 나라를 다스리는 정치인, 기업을 운영하는 경영자, 사회를 이끄는 책임자들의 몫이다.

영향력을 가진 그들이 이 가치를 말이 아닌, 행동으로 보여주어야 한다. 사회적 평등과 공정은 인간의 행복을 보장하는 데 가장 기초적인 조건이 된다.

모든 고객과 직원은 평등과 공정을 추구하는 기업과 거래하고 일하기를 원한다. 또한 비즈니스 전문가의 80%는 기업이 이윤을 넘어 사회에 평등과 같이 긍정적인 영향을 미칠 책임이 있다고 말한다.

사람은 가정, 직장, 사회 등 어느 환경에서든 서로의 위나 아래에 있지 않고 곁에 나란히 있는 것을 받아들이는 자세가 중요하다. 아리스토텔레스는 '평등은 비슷한 사람을 똑같이 대우하는 것이다.'라고 했다.

•‑‑‑‑‑‑‑‑•

이뿐만 아니다. 세계경제포럼(WEF) 보고서는 남녀 간 대우의 불평등을 짚어내고 있다. 지금 추세로 여성과 남성의 급여가 평등해지려면 170년이 걸린다. 평등과 공정의 문제는 개인적인 삶을 뛰어넘어 인류 공동체의 관심사다.

미국에는 세계에서 가장 큰 첨단기술 회사 중 하나인 세일즈포스(Salesforce Inc.)사가 있다. 고객 관계 관리(CRM) 소프트웨어와 애플리케이션을 공급하는 회사다. 이 회사의 토니 프로페트 CEO(Chief Equality Officer·최고평등책임자)는 이렇게 말한다.

"모든 형태의 불평등은 모든 기업이 자신의 이익과 더 나은 세상을 만들기 위해 해결해야 할 문제다. 기업들은 새로운 제품과 시장을 창출하는 데 투입된 동일한 에너지로 평등 격차를 줄이는 데 집중해야 한다."

이처럼 인간은 평등이 자연 상태에서 최고 가치라고 여긴다. 하지만 권력이 개입되면 '평등·공정'은 외치는 만큼 빛을 발하지 못한다. 지켜지지 않는 이상적인 가치이기에 더욱 부각시키는 것인지도 모른다.

◆ ⋯⋯⋯ ◆

사회 지도자들이 '리더십'을 부르짖는 것도 마찬가지다. 참다운 리더십도 그만큼 실천하는 것이 어렵다. 사람의 심리 기제는 자신에게 부족한 것을 오히려 내세우는 경향이 있다.

지금 세상의 모든 문제는 생명, 자유, 행복 추구라는 가치와의 충돌에서 비롯된다. 미국 독립선언서가 명시하듯, 이들 가치는 창조주로부터 부여받았다. 그런데 세태가 이 절대적인 가치를 거역하고 있다. 이와 함께 창조주의 형상인 '사랑·겸양·감사'도 세상에선 찾기 쉽지 않다.

생명 존중과 자유 의지, 그리고 행복 추구.

이 더없이 높은 가치를 모두가 세상살이의 기준으로 삼아야 한다. 물론 정치, 경제, 사회, 문화, 교육 등 모든 분야에서도 그 가치를 강조한다.

그러나 결국에는 세상적 이념, 정파, 사욕에 따라 그 가치가 재단된다. 특히 우리 사회는 본연의 가치가 아닌, 변질된 방향으로 치열하게 경쟁한다. 나라의 중심이 돼야 할 정치는 개인·집단 이익을 다투며 이전투구를 벌인다. 때로 민의의 전당은 아수라장판이 되기도 한다. 분명 우리는 자유, 평등, 정의 등 기본 원칙이 도전받는 세상을 살고 있다. 이런 사회 바탕에서 살아가려니 마음의 평화가 있을 리 없다. 글로벌 기준으로 하위권의 행복지수가 이를 말해준다.

•⸺⸺•

평등이나 정의는 순리적으로 이뤄지지 않는 속성이 있다. 그런 가치가 옳다는 것은 누구나 인정한다. 하지만 실천으로 옮기는 건 쉽지 않다. 반면, 선진사회는 이런 가치가 사회적 규범이 돼 있다.

한국사회는 일정한 경제적 수준에는 도달했다. 그렇지만 사회적 의식이 충분히 개화된 단계에 이르지 못했다. 이유는 우리의 사회문화 체계가 근본적으로 수직성·위계성을 띠고 있기 때문이다.

평등이나 정의는 수평적인 사회 구도에서 실현 가능하다. 그렇기에 한국은 선진 가치관이 뿌리내리기 어려운 사회문화적 토양이다. 사회지도층부터 정신적 '대각성'이 필요한 시점이다.

아리스토텔레스는 이렇게 말했다.

'약자는 항상 정의와 평등을 갈망하지만, 강자는 어느 쪽에도 주의를 기울이지 않는다.'

따져보면 정의·평등을 거스르는 쪽은 오히려 기득권을 거머쥔 강자들이다. 그래서 정의와 평등 정신을 구현해야 하는 것은 지도자, 곧 리더다. 가정에서는 가장, 기업에서는 경영자이며, 국가에서는 정치가나 행정가들이다.

●·········●

한국사회 세태를 좀 더 가까이 들여다보자.

나와 너, 모두는 한 영혼도 허투루 창조되지 않았다. 그래서 각각의 정체성과 존재감으로 세상을 살아간다. 그런데 그 공동체가 본연의 궤도로부터 벗어나고 있다. 그리고 세상은 점점 더 엇박자의 임계점을 향해 치닫는다.

인간이 자랑하는 문화나 문명은 갈수록 과학과 기술이란 미명 아래 '탈 인간화'를 향해 질주하고 있다. 세상은 디지털·인공지능(AI)이 지배하는 제4차 산업혁명 시대로 접어들었다.

그러면서 그것이 인간의 생활을 윤택하게 하며 삶을 고양시킬 것이라 고 유도한다. 그게 과연 세상이 부각시키는 이점만을 선사해 줄까.

과학자 중 대표적 인물인 알버트 아인슈타인의 일갈은 시사하는 바가 크다.

"오늘날 인간의 윤리적 행동이 끔찍할 정도로 악화되는 것은 우리 삶의 기계화와 탈 인간화에서 비롯된다. 이는 과학적·기술적 사고방식의 발전이 가져온 파국적인 부산물이다. 이 같은 죄악은 우리 자신에게 있다. 지금 인간은 그들이 살고 있는 지구라는 행성보다 더 빨리 냉각되어 가고 있다."

아인슈타인은 어쩌면 오늘날 우리가 직면한 세태를 내다본 예리한 선견력이 있었던 것 같다. 그는 그 당시의 사회적 기준을 가리켜서도 이런 지적을 했다. 그런데 지금 우리는 물질 풍요의 이면에서 피폐해져 가는 정신적 빈곤을 겪고 있다.

지금과 같이 초고도화 된 과학과 기술이 범람한 사회에서는 어떻겠는가. 사람의 심상들이 완악해 지며 갈수록 몰인정해지는 세태로 변해가는 것은 자연스런 현상이다.

이에 대한 우리 사회의 각성이 없는 한 다가올 미래에 우리가 추구하는 사회적 이상은 실현될 수 있을까? 선각자와 비전가들의 '미래 직관력'(outsight)을 간과해서는 안 된다.

◆ ········ ◆

지난번 카카오 먹통 사태가 온 국민의 일상을 멈추게 했다. 기계에 의존한 삶의 방식, 그것이 어떤 역작용이 있는지를 처음 체험했다.

끝없는 물질문명 질주의 종착지가 어떻게 될지엔 관심을 두지 않는다. 의료기술의 진보로 줄기세포가 대중화된다. 제약·바이오 산업이 고도화 된다. 그렇게 되면 세상은 어떻게 변할까.

아마 그렇게 되면 인간의 기대수명 100살은 의미가 없어질 것이다. 또 진공열차로 서울-부산 30분대 주파, 사람과 로봇·AI의 융합 등… 세상의 질서가 송두리째 바뀌게 될 미래가 상상이 안 된다. 갈수록 인간 활동의 디지털 예속화, 물질문명의 쾌락화, 인간감성의 황폐화, 사회비리의 고도화 등 혼탁 수준을 넘고 있다. 지금이야말로 과거, 현재, 미래를 아우르는 통시적 인사이트(통찰력)가 필요하다.

세상 이치, 아니 인류 역사는 발전과 퇴영, 다시 말해 영고성쇠의 기록이다. 언제까지 발전, 성장, 부흥을 부르짖으며 바벨탑을 쌓아가려는가. 압축으로 이룬 겉만의 성장, 이제 호흡을 가다듬으며 내적인 성숙을 챙겨야 할 때다.

미국의 작가이자 철학자였던 그레이스 리 보그는 인간 가치관의 변화를 끊임없이 주창해온 사회운동가다. 그도 세태를 꼬집었다.

"우리에게는 철저한 가치관의 대혁신이 필요하다. 너무 물질주의적이 되어 좋은 직업을 갖고 실컷 소비하는 것으로 탈인간화를 보상하는 것이라 여기는 것이 과연 인간답게 사는 것인지를 냉정히 생각해야 한다."

그러면서 그는 사회적 책임의식이나 소속감, 변화에 대한 사명감이 없이는 어떤 사회도 변화시킬 수 없다는 신념을 밝혔다.

아침은 '세상살이'의 출발점이다
하루는 인생이란 작품을 완성시키는 필수

"오늘 나에겐 무슨 일이 있을까? 좋은 일이 있을 거야"

세상살이는 내가 아침에 일어나는 순간부터 시작된다. 잠자리 침대를 박차고 일어나면서 아침은 내가 '나'라는 사실을 확인하는 시점이다. 그러면서 긴 밤의 어두운 터널에서 벗어나 새날의 광명을 접한다. 아침은 가장 정신이 집중되는 시간대로 하루 중 베스트 타임이다.

그래서 매일 매일의 아침은 내 인생의 새로운 출발점이다. 오늘 맞는 아침을 헛되게 보내면 며칠 동안이야 대수롭지 않을 수 있다. 하지만 최소한 몇 달이나 일 년이라도 지난 후 돌이켜보라. 그럼, '그때 했더라면' 하는 후회를 할 것이다.

무엇이든 의미 있는, 또 긍정적인 행동은 하지 않는 것보다 하는 것이 낫다. 하지 않고 나서 시간이 지나 후회한들 소용이 없다. 흔히 사람은 하지 않은 것을 후회하는 경우가 더 많다.

미국 스탠퍼드 대 터먼 교수가 연구를 했다. 영재 아동 720명이 47세가 되었을 때 인생에서 후회하는 일이 무엇인지 물어보았다. 그랬더니, 뒤돌아보니 하지 않았던 것을 가장 많이 후회했다.

우리도 그런 후회를 하지 말고 늦었더라도 당장 '오늘'을 소중히 여기자. 그리고 오늘부터 무엇이든 좋은 일을 모색하고 뜻있는 행동에 나서자. 남을 앞서가는 비결은 먼저 시작하는 것이다. 아침을 의미 있게 시작한 사람은 저녁 잠자리에 들 때 뿌듯한 만족감을 느낀다.

나는 저녁잠을 청하기에 앞서 항상 기도를 한다. 오늘 하루를 감사로 시작해 감사로 마무리할 수 있게 해주신 창조주께 감사드린다. 언젠가부터 이 습관은 내 하루 일과의 '밈'(Meme)이 됐다.

◦ ◦ ◦ ◦ ◦ ◦ ◦

그런데 많은 사람들은 하루를 자신에게 주어진 전체 인생의 한 쪼가리 정도로 여긴다. '오늘'은 옷감에서 잘라내 버려지는 헝겊 한 쪽이 아니다. 멋진 의복을 만드는 데 필요한 한 판의 조각과 같다.

어찌 보면 옷 재단의 경우처럼 삶에서도 하루라는 조각이 매우 중요하다. 그걸 잘 짜 맞춰야 '모자이크적 집합'이 돼 인생 무늬와 그림이 탄생된다. 그런데 우리는 그것을 잊고 살아간다.

하루하루는 인생이란 큰 예술작품을 완성시키는 데 필수다. 그런데도 서로 연관 없는 별개의 자투리로 여긴다. 하루라는 시간의 단위는 한번 흘러가면 다시는 돌이킬 수 없다.

시간은 앞으로 흘러가기에 내가 무엇을 할 것인지 결정할 수 있다. 올바른 일을 할 수도 있고, 그릇된 일로 허비할 수도 있다. 그렇지만 한번 지나간 시간은 아무리 용을 써도 되돌릴 수 없다.

오늘을 나의 걸작으로 만들어 보겠다는 마음가짐을 가져야 하는 이유다. 매일 매일의 반복되는 작은 노력들이 나의 성공의 바탕이 된다. 그것은 곧 나의 행복으로 이어지는 디딤돌이 되는 것이다.

◆ · · · · · · · · ◆

다시 강조하지만, 내 인생에서 오늘이야말로 최고의 순간이다. 어찌 보면 과거는 내 곁을 떠나 버린 추억의 향수 열차다. 그리고 미래는 가봐야 알 수 있는 신기루일 뿐이다.

지금, 오늘이 내게 주어진 보배와 같은 선물이다. 오늘 내가 하는 일은 내일의 씨앗이 된다. 그 단 하루 오늘이 쌓여서 수많은 내일들이 되며, 그게 인생의 멋진 조각품이 된다.

모자이크는 한 조각 한 조각을 제대로 맞춰야 완성된다. 하지만 단 한 조각이라도 올바로 끼워 넣지 않으면 전체 그림이 어그러진다. 세상살이에서 내가 누리는 하루라는 단위는 인생 전체의 밑그림이다. 그만큼 하루는 인생이란 모자이크를 완성시켜 가는 기본 단위다.

그 하루의 아침엔 늘 순도 높은 의식으로 깨어 있는 게 중요하다. 그것은 반복되는 일상의 아침 기상이지만, 내가 누리는 나날의 생활의 결을 다르게 한다. 곧 그것은 단 한 번밖에 없는 내 삶의 질을 결정한다. 지나간 날에 얽매진 오늘이 아니라 오늘은 어제와 구별된 새로운 날이라는 것을 각성해야 한다. 그런데 우리는 흔히 하루를 타성(mannerism)으로 맞는다. 요한 볼프강 괴테는 '매너리즘은 항상 갈급하며 일에 참다운 즐거움이 없다.'고 설파했다.

우리가 맞이하는 하루는 창조의 섭리대로 지구가 24시간에 한 바퀴씩 서쪽에서 동쪽으로 자전하면서 낮과 밤이 구분된다. 또 지구의 자전축이 공전축과 약 23.5도 기울어져 공전한다. 그에 따라 크게는 계절의 변화도 일어난다.

◆‑‑‑‑‑‑‑‑◆

우주의 법칙대로 맞는 아침에 자기만의 색깔을 입힌다는 건 그 하루를 의미 있게 시작하는 것이다. 그런데 대부분의 현대인들은 아침에 눈을 떠서 하루 일과를 생활의 관성력으로 이어간다.

이는 밍밍한 세상살이다. 그저 생존을 잇기 위한 방편으로 오늘이라는 하루를 떠밀려 메꿔가는 것밖에 안 된다. 아침은 에너지가 생성되고, 생산성이 향상되는 시간이다. 그래서 아침을 효과적으로 활용하는 사람은 하루를 알차고 보람있게 보내게 된다.

흔히 많은 사람들은 시간이 지난 다음에 "그때 '오늘' 했더라면 좋았을 텐데"라며 후회를 한다. 세상살이에서 남보다 앞서 나가는 비결은 오늘, 그것도 아침에 '내 뜻'을 펼칠 좌판을 까는 것이다. 내일을 빛나게 하려면 오늘의 아침부터 채비를 해야 한다.

누군가 말했다.

"성공은 감히 시도하는 사람에게만 온다."

오늘을 당신의 걸작으로 만들어 보라. 세상살이에서의 성공은 매 오늘 반복되는 작은 노력들의 결정체다.

7

좋은 '루틴'이 일생을 결정한다
내면의 90% 잠재의식을 풀가동하라

"따르릉, 따르릉……."

아침을 깨우는 자명종 알람시계 소리다. 아마 대다수 사람들은 이렇게 탁상시계나 스마트폰 알람을 맞춰서 아침 기상을 한다. 그럼, 잠자리에서 부스스 일어나 눈을 비비며 욕실로 향한다. 그렇게 하루 일과가 시작된다.

거울 속에 비친 자신의 모습은 푸시시하기만 하다. 그런 상태이니, 의식이나 영혼이 정갈스러울리가 없다. 바로 이게 하루를 시작하는 대부분 사람들의 본원적인 모습이다.

이럴 때 아직 깨끗하고 맑지 않은 의식과 영혼을 깨우는 자기만의 '루틴'을 만들어 본다. 아침 일과를 세면대 거울을 보며 시작하는 것을 최대로 활용하는 것이다. 새 아침, 내 의식의 엔진을 점화하는 것이다.

그럼, 거울과 맞닥트리는 순간에 무엇을 할까. 나는 아침에 거울을 보면서 '성공'이란 말을 수차례 내 자신에게 외치는 습관이 있다. 비단 아침뿐만 아니라 하루 중 거울을 볼 기회가 있으면 그렇게 한다. 심지어 지하철 화장실에 들러 거울을 보며 옷매무새를 가다듬을 때도 이 행동을 보인다. 습관인데 어쩔 건가.

•·········•

좋은 행동이 반드시 좋은 결실을 가져온다고 기대하는 것도 과욕이다. 그저 좋은 습관을 행동으로 지속해 보라. 그러면 자기도 모르게 인생의 과정에서 옳은 길로 인도됐음을 깨닫게 된다. 행복도 미리 만들어진 게 아닌, 나 자신의 행동에서 비롯된다.

그래서 행동하지 않으면 아무것도 이뤄지지 않는다. 특히 좋지 않은 습관의 행동은 인생을 갈팡질팡 꿰맞춰 가는 꼴이다. 일단 좋은 습관의 행동을 결심하면 우주의 기운이 내 인생의 길을 결정한다.

세상 사람들은 그것을 행운이고 복이고 운명이라 한다. 또 다양한 종교적 신념으로 풀이도 한다. 하지만 일반 종교의 차원을 넘어서는 절대적인 창조의 섭리에서 시현되는 것을 인간은 이해할 수가 없다. 어쨌든 성공이란 말에 세뇌된 나의 잠재의식은 나를 항상 내게 합당한 일, 환경, 관계의 조건으로 이끌어 줬다. 나는 그것을 개인 삶이나 가정생활, 그리고 사회활동을 통해 두루 체험했다. 그것은 세상의 기준으로 말하는 출세와는 분명 다르다.

하루를 시작하는 올바른 습관은 내게 주어진 환경에서 편안한 느낌과 만족감을 준다. 오늘, 현재, 지금을 즐기는 것이 참다운 지혜이며 진정한 행복이다. 어떻게 될지 모르는 내일을 염려하며 의지하는 것은 현명하지 않다.

우리에게 주어지는 모든 시간은 오늘의 반복일 뿐이다. 좋은 글에 이런 얘기도 있다. 오늘이 가면 내일이 온다기에 일찍 잠자리에 들었다. 그런데 아침에 눈을 떠보니 내일은 간 데 없고 오늘만 있다. 우리에게 위대한 일은 작더라도 바로 오늘 하는 일들이 모여 이루어진다.

•·········•

내가 의미하는 성공은 내 스스로를 돌보며 내 일을 좋아하게 해줬다. 또 내가 하는 일의 방식을 주위에서 좋아하도록 해준 것이다. 한마디로 언제나 내게 가장 적합하면서 실속과 보람 있는 일이 주어졌다.

돌이켜보니 지내온 내 인생 역정은 이런 작은 습관이 나비효과를 냈다. 그래서 늘 만족하고 감사한 일들로 점철된 것 같다. 그 모든 범사의 과정을 일일이 다 풀어놓을 수 없을 정도로 말이다.

나는 내 경험칙에 비춰 자신이 바라는 긍정적인 가치를 함축한 캐치프레이즈부터 설정해 보라 권장한다. 그러고는 매일 아침마다 거울 속 자신을 향해 외쳐보라. 그것은 당신이 맞이하는 매일매일의 하루를 걸작으로 만들어가는 지름길이다.

오늘이야말로 내 인생의 최고의 날이 될 수 있다는 것을 깨달으면 내일의 오늘도 역시 최고의 날로 내게 다가오는 법이다. 오늘은 주어진 하루를 내가 통제하며 빚어갈 수 있는 유일한 날이다.

내일은 지금 당장 내 힘이 미치지 않는 미지의 영역이다. 우리에게 어제는 역사이며 내일은 신비일 따름이다. 하지만 오늘은 창조주가 내게 준 가장 값진 선물임을 감사해야 한다.

이렇게 보면 내게 안겨진 오늘이라는 더없이 소중한 시간을 주도적으로 이끌어 가는 것이 중요하다. 그러면 시간이 흐르면서 대양을 항해하는 인생이란 배는 자신에게 가장 적합한 항로로 접어들게 되어 있다.

똑같은 환경과 여건에서 하루의 출발 테이프를 어떻게 끊는가에 인생길이 달렸다. 이러한 루틴을 통해 단숨에 결실을 얻겠다면 지나친 정욕(情欲)이다. 물론 과욕이나 탐욕도 집착해서 이루어질 수는 있다.

하지만 그렇게 얻은 욕망덩어리는 성공도, 행복도 결코 아니다. 단지 여름날 아침에 사라지는 아침 안개와도 같을 뿐이다. 아니면 다 이루고 났는데도 공허하며 허망하고, 부질없다는 생각에 빠지게 된다.

◆ ‑‑‑‑‑‑‑‑ ◆

오히려 목적을 갖지 않고 아침마다 자신에게 보내는 응원은 내게 가장 합당하게 좋은 길로 이끌어 준다. 먼저 그렇게 자기를 북돋우면 자신을 좋아하게 되고 내가 하는 일에 보람을 느낀다. 또 내가 일하는 방식조차도 기꺼워하게 된다.

여기에는 내면의 90% 잠재의식이 풀가동된다. 다시 말해 10%의 현재의식을 제치고 내가 원하는 바를 찾는 데 잠재의식이 활성화된다. 사람은 자기의 전체의식 가운데 비중이 낮은 현재의식에 대부분 의존한다. 그게 빙산의 일각인데, 수면 아래 숨겨진 큰 분량의 잠재의식을 도외시한다.

창조주가 생성한 우주 체계는 인간의 잠재의식이 발산하는 에너지와 감응해 가장 적합한 기회를 창출케 해준다. 이를 인간의 기준에서는 '세렌디피티'(Serendipity·영민한 발견)라 정의한다.

곧 '의도치 않았는데 얻은 좋은 경험 또는 성과'나 '노력한 끝에 찾아온 우연한 행운'을 일컫는다. 사람들은 그것을 성공이라 부르기도 하지만 허울에 그칠 수도 있다.

천지창조의 섭리를 인간의 지적 영역에서는 이해할 수 없다. 세상살이 가운데 체험하는 행운이나 요행은 인간 수준에서의 규정일 따름이다. 창조 질서가 작동하는 초형이상학적인 세계는 인간에게는 불가지 차원이다.

제 2 장

행복은 수수께끼와 같은 것

1

신기루 같은 '행복'을 쫓아 나서
물질적으로 측정되지 않는 진정한 행복

오늘 내 자신을 이끌어 가는 힘을 기르면 내일도 그 힘은 나를 지탱해 준다. 오늘의 중요성을 강조한 말이다. 스티브 마라볼리는《삶, 진실, 그리고 자유스러움》(원제: Life, the Truth, and Being Free)에서 이렇게 말했다.

"어제는 잊어버려라. 어제는 이미 너를 잊었다. 그리고 당신이 만난 적도 없는 내일을 고심하지도 말라. 그 대신 진정으로 소중한 선물, 바로 '오늘'을 향해 당신의 눈과 마음을 열라."

우리 인생의 시작은 언제나 오늘부터라는 것을 기억하자. '시작이 반'이라는 말도 있다. 오늘의 아침을 여는 자기만의 습관 길들이기를 해보라. 흔히 직장인이든, 사업을 하는 사람이든 통상 피로감을 완전 해소하지 않은 채 또 하루를 시작한다.

회사를 나가는 걸 즐기는 사람이 얼마나 있을까. 대부분은 시쳇말로 "먹고 살려고 월급 받기 위해" 힘들지만 아침부터 서두른다. 사람이 생활을 영위하면서 돈을 벌어야 하는 것은 숙명이다.

그래서 우리는 일을 한다. 아마 그 일을 그저 돈 버는 수단으로 생각하는 게 십상이다. 돈이 없는 사람은 없어서 벌어야만 한다. 그러나 돈이 있는 사람은 더 벌기 위해 일을 한다. 있는 사람이 더 벌려는 심리는 돈으로 쾌락을 맛봤기에 그것을 유지하기 위해서다.

돈이 목적이 됐기에 더 많이 가져야 또 새로운 만족을 느낄 수 있다. 물질의 욕구나 생활의 수준은 알코올이나 마약과 비슷한 점이 있다. 어쨌든 세상을 살아가는 누구나 일을 해야 한다. 단지 회사라는 조직에 매어 일을 하느냐, 자기 사업을 하느냐의 차이가 있을 뿐이다.

여기에서 생각해야 할 게 있다. 사람은 아무것도 없을 때는 인내심을 가져야 한다. 그리고 모든 것을 가졌을 때는 자만심을 경계해야 한다. 결국 있으나 없으나 사람은 마음가짐, 곧 태도가 중요하다.

회사든, 사업이든 아마 인생의 대부분은 일을 하며 보낸다. 그런데 그 일이 돈을 벌기 위한 것이라는 강박에 빠져 있는가. 그렇다면 우리는 그 아까운 시간, 아니 인생의 대부분을 소모하고 있는 것이나 다름없다.

◆ ------- ◆

어쨌든 어떤 분야에 종사를 하던 사람은 자신이 하는 일에서 성과를 내기를 바란다. 또 나아가 성공을 거두기를 갈망한다. 그래서 인간이 추구하는 궁극의 목표인 '행복'을 누리고 싶어 한다.

그렇다면 진정한 행복은 무엇일까?

돈을 많이 버는 것도 행복을 느끼게 하는 한 수단이다. 그렇지만 보편적으로 돈이 행복의 한 요소는 되겠지만 전부는 아니다. 어떻게 보면 행복은 내면에서 솟아나는 감정이다. 손으로 만져지는 물질적 풍요에 의존하는 게 아니다.

진정한 행복은 물질적인 것으로 측정되지 않는다. 행복의 감정은 상대적인 것으로 비교를 통해 얻을 수 있다. 어쩌면 비교와 욕심은 인간의 원초적 본능이다.

비교를 하지 않을 때 자기만의 삶을 살게 되며 그래야 자신감을 가질 수 있다. 우리가 그렇게 말하기는 쉽다. 그러나 한국사회에서는 어떤 잣대로든 비교의 본색을 지워버리기가 쉽지 않다.

그런데 분명 비교는 모든 악의 근본 원인이 된다. 이 세상 똑같은 사람이 하나도 없는데 왜 비교를 하게 되나?

대중적 관심사에 대한 사회적 문제를 전문으로 다루는 수지 카셈은 비교에 대해 다음과 같이 말한다. 그는 작가, 영화감독, 철학자, 사회평론가, 시인 등 다방면에서 활동하며 체험적 식견을 전파하고 있다.

"당신의 열정이 무엇이든 그것을 계속해 나가라. 성공을 쫓거나 자신을 다른 사람과 비교하는 데 시간을 낭비하지 마라. 모든 꽃도 피어나는 속도가 다르다. 당신의 열정을 훌륭하게 수행하고 그것을 완성하는 데에만 집중하라. 결국 사람들은 당신이 잘하는 것을 보게 될 것이고, 당신이 진정으로 위대하다면 성공이 당신을 쫓아 올 것이다."

군이 비교를 통해 행복을 누리고 싶다면 자신의 현재 상황을 더 나은 쪽이 아니라 다 나쁜 것과 비교하면 된다.

•⸺⸺⸺•

마을에 한 노인이 살고 있었다. 그는 재산이 많아 살 만한 여건인데도 세상에서 가장 불행한 사람들 중의 한 명이었다. 그는 항상 우울하고, 불평으로 가득 차고, 주위 사람들과 거친 말로 다투기를 좋아했다. 마을 사람들은 그의 불행이 전염될까 봐 그를 멀리했다.

그러던 그가 80세가 된 어느 날이었다. 순식간에 모든 마을 사람들에게 "글쎄, 그 노인네가 오늘 행복하고, 아무것도 불평하지 않고, 미소를 짓고, 얼굴도 상쾌하다."라는 소문이 돌았다.

이 놀라운 일에 그 노인을 기피하던 온 마을 사람들이 모였다. 마을 주민 한 사람이 그에게 물었다.

"어르신, 무슨 일이 있었소?"

"무슨 일은. 특별한 것은 없네. 80년 동안 나는 행복을 쫓아왔지만, 소용이 없었네. 나는 이제부터는 행복을 찾지 않고 그냥 인생을 즐기면서 살기로 결심했네. 그래서 나는 지금 행복하네!"

그 노인은 80년을 행복을 추구했지만, 결국 그 행복을 내려놓고 즐거운 인생을 살기로 결심하는 순간 비로소 행복을 찾아 누리게 됐다.

이렇듯 행복이라는 것은 자신의 선택에 달렸다. 관점을 어디에 두는가가 행복을 결정짓는다. 물질이 우상이 된 세상에서 그에 매몰되지 않는 자체가 큰 행복일 수가 있다.

참다운 행복은 인간이 추구하는 모든 긍정적인 값어치가 모두 포함돼 있다. 일찍이 아리스토텔레스는 진정한 행복을 '에우다이모니아'(eudaimonia)라고 했다.

그것은 '인간의 본성에서 가장 고결하고 가장 좋은 것을 이루는 기쁨'을 의미한다. 그러기 위해서는 '삶을 그냥 살아가는 것이 아니라 더 낫게 나아가는 것'이다.

하루 루틴으로 "나는 참 행복하다", "나는 참 행복하다"를 아침마다 몇 번씩 자신에게 외치는 것도 좋다. 그런데 그 참행복은 자신의 구체적인 욕망을 갈구하는 것에서 벗어나야 한다.

고대 그리스 철학자 에피쿠로스는 '당신이 누리지 못한 것을 원함으로 이미 가진 것을 망치지 말라. 지금 가지고 있는 것은 바로 한때 당신이 바라던 것들 중의 하나였다는 것을 기억하라.'고 했다. 이미 소유한 게 있는 데도 끝없이 욕심을 내는 것을 경계한 말이다. 욕심에서 비롯돼 무엇인가를 성취하려고 히는 것은 참된 가치의 행복이 아니다. 정작 필요에 의해서 원하는 것이 아니라 탐욕을 사랑하기 때문에서다.

2

"1만 4,000가지 행복해야 할 이유"
행복은 인생의 작은 것들에서 오는 것

'참행복'을 외치는 것을 아침의 루틴으로 해도 좋을 것이라 했다. 같은 궤도에 있는 참된 가치의 개념으로 '참성공'과 '참감사'가 있다. 이 세 가지는 인간이 향유할 수 있는 가장 값진 것이다.

기존의 표현에 '참'을 덧붙이는 것은 지금까지와 다른 기준을 강조하기 위해서다. '진정한 행복', '진정한 성공', '진정한 감사'로 우리의 의식을 한 단계 더 높이자는 뜻이다.

왜냐면 우리는 행복을 추구해 왔는데 행복지수는 글로벌 기준으로 하위권에 맴돈다. 우리는 압축 경제성장을 통해 국민소득 3만 달러를 넘어 세계 경제권 10위에 들었다. 그런데도 행복하지 않다니, 아이러니컬하다.

후진국을 탈피해 생활수준이 높아졌는데도 행복을 느끼지 못한다니. 이건 가치관이 잘못된 것이다. 우리 사회 어딘가에 문제가 있다는 반증이다. 자살률은 10년 이상 OECD 국가 중에서 단연 1위다. 세상을 등지는 데는 남녀노소가 없다니, 도대체 왜일까?

또 성공을 이룬 많은 사람들이 결국에는 사회적 지탄이 되고, 이기적이게 되고, 공허감에 빠진다. 그러면 그 성공은 못 이룸만도 못하다. 그리고 우리는 세상살이에서 이벤트적 요소가 있어야 감사를 느낀다.

나는 아침에 깨어 일어난 것을 감사한 적이 있는가? 매일 공기를 들이쉬고 내쉬거나, 매일 물을 마실 수 있는 것을 감사한 적이 있는가? 나는 매일 알든, 알지 못하는 사람들과 같이 이 세상을 살아간다는 것을 감사한 적이 있는가? 등등… .

◆ ─────── ◆

냉정히 생각해 보라. 진정 없으면 안 되는, 생존과 생활에 절대적으로 필요한 것에는 감사 자체가 없다. 만약 그런 것들에 감사한 마음을 갖는다 치자. 그럼, 세상은 이처럼 혼탁하지 않을 것이다.

그렇지만 우리는 삶 가운데 쾌감을 주는 이벤트에 감동하고 감격하며, 감사해한다. 그런 것들은 굳이 없어도 살아가는 데 아무 영향이 없는데도 말이다. 우리의 감사는 주객이 전도된 셈이다. 그러니 세상의 가치도 허욕과 허영심에 눌려 앞뒤가 바뀐 것이다.

미국에서 기교도 없이 아주 단순하게 출판된 《14,000가지 행복해야 할 일》(원제: 14,000 Things to Be Happy About)이라는 베스트셀러가 있다. 사전 편찬자이자 고고학자인 바바라 앤 키퍼가 저자다. 그녀는 평생 동안 평범한 일상 속에서 행복해야 할 일들을 정리했다.

그 속에는 '추운 겨울날 따끈한 아침밥 먹는 것', '하루를 부여잡지 않고 내가 만들어 가는 것', 침대에서 뒹굴며 널브러져 자는 것', '찬 기운 이겨내고 들에 피어나는 봄꽃 보는 것', '운전을 하면서 라디오 듣는 것' 등등⋯ 우리가 행복할 수 있는 1만 4,000가지 이유를 목록으로 열거하듯 제시하고 있다.

저자는 말한다. "내가 그랬던 것처럼 당신도 행복이란 인생의 작은 것들을 알아차리고 즐기는 데서 온다는 것을 깨달아야 한다."

그는 심지어 시련도 감사의 조건이라고 했다. "고통이 당신에게 매우 중요한 교훈을 가르쳐 줄 수 있다는 것을 알라. 그래서 감사의 마음으로 고통의 기간을 받아들이라."

그러면서 인생이란 내가 있는 그대로의 나를 좋아한다는 것을 느끼라고 한다. 그렇지 않으면 나를 다르게 만들었을 것이다. 곧 나는 나일 뿐, 어느 누구와도 비교될 수가 없다는 뜻이다.

⋯⋯⋯

모든 사람은 각자가 이 세상에서 단 하나밖에 없는 독창적인 존재다. 사람마다 환경이 다르고, 살아가는 방식이 다르고, 그릇이 다르다. 자신의 빛깔, 곧 자기만의 정체성을 지니고 자기 자신만의 삶을 살아가야 한다.

그러기에 내게 주어진 모든 것은 오로지 나에게만 허락된 선물이다. 모든 게 감사하며 행복해야 할 이유다. 나라는 존재는 인류

80억 중 하나인 최고의 맞춤형 창조물이다. 그러니 나는 나를 사랑해야 하고, 행복하게 해야 한다.

성경 말씀에 '범사에 감사하라'라는 간단명료한 두 마디 구절이 새삼 마음에 와닿는다. 그게 인간을 만들어낸 창조주의 섭리다. 그런데 우리는 그렇게 살지를 못하고, 즐거운 이벤트가 있어야만 감사를 느낀다.

어떤 환경, 상황, 형편에 있든지 모든 일에 변함없이 항상 감사하라. 감사는 참행복의 문을 여는 열쇠다. 감사하면 너와 나, 우리 모두가 행복해진다. 감사는 자신은 물론, 다른 사람에게도 행복을 전염시킨다.

감사는 인간이 갖는 여러 가지 감정 중에서 가장 강력하다. 지속적으로 감사를 실천하는 단순한 행동만으로도 새로운 삶의 모습을 보인다. 감사를 표하게 되면 태도가 바뀌고, 보는 시각이 밝혀지며, 관점의 폭이 넓어진다.

감사에는 속성이 있다. 작은 것이라도 당신이 가진 것에 감사하면 더 크게 감사해야 할 것이 예비되어 있다. 그렇지만 가지고 있지 않은 것에 집중해서 불평을 늘어놓으면 준비되어 있던 감사 거리가 달아나 버린다.

감사로 인한 행복감은 세상이 주지 못하는 강한 영적인 체험이다. 그런데 감사함을 느끼면서 이를 표현하지 않는 것은 선물을 포장하고 주지 않는 것과 같다.

3

행복과 성공, 닭과 계란의 비유
참행복은 내 안에 흐르는 잔잔한 물결

　행복하려면 성공해야 한다. 아니 성공하려면 먼저 행복해야 한다. 행복이 먼저냐, 성공이 먼저냐 하는 것은 닭과 계란의 우선순위를 가리는 것과 같다. 우리는 흔히 성공하기 위해 긴장과 압박감 속에 행복하지 않은 과정을 거치며 삶을 살아간다.

　그래서 목표했던 성공을 달성하지 못하면 좌절하고, 실망하고, 낙심에 빠진다. 성공을 이루면 그제야 만족감과 행복감을 만끽한다. 그러나 먼저 행복한 마음으로 목표를 향해 가면 출발부터 기쁨이 넘친다.

　목표에 이르게 되면 기쁨은 더없이 클 것이다. 하지만 그렇지 않아도 만족하고, 행복의 물결은 내 안에 잔잔히 흐른다. 그게 참행복이다. 여기에서 말하는 성공이란 것도 우리 사회의 통속적인 개념과는 다르다. 그런데 우리는 우선 성공을 향해 격렬하게 경쟁하는 게 일반적이다. 분명 행복과 성공은 상호 유기적인 관계가 있다. 성공해야 행복한 것도 맞다. 그런데 우리가 쫓는 성공은 물질에 초점이 맞춰 있다. 이 책에서는 외형적인 성공과 물질적인 행복을 결코 얘기하지 않는다.

서점에 가보면 성공과 행복을 주제로 한 책들이 즐비하다. 하지만 '참행복'과 '참성공'을 설파하는 경우는 많지 않다. 이른바 우리 사회에서 성공을 거둔 소수의 명사들이 자신들의 비결을 말한다. 그게 이론이든, 체험이든 자신들과 같은 반열의 소수가 되는 비법을 말한다.

그러나 그것은 대부분 세속 기준의 행복론과 성공담일 뿐이다. 그런 것들에 사람들은 귀를 쫑긋 세운다. 어찌 보면 참다운 행복과 성공은 세속의 기준과 대척점에 있는지도 모른다.

그들의 제시하는 체험담대로 실천한다고 해서 누구나 같은 경지에 도달할 수는 없다. 사람은 각자의 능력, 인성, 취향, 환경, 경험, 관점 등 모든 조건과 환경이 다르기 때문이다.

◦ ⋯⋯⋯ ◦

전체 인구 중 극소수 명망가들은 그들이 이뤄냈다는 인생 성공의 레시피를 소개한다. 하지만 그대로 따른다고 해서 똑같은 수준의 삶이 요리되는 게 아니다. 그들의 인생 방식이 모든 이에게 적용될 수는 없기 때문이다.

행복의 요소는 다양하다. 한국이 후진국이었을 땐 경제성장이 곧 국민을 행복케 하는 지름길이었다. 국가도, 국민 개인도 그랬다. 국가는 '잘살아 보세!'를 외치며 악착같이 일해 산업발전을 이룩했다.

마침내 우리는 개발도상국을 지나 전 세계가 감탄하는 경제선진국 대열에 올랐다. 그러면서 국민소득도 상위권에 들게 됐다. 하지만 행복감을 느끼지는 못한다. 내면 깊숙이는 참된 가치의 행복을 절실히 원하지만, 현재의식은 그렇지 못하다. 한국문화가 지닌 특성 때문이다.

우리는 사람을 평가할 때 기술이나 개인의 가치보다는 연배와 사회적 지위를 매우 중시한다. 우리의 교육도 이에 맞춰져 있다. 자신의 적성이나 재능을 키우기보다 명문학교라는 타이틀이 중요하다.

그래서 한국 사람들은 학위를 받으려고 혈안이 돼 있다. 한국이 대학 진학률이 높은 이유다. 사실 그 비싼 학비를 들인 대학의 전공을 사회에서 활용하는 경우는 얼마나 될까. 대학 졸업장이 있는지의 명목이 중요할 뿐이다.

이러다 보니 서류상의 고급인력들이 양산되고 있다. 정작 사회가 필요로 하는 실용적인 기술은 없이 이상만 높다. 그래서 쉽게 취업도 되지 않는 고용 불균형 현상이 나타난다.

• • • • • • • • •

우리가 행복감을 갖지 못하는 것은 이렇게 남을 의식하는 데 있다. 곧 다른 사람이 나를 어떻게 생각하고 판단할까에 집착한다.

이런 심리는 남이 나를 높게 대해주기를 기대하게 만든다.

나이든 사람이나 윗자리에 앉은 사람들이 보스 행세를 하려고 하는 건 이런 이유다. 자신이 권한을 쥐고 있다는 것을 무의식적으로 내보이는 것이다. 그래서 사람들이 자신을 따르게 하고 싶은 것이다.

설문조사에 따르면, 직장에서 자신이 실력으로 정당한 대우를 받는다고 생각하는 비율은 낮았다. 연줄, 학벌, 배경 등과 같은 전시효과적 요건들이 경쟁에서 중요하게 여겨진다. 이런 여건에서는 행복을 느낄 수가 없다. 모든 사람이 경쟁의 대상이 되기 때문이다. 경쟁 자체의 밑바탕에는 욕심, 더 나가 탐욕이 도사리고 있다.

욕심이나 탐욕은 내면적으로 결핍을 느끼는 정신상태다. 물질이 부족해서라기보다 마음이 채워져 있지 않아서다. 그 공허감을 메우기 위해 욕심을 내게 되는 것이다.

탐욕이 지배하는 사회는 안정성이 부족하며 남을 배려하지 않는다. 내 것부터 먼저 챙기기 때문이다. 진정으로 행복을 찾는 길은 제로섬(Zero Sum) 게임이 아니다. 서로가 윈윈(Win Win)하는 포지티브섬 인생전략을 구사하는 것이다.

국민소득 3만 불, 행복은 어디에?

'주관적 안녕감'이 'Wellbeing', 곧 행복감

매년 3월 20일은 유엔이 정한 '국제행복의 날'이다. 이때를 맞아 유엔 산하 기구인 지속가능해법네트워크(SDSN)는 '세계 행복지수 보고서'를 발표한다.

매년 행복지수 상위 5위권에는 핀란드, 덴마크, 스위스, 아이슬란드, 노르웨이 등 대부분 북유럽 국가들이 교대로 순위를 다툰다.

인간사회에서 '행복'은 가장 중요한 가치로 꼽힌다. 그렇기에 행복지수 순위는 지대한 관심을 끈다. 서양의 소크라테스, 플라톤, 아리스토텔레스, 동양의 공자 모두 약 2500년 전 각자의 행복론을 펼쳤다. 그처럼 행복은 인간에게 영구불변의 보재(寶財)와 같다.

세계행복지수보고서에서 최상위권을 차지한 국가들은 6개 지표에 따라 행복의 기준이 평가된다. 물론 일정한 수준의 경제력

(GDP)을 갖춰야 한다. 여기에 개인적, 사회적 환경에 대한 요소를 검증한다. 상위권 국가들의 행복지수를 들여다보면 삶의 가치관과 생활양식이 다르다. 우선 북유럽 국가들은 사회가 안정되고 평화스러운 가운데 사회적 발전을 이어간다. 삶에 대한 의식이 평온한 가운데 생활의 흐름이 요동치지 않고 잔잔하다.

◆ ---------- ◆

그러면서 사회의 비리나 부정부패를 찾기 어렵다. 정치나 공권력은 국민으로부터 신뢰를 얻는다. 이런 바탕에서 국민들은 '주관적 안녕감'(wellbeing), 곧 행복감을 갖게 된다. 그들은 주위와 타산적으로 비교하지 않고 스스로의 자존감으로 서로를 껴안는다.

이에 비해 한국은 GDP 순위 10위에 비해 행복순위는 61위에 머물러 있다. 이는 경제력과 상관없이 국민이 행복을 체감하지 못하고 있다는 증표다. 사회적 불평등과 불공정에 갈등이 많은 구조에서 국민의 삶이 평안할 리가 없다.

이뿐만이 아니다. 마냥 순수해야 할 우리나라 어린아이들도 행복과는 거리가 멀다. 어린이를 행복하게 해주겠다며 1923년 5월에 처음 시작된 어린이날이 100회를 넘었는데도 어린이들은 행복하지 않다.

100년 전과 물질적 환경을 비교하면 상상도 하지 못할 정도로 풍족해졌는데도 말이다. 2021년 한국방정환재단이 '한국 어린이·청소년 행복지수'를 조사했다. 그 결과, 조사 대상인 경제개발협력기구(OECD) 22개국 중 꼴찌였다.

국제아동 삶의 질 조사(ISCWeB)에서도 만 10세 아동의 행복도 순위는 35개국 중 31위로 최하위권을 기록했다. 또 아이들의 우울증도 심각한 수준으로 나타났다.

한마디로 우리나라 어린이들은 행복하지 않은 세상에서 살고 있다. 이것이 어린이들의 문제일까. 대한민국의 기성세대들, 특히 리더들이 대오각성해야 한다.

이런 현상은 갤럽이 발표하는 '글로벌 감정지수'(Global Emotions Report)에도 나타난다. 개인이 일상생활에서 긍정적 또는 부정적 경험을 조사해 산출한 수치다. 말하자면 국민들이 느끼는 스트레스를 산정한 것이다.

여기에 아이러니하게도 가장 스트레스를 많이 받는 국가 중의 하나가 미국이다. 경제대국의 국민이 가장 긍정적이지 못하다는 반증이다. 여기에서도 한국은 긍정지수가 최하위권에 속해 있다.

미국이나, 한국이나 긍정지수가 낮은 것은 자본주의가 추구하는 물질만능의 사회풍토에서 비롯된다. 물질이 삶의 평가기준이 되는 경향이 짙다 보니 '부익부빈익빈' 현상이 나타나기 때문이다.

경제, 아니 물질의 속성은 '이만하면 됐다.'라는 만족의 기준점이 없다. 끝없이 우상향(右上向) 곡선을 그려야 한다. 우상향은 주식이나 실적 도표, 그리고 인류의 경제와 가장 관련이 깊은 금 그래프 등에서 표현된다. 시간이 계속 흐를수록 하락도, 정체도 아닌 상승해야 하는 게 목표다.

물론, 스트레스가 없는 삶이란 없다. 단지 어떻게 관리, 완화하고 줄일 수 있는가의 문제일 뿐이다. 그것을 완전히 제거할 수는 없다. 단지 사람은 '호모 에코노미쿠스'(Homo economicus · 경제적 인간)이기에 재물에 대한 욕구가 강하다.

자신의 이익을 위해 부를 추구하는 것이 본능이기 때문이다. 그래서 그로부터 비롯되는 스트레스가 크다. 어떻게 보면 모든 국가는 이를 충족시켜 주는 데 초점을 맞추지만 결코 만족감을 줄 수 없다. 우상향의 속성 때문이다.

이런 현상이 나타나는 곳이 바로 우리나라다. 1인당 국민소득이 3만 달러를 넘었어도 행복지수가 하위권에 속한다. 그런가 하면 전에 국민소득 3천 달러인 부탄의 국민 90% 이상이 행복을 느낀다고 한다.

반면, 행복지수가 상위권인 나라들은 사회주의적 성향을 띠어 부의 편중이 심하지 않다. 국부가 골고루 분배되다 보니 공동체 정신이 강하며, 포용복지 체계가 잘 구축돼 있다.

5

'돈'과 '행복'은 별개라는 가치관
물질만능주의에서의 행복은 "헛된 욕망"

대부분 세상살이에서 물질지표, 긍정지수, 행복지수는 밀접한 관계가 있다. 그 세 가지가 상호 연계되어 있기 때문이다. 하지만 냉정히 보면 물질지표, 그리고 긍정과 행복지수는 이질적인 성격을 띤다.

긍정과 행복은 매 순간에 살아가면서 누리는 정신적, 영적인 체험이다. 하지만 물질은 반드시 세속적으로 소유를 통해야 기쁨을 준다. 그래서 진정한 긍정과 행복은 '탈세속적'인 가치관을 갖는다.

철학자 쇼펜하우어는 '인간은 다 욕망의 결정체'라고 규정했다. 달리 말하면 인간은 욕망의 노예나 다름없다는 뜻이다. 그는 욕망은 충족이 안 되면 결핍증의 고통이고, 충족되면 권태감 때문에 고통이 된다고 했다.

욕망의 길로 접어들면 종착점이 없다. 그래서 행복을 느끼지 못한다. 그러다 불행을 겪게 되면 그때야 얼마나 행복했었는지를 깨닫는다. 이 같은 욕망의 근원은 '소유'에 있다. 에픽테토스는 '부는 많은 재산을 소유하는 것이 아니라 원하는 것이 거의 없는 데 있다.'고도 했다.

그렇듯 삶에서 행복이란 내가 소유한 게 많아서가 아니다. 어떤 생각과 관점을 갖는가 하는 질(質)이지 물질처럼 양(量)의 문제가 아니다. 긍정과 행복은 인생에서 내가 뿌리는 씨앗에 무게를 둔다. 반면, 물질은 열매에만 초점을 맞춘다.

비유를 해보자. 에베레스트와 같이 높은 산을 등정한다면 누구나 정상에 오르고 싶어 한다. 하지만 모든 사람이 다 성공하는 건 아니다. 그 산을 오르는 동안에 기쁨과 만족감을 느낀다면 그것이 긍정이고 행복이다. 그 경우는 등반에 나서는 시점부터 긍정이고 행복이다. 산 정상에 오르게 되면 그건 금상첨화일 뿐이다.

하지만 정상에 올라 태극기를 꽂아야 자신의 목표를 이뤄 만족을 누린다면 그 긍정과 행복은 항시적인 게 아니다. 물질적 만족감은 그런 것이다. 이루고 나면 더 큰 목표치를 좇아 또 힘겹게 나가는 것이다.

로마 제국의 황금시대를 상징했던 황제이자 철학자이며《명상록》을 쓴 마르쿠스 아우렐리우스는 말했다.

'행복한 삶을 사는 데 필요한 것은 거의 없다. 그것은 모두 당신

자신 안에, 당신의 사고방식에 달려 있다.'

•·········•

행복지수와 함께 긍정지수를 평가하는 요소는 단순하다.

· 편안하게 쉬었는가?
· 존중을 받아 보았는가?
· 많이 미소를 짓고 많이 웃었는가?
· 재미있는 일을 하거나 배웠는가?
· 즐거운 일이 많았는가?

물질이 생활의 한 방편은 될 수 있지만 그것이 행복을 보장하지 않는다는 것은 다양한 연구에서도 나타났다. 물론 물질이 일정한 수준까지는 행복을 안겨준다. 그렇지만 그 이상의 욕심은 행복과는 무관하다.

"쾌락의 쳇바퀴"(Hedonic Treadmill)라는 말이 있다. 행복한 일이 있어도 시간이 흐르면 그에 익숙해져 또 다른 욕망을 갖게 된다는 것이다. 역설적으로 소득이 높아도 오히려 삶의 만족도와 행복감은 낮다.

실제로 연구조사 결과 부(富)의 수준이 2~3배 높아졌음에도 사람들의 행복도와 삶의 만족도는 변하지 않았다. 오히려 우울증만 더 흔해진 것으로 나타났다. 사람의 기본 욕구가 충족되면 소득 증가는 더 이상 행복 수준에 영향을 미치지 않는다는 것이다.

그런데도 우리 사회는 황금만능주의가 되어 한없는 물적 욕망으로 물들어 있다. 미국의 시인 헨리 벤 다이크는 '세상에 돈으로 살 수 있는 행복이라 불리는 상품은 없다.'라고 했다.

행복지수가 높은 북유럽 국가들의 생활상은 비슷하다. 그중 덴마크 국민들은 무엇 때문에 행복감을 느낄까.

•·········•

행복지수가 높은 덴마크 사람들이 삶에 만족하는 이유는 덴마크어로 '잔테로브'(Jante-lov) 가치관이다. 즉, '당신은 다른 사람과 다를 바 없다.'라는 평등정신에 있다. 덴마크 사람들은 자신을 남과 비교하는 일이 없다.

그들은 자신들이 좋아하는 일에 종사하는 경우가 많다. 또 모든 부문에서 평등이 사회적 잣대가 되어 있다. 반면, 우리는 물질적 소유(부)와 사회적 위세(명예)를 중시하는 수직적 가치체계가 지배한다.

그래서 매사를 비교의 대상으로 삼는다. 전문가들은 소득 수준이 높을수록 자신의 위치를 다른 사람과 비교해 평가하는 경향이 심해진다고 한다. 그럴수록 소득 증가에도 불구하고 행복을 느끼지 못한다.

서울의 부유층 아파트에 사는 어린아이들조차도 그렇다고 한다. 집 평수, 자가용 크기, 부모 지위 등을 자랑하며 비교를 한다. 금수저를 갖고 태어난 그 자녀들은 생활이나 학업, 그리고 미래 사회 활동 등에서 최고의 환경을 누릴 것이다.

어린아이들은 분명 부모들의 사고방식과 행동양식을 통해 자연스럽게 물질주의적 인성이 형성되었을 것이다. 여기에서 행복을 결정하는 삶의 요건들을 살펴보자.

행동 유전학자와 심리학자들은 행복의 약 50%를 유전자, 10%는 생활환경, 40%가 개인적인 선택에 기인한다고 말한다. 사람의 유전자는 행복에 큰 영향을 미칠 수 있다.

어떤 사람들은 태어날 때부터 더 낙관적이고 긍정적이며 만족해 할 수가 있다. 하지만 외적으로는 물질주의화 된 사회 환경의 지배에 놓여 있다.

그래서 단속적 욕구를 충족시키는 이벤트적 요소들로 행복의 기준이 고착되어 지속적인 행복을 누리지 못한다. 지속적인 행복감은 마음챙김(mindfulness), 의미, 목적을 가지고 살아갈 때 느낄 수 있다.

◆ ⋯⋯⋯ ◆

그렇다면 지속적인 행복을 얻는 것이 가능한가?

평생을 이어가는 행복의 열쇠는 한결같이 작은 변화를 이뤄나가는 노력을 쏟는 데 있다. 예를 들면, 평소 감사의 마음을 기르고 친절한 자세를 갖는다.

또 낙관주의적 태도를 지니도록 하고 관용을 베푼다. 사람 관계를 원만히 하며 몰입할 수 있는 일을 찾는다. 지나친 생각에 빠지지 않는 것도 중요하다.

여기에 삶의 기쁨을 맛보는 주위환경을 만든다. 의미가 담긴 합리적인 목표도 함께 설정한다. 이러한 습관들을 일상생활 속에 통합하게 되면 지속적인 행복을 향유할 수 있다.

이 같은 변화의 노력이 없이 세상의 기준이 된 출세적 표상물들을 추구하는 여건에서 양육된 아이들. 그들이 자라 어엿한 사회 구성원이 되었을 때는 어떨까. '의젓하기는 시아비 뺨치겠다.'는 말이 떠오를 뿐이다.

이에 비해 북유럽 국가들이 엇비슷하겠지만 덴마크 사람들이 행복한 것은 우리처럼 치열한 경쟁과 외형적 성공에 얽매이지 않아서다.

오로지 자신의 위치와 주어진 환경에서 만족감을 갖는 안분지족을 누린다. 그리고 그들은 개인과 가족 중심으로 살아가는 생활방식을 유지한다.

편한 마음으로 자기 분수에 맞게 만족할 줄 아는 삶을 살아가는 것은 스웨덴 사람들도 마찬가지다. 그들은 모자라지도 넘치지도 않고, 딱 적당한 양에 만족한다. 바로 'Not too little, not too much. Just right'이다. 스웨덴어의 '라곰'(lagom)에 들어있는 뜻이다.

행복지수가 높은 그들 나라 사람들은 그저 소소하고 평범한 일상 가운데 긍정적인 라이프스타일로 살아간다. 말하자면, 작은 것에서 찾는 행복이라 할 수 있는 '소확행'(小確幸)이다. 거창하고 요란스러운 행사성 위주의 삶의 욕구나 갈망을 좇지 않는다.

그보다는 주어진 일상생활 속에서 순리를 따르며 소박한 삶을 영위한다. 영국의 경제학자 리처드 레이어드는 연구를 통해 행복 지수가 정체되는 시점을 제시했다. 보통 1인당 국민소득 2만 달러가 넘어서면 행복감은 더 이상 오르지 않는다는 것을 알아냈다.

6

비교주의에서 벗어나야 '참행복'
"삶에서 나는 나일 뿐이며, 너는 너일 뿐"

"비교는 기쁨의 도둑이다."

시어도어 루스벨트가 말했다. 루스벨트는 20세기 최초, 42세 역대 최연소로 제26대 미국 대통령이 된 인물이다. 그는 작가이자 탐험가이기도 하면서 미국 역사에서 큰 영향력을 발휘했다.

그의 말이 의미하듯이 비교는 떠올리는 순간부터 부정적인 생각의 씨앗이 싹튼다. 비교는 남을 신경 쓰는 잠재의식의 발로다. 다른 사람의 시선에 민감해 자의식이 팽창돼 있다. 우리나라 사람들의 강한 자의식은 '두유노(Do you know?) 드립'이라는 언어유희 현상으로까지 나타난다. 일종의 자기 과시 욕구다.

자신을 다른 사람과 비교하는 건 이미 자존감을 버린 것이다.

지구상 80억 명의 사람이 하나도 똑같지 않은데 비교 대상이 될까. 비교는 동일한 조건에 있을 때 가능하다.

각기 다른 환경과 여건을 갖고 있는 다른 사람과 나를 비교할 수 없다. 비교라는 것에 마음이 꽂히면 대부분 자신이 열세하고 부족하다는 인식을 갖는다. 다른 사람의 삶이 더 낫다고 여기게 된다.

그것은 다른 사람들에 대해선 연출 감독이 '컷!'해서 완성된 장면을 보는 격이다. 하지만 스스로에겐 삶 속 이면의 모습과 대비시킨다. 곧 달리 화장을 한 것과 민낯의 얼굴 모습을 비교하는 셈이다.

결국은 나는 나일 뿐이며, 너는 너일 뿐이다. 서로 비교할 수 없는 각자는 자기대로의 완성체인 것이다. 비교는 탐욕스럽고 인색한 심리에서 비롯된다. 남들과 비교하기 시작하면 출구가 없는 함정에 빠질 뿐이다.

◆········◆

그렇기에 다른 사람에게 돌리는 시선을 나 자신에게 향하도록 하라. 거울을 들여다보며 자신을 북돋아 주고, 덕담을 들려주라. 그리고 응원을 힘차게 외쳐 주라.

비교보다는 자신을 스스로 들어 세우는 것에 집중해 보라. 유일무이한 자신과 또 내가 하는 일에서 성취감, 만족감, 행복감을 느끼도록 하라. 비교는 대체로 자격지심을 갖게 해주는 마성이 있다.

가수 장기하가 특유의 읊조리는 방식의 랩으로 부른 〈부럽지가 않아〉라는 노래가 장안의 화제가 됐다. 그의 첫 번째 솔로 미니앨범(EP)의 타이틀곡이다.

"야, 너네 자랑하고 싶은 거 있으면 얼마든지 해. 난 괜찮아. 왜냐면 나는 부럽지가 않아. 한 개도 부럽지가 않아."

이렇게 시작되는 이 노래의 이어지는 부분은 더 구체적이다.

"우리가 이렇게 한번 머리를 맞대고 생각을 해보자고. 너한테 십만 원이 있고 나한테 백만 원이 있어. 그러면 상당히 너는 내가 부럽겠지. 짜증 나겠지. 근데 입장을 한번 바꿔서 우리가 생각을 해보자고. 나는 과연 네 덕분에 행복할까. 내가 더 많이 가져서 만족할까. 아니지. 세상에는 천만 원을 가진 놈도 있지. 난 그놈을 부러워하는 거야."

그러면서 이 노래는 이렇게 마무리된다.

"짜증 나는 거야 누가 더 짜증 날까. 널까 날까 몰라 나는. 근데 세상에는 말이야 부러움이라는 거를 모르는 놈도 있거든. 그게 누구냐면 바로 나야."

이 노래는 장기하의 SP앨범에 들어갈 다섯 곡 중의 하나였다. 그는 모든 곡을 다 똑같이 정성 들여 만들었다. 그래서 어느 하나를 골라내기가 쉽지 않았다.

하지만 앨범을 상징할 대표곡은 꼭 있어야 했다. 그런데 이 곡이 타이틀곡으로 가장 적합하다는 의견이 많았다고 한다. 노래의 가사가 대중의 공감을 이끌어냈기 때문이다. 어쩌면 세상의 풍조를 온전히 담아내서였던 것 같다.

비교는 둘 이상의 사람이나 사물을 비교하는 행위다. 반복해 말하지만 모든 사람은 다 각자의 개성과 능력을 지니고 태어났다. 그런데 왜 자신을 다른 사람과 비교한단 말인가. 행복의 조건은 다른 사람과 비교하지 않을 때에 있다고 했다.

이 세상의 다른 사람과 비교하는 것은 자신을 모욕하는 일이다. 하지만 자기 자신과의 비교는 발전을 가져온다. 자신의 과거와 현재, 어제와 오늘을 비교하는 것은 자신의 성장을 돕는다.

남들과 계속 경쟁하게 되면 마음을 짓누르지만 자기 자신과 경쟁하면 앞을 향해 나아간다. 노자는 '비교하거나 경쟁하지 않고 단순히 자신에게 만족하면 모두가 당신을 존중할 것이다'고 했다.

그저 자신에게 만족하며 하는 일에서 흡족하면 된다. 태양과 달은 각자의 빛을 발하는 것이기에 비교되지 않는다. 그 같이 당신의 삶을 다른 사람과 비교하지 마라.

비교하는 순간 당신의 창의성은 시들게 되며 열정은 식어 버린다. 자기 삶의 여정은 다른 사람과 경쟁과 비교의 대상이 아닌 자신이 걸어가는 유일한 행로일 뿐이다.

나도 그것을 100% 믿으며 확신한다. 그래야 맞다. 그러나 인간의 속성이 그렇지 않다는 것이 문제다. 사람들은 종종 다른 이들과 비교하여 자신을 평가하려는 타고난 욕구를 가지고 있다.

사람들은 자신에 대해 온갖 종류의 판단을 내리고 싶어 한다. 사회적 비교나 타인과의 관계에서 자아를 분석하려고 한다. 그래서 '사회 비교이론'(Social Comparison Theory)이 생겨났다. 이 이론은 1954년 심리학자 레온 페스팅거가 처음 개발하였다.

• ⋯⋯⋯ •

사회적 비교 이론은 개인이 다른 사람과 어떻게 비교되는지에 따라 자신의 사회적, 개인적 가치를 결정한다는 생각이다. 사람들은 매력, 부, 지능 및 성공과 같은 영역에 관심이 많다.

이런 부문에서 자신과 다른 사람들을 끊임없이 평가한다. 일부 연구에 따르면, 우리 생각의 10%는 어떤 종류이든 늘 타인과 비교를 한다. 그러니 우리는 자신이 알게 모르게 매일 끊임없는 비교의 굴레에 매여서 살아가는 셈이다.

사회적 비교 과정은 자신이 다른 사람들과 비교하여 자신의 태도, 능력과 특성을 평가해 자신을 알게 된다. 이때 우리는 자신을 또래 집단에 속해 있거나 비슷한 사람들과 비교하게 된다.

사회적 비교에는 두 가지 종류가 있다. 하나는 '상향 사회 비교'(Upward Social Comparison)와 또 하나는 '하향 사회 비교'(Downward Social Comparison)이다.

· 상향 사회 비교 : 이것은 우리보다 낫다고 믿는 사람들과 자신을 비교하는 것이다. 이러한 상향 비교는 종종 우리의 현재 상태 또는 능력 수준을 향상시키려는 욕구에 초점을 맞춘다. 우리는 자신을 더 나은 사람과 비교하고 비슷한 결과를 얻을 수 있다.
· 하향 사회 비교 : 이것은 우리보다 더 나쁜 다른 사람들과 자신을

비교하는 것이다. 그러한 하향 비교는 종종 우리의 능력이나 특성에 대해 더 나은 느낌을 갖게 하는 데 중점을 둔다. 우리는 무언가를 잘하지 못할 수도 있다. 그러나 열등한 대상과 비교하면 적어도 우리는 다른 사람보다 낫다는 생각을 갖는다.

흔히 사람들은 영감이 향상되기를 원할 때 자신을 더 나은 사람들과 비교한다. 또 자신에 대해 더 잘 느끼고 싶을 때 더 나쁜 사람들과 자신을 비교한다.

자연의 순리 그대로
사는 삶

최빈국 국민들 "우리는 행복해요"
물질 기준이 아니기에 더 만족한 사회

"만족하는 사람이 부자이며 행복하다."
"가장 큰 부는 욕망의 빈곤이다."

– 세네카 –

인간의 본능인 비교와 욕심이 없는 공동체는 상대적으로 행복하다. 세상의 외부적인 조건으로 보면 행복할 요소가 없는데도 내면 깊숙한 곳에서 행복의 생수가 흘러나온다.

최근까지도 지구상에 그런 나라가 있었다. 그 나라는 경제지표가 중요한 것이 아니라 행복지수가 우선이었다. 물질적인 풍요는 못 누리지만 거의 모든 국민이 행복하다 하니 더 이상 무슨 설명이 필요할까.

행복은 얼마나 많이 가지고 있는가이거나 얼마만큼 많이 누리고 있는가가 아니다. 현재 갖고 있는 것에 얼마나 만족하느냐에 있다. 이런 곳에서는 비교라는 말이 생경하게 여겨진다.

가난하지만 행복한 나라의 상징으로 되어 있었던 이 나라도 행복순위 조사에서는 큰 편차를 보였다. 물질문명에 노출되면서 세태가 변하고 있다는 것을 보여준다.

이것 또한 물질이 기준이 되는 사회가 변화해 가는 양상 그대로다. 우리 사회가 거쳐 왔던 것과 다를 바 없다. 외형적인 모습은 발전해 가지만 내면적으로는 세속화에 오히려 고립감으로 내몰린다.

부탄도 그렇지만 우리 나라의 현상도 마찬가지다. 비교주의가 한 사회를 지배하게 되면 사람들의 행복감은 떨어진다. 비교심리를 자극하는 것은 인스타그램과 같은 소셜미디어의 범람 때문이다.

미국 퓨리서치연구소(Pew Research Center)에 따르면 미국이나 싱가포르 등에서는 대중의 70%가 소셜미디어를 사용한다. 이러한 비대면 소통 플랫폼은 삶을 개선하기도 하지만 그 반대의 역기능도 있다.

소셜미디어의 발전은 그 사용자의 사회적 불안을 유발할 우려가 있다. 대규모 네트워크 관리에 신경을 쓰고 삶에 대한 질투를 느끼게 한다. 더 중요한 것은 '놓치는 것에 대한 두려움'(FOMO·Fear of Missing Out)으로 자존감에 영향을 준다.

◆ ⸱⸱⸱⸱⸱⸱⸱⸱ ◆

그러면서도 소셜미디어 사용자는 무의식적으로 자신을 다른 사람의 외모, 능력, 인기 및 사회적 기술과 비교하게 된다. 다른 사람들의 이상적인 이미지에 노출되면 부정적인 감정을 활성화시킨다. 이것이 사회적 불안을 야기하고 개인의 심리적 안녕을 저해한다.

2010년 출시된 인스타그램은 빠르게 성장했다. 하지만 이 미디어 플랫폼의 정서적 건강에 대한 연구는 제한적이다. 이런 가운데 우리의 사회문화체계는 변화하고 있다.

어쨌든 세계에서 가장 행복한 나라가 부탄이었다. 히말라야 산맥 남쪽에 있는 이 작은 왕국은 국민소득이 3천 달러 정도로 최빈국(LDC)에 불과했다. 하지만 행복도만큼은 세계 최고 수준이었다. 국민의 91.2%가 행복을 경험했고, 43.4%는 '매우 행복하다'고 했다(2015년 부탄 연구 및 국민총행복센터가 실시한 마지막 GNH 조사 기준).

그런 나라가 물질적 수준은 하위인데도 행복할 수 있었다. 그것은 그 나름의 행복, 곧 웰빙을 최고의 가치로 두었기 때문이다. 이를 바탕으로 부탄은 '국민총행복'(GNH·Gross National Happiness)이라는 콘셉트를 세계 최초로 창안하였다. 유엔도, 스위스 다보스 세계경제포럼(WEF)도 이 개념을 인정하며 환호했다.

부탄 국민들은 재물을 중시하지 않는다. 정신적, 심리적 평안과 안정을 태어나면서부터 세상살이 기준으로 여긴다. 국가의 정책이 먼저 국민을 행복하게 한 후 나라를 발전시키는 것이다.

이것은 우리의 정책 방향과는 근본적으로 달랐다. 한국은 경제 개발을 통해 국민의 행복을 이루는 것이었다. 그 결과, 경제대국에 국민소득(GDP) 3만 5천 불을 달성했다. 그런데 행복지수는 하위다. 여기에 자살률은 2003년 이후 OECD내 압도적 1위다. 전세계 183개국 중에서는 4위다.

⋅⋅⋅⋅⋅⋅⋅⋅⋅

부탄은 1972년 지그메 싱예 왕척 국왕이 "국민총행복이 국내총생산(GDP)보다 중요하다."고 선언했다. '6~70년대 '개발공화국'의 시대를 풍미했던 한국과는 대비된다. 그 이후로 국민총행복(GNH)이라는 개념은 부탄의 경제 및 사회 모든 정책에 영향을 미쳤다.

이에 맞춰 국민총행복지수(Gross National Happiness Index)도 도입했다. 이것은 부탄의 정책 결정에 유용한 측정 도구가 됐다. 정부, NGO 및 기업들은 이 GNH를 높일 수 있는 정책 인센티브를 만들어 냈다.

그러면서 1970년대 이래 부탄의 개발 전략의 핵심 구성 요소 중심에 GNH를 두었다. GNH의 네 가지 기본 기둥은 단단했다. 지속 가능하고 공평한 사회경제적 개발, 환경 보전, 문화의 보존과 진흥, 그리고 좋은 거버넌스다.

그것은 바로 부탄을 통치하는 리더십이었다. 진보적인 사고와 행동을 보여준 국왕은 부탄 국민들로부터 존경을 받았다. 이 미래 지향적인 지도자는 의식이 통념과는 달랐다. GDP가 모든 인간의 궁극적인 목표인 행복을 보장하지 않는다는 것을 인식했다.

부탄이 1970년대 부르짖었던 것을 지금 온 세계는 때늦게 깨달았다. 바로 현재 인류가 당면한 문제를 ESG(환경보호·사회적 책임·공정한 지배구조) 개념으로 발전시켰다.

지금 80억 인구가 생명을 유지해 가는 생태 환경은 몸살을 앓고 있다. 또 정치, 사회, 경제 체계가 공명정대하지 못한 위기에 직면해 있다.

그러다 보니 행복을 계량화까지 해가며 지표라는 것으로 측정하고 있다. 물질문명이 첨단화되면서 인간의 행복은 갈수록 메말라졌다. 가뭄에 논바닥 갈라지듯이. 물질이 정신을 압도하고 있기 때문이다.

이에 미래를 내다보기라도 했듯, 부탄은 GDP 성장으로 국가 발전을 평가하지 않는다. 대신 행복감을 기준으로 하고 있다. 부탄 사람들은 '시간의 가치'를 매우 중시한다. '생각하는 시간', '가족과 함께하는 시간', '숨 쉬는 일상 삶의 시간' 등.

그들은 우리가 그렇게 중시하는 물질적 쾌락들을 중요하게 여기지 않는다. 그 대신 그런 것들을 제거하여 정신적, 정서적 중요한 것을 위한 공간을 만든다.

그들에게 진정 중요한 것은 물질을 즐기지 않는 것이다. 물질을 즐길 필요 자체가 없기 때문이다. 부자가 아니기 때문이다. 그들이 바라보는 시각은 우리와는 다르다.

또한 그들은 현 세대와 함께 미래 세대와의 형평성, 성찰, 멈춤(여유) 등을 강조한다. 이런 인식은 요즘 우리 사회에서 절실한 요소다. 곧 행복지수가 매우 저조한 한국사회가 필요로 하는 덕목이다.

•·········•

　비교는 어쩔 수 없는 인간의 본성이라고 하지만 공동체의 문화적 힘으로 통제를 할 수 있다. 하지만 비교에 대해 생각이나 감정의 통제가 이루어지지 않으면 비교는 그 사회를 갉아먹는다.

　비교가 선한 영향력을 발휘하면 그 사회는 발전하고 그 사회의 구성원들은 성장한다. 그렇지 않으면 역기능을 하게 될 뿐이다. 오히려 비교하지 않으려는 것보다 자족하려는 노력이 더 중요하다.

　삶의 만족도로 인해 행복지수가 높은 북유럽인들이 행복의 원천으로 내세우는 것은 사실상 소소한 것들이다. 그들은 루터교 전통을 이어받아 검소하며 호사를 누리지 않는다. 이처럼 부탄 국민들도 가진 것에 감사하며 자족하는 태도가 몸에 배어 있다.

　북유럽 국가들은 그들만의 스스로 만족하는 지혜가 있다. 덴마크에는 사랑하는 사람들과 함께 또는 혼자서 소박하고 아늑한 시간을 보내는 '휘게'(Hygge) 문화가 있다.

　앞서도 언급했지만 스웨덴에 가면 더도 말고 덜도 말라는 욕심 없이 딱 필요한 만큼만 누리는 '라곰'(lagom)의 개념이 있다. 그런가 하면 미국에서도 가까운 사람들과 함께 어울려 자연 속에서 소박한 삶을 엮어가는 '킨포크'(Kinfolk)가 있다. 다른 사람과 결코 비교하지 않고 가진 것에 만족하며 감사한 마음으로 살아가는 참 행복의 모습들이다.

국민소득 하위, 행복지수는 최고
물질적 풍요와 정신적 만족감은 다르다

부탄. 세계에서 가장 문명 수준이 낮은 나라가 가장 행복지수가 높다는 것은 역설이다. 또 가장 기술 개발이 덜한 나라가 가장 지구 환경을 잘 보존하고 있다는 것도 '특이성'(The Singularity)이다.

최근 직면한 환경문제에 더해 기계문명의 꽃이라는 인공지능(AI)의 고도화가 인류에게 끼칠 폐해에 대해 세계가 긴장한다. AI가 인간을 지배할 수도 있다는 우려가 제기되고 있다.

여기에 인간의 최상, 최후 발명품이 될 수 있다는 AI에 대해 천문학적인 돈벌이 수단이 될 것이라는 주장도 나온다. 세계 최초 '조만장자'(Trillionaire·兆萬長者·재산이 1조 달라/한화 약 1,000조 원 보유자) 대부호는 AI와 그 파생상품을 지배하는 자가 될 것이라 한다.

또한 AI를 생각지도 못한 방식으로 적용하는 경우에도 나올 수 있다. 인류 존망을 두려워하면서도 돈 버는 것을 들먹이는 맘모니즘(Mammonism)에 빠진 인간 본성을 보여준다.

'맘몬'(Mammon)은 재물에 대한 성경적 용어로 물질적 부의 타락한 영향을 묘사하는데 자주 사용된다. 성경에서 영어 맘몬은 우리말로 '부', '재물', '이득'으로 다양하게 표현된다.

하지만 맘몬의 히브리어의 원어에는 '쌓아둔다'는 '하몬'(hāmōn)의 의미가 내포 되어 있다. 이미 그 말 속에는 돈이 목적임을 나타내고 있는 것이다. 그래서 성경은 재물의 축적을 우상화로 해석하고 있다. 시간이 지나면서 다소 추상적인 개념이었던 맘몬의 의미는 예술과 문학을 통해 의인화 되었다.

그래서 중세 신학자들은 맘몬을 탐욕의 악마나 때때로 부의 신으로 묘사했다. 이 단어는 결국 열렬한 부의 추구를 함축하는 세속적 의미로 쓰이게 되었다.

또한 자본주의나 부에 집착한 사람에 대한 비판에도 자주 사용했다. 그래서 맘모니즘은 통상 '황금만능주의', '배금주의', '금권주의', '물질만능주의'로 일컬어진다.

･ ･ ･ ･ ･ ･ ･ ･ ･

요즘 세상은 맘모니즘이 뜻 하듯, 돈이 삶을 영위해가는 수단을 넘어 갈수록 목적이 되어가고 있다. 부와 재력이 삶의 기준이 되고 사람을 가름하는 잣대가 되어가는 모습이다.

많은 사람들이 넘치도록 부를 축적하고도 여전히 갈급해 한다. 그러면서 늘 긴장 속에 돈 벌 궁리에만 몰두해 치열한 삶을 살아간다.

사회심리학자이자 휴머니즘 철학자 에리히 프롬은 '많이 가진 자가 부자가 아니라 많이 주는 자가 부자다.'고 했다. 그러나 세상의 흐름은 그것이 아니다.

미국의 기업가, 작가, 동기부여 연사였던 짐론은 '시간은 돈보다 더 소중하다. 더 많은 돈을 벌 수는 있지만 더 많은 시간을 벌 수는 없다'고도 했다. 그런데도 한 평생 다 쓰지도 못할 재물 모으는 데 시간을 다 쏟아 붓는다.

창조주는 재물의 축적보다 베품을 은혜로 주면서 인간 세상을 만들었다. 아마 부의 축적이 창조의 섭리였다면 이 세상은 가진 대로 누린 대로 천년만년 살고지고 하게 되었을 것이다.

'당신이 가진 돈으로 만족하면 자유를 주지만 당신이 계속 추구하는 돈은 당신을 노예로 만든다.'는 철학자 장 자크 루소의 명언도 있다.

한편 지금 인간에게 당장 필요한 것은 돈도, 무한대 인공지능(AI) 개발도 아닌, 인류의 더없이 소중한 안식처인 지구를 지켜내는 것이다. '제 보금자리 사랑할 줄 모르는 새도 없다'는 데 인간은 지구를 제대로 건사하지도 못했다.

이제 와서 지구촌이 백척간두에 서게 되자 위기의식을 느끼기 시작했다. 요즘 글로벌 화두가 된 ESG 개념에서 가장 중요한 것이 탄소배출로부터 지구 환경을 지키는 것이다.

- • - - - - - - - - •

ESG는 'Environmental, Social, Governance'의 약자로 '환경·사회·지배구조'를 뜻한다. ESG 경영은 기업이 환경과 사회에 미치는 영향, 지배구조를 개선하기 위해 노력하는 경영활동이다.

이런 측면에서 보면 부탄은 낮은 탄소 배출, 높은 수준의 탄소 격리와 수력 발전을 수출하고 있다. 그래서 세계에서 유일한 탄소 네거티브 국가다.

아울러 부탄은 환경 보전을 위해 국토의 62%를 항상 산림으로 보호하도록 헌법에 명시하고 있다. 현재의 총 산림 면적은 72.5%에 이른다.

또한 종(種) 밀도도 가장 높고, '생물다양성'(biodiversity) 부문에서 세계 10대 국가에 선정됐다. 아울러 16개의 국립공원, 396개의 야생 동물과 자연 보호 구역이 보호된다.

거버넌스 측면에선 국민이 더 집정을 요구해도 국왕이 자발적으로 국민에게 권력을 이양하는 헌법 체계도 갖췄다. 균형된 경제 발전을 위해 모든 정책과 법안은 'GNH 스트레스 테스트'를 통과해야 한다.

분명 부탄은 GDP보다 GNH를 앞세워 지난 40년 동안 경제적, 환경적, 사회적 환경 및 거버넌스 상황을 개선했다.

· · · · · · · · ·

2019년 부탄은 세계행복보고서(WHR)에서 95위를 차지했다. WHR은 156개국이 자국민의 행복도에 따라 순위를 매기는 세계의 행복 현황이다. 그러나 이 WHR과 GNH 조사 결과가 불일치

한다. 이것은 행복을 평가하는 기준과 방법론의 차이 때문이다.

WHR은 웰빙을 지원하는 6가지 주요 변수에 기초를 둔다. 곧 소득, 자유, 신뢰, 건강한 기대 수명, 사회적 지원 및 관대함이다. 이를 근거로 국가 행복도 순위를 정한다.

반면, GNH 지수는 심리적 웰빙, 건강, 교육, 시간 사용, 문화적 다양성 및 회복력, 좋은 거버넌스, 지역 사회 활력, 생태 다양성 및 회복력, 생활수준이다.

특히 세계행복보고서에는 다음과 같은 다른 중요한 요소들이 지수에 포함돼 있지 않다.

· 얼마나 많은 사람들이 미소를 짓는가
· 실제로 그들의 삶을 얼마나 즐기는가
· 사회적으로 끌어안는 포용력은 어떤가
· 인구가 전반적으로 건강을 유지하는가
· 스트레스, 불안, 우울증 등 심리적 문제
· 국가 수준의 자살 현황은 어느 정도인가

부탄이 95위를 차지한 요인을 들여다보자. 부탄은 상위 10위권을 차지하는 북유럽 국가에 비해 1인당 GDP가 상대적으로 낮다. 세계행복보고서는 '소득의 기준'을 내세웠다.

그러나 GNH는 '정신적 웰빙'을 중시하고 있다. 행복을 측정하는 관점의 차이 때문에 직접 순위 비교를 하는 것은 무리다. 경제적인 측면을 고려한다면 부탄의 순위는 당연히 뒤쳐진다.

•·········•

어쨌든 행복의 중요한 요소는 정신적, 정서적 웰빙이다. 지금 우리나라가 필요로 하는 것도 바로 이것이다. 그런데 1960~1970년대부터 '잘살아 보세!'라는 구호가 사회를 지배했다. 경제개발 시대 무조건 국가가 주입시킨 그 이념이 체질화돼 버렸다. 이는 '코리안 마인드셋'으로 문화처럼 뿌리 깊이 박혔다.

한국의 오늘을 견인한 산업역군은 베이비붐 세대다. 그 세대들은 지금 과거의 정서를 그리워한다. 물질만능의 기계화된 세상에선 그 시절의 인간적인 정감과 운치와 낭만을 찾기 어렵다. 물질적 풍요는 누리지만 정신적 만족감을 갖기 어려운 세태로 바뀌었다.

한국의 경험칙에 비춰 지금 부탄의 행복지수가 경제개발이나 산업 발전 과정에서도 그대로 유지될지 관심을 끈다. 부탄의 상황도 세상의 흐름을 거스를 수 없어 빠르게 변하고 있다.

세상의 진리로는 모든 것을 다 손에 쥘 수는 없다. 물질이 넘쳐나면 그에 따른 역작용도 있기 마련이다. 물질이 넘치면서도 마음의 여유를 갖는 것은 불가능하다.

유유자적한 삶을 꿈꾸면서 재물을 쌓는다는 것은 두 마리 토끼를 다 잡으려는 것과 같다. 부의 축적을 위해 그 얼마나 남모르는 정신적 긴장과 경쟁과 조급함 속에 보내야 하는가. 물질적 추구는 적정한 기준치가 없기 때문에 끝없는 소유욕에 지배된다. 그래서 진정 삶의 여유를 찾기가 어렵다.

성공학의 대가 나폴레옹 힐은 "확실한 계획과 부에 대한 불타는 욕망이 부를 축적하는 유일한 신뢰할 수 있는 수단"이라고 했다. 하지만 그 욕망을 실현하기 위해서는 대신 다른 많은 것을 내놓아야 한다.

- - - - - - -

1999년에 부탄에 텔레비전이 도입되고, 급격한 도시화와 인터넷, 스마트폰, SNS 등이 보급됐다. 그러면서 서방세계 문물이 급속하게 유입되기 시작했다. 국민이 자국의 빈곤을 깨닫고 다른 나라와 비교가 가능해진 여건이 된 것이다.

이전에 고립됐던 히말라야 왕국의 사람들이 전 세계의 사치품과 안락함에 점점 더 많이 노출된다. 그래서 "더 많은 것"에 대한 열망을 부추기고 있다.

하지만 부탄 국민은 나라의 지도자인 국왕에게 감동받아 존경을 표한다. 권력을 포기한 국왕은 으리으리한 궁전이 아닌, 숲속의 작은 나무집에서 검소하게 산다.

그러니 신하들도 검소한 생활이 일반화돼 있다. 국왕부터 나라의 일꾼들은 오로지 국민들의 웰빙만 생각한다. 어떻게 하면 행복정치를 펼칠 것인가에만 정신을 집중한다.

부탄의 국민들은 아름다운 자연 속에서 마냥 행복하다. 그들의 삶의 행복 기준은 전혀 다르다. 물질이 적더라도 돈이 많은 부자가 아닌, 걱정 없이 사는 즐거운 삶이다.

서던캘리포니아 대학교 경제학 교수인 리처드 이스털린이 제시했다. 경제 성장이 사람을 더 행복하게 만드는 데 실패했다고 말이다. 그래서 돈 중심의 경제 모델에서 행복 기반 모델로 전환해야 한다고 했다.

경제성장이 전반적인 행복에 미치는 긍정적 영향에는 한계가 있다. 경제성장은 초기에 행복을 증대시키지만 특정 시점을 넘어서면 행복감은 평준화된다.

더 경제성장이 돼도 행복도는 계속 커지지 않는다. 이는 경제 발전을 통해 행복 수준을 높이는 것은 한계가 있다는 의미다. 지금까지 부탄 국민들은 비교하지 않고 자족하는 마음을 지녀왔다. 그들은 소소한 일상에서 삶의 만족을 느꼈다. GNH나 세계행복보고서에 따라 행복감 측정치와 순위는 다르다.

그러나 부탄 국민이나 북유럽인들이나 행복의 원천이 '물질'이 아니라는 것만은 분명하다. 그들은 기본적으로 검소한 생활을 꾸려간다. 그러면서 가진 것에 감사하고 자족하는 태도가 몸에 배어 있다. 한마디로 '안분지족'(安分知足)이다.

'허울'된 라이프, 패러다임의 전환

미래 시대를 대비 삶의 모드를 바꿔라

우리는 행복이든, 성공이든 '허울'에 매달려 왔다. 집단주의와 비교주의에 몰입돼 외형적·물리적 성취에만 치우쳐 내면적·정신적 충만감을 갖지 못했다. 그런 삶의 매너리즘에 젖어 일상의 극심한 생존경쟁에 갇혀 버렸다.

바로 한국사회 모두가 '랫 레이스'(쥐 경주·rat race)에 뛰어들었다. 미국에서 1930년대부터 쓰인 이 표현은 '지나치게 경쟁적인 생활 방식의 가차 없고 힘들고 지친 일'을 은유적으로 나타냈다.

언어는 사람 사는 세상을 반영한다. 그래서 언어는 그 시대 문화를 형성하고, 반대로 문화는 한 시대의 언어를 만들어 내기도 한다. 그래서 미국 인류학자인 루이스 야코는 '언어는 문화의 살아 있는 세포다. 그것은 무슨 일이 일어나고 있는지를 저장하는

DNA와 같다.'고 했다.

랫 레이스는 그 시대 산업화 경제시대의 실상을 단적으로 꼬집어내고 있다. 그 시기에는 미국에서 시작된 대공황이 지구촌을 집어삼키며 세계정세는 요동치기 시작했다.

그 중심에는 '경제'가 있었다. 미국은 자본주의를 수정해 뉴딜 정책을 폈다. 영국과 프랑스는 넓은 식민지를 활용해 블록 경제 강화에 나섰다.

독일, 이탈리아, 일본은 주변 국가를 침략해 영토를 넓히면서 새로운 시장 확보 정책을 택했다. 이런 상황에서 경쟁이 얼마나 치열했으면 그런 표현이 등장했을까 싶다.

당시 이 표현은 가둬 놓은 쥐들의 물고 뜯기는 장면을 대중적인 카니발이나 도박게임에 적용해 쓰던 용어였다. 이 말이 1930년대 경제공황 사회를 묘사해 은유적으로 쓰인 것이다.

❖ ┄┄┄┄┄ ❖

이 표현은 100년 가까이 전에 서방국가의 시대를 나타냈다. 하지만 한국사회의 바로 오늘을 그대로 말해 주는 것 같다. 세월의 격차는 한 세기지만, 우리의 현주소를 보여주기에 좀 더 살펴보자. 언어를 통해서도 시대의 문화를 비교해 볼 수 있기 때문이다.

이 말은 비유적으로 "특히 직장이나 삶에서 자신의 위치를 유지하기 위해 치열하게 경쟁적 투쟁을 벌이는 것"(당시 소개된 원문 :"fiercely competitive struggle," especially to maintain one's position in work or life)이란 뜻이었다.

랫 레이스는 우리 사회 지금 모습 그대로다. 더 이해를 돕기 위해 그 원어의 사전적 의미를 몇 개 소개해 본다.

- 케임브리지 사전 : 현대사회에서 사람들이 권력과 돈을 위해 서로 경쟁하는 삶의 방식
- 콜린스 사전 : 사람들이 성공하기 위해 공격적으로 서로 경쟁하는 일이나 삶의 방식을 포기하는 것
- 맥밀란 사전 : 경쟁이 심하고 사람들이 쉬거나 즐기기에는 너무 바쁜 행위, 일, 또는 상황

•⋯⋯⋯•

지금 랫 레이스에 내몰려 있는 우리는 진실된 자아를 탐구하면서 내면의 평화를 찾는 게 필요하다. 지금껏 젖어온 외형적 기준의 속박으로부터 자유로워져야 한다. 현실의 자신을 깨달으며 작지만 참 행복을 얻도록 관점을 바꾸는 일이다.

현재 상황에서 앞으로 한 단계 더 나아가지 않고 과거의 사고방식과 행동양식에 머물러 있어서는 안 된다. 내 삶에서 한 보 한 보 전진하는 게 더디다고 해서 조급해할 필요도 없다.

나부터 삶의 틀을 새로운 모양새로 다듬어가야겠다는 긍정의 마음가짐을 갖는 게 중요하다. 그것이 삶의 모드가 바뀌어 갈 '미래 시대에 대비'(future-proofing)하는 것이 된다.

분명 우리의 지난 생활 방식은 물질을 풍족케는 했다. 하지만 진정한 행복감을 가져다주지는 못했다. 지금 순간부터라도 라이

프 패러다임의 전환에 나서자. 이를 통해 참다운 내적 행복감을 누리도록 지혜를 짜내야 한다.

계량적 평가가 보여주는 낮은 행복지수에서 탈피하지 않으면 그 어떤 부요나 발전도 허상일 뿐이다. 우리는 행복을 궁극의 목표로 삼는다. 그렇다면 그 핵심가치가 배제된 경제지표나 국민소득의 수치는 큰 의미가 없다.

· · · · · · · · ·

마음의 평안이 깃든 행복감을 누리기 위해 어느 중국 시인의 훈화에 귀 기울일 필요가 있다.

> "세속에 집착하지 않고(自處超然),
> 남에게는 온화하고 부드럽게(處人藹然),
> 평소에 맑고 잔잔하게(無事澄然) 처신하라."

그래야 우리 사회가 끝없는 욕구 충족을 향한 강박관념에서 벗어나 현재를 즐길 수 있다. 그럴 때 행복지수가 높은 선진 국가들같이 쫓기지 않고 여유로움 속에 지속가능한 행복을 누릴 수 있다.

지속가능한 행복이란 인생을 윤택하게 만든다. 그 속에는 긍정적인 정서와 자신의 일에 대한 몰입, 그리고 인생을 살아가는 의미가 담겨진다. 즉, 누구나가 한결같이 바라는 만족, 낙관, 희망, 기쁨, 감사, 즐거움 – 바로 행복지수를 높이는 요소들이다.

비바람에 떨어진 꽃도 '자연 순리'
인생도 한 치 앞을 모르는 게 세상 이치

어젯밤에 봄 날씨치고는 강풍도 분 데다 제법 많은 비가 내렸다. 각 지역마다 봄꽃 축제를 진행하고 있었는데, 계획에 차질을 빚는다는 소식이다.

특히 벚꽃같이 추운 겨울을 견뎌낸 봄꽃들은 날씨에 민감하다. 지난밤 비바람에 그만 다 떨어져 낙화가 됐다. 그동안 코로나19로 몇 년간 다중이 몰리는 축제가 열리지 못했다. 그래서 공들여 준비했을 텐데, 축제마당이 한순간에 쓰레기장처럼 돼 버렸다.

분명 꽃은 우리의 마음을 편안하게 만들고 행복을 준다. 나아가 생각지도 못한 착상을 떠올리게도 하고 영감을 주기도 한다. 그래서 누구나 꽃을 좋아한다.

기쁠 때나, 슬플 때나 사람들은 꽃으로 마음을 전한다. 그 누군들 꽃을 싫어할까? 꽃은 세상살이에 찌든 우리를 위로하고, 동기를 부여하며, 격려를 해주는 마력을 갖고 있다.

사람에 따라서는 통찰력을 제공하기도 한다. 들녘에 피어난 이름 모를 꽃이라도 우리에겐 사랑을 느끼게 만든다. 꽃은 우리의 한결같은 친구이기에 그렇다.

그래서 '꽃은 함께 나누는 행복'이라고 할 수 있다. 누군가는 말했다. "나는 목에 다이아몬드를 두르는 것보다 머리에 꽃을 꽂고 싶다."라고. 또한 꽃은 희망의 상징이다. 정원사가 정성들여 잘 가꾼 화초는 아름다운 꽃을 피운다. 하지만 잡초가 무성한 들판이나 척박한 사막에서 자라는 야생화도 꽃이 핀다.

꽃은 말로가 아니라 그 자태로 보여준다. 어젯밤 비바람에 떨어진 벚꽃 송이들이지만 우리에게 '아름다움'이라는 선물을 줬다. 자연스레 시들어 떨어지는 꽃이라도 마찬가지다. 그것은 영혼을 위한 햇빛이며, 음식이며, 영약(靈藥)이다.

❖ ⸺⸺⸺ ❖

긴 겨울을 이겨내고 잎보다 먼저 화사한 꽃부터 피운 벚꽃이었다. 그런데 비바람에 휩쓸려 떨어지는 '물리적 현상'을 보며 생각한다. 그 꽃을 보려면 다시 일 년 사계절을 기다려야 한다. 자연의 이치는 인간의 의지대로 되는 게 아니다.

세상살이도 그와 다를 게 없다. 내가 세운 야심찬 계획들이 뜻대로 다 이루어진다면 얼마나 좋겠는가. 그런데 그렇지가 않다. 누구나 그렇지만 일상에서, 아니 평생의 삶에서 '일범순풍'(一帆順

風)을 꿈꾼다.

곧 순풍에 돛을 올리듯이 모든 일이 순조롭게 풀리기를 원한다. 하지만 인생도 한 치 앞을 모르는 게 세상의 이치다. 만약 뜻한 것이 모두 이루어진다면 세상살이는 어떨까. 그저 가정(if)일 뿐이다.

그러기에 우리는 늘 창조의 섭리, 자연의 순리를 겸손하게 받아들이며 순응해야 한다. 피조물 인간이 그 '창조의 시스템'을 거역하고 도전하면서 치르는 대가는 크다. 지금 우리는 그것을 깨닫고 있다.

사상가이자 세계적인 소셜 미디어 인플루언서인 브라이언트 맥길은 '자연은 생명의 절대적인 요람이며, 최고의 존경과 보살핌으로 보호되고 대우받아야 한다.'라고 했다.

인간이란 생명체는 자연과 분리된 개별적 존재가 아니다. 자연 생태계에 속해 있는 완전한 구성체이며, 근본적인 부분으로 역할을 한다.

제7대 국제연합(UN) 사무총장을 지내고 노벨평화상을 수상하기도 했던 코피 아난이 강조했던 말이다.

"우리는 물려받은 지구의 선한 청지기가 되어야 한다. 우리 모두는 지구의 취약한 생태계와 귀중한 자원을 공유해야 하며, 이를 보존하기 위해 각자의 역할이 있다. 우리가 이 땅에서 계속 살려면 우리 모두가 책임을 져야 한다."

◦ ──────── ◦

아메리카 원주민 속담에 '지구는 우리가 조상으로부터 물려받은 것이 아니라 자손으로부터 빌려온 것이다.'라는 말이 있다. 이 아름다운 지구를 온전히 보존해 후손에게 물려주는 것이 지금 기성세대의 의무다.

그런데 사실 지구 환경은 지금 세대에 들어와 오염되고, 자연 생태계가 위기를 맞았다. 대부분 역사에서 인간은 생존을 위해 자연과 싸워왔다. 그러다 금세기에 들어 생존을 위해 자연을 보호해야 한다는 것을 깨닫게 되었다.

이전에는 밤이 되면 밖에 나가 별을 바라보며 정감을 함께 나누던 낭만도 있었다. 하지만 지금은 도시화 · 산업화의 물결에 따라 별 헤는 밤의 추억은 아스라한 옛적 이야기가 되었다.

그뿐인가. 푸르고 아름다운 숲에서는 새들이 지저귀는 소리를 가까이 들을 수 있었다. 또 푸른 파도가 하얀 모래사장에 부딪히는 정경을 선사하던 자연의 넉넉함도 있었다.

그렇지만 오늘날 기술 발달과 급변하는 생활환경에 휩쓸려 자연에 흠뻑 빠져드는 여유도 점점 멀어지는 세태가 되었다. 대신 이 지구와 대자연의 아름답고 경이로운 경관을 회복시키는 것은 절체절명의 숙제가 되었다.

매년 4월 22일은 지구 환경을 보호하자는 취지에서 세계 기념일로 제정한 〈지구의 날〉이다. 기후변화가 심각해지자, 2016년 지구의 날에는 '파리협정'(Paris Agreement) 서명식이 열리기도 했다. 지구온난화를 방지하기 위한 기후협약이었다.

지금 21세기에 가장 현실적인 생각은 환경을 취우선 순위로 삼는 것이다. 환경 보존은 인간과 자연이 조화를 이룰 때에 가능하다. 지금이야말로 우리 모두가 대자연에 대한 경외심을 가져야 한다.

지금 전 세계적으로 발생하는 기상이변과 자연재해는 인류의 존망을 다투는 심각한 문제가 되어 있다. 마침내 인간의 운명이 우리의 보금자리인 지구 행성의 운명과 연결되어 있다는 위기의식을 갖게 되었다. 다음 세대들이 누려야 할 행복의 권리를 우리가 빼앗고 있는 것은 아닌지도 생각해 볼 일이다.

자연 세계가 인간의 행복과 무슨 상관이냐 할지 모른다. 그러나 그것은 인간의 삶의 터전이 되고, 온전한 자연은 우리의 참행복에 기여한다는 것을 깨달아야 한다.

인간과 자연계는 분리될 수 없다. 지구의 생태계를 잘 보호해야 깨끗한 물, 건강한 음식, 안정적인 기후 등을 누릴 수 있다. 그것이야말로 인간의 행복한 삶에 필요한 가장 근본적인 요소들이다.

세상만사도 'ESG'적 지속가능해야
생물학적 법칙을 존중하며 살아가는 지혜

인간의 생명은 개인의 것이 아닌, 생태계 그 자체다. 지구라는 행성에 살아있는 고도 유기체인 것이다. 그래서 우리는 지구라는 생태 조직체를 보존하고, 지키고, 가꿔 나가야 하는 책임과 의무가 있다.

생태계는 복잡한 태피스트리와 같다. 수백만 개의 낱개 실들로 짜여져 전체의 작품이 구성된다. 이 직물 구조 같은 유기적인 자연을 인간이 훼손하고 있다. 지속가능하게 만들어진 자연을 인간 스스로 망가뜨리고 있는 것이다.

이제 우리가 깨달아야 할 일은 사람은 생태계를 형성하는 일부라는 것이다. 자연의 기본 생물학적 법칙을 존중하고, 그에 맞춰 사는 법을 터득해야 한다. 그래야 건강한 자연계를 지켜낼 수가 있다.

그러나 지금 현실은 어떤가? 우리가 직면해 있는 환경 파괴는 생태계 경시를 반증한다. 산업 쓰레기와 생활 폐기물이 지구 생태계를 어질러 놓고 있다. 넓은 바다 어디엔가는 서울 여의도만 한 쓰레기 부유물이 떠다닌다고 한다.

이 아름다운 지구는 우리에게 더없이 귀중한 선물로 주어졌는데 이를 어찌할 건가. 인간들이 자신들의 욕구와 편익성만을 위해 멋대로 지구 공간을 써먹은 결과다.

뿐만 아니라 사회적 환경도 퇴락해지고, 사람들의 감정도 거칠어졌다. 특히 사회적 타락은 인터넷이 세상을 지배하는 시대가 낳은 폐해다. 통계를 보면 온라인 성인오락물이 전자 상거래, 뉴스, 스포츠 및 날씨보다 더 인기 있는 웹사이트 콘텐츠가 돼 있다.

우리가 살아가며 매일 접하는 TV프로그램, 음악, 게임, 영화 등 다양한 매체들은 어떤가. 문화라는 이름으로 선정적이고 폭력적이며, 자극적인 내용물로 대중을 홀린다. 그런 것들로 디지털 세상에 청소년을 끌어들여 소비를 꼬드긴다.

그러면서 국가나 기업은 그것을 '산업'으로 포장해 돈벌이 수단으로 삼고 있다. 이는 물질적으로는 성장이겠지만 정신적으론 쇠락의 길을 마냥 내달리고 있는 격이다.

•--------•

지구 온난화의 속도를 늦추는 중요한 '지구의 허파'인 아마존. 이곳에는 약 300만 종의 식물과 동물들이 서식한다. 또 원주민

100만 명이 살아가는 삶의 터전이다. 그것마저 인간의 개발 욕심으로 산림이 파헤쳐지고 있다. 2020~2021년 1만3,235㎢의 아마존 열대우림이 사라졌다.

이는 지난 2006년 이후 최대 손실 기록이다. 브라질 국립 우주연구소의 보고서에 따르면 삼림 벌채는 1년 만에 22% 증가했다. 브라질은 COP26 기후정상회의 때, 2030년까지 삼림 벌채를 끝내고 회복에 힘쓰겠다고 약속했다.

이제 와서야 온 세계가 '2050 탄소중립'이니, '녹색성장'이니 야단법석이다. 나아가 인간의 경제활동에서도 이 같은 절체절명의 문제에 대한 위기감이 배어 있다. 이에 'ESG 경영(환경보호·사회적 책임·지배구조 개선)'이란 개념까지 등장했다.

전 세계 기업들에게는 생존과 번영에 직결되는 필수적이며 핵심적인 기준이다. ESG 경영은 기업을 중심으로 적용된다. 하지만 그 기본정신을 확대해 보면, 지구 환경 지키기와 인간에 대한 존중, 그리고 생활공동체의 청렴성(integrity)이라 할 수 있다.

⋯⋯⋯⋯

이 기준이 오직 기업들에게만 해당될까. 나 자신과 가정, 사회, 조직, 국가 등 인간이 활동하는 모든 영역에서 준용돼야 할 가치다. 어쨌든 기업들은 투명 경영을 통해 '지속가능한' 발전을 할 수 있다는 것이 ESG의 기본철학이다. 이제는 어떤 영역이든 지속가능한 것이 준거가 되는 시대다.

이 책에서 지속가능한 행복과 성공을 강조하는 것은 이 때문이다. 우리의 삶이나 세상만사도 ESG 기준의 지속가능한 바탕에서 가꿔나가는 것이 무엇보다도 중요한 시대에 이르렀다.

정결해야 할 고귀한 삶의 문화가 오염되고, 기계 문명이 인간 고유의 정신과 영혼을 지배하는 시점에 이르렀다. '문화'니, '문명'이니 하는 미명 하에 물질숭배와 상업주의가 빚어낸 결과다.

우리는 특히 디지털 세대의 중심축이 되는 미래를 이끌어 갈 신세대들이 부지불식중 이 같은 세상 흐름에 영합되고 세뇌되는 건 아닌지 두려울 뿐이다.

그들이 어떤 가치관을 형성하는가는 기성세대의 역할에 달려 있다. 기성세대에 속한 나는 이런 생각을 하면서도 그에 합당한 노력을 하는지 자문해 본다.

지속가능성의 핵심요소는 자연의 순리에 따르는 것이다. 그저 유행에 편승하기보다 큰 줄기의 시류를 간파하면서 세상을 파도타기하면 삶이 쾌적해진다. 그러면서 이 시대가 보여주는 사조(思潮)에도 객관적인 탐구적 마인드셋을 지녀야 한다.

자연의 이치에 순복한다는 것은 마치 해안으로 밀려드는 높은 파도를 이용해 타원형의 널빤지를 타고 파도를 헤쳐나가면서 즐기는 서핑과도 같은 것이다. 그런데 해안으로 밀려들 수밖에 없는 파도의 물결을 거슬러 가려 한다면 결국은 한 치도 나아가지 못한다.

그렇듯, 삶의 순리를 역행하게 되면 악순환만 반복될 뿐이다. 지속가능한 세상살이는 인생의 선순환 궤도에 진입하게 돼 안정된 기조를 유지하는 것이다.

파도를 타다 중도에 물에 빠지면 다시 일어나 도전하고, 또 도전하면 반드시 해안에 도달하게 되어 있다. 어떤 환경에서든 현재 어려움에 직면하더라도 이를 자연의 순리로 받아들이는 긍정의 자세가 필요하다.

이를 바탕으로 현실을 냉철하게 살펴보면서 실질적이고 현명하게 미래를 계획한다. 오히려 시련은 다른 관점에서 보면 삶을 관조할 수 있는 소중한 기회를 준다.

한마디로 새로운 각도에서 자신을 통찰할 수 있는 인생의 변곡점이 되는 것이다. 물이 마르기 전까지는 물의 소중함을 결코 알 수 없듯이 말이다. 그래서 '시련은 위장된 축복'이라는 말도 있다.

여하튼 지속가능성이 없이는 세상살이에서 안정과 결속을 이룰 수가 없다. 욕심과 탐욕으로 가득 찬 삶 속에서는 기복이 심해 안정감을 찾을 수 없을뿐더러 행복감은커녕 불안감과 초조함에 시달린다.

그런데 우리는 평범한 일상을 유지하려고 노력하는 대신 무언가 특별한 상황을 만들어 쾌감을 누리려고만 한다. 평범한 삶의 힘이 얼마나 큰지를 깨닫지 못하면서다.

그런 삶을 즐기는 것도 능력이며, 미래에 대한 불안 없이 현재를 충실히 살아가는 것도 용기가 필요하다. 자신에게 주어진 환경에서 일상생활을 영위하는 것 자체가 대단한 것이다. 아니, 이는 진정 감사해야 할 일이다.

미국 문학가이며 정치 활동가였던 이레나 클레피스는 '우리가 슬퍼해야 할 것은 웅대한 비전의 상실이 아니라 일반적인 것들과 일, 행위가 없어서다.'며 '평범함은 우리가 애써 찾아야 할 가장 소중한 것이다.'라고 했다.

그러면서 '평범한 삶은 거창한 동기나 원인, 그리고 추상적인 이론이 아닌, 목적의식과 자존감을 가지고 계속 살아갈 권리'라고 강조했다.

'인생은 뚝딱!' 졸속작품이 아니다

성공은 자신이 관리한 습관이 맺은 열매

사람은 영리한 듯하면서도 미숙한 데가 있다. 한번 어떤 것에 시쳇말로 '필'이 꽂히면 맹목적으로 믿어버린다. 그래서 젊어서 잘못된 생각이나 행동이 습관이 돼 버리면 쉽게 고쳐지지 않는다.

그건 평생 자기 자신의 모습으로 굳어지게 된다. 그런데도 우리는 습관이 바뀌면 인생이 달라질 수 있다는 진리를 알지 못한다. 《원씽 : THE ONE THING》의 저자 게리 켈러는 '성공의 핵심은 삶의 매 순간 가장 적합한 행동에 집중하는 것'이라고 말한다. 또 '성공은 자기관리가 아니라 자기가 관리한 습관을 통해 이루어진다.'고 강조한다.

그처럼 습관이란 내 삶을 결정짓는 기초가 된다. 습관은 질긴 습성이 있어 한 번 몸에 배이면 바꿔지지 않는다. 독일의 철학자 칸

트는 주위 사람들이 다 알 정도의 습관으로 유명했다. 너무도 철저하게 기계가 작동하는 것처럼 규칙적인 생활을 했기 때문이다.

그는 매일 완벽히 같은 시간에 일어날 뿐만 아니라 같은 시간에 같은 거리를 같은 속도로 산책했다. 음료수를 마실 때에도 정확하게 일정한 양을 마실 정도였다. 그렇게 하지 않으면 직성이 풀리지 않았다.

'직성'이란 말이 나왔으니, 그 뜻을 살펴보면 사람의 운명과도 연결되는 함의가 담겨 있다. 원래 직성(直星)이란 사람의 나이에 따라 그의 운명을 관장하는 별을 뜻한다. 직성에는 9가지 별이 있는데 남녀에 따라 각기 다른 별로부터 시작돼 차례로 돈다고 한다.

•⋯⋯•

민간의 습속에서는 이들 직성의 변화에 따라 운명의 길흉이 결정된다고 여겼다. 그래서 흉한 직성의 때가 지나 길한 직성이 찾아오면 운수가 풀려 만사가 뜻대로 잘 된다는 것이다.

이 본 뜻은 '소원이나 욕망 따위가 제 뜻대로 이루어져 마음이 흡족하고 편한 상태'를 나타내는 말로 바뀌었다. 사람이 살다 보면 좋을 때도, 나쁠 때도 있는 법이다. 이를 두고 원래 직성은 인간의 한정된 지각이 만들어낸 민간 속설이다.

어쨌든 어떤 습관을 갖느냐에 따라 사람의 운명도 달라질 수 있다. 습관을 지녔다는 것은 규칙적인 생활을 한다는 의미다. 또 규칙적인 생활은 자신의 삶을 체계적이고 질서 있게 유지해 나가는 것을 상징한다. 곧 허투루 되는 대로 막 살아가는 게 아니다.

인생을 진정 행복하게 살아가려고 하는가? 그럼 작은 것이라도 바람직한 습관을 길들여야 한다. 하지 않으면 못 배기는 긍정적인 버릇을 내면화시키는 것이다.

사람은 어려서부터 좋은 습관을 체득하는 것이 아니다. 성장 과정에서 알게 모르게 저절로 생활의 습성이 몸에 배이게 된다. 그러다 어느 시점에 습관의 변화 필요성을 깨닫게 된다.

습관의 변화는 사고방식의 전환을 의미하기에 습관을 고친다는 것이 어렵다. 변화는 자신에게 마술처럼 일어나는 것이 아니다. 끊임없이 적극적인 노력을 쏟아야 이룰 수가 있다.

무언가를 습관으로 바꾸려면 그것을 받아들이기 위해 힘을 쓰도록 두뇌를 밀어붙여야 한다. 그것을 한 주가 시작되는 월요일에 한 번씩 해서는 안 되고 매일매일 끈기 있게 해야 한다.

습관의 변화는 쉽게 성취되지 않기에 시간과 노력을 들여야 이루어지는 속성이 있다. 한번 매어놓은 습관의 사슬은 워낙 강해서 쉽게 끊어지지 않는다. 하지만 습관은 또 다른 습관으로 극복되는 것이다.

· · · · · · · · ·

《아주 작은 습관의 힘》(원제:Atomic Habits)의 저자 제임스 클리어는 '작은 습관이 개인적인 성취뿐 아니라 조직의 성장에도 중요한 역할을 한다.'고 했다. 그는 작은 습관의 누적이 얼마나 큰 변화를 만들어낼 수 있는지를 제시하고 있다.

개인의 삶에서도 습관이 중요하다. '세 살 버릇 여든 간다.'는 속담도 있다. 나이가 들어가면 사람은 두 부류로 나누어진다. 정말 늙어도 생각이나 처세가 멋진 부류가 있다. 아니면 고집불통의 괴팍한 경우도 있다.

그래서 나이든 사람이 그동안 어떻게 세상을 살아왔는가는 그의 습관을 보며 쉽게 판별된다. 그 사람의 말 씀씀이, 행실, 모양새 등등을 보면 과거를 읽을 수 있다. 개인의 삶이란 하루아침에 뚝딱 만들어지지 않기 때문이다.

그런 여러 가지 요소들이 함께 어우러져 그 사람의 인품이 된다. 또 이미지로 나타나며 정체성이 된다. 말만 유창하게 하고, 행실만 번듯해서도 아니다. 아니면 모양새만 화려하다 해서 될 일이 아니다. 그래서 참 행복한 인생을 누리려면 젊어서부터 반듯하게 살아가도록 노력하는 것이 필요하다. 그것이 평생 습관의 힘이 된다.

이것은 겉으로 끌리는 모습이 아니라 속에서 잘 영글어진 삶이다. 그것은 실속이 알찬 인생이다. 그런데 세상 사람들은 재산, 지위, 명예 등 겉치레에 목숨을 걸며 살아간다.

그러다 보니 세월이 흘러 소위 세상에서 성공했다는 사람들의 영욕이 뒤바뀌는 것을 수없이 본다. 정치 권력가, 재벌 총수, 예능인, 학자, 전문가 등등….

이제는 올바른 습관을 위해 변화를 모색하라. 습관은 내가 스스로 만들지만, 그다음에는 습관이 나의 인생을 빚어낸다. 위대한 사람, 성공한 사람, 행복한 사람, 이들 모두는 스스로 설정한 틀, 일상, 습관을 통해 그렇게 된 것이다.

"둠 스피로 스페로"… 소망의 금빛

세상살이의 모든 것, 그 자체가 기적이다

사람의 심리는 '하라는 것'보다 '하지 말라는 것'에 더 호기심을 갖는다. 고등 생명체인 인간에게는 그런 심리가 작용한다. 오히려 하등 생명체인 동물에게는 그것이 적용되지 않는다.

그래서 사람에게는 금지된 것을 추구하고, 거부된 것을 탐내는 성향이 있다. 이탈리아 속담에 '판매 금지된 책은 모든 사람이 찾아보려 하고, 금지된 한 명의 독자를 세 명으로 만든다.'는 말이 있다.

성경 창세기에 보면 하나님께서 아담과 이브에게 모든 걸 누리되 '선악과'만큼은 따먹지 말도록 했다. 그런데 죄의 유혹에 빠져 금단의 열매를 따 먹음으로써 에덴동산에서 쫓겨나게 됐다.

인간이 본래적으로 '죄성'(罪性)을 지니게 된 연유다. 그렇게 해서 긴 세상을 살아가면서 삶의 부침을 겪게 되는 것도 창조의 섭리다.

우리는 세상살이를 영위하면서 '금단의 매력'에 쉽게 빠진다. 심지어 스스로 금지된 것을 찾아 나서기까지 한다. 그러다 보면 세상살이에서 난관을 맞기도 하고, 인생이 깨지기도 한다.

만약 우리가 인생을 두 번 살 수 있다면 삶의 부침은 그렇게 크게 느껴지지 않을 것이다. 한 번은 연습으로 살고, 두 번째는 본게임처럼 살면 되니까 말이다. 그러면 인생의 실수나 난관을 예방할 수 있는 지혜도 갖게 될 것이다.

단 한 번의 인생이기에 작은 것 하나라도 따져보면 기적인 셈이다. 그런데 우리는 모든 걸 그저 주어지는 일상으로 여기며 살아간다. 우리가 많은 계획을 세우지만, 실제 일어나는 현실은 다른 경우가 많다. 그래서 우리가 다른 계획을 세우는 동안 우리에게 일어나는 일의 집합이 바로 인생이란 말도 있다.

알버트 아인슈타인은 인생을 사는 방법은 두 가지뿐이라 했다. 하나는 아무것도 기적이 아닌 것처럼 보는 것이다. 다른 하나는 모든 것이 기적인 것처럼 여기는 것이다. 기적이란 통념적으로 상식을 벗어난 기이하고 놀라운 일이란 긍정성을 띤다.

- - - - - - - -

창조 섭리 가운데 자연의 순리를 보자. 어두운 밤이 있으면 환한 낮이 있고, 햇빛 화창한 날이 있으면 비바람이 몰아치는 험한 날도 있다. 그렇듯이 인간도 삶의 대장정에 나서면 영광도, 치욕도 있게 마련이다.

그중 치욕의 원인과 동기는 결과적으로 보면 욕망이나 탐욕에서 비롯된다. 아니면 선한 목적을 이루려다 연유되거나 본의 아니게 꼬일 수도 있다. 하지만 창조의 섭리, 그 안에서 세상의 원칙으로도 선악은 언젠가는 밝혀진다.

인간 세상은 변화무쌍하다. 그런 가운데 악한 자는 깨우쳐 거듭나야 한다. 또 선한 자는 늘 감사하며 더욱더 선해져야 할 것이다. 내가 세상에 태어난 자체가 축복과 은총인 만큼 늘 감사해야 한다.

하루에도 날씨가 몇 번씩 변하기도 한다. 그렇듯이 인생은 정해진 게 아니라 활수(活水)처럼 언제나 유동적이다. 요즘 인간의 기대수명이 길어져 100세 시대를 산다지만 불행도 잠깐, 행복도 한때일 수 있다.

그렇기에 행복과 불행이 세상살이 전체를 좌우하지 않도록 해야 한다. 한 치 앞도 모르는 우리가 맞이하는 범사는 모두 기적이다. 그런 만큼 '선물'(present)로 값없이 얻은 '오늘'(present)을 감사해야 한다. 그 하루하루 내 삶에서 최선의 노력을 쏟아야 하는 이유다.

인생은 오늘을 알차게 살며 내일의 소망을 가꾸는 긴 여행길이다. 행여 내일의 희망을 꿈꾸면서 오늘을 거저 보내서는 안 된다.

철학자 키케로는 외쳤다.

"둠 스피로 스페로" Dum Spiro Spero

숨 쉬는 자, 그대에게는 희망이 있다. 소망은 어둠 가운데에서도 빛을 보게 하며, 죽음 앞에서도 생명을 지켜내게 하는 강력한 힘이다. 또 미래의 소망을 가져야 하는 것은 앞으로 올 날들도 매일 매일의 선물로 우리에게 주어지기 때문이다.

• ········ •

중국의 저명한 고대 철학자로 장자(莊子)가 있다. 그는 제자백가 중 도가(道家)의 대표적인 인물이며 노자(老子) 사상을 계승해 발전시켰다. 그는 인생을 '멀리 소풍 떠나 즐기듯 살라'는 '소요유'(逍遙遊)를 강조했다.

이는 미래를 바라보되 우리 자신이 아무 조건도 없이 이 세상에 존재하게 된 만큼 그것을 감사하며 오늘을 긍정으로 엮는 것이다. 뜻 있는 하루를 조급하게 여기지 말고 각박하게 보내지도 말라.

그의 사상을 음미해 보면 이렇다. 한마디로 인생을 복닥대면서 쫓기며 밀어붙이지 말고 편안하게 소풍 떠나는 마음처럼 살라. 우리에게 주어진 하루하루의 소중한 삶을 목적의식에 옭아매지 말라. 한자 세 글자에 공통으로 들어 있는 책받침 변(辶)은 원래 '착'(辵)에서 나온 것으로 '쉬엄쉬엄 간다'는 뜻이다. 소요유 세 글자 모두 서두르지 말고 쉬어가라는 것을 반복하고 있다. 그러니 어떤 것에 묶이지도, 위축되지도 말고 마음의 여유를 찾아 일상에서 행동하라.

한마디로 크게는 하늘로부터 선물로 받은 인생, 작게는 오늘을 그 자체로 감사하며 즐겁게 맞이하라. 삶 자체를 목적으로 삼아야

지 출세 등과 같은 세상의 목표를 달성하는 수단으로 삼지 말라.

장자가 부르짖는 것은 삶 자체가 목적인데 아웅다웅 다투고 시기하지 말고, 아등바등 일에 묻히지도 말라는 것이다. 남을 배려하고 이해하고 사랑하는 자세로 삶을 만유(漫遊)하라. 한가로이 이곳저곳을 돌아다니면서 구경하며 노닐 듯 말이다.

혹시 당신은 화살처럼 날아가는 하루하루의 시간에 쫓기며 살고 있지는 않는가? 왜 그리 바쁘게 사는지, 무엇을 위해 뛰는지, 어디를 향해 달리는지 생각해 본 적이 있는가?

아니면 그저 세상 속 욕구를 충족시키기 위해, 아니 단순히 먹고 살기 위해, 타성에 이끌려 버텨 나가는 것인지? 그렇다면 그런 것을 생각해보면서 삶의 템포를 늦춰 자신을 들여다보는 것은 어떨까.

그것이 바로 소요유의 정신이라 할 수 있다. 달리 '무위'(無爲)의 의미이기도 하다. 여기에서 '위'는 '억지스럽다'는 의미의 '위'(僞)를 나타낸다. 곧 무위는 '아무것도 하지 말고 고고하게 자연을 즐기라'는 것이 아니다. '자연스러움에 반해 억지로 뭔가를 이루려 하지 말라'는 뜻이다.

이는 무리해서 무엇을 하려고 하지 말고 스스로 그러한 대로 사는 삶을 일컫는 '무위자연'(無爲自然)이다. 말하자면 인간의 지식과 욕심에 매달려 인위적으로 뭘 하려 들지 말고 순리대로 따르라는 것이다.

제 4 장

지속가능한 행복을
찾아서

1

이벤트적 행복… 가뭄의 단비일 뿐
결혼은 배우자와 함께 맞춰가는 모자이크

　사람과 좋은 관계를 유지하는 비결은 서로를 챙겨주고, 존경하고 지지해 주는 것이다. 이것은 물질적이기보다 정신적, 정서적인 면이 더 강하다. 우리는 자신의 모든 것을 다 내줄 수 있을 정도로 내 삶보다 더 중요하다고 여기는 사람과 결혼을 한다.

　서로가 기댈 수 있다는 믿음이 기반이 돼야 평생 인생의 여정을 함께할 수 있다. 좋은 시간을 함께 많이 누릴수록 부부의 정도 깊어진다. 참행복은 함께 이런 시간을 나눌 때에만 진짜다. 관능적 사랑의 느낌은 쉽게 식을 수가 있다.

　참행복은 염려를 함께해 줄이며 상호 참여를 통해 즐거움을 두 배로 늘린다. 그래서 결혼은 배우자와 함께 맞춰가는 모자이크와 같다. 마지막 한 조각까지 다 꿰맞춰야 완성되는 것이다. 부부의 정이란 수백만 개의 작은 순간들이 쌓여져 이뤄진 금자탑이다.

나는 지금까지 40년이 넘게 결혼생활을 했다. 그 과정에서 힘들 때도, 즐거울 때도 있었다. 누구나 그러하듯이. 그렇지만 아마 보통 사람들과 다른 점이 하나는 있다.

나는 이날 이때까지 단 한 번도 생일이나 결혼기념일에 특별한 '이벤트'를 해본 적이 없다. 물론 일반적인 식사 정도야 때에 따라 하기도 했겠지만 말이다. 그렇지만 아내에게 선물조로 브랜드 명품을 사준다거나 어디 해외로 나가 본 적이 한 번도 없다.

세상의 기준으로 보면 별로 인기 없는 남편일 수 있다. 또 무슨 재미로 결혼생활을 해왔나 하는 생각을 할 수도 있다. 하지만 우리 부부는 그런 것은 매우 지엽적으로 큰 의미를 두지 않았다.

이에 대해서는 아내와 공감대가 형성돼 있다. 그래서 늘 그런 방식으로 사는 것에 익숙해 있다. 가장으로서 그런 습관을 내재화시킨 것이다. 그저 서로에 대해 아껴주는 마음, 애틋하게 여기는 정감만큼은 항상 변하지 않았다. 요란하지 않게 잔잔한 물 흐르듯 서로를 위한 생각을 갖는 것. 그 한결같은 마음으로 돈독한 부부의 정을 가꿔 왔다.

단적으로, 결혼한 지 40년을 맞아서도 특별한 이벤트를 갖지 않았으니까. 일반 사람들 같으면 거창한 계획을 꾸몄을 수도 있다. 어쩌다 보니 우리 부부 둘이서 그 흔한 해외여행 한 번 가본 적이 없다. 물론 국내 여행이야 자녀들이 성장하면서 휴가 때마다 많이 다녀봤다.

나는 인생 일모작의 현역 시절에 업무 관련 해외 출장을 제법 다녔다. 아내는 소수의 지인들과 기회 있을 때마다 해외 나들이를 하곤 했다. 그것도 비용 절감을 위해 여행 시즌이 아닌, 최고 비수기를 택했다. 그러니 저렴한 가격에 오히려 한가한 여행을 즐겼던 것 같다.

같이 외국 나들이를 할 여건이 안 되다 보니 내가 해외여행을 다녀올 것을 적극 권장했다. 하지만 시기를 결정하는 것은 아내의 몫이었다. 전업주부로서 많은 돈을 들여 외국 여행을 떠나는 건 마뜩하지 않았을 것이다.

현직에 있을 때 함께 외유도 하고픈 생각이야 왜 없었겠는가. 하지만 요즘 세태처럼 전에는 일 년에 휴가가 그렇게 길지 않았다. 그 기간에 부부가 같이 해외여행을 나서는 게 내키지 않았다. 세심하고 늘 철저한 사고방식을 지닌 내 성격이라 늘 회사 일과 연계해 생각을 했다.

직장에서, 특히 상위 직급에 있을 때 국내가 아닌 외국으로 '위수지역'을 벗어나 여행을 하는 게 편치 않았다. 그러면서 우리가 하는 말이 '은퇴하고 나면 편하게 함께 해외여행 다니자.'고 입버릇처럼 했다. 그러면 아내는 '그렇게 꼭 하자.'며 화답을 하곤 했다.

해외로 여행을 떠나는 것은 신나는 일이다. 비행기를 타고 외국을 나간다는 것 자체가 설렘을 가져다준다. 요즘의 젊은 세대(MZ

세대)들은 쉽게 외국 여행을 나선다. 무엇보다 연휴에 자신의 직장 휴가를 필요한 때에 활용할 수 있어서다. 부담 없는 여행이 가능하다.

옛날에는 일 년에 대부분 여름에만 주어지는 길지 않은 휴가를 가는 것부터가 스트레스였다. 상사의 눈치를 봐야 했기 때문이다. 지금처럼 웨라밸(Work and Life Balance) 개념도 없던 시절, 휴가는 "회사 일을 등한시하는 것"처럼 보일 정도였으니.

지금은 직원들의 휴가를 챙기지 않는 조직의 상사는 무능한 사람으로 찍힌다. 그러니 오히려 윗사람이 나서서 휴가 안 가냐고 재촉하는 세태란다. 세상은 360도 바뀌었다.

정부에서 노동개혁을 해서 초과근무 단위를 월, 반기, 년으로 바꿀 예정이다. 그러면 직장에서 야근과 특근 많은 바쁜 사람은 서방국가처럼 한 달 여름휴가를 떠날 수도 있다. '일한 자 떠나라' 와 '바캉스'란 말이 일반화되는 시대가 오고 있다.

어쨌든 해외여행은 평소에 접하지 않는 이국적 '내음'을 맡기에 마음을 들뜨게 한다. 사람, 음식, 도시, 산천, 풍습, 그리고 그들의 생각과 행동 자체도 냄새가 다르다. 그래서 해외여행은 앞으로 기대를 하든, 지나간 기회를 추억하든 항상 매력적이다.

한마디로 해외여행은 인생을 유혹한다. '공항'이란 말만 들어도 가슴이 뛴다. 영국의 작가 더글러스 아담은 갈파했다.

"지구상에 있는 그 어떤 언어도 '공항처럼 아름답다'는 표현을 만들어 낸 적이 없다는 것은 우연이 아니다."

하지만 꼭 그런 이벤트적 여행만이 지속가능한 결혼의 행복이 아니다. 그저 상대방의 정서적, 정신적 공백을 메워준다면 물질적 쾌락은 중요하지 않다. 지속가능한 행복은 우리를 둘러싼 환경이나 조건이라기보다 어떻게 생각하고 느끼는 가에 달려있다. 굵직한 이벤트가 아니라 아주 작은 것에서부터 행복을 체감하는 것이 요체다.

그러면 세월이 가면서도 일몰의 평온함이 있으며, 한 해가 저무는 가을의 나뭇잎처럼 아름다움이 배어 나온다. 이럴 때 결혼은 세상에서 가장 지속가능한 행복이 된다.

단발성 '기쁨' vs 지속가능 '행복'

정신 건강은 삶을 온전케 하는 필수요소

직장에서 정년을 하고 나니 평소의 약속처럼 해외여행은 쉽지 않았다. 하지만 그래도 괜찮았다. 유별날 수도 있겠지만, 그런 이벤트적인 것으로 우리 부부의 '금슬지락'(琴瑟之樂)이 받쳐진 건 아니었으니까.

우리 부부에게는 '케미'가 삶의 원동력이었다. 물질에 기초한 정량적 기준보다 마음을 바탕으로 한 정성적 가치에 무게가 실린 것이다.

오래전 일이다. 지역 간 자매결연을 추진하기 위해 호주 브리즈번을 방문한 적이 있었다. 회의 일정을 마치고 그곳의 대학교수와 저녁 식사를 할 기회가 왔다. 자연스레 대화의 소재는 두 나라의 문화, 음식, 생활, 철학, 경험 등이었다. 우리의 친교는 서로의 마음을 아우르며 밤늦게까지 이어졌다.

다양한 주제의 얘깃거리로 담소를 즐기며 우리 둘 사이에 공감대가 형성되는 지점이 있었다. 바로 'Mind over Matter'(물질보다 정신)였다. 교수가 그 뜻을 설명해 주면서 우리 두 사람은 이내 한마음이 됐다.

정신 건강은 우리의 삶을 온전하게 유지하는 데 필수적인 요소다. 세계보건기구(WHO)는 개인의 정신적인 건강의 중요성을 이렇게 정의했다.

"정신적으로 건강할 때 개인은 자신의 능력을 실현할 수 있으며, 삶에서 겪는 정상적인 스트레스에 대처할 수 있다. 또한 생산적으로 일하고 지역 사회에 긍정적인 기여를 할 수 있다."

좋은 정신 건강을 유지해야 진정한 자아가 될 수 있다. 개인의 정신 건강이 위축되면 우울, 불안과 같은 쇠약 증상을 경험하게 된다. 그러면 신체 건강은 물론 자신의 존재감마저도 흐트러진다.

•·········•

그때 우리는 외모, 언어, 음식, 관습, 경험은 달랐지만, 생각만큼은 하나였다. 물질적인 것보다는 정신적인 가치를 중시해야 한다는 것을 말이다. 지금도 이국의 정취가 물씬한 고즈넉한 바닷가 카페에서 이런 담론을 나누던 추억이 새삼 떠오른다.

나는 수평적 소통, 개인주의적 성향, 정신적 가치 중심을 삶의 진릿값으로 여긴다. 여기에서 개인주의적이란 표현은 이기주의적인 것과는 구별해야 한다. 아주 상반된 가치 개념을 갖고 있기 때문이다.

개인주의는 각자 모든 사람의 이익이 윤리적으로 가장 중요하고 그렇게 존중받는 것이다. 그래서 개인의 권리와 독립성과 평등성이 강조돼 외부로부터 간섭받는 것을 배척한다.

반면에 이기주의는 개인의 이기심이 모든 의식적 행동의 동기가 돼 자신만의 이익을 추구한다. 이기주의는 이런 욕구를 충족시키기 위해 사회, 국가, 단체와 결속되는 것을 선택한다.

한국과 서구 선진사회는 이런 점에서 대비된다. 한국은 집단적 이기주의가 팽배해 있는 반면, 선진사회는 공동체적 개인주의가 기조다. 이러한 가치체계는 우리의 사회 활동뿐만 아니라 개인생활에서도 나타난다. 최소의 공동체가 되는 가족, 부부 사이에도 영향을 미친다.

개인주의적 성향의 부부간에서는 서로를 수평적으로 존중하기에 관계가 남다르다. 정신적, 정서적인 공감대는 어떤 물질적 보상도 뛰어넘는다. 우리 부부의 공동체를 지탱해 주는 5가지 요소가 있다.

· 서로를 항상 이해하려는 배려감
· 언제나 함께 생활한다는 안정감
· 생각·느낌의 궤가 동일한 공감성

· 일상생활서 상호 애틋한 정감성

· 세상살이의 인식이 같은 가치성

이런 버팀목이 내게는 지속가능한 행복감을 누릴 수 있게 해주는 원천이 됐다. 물질적으로 만족감을 주는 통상적인 이벤트적 행복과는 질감이 다른 것이다.

•·········•

언어를 살펴보면 그 속에 우리의 정신세계가 담겨있다. 배우자를 일컫는 말에서도 그런 인식의 단면을 느낄 수 있다. 서양에서는 부부의 상대방, 특히 아내를 일컬어 'my better half'(더 나은 반쪽)나 'significant other'(중요한 상대)라는 표현을 쓴다. 성경에서는 'helpmate'(돕는 배필)라 칭한다.

인생에서 '더 나은 반쪽'이라는 표현 속에는 상대방을 높여 존중한다는 의미가 내포돼 있다. 우리는 이런 호칭을 쓰면 낯간지럽다는 생각을 하기 십상이다.

한번은 해외여행에 나섰을 때다. 현지 기념품 가게에서 영어로 좋은 글이 담긴 카드를 사서 아내에게 우편으로 보낸 적이 있다. 이것도 하나의 이벤트였지만 물질적이지 않은 '감성소통'이었다.

"나에게 당신을 그리워하는 것은 취미이고, 당신을 돌보는 것은 직업이며, 당신을 행복하게 만드는 것은 나의 의무이며, 당신을 사랑하는 것이 내 인생의 목적이다."

이렇게 마음 설레게 하는 아기자기한 표현을 하는 부부라면 다른 건 따질 게 없다. 이 닭살 애정이 담긴 한 구절의 카드 하나는 명품 선물, 해외여행 등보다도 더 큰 공감을 쌓는다.

그런데 한국의 남자들은 사석에서 아내를 가리켜 '마누라'라는 표현을 자주 쓴다. 나아가 심지어 '여편네'라 부르기까지 한다. '집사람'이라는 보편적인 용어가 있는데도 말이다.

물론, 이는 대체로 가부장적 수직사회에 길들여져 온 기성세대들의 경우다. 요즘 수평적 사고방식을 갖고 있는 신세대들은 그렇지가 않다. 세상의 기준과 방식이 달라졌다는 반증이기도 하다.

앞서 말한 배우자에 대한 호칭은 결코 존중의 뜻을 담은 뉘앙스가 아니다. 그게 겸양지덕에서일까. 아마 남존여비의 전래적 사고방식에서 비롯된 것일 수 있다. 말 한마디를 통해서도 행복의 척도를 가늠해 볼 수 있다는 의미다.

이처럼 호칭 하나에도 부부 사이에 상대방을 대하는 마음가짐이 배어 있다. 그런데 어떤 절기나 기념일에 물질적인 선물로 행복을 빚으려 하면 단발성의 기쁨은 될 수 있다. 그러나 지속가능한 행복이라고 할 수는 없다.

3

'물질보다는 정신'… 의지력의 승리
물적 욕망 속에 '스크루지화'되는 세상

　지속가능한 행복을 결정짓는 것은 정신, 곧 마음이라고 했다. 마음과 물질은 동전의 양면과 같다. 이 두 가지는 서로 합치되거나 양립할 수가 없다. 물질에 대한 욕구가 강하면 마음의 여분은 줄고 여유감이 약해진다. 강한 물적 갈망은 항상 부족감을 느끼게 만들어 마음의 조급함이 정신(the psyche)을 갉아먹는다.

　그래서 물질 의존성이 강해지고 커지면 생각의 기준치와 가치관도 덩달아 달라진다. 한마디로 모든 것에 재물이 우선시되고, 물질의 양적 크기가 절대적이게 된다. 하지만 마음을 진릿값으로 두면 마음의 포만감이 있고, 포용심과 이타심도 생성된다.

　다시 말해 마음의 의지가 굳건하면 물질에 대한 연연함이 덜해진다. 그렇지 않으면 이 세상을 움직이는 것은 재물이라는 생각에 빠지게 된다.

'유재아귀'(有財餓鬼)란 말이 있다. '돈을 모을 줄만 알고 쓸 줄을 모르는 매우 인색한 사람'이란 뜻이다. 우리는 그런 사람을 스크루지 같은 수전노라고 일컫는다.

스크루지(Scrooge)는 찰스 디킨스의 소설 《크리스마스 캐럴》의 주인공이다. 이 작품을 소재로 해서 1988년 영화로도 제작됐다. 우리는 이 소설과 영화 속 주인공인 에벤에셀 스크루지를 자린고비의 예화로 자주 언급한다.

하지만 지금 세상이 내적으론 더욱더 스크루지적이 되고 있다. 물론 선행을 베풀며 사회적 공익을 위해 헌신하는 사람도 많다. 다만 물질만능 풍조가 갈수록 심화돼 가고 있는 것이다.

빅토리아 시대 런던에서 가장 비열한 구두쇠로 알려진 스크루지처럼 돼 가는 것은 아닌지 모른다. 스크루지는 이기주의와 물질 숭배의 상징적 존재로 일컬어진다. 그는 인생 막판에 그 욕심과 아집의 굴레에서 벗어나 주위에서 칭송받는 사람이 됐다.

해피엔딩으로 끝나는 소설 속 주인공의 스토리지만, 우리 사회도 이런 반전을 기대할 수 있다면 희망이다. 그러나 한 개인의 변화처럼 사회 공동체가 바뀌기는 쉽지 않다. 이렇게 변할 수만 있다면 우리가 사는 세상은 행복의 물결이 넘칠 것이다.

◆ ⋯⋯⋯ ◆

스크루지는 어떤 인물이었을까? 크리스마스 이브에 모든 사람들은 다음 날이 빨리 오기를 기대했다. 그러나 스크루지는 크리스마스를 축하하는 걸 오직 시간 낭비로 여겼다. 그 분위기를 누릴 생각도, 그럴 겨를도 없었다. 그저 무궁무진한 재산을 지키는 것만이 그의 삶의 유일한 목표였다.

그런데 크리스마스 이브에 꿈속에서 세 명의 유령이 나타나 그의 과거, 현재를 되짚어주고 미래를 말해준다. 오로지 돈 버는 것만 생각하는 탐욕스러운 사업가였던 스크루지였다.

그는 유령을 통해 모든 것을 돈의 기준으로 삼았던 과거를 떠올리게 된다. 그리고 그가 이 세상을 떠난 후 무엇을 남길 것인지를 보게 된다.

악몽에 시달리며 크리스마스 이브 밤을 지낸 그는 자신의 암울한 운명을 구할 마지막 기회라는 것을 절실히 깨닫게 된다. 그는 자신이 지금까지 걸어왔고 앞으로 가는 길이 잘못됐다는 것을 절절히 느낀 것이다.

크리스마스 날 아침, 스크루지는 잠에서 깨어나자 자신의 삶의 방식을 바꾸고 선행을 하기로 했다. 시간 낭비로 여겼던 크리스마스를 주변 사람들과 함께 나누며 과거 자신의 행태를 후회하게 된다. 움켜쥘 줄만 알았던 손을 펼쳐 처음 베품이라는 것을 실천해 봤다. 사악한 늙은 구두쇠는 자신의 걸어온 길이 잘못됐음을 인정하게 됐다. 그리고 변화된 인간으로 거듭나게 된 것이다.

이날도 일을 해야 하는 그의 사무실 직원 크래치트가 15분 늦게 몰래 들어가려다 계산대에 앉아있던 스크루지 눈에 띄었다. 그러자 그가 직원을 자기 사무실로 불러들였다. 해고될 것을 예상한 직원은 깊이 사과하며 용서를 빌었다.

그런데 스크루지는 직원에게 오히려 급여를 인상해 주며 나가서 생필품을 구입하라고까지 했다. 평소 모습의 스크루지가 아니었다. 그 후로 그는 누구보다도 크리스마스를 가장 잘 지키는 사람으로 변했다. 물론 주위로부터 존경을 받은 것은 당연하다.

미국 캘리포니아대 경영대학원의 카메론 앤더슨 교수가 지속 가능한 행복에 대해 연구를 진행했다. 그 결과, 참다운 행복은 우리가 취하거나 가진 것이 아니라 주는 것에 있다는 사실을 발견했다.

또한 자신이 갖고 있는 재능을 다른 사람에게 줄 수 있는 사람이 행복지수가 높았다. 아울러 참행복의 느낌은 주위로부터 칭찬이나 존경을 받을 때 증가했다. 반면 반드시 더 높은 소득이나 더 많은 부를 가지고 있을 때는 그렇지 않은 것으로 밝혀졌다.

◆ ‑‑‑‑‑‑‑‑ ◆

앞서 말한 ‘Mind over Matter’는 1863년에 찰스 라이엘 경(卿)이 처음 사용했다. 지금 그 말은 ‘정신력이 물리적인 조건을 이길 수 있다’는 뜻으로 쓰인다. 정신력은 곧 의지력이다.

마음의 의지력은 어떤 상황도 극복할 수 있으며, 이것은 긍정적인 생각과는 다르다. 물론 긍정적인 생각도 모든 것이 최선이거나 옳은 방식으로 잘될 것이라고 믿는 것이다.

그런 생각이 우리의 삶의 패턴을 바꿀 수도 있다. 하지만 긍정적 생각이 모든 장애물을 극복하는 데 효과가 있는 것은 아니다.

자신이 통제할 수 없는 여건에서는 긍정적일지라도 실패할 수가 있다.

긍정적인 생각은 세상을 마냥 장밋빛으로 바라보려 하지만 마음의 의지력은 현실에 냉철하게 접근한다. 이런 바탕에서 마음가짐과 결단력을 통해 자신이 처한 상황의 현실에 대처하는 도전력을 발휘한다. 물론 긍정적인 생각은 마음의 의지력을 북돋우는 데 기여한다.

인생을 살아가면서 성공을 거두려 한다면 가장 중요한 것이 의지력이다. 기술과 능력만 갖고는 정상에 오를 수 없다. 이 의지력은 돈으로 살 수 있는 것도 아니며, 다른 사람이 줄 수 있는 것도 아니다. 그것은 마음속에서 솟아나는 근원적인 원동력이다.

뛰어난 재능이나 실력도 단단한 의지력이 없으면 무용지물이다. 내면의 힘, 내면 근력의 결정체인 의지력은 인간의식의 90%를 차지하는 잠재의식 속에서 작동을 한다. 그래서 내 자신이 갖는 긍정적인 생각을 초월한다. 현재의식으로는 제어할 수 없는 내면 깊숙이 자리한 정신력이기 때문이다.

"의지력은 성공의 열쇠다. 성공한 사람들은 무관심, 의심 또는 두려움을 극복하기 위해 자신의 의지를 적용함으로써 자신이 느끼는 것과 상관없이 노력을 쏟는다."

미국의 저명 작가이자 강연가 댄 밀먼의 말이다.

세속의 행복은 '쾌락성'이 강하다
"의식적으로 좇는 행복… 그 자체가 부담돼"

우리가 일상적으로 일컫는 '행복'이란 무엇일까?

그것을 정의한다는 것 자체가 모순이다. 지난 100년 동안 우리는 행복의 개념을 정리하면서 혼란을 겪어왔다. 수천 가지의 정의가 나올 수 있기 때문이다. 분명한 것은 사람은 누구나 행복을 추구한다. 그러나 행복은 단순하게 도달하고 끝낼 수 있는 목표가 아니다. 그저 끝없이 추구하는 과정일 뿐, 골인점이란 있을 수 없다.

그래서 미국의 독립 선언문에서도 '행복 추구'를 양도할 수 없는 권리로 규정했다. 그러나 무엇이 행복을 가져다줄 것인지의 기준도 시간이 지남에 따라 바뀐다. 물론 각각 사람에 따라서도 다르다.

아이러니컬하게도 행복을 가장 중요시하는 경향이 있는 사람들이 자신의 삶의 만족도가 덜 하다는 연구도 있다. 그 행복을 의식적으로 좇다 보면 그 자체가 되레 부담으로 작용하기 때문이다.

행복은 사람마다 다른 의미를 갖는 매우 광범위한 용어다. 먼저 행복이 내게 무엇을 의미하는지 생각해 보는 게 좋다. 그러고 나서 행복에 도움이 되는 작은 일부터 노력한다.

그 작은 일이란 자신에게 긍정적인 정서나 감정을 가져다주는 것이면 좋다. 특히 경험을 쌓는 것에 시간과 돈을 쓰는 것은 효과적이다. 그러나 물질적 소유에 집착하거나 거기에 돈을 쓰는 것은 궁극에는 행복감을 주지 못한다.

◆ ‒‒‒‒‒‒‒‒ ◆

돈이나, 지위나 물질적 소유물과 같은 것들을 과대평가하지 마라. 그보다는 더 많은 자유시간이나 즐거운 경험을 하게 하는 목표를 정해라. 그것을 추구하면 더 높은 행복을 보장받는다.

개인의 내적 성장이나, 사회에 유익한 자질이나 역량 개발에 초점을 둔다. 이에 맞춘 목표를 달성하면 행복감을 증대시킨다. 하지만 돈이나 지위, 명예를 얻는 것과 같은 외적 목표는 그렇지 못하다. 내재적 동기 부여는 지속가능한 행복을 누리는 지름길이다.

‘아프레 쓸라’(Apres cela)라는 말이 있다. 프랑스 파리에 있는 한 수도원으로 들어가는 입구에 큰 돌 비석이 하나 서 있다. 그 돌 비석 비문에는 이 말이 세 번이나 반복해서 적혀 있다고 한다. 이것은 ‘그다음은, 그다음은, 그다음은’이라는 뜻이다.

어떤 사람은 돈을 많이 벌어 행복하게 살기를 갈망한다. 또 누구는 명예를 얻어 남들로부터 부러움을 사기를 원한다. 그런가 하면 권세를 얻어 군림하며 살아가기를 바라기도 한다.

그렇다면 그런 삶의 목표를 다 이루고 난 다음은 어쩔 것인가. 또 그다음은⋯ 끝없이 이어지는 물음이다. 주어진 현실에서 '소유'에 급급해 살아가다 보면 '아프레 쏠라'에 대한 대답이 막힌다.

사람에게 물질적으로 '갖고 싶은 욕심'은 한계가 없이 늘 부족감을 느끼게 한다. 그러나 정신적으로 '하고 싶은 욕구'는 채우고 또 채워도 언제나 충만감이 넘친다.

그래서 돈을 버는 것보다 시간을 벌 수 있는 일에 노력을 쏟으면 행복과 삶의 만족도가 높아진다. 물질적인 욕망은 결국에는 실망감과 공허함을 가져다주기 마련이다.

왜냐하면 물질 욕구에 매달리다 보면 자신이 하는 일을 실제로 즐기기가 어렵다. 또 정신적 자양분인 내면의 가치를 가꿔나가는 시간을 놓친다. 이 같은 사실은 수많은 연구를 통해서도 입증된다.

⋯⋯⋯⋯⋯

이 책에서 말하는 단발적인 행복의 단어 '해피니스'(happiness)는 그런 뉘앙스가 담겨있다. 이 영어 단어는 원래 '우연', '기회', '요행'이라는 어원(happ)에서 비롯됐다. 이 말이 처음으로 사용된 것은 14세기 후반이다. 행복의 개념은 인류의 역사와 함께한다.

고대 그리스 철학자 아리스토텔레스는 두 종류의 행복이 있다고 했다. 곧 '쾌락'을 중심으로 하는 '헤도니아'(Hedonia)와 '의미'를 중시하는 '에우다이모니아'(Eudaimonia)이다.

여기에서 에우다이모니아적 행복은 자신의 삶의 의미, 가치, 목적을 소중히 한다. 또한 개인의 책임 완수와 옳은 가치관, 내적인 목표에 투자, 타인에 대한 관심과 관련을 갖는다.

예를 들어 보자.

자원봉사를 하는 것은 즐거움(쾌락)보다는 의미가 크다. 반면에 TV 프로그램을 시청하면 즐거움은 높지만, 의미는 낮다. 두 가지 일 모두 각자대로 만족감과 행복감을 준다. 그러나 행복의 질감은 전혀 다르다. 연구조사 결과, 쾌락적 행복보다 의미적 행복이 더 큰 행복감을 가져다주는 것으로 밝혀졌다.

앞서 말했지만 행복이라는 말 자체가 폭넓게 정의돼 있다. 이 행복을 근대에 들어 '웰빙'(well-being)이라는 말로 표현하기도 한다. 행복의 테두리 속에 웰빙이 포함될 수도 있다. 그러나 이 책에서는 '지속적인 행복감'이란 의미의 별개 정의로 사용하고 있다.

지속적인 행복, 그것이 '웰빙'이다
'샬롬! 평강, 심령이 가난한 자 복이 있나니'

웰빙, 곧 well-being은 단어 그대로 부사와 형용사 'well'과 명사 'being'으로 형성돼 16세기에 처음 사용됐다. 이것을 우리말로는 '몸과 마음을 보다 건강하게 가꾸는 일'이라 하여 '참살이'로 풀어냈다.

그런데 'being'이라는 단어는 보통의 의미로 '인생', '인간', '사람'이란 뜻도 있다. 그래서 웰빙은 '참인생', '참인간', '참사람'도 된다. 그래서 웰빙을 지금껏 써온 행복과는 다른 가치의 '참행복'이라 하는 것이다.

이 말은 이탈리아어 'benessere'(베네세르)라는 의미를 영어 그대로 번역해서 생겨났다. 기존에 happiness라는 말이 있는데도 행복이라는 비슷한 의미의 well-being이란 신조어가 된 것이다.

이 영어 단어를 직역하면 '만족스럽게 존재하는 것', 바로 '안녕'(安寧)이다. 사전적 의미로는 '아무 탈이나 걱정이 없이 편안함'이다. 포괄적이지만 그와 같은 삶의 질 상태가 참행복이라고 할 수 있다.

히브리어에 '샬롬'(שָׁלוֹם·Shalom)이라는 말도 있다. '평화, 평강, 평안하라'는 인사말이다. 화평을 뜻하기도 하는 이 말의 본래 뜻은 '온전하다, 완전하다'이다.

좀 더 보면, 히브리어로 '샬롬 알레이켐'(שָׁלוֹם עֲלֵיכֶם)은 다른 사람에게 축복을 전하는 표현이다. 우리말로는 '안녕하세요!'와 영어의 '하우 알 유'(How are you!)에 해당된다. 하지만 깊은 뜻은 '당신에게 웰빙이 임하기를!'(well-being be on you!)로 화평을 기원해 주는 말이다.

우리가 자주 쓰는 '안녕'이란 말에 꼭 돈을 많이 벌어야 하고, 지위가 높아야 하고, 명예가 있어야 한다는 풀이는 없다. 서양에서는 웰빙을 '정서적, 정신적, 육체적, 사회적, 영적인 온전한 상태와 인간과 환경 간의 조화로운 관계'로 인식한다.

앞서 행복이란 말의 개념을 정리해 봤지만, 어쨌든 행복의 기준을 객관화·보편화시킬 수는 없다. 그래서 심리학자나 사회과학자들은 '주관적 웰빙'(subjective well-being)이라고 행복을 정의하기도 한다. 한 연구에 따르면 단발적인 외적 이벤트에 의한 삶의 만족도는 10%에 지나지 않는다. 이에 비해 개인적으로 의미 있는 활동을 통해 얻는 행복감은 40%에 이른다. 50%는 개인의 유전학적인 기질이나 성격 등에서 비롯된다고 한다.

•·········•

'해피니스'의 어원을 좀 더 살펴보면 부, 번영, 행운 등과 같이 현시적인 물질의 바탕도 내포돼 있다. 이런 것들은 상대적인 것으로 '이 정도면 됐다.' 하는 만족이나 기쁨의 기준치가 없다.

하지만 웰빙은 절대적인 가치성을 띠고 있어 남과 비교되지 않는 주관적인 기준이 중심이 된다. 내 자신이 만족하고 즐거우면 될 일이다. 해피니스의 관점에서는 많은 것을 누려도 만족감이 없다.

그렇지만 웰빙은 작은 것에도 의미가 부여되어 기쁨이 솟는다. 우리는 이 두 가지 개념을 혼용해 모두 행복으로 간주할 뿐이다. 그런데 대부분 사람들은 행복의 기준을 물질 충족에 맞춘다.

돈이 많으면 그것으로 모든 것을 다 누릴 수 있다는 생각이다. 그것은 자기 최면일 뿐이며 착각이다. 물론 재산이 많은 것을 부정하는 것은 아니다. 그게 행복의 요소가 될 수 있지만, 절대적인 기본값은 아니라는 것이다.

재물이 부족해서 삶의 만족감이 옅어지고, 의욕의 상실감을 느낀다면 그것은 참행복이 아니다. 그 외 다른 의미와 가치를 찾지 못했다는 증거일 뿐이다. 물질 축적에 매몰되면 다른 건 관심에서 벗어난다. 성경에 '심령이 가난한 자 복이 있나니'라는 말씀이 있다. 신앙적으로는 심오한 뜻이 있다. 하지만 일반적으로는 '인간의 존재는 한계와 불가능을 깨달아야 함'을 의미한다.

곧 이 세상을 살면서 자신이 가진 물질, 명예, 사람, 권세로 행복을 채울 수 없다는 것을 인정하는 것이다. 그런데도 사람들은 물질이나 지위 등을 절대적인 행복의 조건으로 삼는다.

나아가 성경 말씀은 '어린아이'처럼 되라고도 했다. 내가 세상에서 소위 출세했다고 해서 교만하며 기고만장하지 말라는 비유다. 내가 얼마나 무익하고, 연약하며, 탐욕스러운 존재인지를 알아야 한다는 것이다.

•⎯⎯⎯•

미국 TV 방송계의 대부였던 조니 카슨은 이렇게 고백을 한 적이 있다. "나는 여덟 채의 집, 88대의 자동차, 500벌의 양복을 가졌지만 소용이 없다. 나는 한 번에 스테이크 한 개 외에는 먹을 수 없다. 돈을 벌고 부를 축적하는 것을 인생의 유일한 목표로 삼는 것은 어리석은 일이다."

물론 그가 오로지 돈을 버는 것에만 집착한 것은 아니다. 뛰어난 재능으로 텔레비전 진행자, 코미디언, 작가, 프로듀서로서 이름을 떨치면서 부를 쌓았다.

그는 자신이 즐거워하는 일을 했고, 그 일을 통해 많은 돈을 벌었다. 그것은 그로 하여금 개인, 사회, 국가, 세계의 도덕적, 윤리적, 인간적 가치에 대해 관심을 갖게 하는 자유를 주었다.

그의 재력을 바탕으로 할리우드 자선단체 중 가장 큰 조니 카슨 재단(The Johnny Carson Foundation)이 1981년 설립돼 운영되고 있다. 다양한 자선사업을 수행하면서도 대외적으로는 웹사이트나 어떤 형태의 소셜 미디어도 갖지 않고 활동하고 있다.

100세 시대 '참행복'이란 신기루

외형적 욕구 충족에만 매달리는 사고방식

'참행복'은 어디에 있는가?

행복은 깊이 느끼고, 단순하게 즐기고, 자유롭게 생각하며, 삶에 도전하고, 남에게 필요한 사람이 되는 능력에서 나온다.

영국의 저널리스트이자 70권에 가까운 저술로 명성을 날린 작가였던 스톰 제임슨의 '행복'에 대한 정의다.

"세상을 살면서 지속적인 행복감을 누리는 것만큼 큰 축복은 없다. 지속적인 행복이란 특별한 이유가 없이도 삶을 즐길 줄 아는 것이다. 그런 행복을 누리는 사람이 참다운 인생을 살아간다. 꼭 크고 거창한 것이 아닌, 작고 사소한 것에서도 만족하면 그것이 참행복이다."

그러려면 작은, 하지만 큰 효과를 거두는 일상에서의 습관을 체득해야 한다. 작은 것에서도 즐거움을 찾는 노력이 필요하다. 작은 일에서 마음의 평안을 얻고 보람을 얻는 자기 나름의 습성을 길러야 한다. 요즘 경제 성장과 과학기술의 발달은 인간의 기대수명을 100세로 늘려 놨다. 이전의 기대수명은 60세가 되는 환갑이 정점이었다. 그래서 동네방네 큰 잔치를 벌여 장수를 축하하며 만수무강을 빌어줬다.

그래서 그 후의 삶은 여생처럼 여겼던 것이다. 그게 이제는 옛말이 됐다. 아마 '환갑'이나 '환갑잔치'는 이제 사전에서 고어(古語)가 될 것이다.

지금은 자기 연령에서 70%를 계산해 나온 나이가 실제 생체나이가 된다고 한다. 이 기준을 적용하면 환갑 나이는 이제 40대 초반 정도가 되는 셈이다. 앞으로 100세가 보편화됐을 때 그 나이는 지금 기준으로는 70세에 불과하다.

이런 상황에서도 과거 패턴대로 외형적 욕구를 충족해야 행복하다는 사고방식은 여전하다. 이는 시대를 따라잡지 못하는 것이다. 장수 시대에는 덤덤하고 무던하게 사는 게 상수다. 그것이 100세 시대를 사는 지혜다.

그 긴 세월을 살아가야 하는 세상을 100m 단거리 경주처럼 내달릴 수는 없다. 그러면서 지금처럼 짜릿한 이벤트가 있어야 충족감, 행복감을 느낀다면 삶의 에너지는 쉽게 방전된다.

•·········•

과거에는 죽을힘을 다해 뛰지 않으면 안 되는 환경이었다. 지금 기준에 비해 짧은 인생, 먹고 사는 게 급박할 때라 달리고 달려야 했다. 자녀는 "제 먹을 건 타고 난다."며 생기는 대로 속절없이 낳았다.

그래서 형성된 베이비붐 세대는 한국의 산업화를 이끈 역군이 됐다. 하지만 세상의 변천은 야속하다. 구세대의 땀과 희생은 2~3차 산업시대를 견인하며 '오늘'을 일구었다. 그러나 인공지능(AI)과 로봇 등 디지털로 상징되는 첨단시대에 아날로그 세대는 뒤안길로 물러났다.

100세를 사는 호모 헌드레드 시대, 개인의 삶이 근본적으로 바뀌며 변화의 소용돌이를 맞아 현대인들은 불안감과 강박증에 시달린다. 싫으나 좋으나 받아들여야 하는 냉엄한 현실이다.

특히 첨단기술은 갈수록 더욱더 고도화되고 있다. 이에 구세대는 세상 물정에 적응하기도 버거운데, 첨단 과학과 기술은 생활의 편의주의를 부추긴다. 그러면서 하루가 달리 새 모델 제품을 쏟아낸다.

그럴수록 구세대들은 생활의 편리함보다는 더욱더 불편함에 노출된다. 갈수록 디지털 문맹이 심화돼 가니 말이다. 지금의 핵심 경쟁력은 '디지털 리터러시'(digital litaracy), 곧 디지털 문해력이다.

디지털 플랫폼의 다양한 미디어를 통해 명확한 정보를 얻고, 평가하며 조합하는 능력이 필수다. 과거의 문해력은 단순히 글을 읽고 쓰는 것이 전부였다.

지금은 그와 함께 개념이 확장돼 지식과 정보를 찾아 이를 분석,

평가, 소통하는 역량을 의미한다. 지금 세상은 지식 정보가 넘쳐난다. 전 세계적으로 1년에 생산되는 지식 정보는 어마어마하다.

•·········•

세계에서 가장 크다는 미국 의회도서관 100만 채가 보유하는 도서에 담긴 내용과 같은 규모다. 아니 그보다도 더 많을 수 있다. 인터넷(www.com)에 담긴 지식 정보를 감안하면 계량이 안 될 정도다.

인터넷 라이브 통계에 따르면, 2022년 기준 전 세계 웹사이트 수는 1억 9,800개다. 인터넷이 시작된 1992년 약 1만 5,000개였던 웹은 2014년 1억 개를 돌파한 후 매년 증가세가 이어진다.

그 후 두 배 가까이 폭증한 웹에는 얼마나 많은 지식과 정보가 담겨 있을까. 정말 우리는 현재 정보 과부하와 데이터 과잉 시대를 살아가고 있다. 넘쳐나는 정보에 현대인들은 내용을 선별하기조차도 어렵다. 그러다 보니 결정 장애를 느낄 정도로 '투 머치 인포메이션'(TMI) 세상을 맞고 있다.

지금 시대는 이렇게 디지털 기술을 기반으로 가파르게 발전했다. 이에 따라 사회문화 체계도 하루가 달리 빠르게 변화하고 있다. 그렇지만 사람 사는 생활환경이 변했을 뿐, 인간 본래의 모습이 진화하거나 변화한 건 없다.

전과 달리 기대수명이 늘어났을 따름이다. 그래서 신체적 건강을 유지하기 위한 노력은 예나 지금이나 한결같다. 규칙적인 운동의 중요성은 새삼 말할 나위도 없다. 신체 활동은 기분 전환뿐만 아니라 심리적 이점과도 관련이 있다. 이것은 사람들을 더 행복하게 하는 데도 도움이 된다.

이와 함께 정신적·지적(知的)으로 단단한 체질을 갖추는 것도 핵심이다. 물질문명이 더욱 고도화되고 인간 지식의 영역이 확장되면서 지적인 힘은 신체적 건강 못지않게 더욱 중요해졌다.

내게 알려진 것은 유한하고, 알려지지 않은 것은 무한하기에 지적 탐구심을 가져야 한다. 특히 지금처럼 복잡성이 강한 시대는 이전 세상처럼 지적으로 단순하게 살 수는 없다. 현대를 살아가는 사람들이 끊임없이 배우고 익혀야 하는 이유다.

지적으로 우리는 설명할 수 없는 무한한 바다 한가운데 있는 외딴섬에 서 있는 것과 같다. 이런 상황에서 쉼 없이 학습하지 않으면 영원히 섬에 갇히게 된다. 그렇게 되면 우리는 지적 장애나 정신적 문맹으로 인해 어리석음의 감옥에서 탈출할 수 없다.

오스트리아 작가 마리 폰 에브너 에센바흐는 통찰력 있는 격언집 《아포리즘》에서 말했다.

"지적 재산보다 삶의 물질적 안락함을 선호하는 사람은 하인의 숙소로 이사하고 호화로운 방을 비워두는 궁전 주인과 같다."

혹시 우리는 지금까지 하인의 숙소로 이사하면서 그것을 행복이라 하지 않았는가. 이제 궁전의 방에서 살아가도록 하는 것이 바로 지속적인 행복이라는 것을 깨달아야 한다.

7

분량 맞춰 자기계발에 올인하라
책은 인생에서 넓은 세상을 여는 열쇠다

자신을 개선시키는 것은 자기 인식 또는 생각, 감정과 가치를 높인다. 이런 노력으로 단기간에 무엇을 이루겠다는 조급한 목표를 세우지는 말라. 지나친 기대감과 조바심은 행복감은커녕 스트레스만 쌓는다.

당장 쏟은 노력의 결실이 보이지 않는다고 좌절하지 마라. 반드시 가장 적합한 순간에 구체적인 모습으로 결과가 나타나게 되어 있다. 자연의 순리는 모든 일이 '숙성'의 과정을 거치도록 한다.

계획이 나의 일정대로만 된다면 얼마나 좋을까. 하지만 내 뜻대로가 아니라 우주법계의 뜻에 맡겨야 한다. 물이 흐르듯 자연스럽게 흘러가는 대로 참고 기다리면 된다.

자기 성장은 하룻밤 사이에 일어나는 변화가 아니다. 그렇기에 내가 꿈꾸는 수준을 설정해 놓는 것은 그것부터 잘못된 출발이다. 그저 즐거운 마음으로 자신을 개선한다고 생각하고 길을 떠나라.

그러면 몇 달, 몇 년 또는 수십 년 후든 결실은 자신도 모르게 순리적으로 나타난다. 마치 식물이 매일 조금씩 자라나듯이 말이다. 우리는 식물이 매일 변화하는 것을 알아차릴 수 없다. 하지만 그것은 시간이 지나면서 꾸준히 생육한다.

그 식물을 뽑아버리지 않고 그대로 두거나, 더 잘 가꾸기만 하면 자라서 아름다운 꽃이 피고 열매도 맺는다. 그처럼 꾸준한 노력도 진득하게 기다리면 언젠가는 결실이 꽃핀다. 결국 자기계발은 인내심과 끈기와의 한판 승부인 셈이다.

• • • • • • • • •

중요한 것은 시간 투자를 계산하지 말고 매일 작은 일을 습관적으로 하는 것을 즐겨야 한다. 티끌 모아 태산, 즉 적토성산(積土成山)이라 하지 않았는가. 아무리 작은 것이라 해도 쌓이면 큰 것이 된다는 건 자명한 이치다.

무엇이든 두뇌를 활성화시키는 활동을 꾸준히 하는 것이 좋다. 그것이 외국어 배우기든, 생각나는 대로 글쓰기든, 꾸준히 독서하기든 자기 취향대로 하면 된다.

이 중 독서는 가장 쉽게 할 수 있는 자기계발 방법 중 하나다. 이런 두뇌활동은 앉아서 혼자 하는 정적(靜的)인 활동이다. 하지만 그렇게 많이 몸을 쓰는 동적 활동이 아니라도 장수에도 도움이 된다. 정신적인 노력이 그만큼 효과가 크다는 얘기다.

비교적 손쉬운 지적 활동으로 책 읽기를 꼽는다. 50대 이상 3천 600명을 대상으로 한 연구 결과가 있다. 이를 통해 독서를 많이 하는 사람들이 상대적으로 더 오래 산다는 사실을 발견했다.

특히 활자는 인류의 역사와 함께 해온 문명의 최대 발명품이자 이기(利器)다. 지금 우리는 디지털 시대를 사는 호모 디지투스가 됐다. 하지만 아날로그적으로 삶을 이어온 호모 사피엔스의 DNA를 떨쳐버리기 어렵다. 그 문화적 유전자 속에 독서라는 세포가 있다.

하루 30분 정도만 책을 읽는 것만으로도 사람들의 삶의 경험이 향상될 수 있다. 또 웰빙에 필수적인 마음을 강화시킨다. 물론 숙면에도 좋다. 중국 수(隋)나라 때 이밀(李密)이라는 사람은 쇠뿔에 《한서》(漢書)를 걸어 놓고 소를 타고 가면서 독서를 했다는 고사가 있다. 여기에서 유래된 말이 '우각괘서'(牛角掛書)다. 촌음을 아껴 학문에 힘쓰는 자세를 비유하는 말로 쓰인다.

• • • • • • • • • •

'책은 거대한 시간의 바다에 세워진 등대'라고 한다. 우리가 인생을 살아가면서 직접 접하지 못하는 세상을 체험하게 해준다. 그리고 세상살이에서 암초를 만났을 때 이를 비켜나갈 수 있는 지혜를 준다.

독서만큼 값싼 오락은 없으면서 그렇게 오래 지속되는 즐거움도 없다. 책은 가장 조용하면서도 변함없는 친구이며, 내 인생의 현명한 카운슬러다. 또 가장 인내심이 깊은 교사이기도 하다. 한마디로 '개권유익'(開卷有益), 곧 '책을 펼치는 것만으로도 유익하다.'는 뜻이다.

신봉승 작가는 '문사철(文史哲) 600'을 강조한다. 지식인이나 교양인이 되기 위해선 30대가 끝나기 전에 문학책 300권, 역사책 200권, 철학책 100권은 마스터해야 한다는 것이다.

말이 난 김에 손주 자랑을 좀 해야겠다. 내 손주는 아직 언어 인식 능력이 들기 전부터 그림책을 두어 시간씩 자주 접했다. 가까이 계시며 시를 좋아하시는 외할아버지가 자주 읽어주곤 했다.

아이야 무슨 내용인지도 모르지만, 그냥 유아용 그림을 보여주기 위해서였다. 그래서였을까. 어릴 때부터 책 읽는 것을 좋아해 초등학교에 입학하고부터는 일 년에 120권을 넘게 읽는다.

그 흔한 전자기기보다는 늘 책을 사 달라고 한다. 부모가 아이에게 학습을 다그칠 이유가 없이 스스로가 즐겨 한다. 당연히 성장하면서 언어성이나 연상력이 남다르다는 것을 알게 된다.

또 다른 손주는 엄마가 결혼 전에 영어학원의 선생님을 해서인지 어린아이한테 한·영 그림책을 직접 일상으로 읽어주고는 한다. 그런데 매일 반복되는 과정을 통해 놀라운 결과를 지켜본다.

아직 말을 떼지 못하는 나이인데도 우리말과 영어로 물으면 정확히 맞추는 이해력을 보인다. 어린아이들의 가정 내 교육의 효과가 어떠한 것인지를 느끼게 된다. 유태인들의 어릴 적부터 교육 방식을 체험하는 셈이다. 두뇌 발달은 어린아이 때 환경의 영향을 받는다.

8

독서는 자기 개선의 최상의 방법
마음자세부터 가다듬는 '변화'에 도전해야

지금 출산과 함께 육아 문제가 국가적 주요 과제가 되어 있다. 맞벌이가 대세인 지금 육아교육은 가정이 아니라 바깥에 전적으로 의존한다. 그러다 보니 아이들의 정서적 발달 측면에서 문제가 야기된다.

시대에 맞춰 국가는 그에 맞춘 정책을 쏟아낸다. 그런데 인성이 형성되는 기간의 자녀 양육은 부모가 직접 맡는 것이 이상적이다. 어릴 적 아기와의 애착관계는 평생을 간다. 적어도 공교육을 받게 되기 이전까지는 그렇다.

물론 요즘 같은 세상살이에서 현실적으로 쉽지는 않다. 그렇다고 내 자녀들이 경제적 여건이 충분해 육아를 전담하는 하는 것은 아니다. 자녀는 부모가 길러야 한다는 육아 철학에 따를 뿐이다.

분명한 것은 어린아이들에게 양육자로서 부모의 '스킨십'은 매우 중요하다. 부모와의 정서적 친밀감이 충분하면 그 아이는 올바른 인격체로 성장할 수 있다. 지금 우리나라에서 학교나 사회에서의 청소년 문제는 이런 시대적 여건과 무관치 않다.

어쨌든 독서는 지속가능한 행복을 누릴 수 있는 좋은 삶으로 이끈다. 세계에서 행복지수가 최상위권에 드는 북유럽 아이슬란드는 독서국가로 유명하다. 인구의 10%가 1권 이상의 책을 쓰고, TV 황금시간대에 독서토론을 한다.

또 크리스마스에는 5~8권의 책을 선물로 주고받고 밤샘 독서를 즐기고, 이를 위해 6개월 전부터 고민을 한다. 이를 보면, 이 나라 사람들의 행복의 원천은 독서인 셈이다.

한마디로 책은 인생에서 넓은 세상으로 들어가는 열쇠다. 또한 독서는 무엇이든 배울 수 있는 기회가 돼 사람을 알차게 만든다.

·········

마이크로소프트 창업자인 빌 게이츠는 디지털 문명의 상징이다. 그의 분출하는 창의력의 근원은 아날로그적 독서에 있다. 그는 여러 가지 책을 읽는 이유를 이렇게 토로했다.

"나는 매일 밤 독서를 한다. 대중적 신문이나 잡지 외에 적어도 한 가지 이상의 주간지를 처음부터 끝까지 읽는 습관이 있다. 만일 내가 과학과 비즈니스 등 관심 분야의 책만 읽는다면, 책을 읽고 나서도 내게 아무런 변화가 일어나지 않을 것이다. 그래서 모든 분야의 책을 읽는다."

우리는 독서광처럼 보이는 빌 게이츠의 고백을 곱씹어 봐야 한다. 디지털 기기가 아니면 하루도 못 버티는 기술중독 시대를 살아가는 우리로서는 말이다.

선진 국가들은 우리보다 훨씬 앞서 노령사회로 접어들었다. 그사회는 집단적 외부 활동보다 조용히 독서하는 것을 즐긴다. 특히 나이가 들어가면서는 책 읽는 것을 좋아한다. 그래서 사회적인 기반이 성숙돼 있다.

매일 아주 조금씩일망정 무엇이라도 읽으면 우리 뇌는 활력을 얻는다. 책을 읽으면 언어 감수성을 관장하는 뇌 부위 중 좌측두엽의 신경회로가 활성화되는 것으로 나타났다. 그러니 프랑스 소설가 귀스타브 플로베르의 말처럼 살기 위해 읽어야 한다.

유태인들은 예로부터 학문과 책의 민족이라 불릴 만큼 배움을 중시했다. 그래서 그들은 돈을 빌려달라는 것은 거절해도 좋지만, 책을 발려달라고 할 때 거절하는 것은 도리가 아니라고 믿는다.

◆ ·········· ◆

한 언론사에 근무하던 젊은 시절에 나는 회사가 초청한 프랑스 국립 박물관장의 경주탐방 일정을 안내하게 됐다. 당시 가장 빠른 교통편인 새마을열차를 타고 갔다. 그때 나이 지긋한 관장이 지방으로 내려가는 내내 돋보기를 쓴 채 책을 읽고 있던 모습이 지금도 선하다.

그 한편에선 직장인들로 보이는 사람들이 의자를 마주 대놓고 소리를 지르며 화투를 치고 있었다. 그런데 조용한 열차 안에 화투패를 내리치며 지르는 소리가 시끄러울 정도였다.

그 왁자지껄한 소음은 내게도 거슬렸다. 아니나 다를까, 프랑스 관장이 책을 읽다가 수시로 인상을 찌푸리며 흘끔흘끔 그들을 쳐다보곤 했다. 그때의 장면이 세월이 지난 지금도 선연히 떠오른다. 그때 그 외국 손님 앞에서 어찌나 민망했는지 모른다.

지금 생각하니 그들이 독서를 즐기는 것과 노령화 이슈가 겹친다. 한국은 이제 고령화사회로 접어들고 있다. 그런데 영국, 프랑스 등 선진국은 고령화사회에서 초고령사회로 진입하는 데 100년이 걸렸다. 앞으로 다가올 고령사회를 우리도 준비해야 한다.

국민소득을 지금보다 더 많이 높인다고 해서 행복해질 일도 아니다. 개인 스스로도, 국가도 국민이 정신적으로 행복감을 갖도록 숙련시키는 게 중요하다. 돈으로 물건은 살 수는 있지만 행복은 결코 살 수 없다.

나부터 지금부터라도 지속가능한 행복을 위해서 자기 개선에 나서자. 그러려면 마음자세부터 가다듬는 '변화'에 도전해야 한다. 변화 없이는 진보가 불가능하기 때문이다. 생각이 바뀌면 변화가 일어나고, 변화가 생기면 인생도 달라진다.

마음부터 바꿀 수 없는 사람은 아무것도 할 수 없다는 것을 기억해야 한다. 산을 옮기는 사람은 작은 돌을 옮기는 것부터 시작하는 법이다.

9

자연 숲에서 삶의 활력을 채워라
자연은 심신의 안정을 주는 알파파를 생성

지금 세상살이는 사람, 기기, 건물, 차량, 물건 등으로 에워싸인 '인조(人造) 공간'에 묻혀 있다. 특히 환경 공해뿐만 아니라 온갖 공적·사적 온라인 정보자료 스모그(data smog)에 휩싸여 있다.

여기에서 받는 스트레스가 장난이 아니다. 그 수준이 보통을 훨씬 넘어서는 정도로 상당하다. 스트레스 지수는 최상위권에, 긍정지수와 행복지수는 최하위권에서 맴돈다. 우리의 내면 깊숙이 똬리를 틀고 있는 경쟁 강박감에 짓눌려 있기 때문이다.

지금 우리의 라이프 스타일은 부요하고 편리해졌다. 그렇지만 온갖 환경·물품·통신으로 인한 공해에 노출돼 있다. 이로부터 겪는 정신적 압박감이 갈수록 깊어지고 있다.

디지털 기술이 발달하면 할수록 생활은 편리해질 수 있지만, 반면에 익혀야 할 기량도 많아진다. 또 정보의 바다는 더욱더 넓어져 물리적으로 감당해야 할 정신 영역도 커졌다. 이는 상대적으로 개인의 존재감을 위축시키는 현상을 낳게 됐다. 이제는 일상생활에서 컴퓨터, 스마트폰 등 디지털 기기에 대한 의존도가 절대적으로 높아졌다. 활자 중심의 아날로그식으로 세상을 사는 것 자체가 불가능해진 상황이다.

그러다 보니 때로는 일상으로부터 '탈 디지털'을 꿈꾸며 시선은 자연으로 향하기도 한다. 싱그러운 자연의 향기가 그리운 것이다. 복잡하고 복합화된 사회 일상으로부터 잠깐의 멈춤을 갈망한다.

거기에서 벗어나 자연의 찬가를 목청껏 부르고 싶다. 세파에 지친 심신을 이른 아침 자연이 뿜어내는 수목의 정기로 깨우고 싶은 것이다. 도시개발 열풍이 불면서 정주여건에서도 인공의 자연 형태를 체험할 수는 있다. 하지만 진정한 원초적 생태 환경과는 더 멀어져 있다. 자연이 주는 혜택을 누리려면 도심을 벗어나는 노력을 쏟아야 한다.

그래야 대자연의 숲에서 내뿜는 무공해 피톤치드를 쐴 수가 있다. 그것은 근본적으로 우리를 건강하게 만드는 면역력을 높여준다. 대자연을 영어로 표현하면 'Mother Nature'다. 이 말을 나는 '어머니의 따뜻한 품'으로 의역해 본다.

하지만 미국 메리엄 웹스터 사전은 '창조의 근원이자 인도력으로 생각되는 여성으로 의인화된 자연'으로 풀이한다. 한편, 영국 옥스퍼드 사전의 정의는 보다 철학적이다.

여기서는 '세상과 인간에게 영향을 미치는 힘으로 생각하는 자연계'로 설명하고 있다. 말하자면 '자연의 섭리'라는 뜻으로 해석이 가능하다.

• ⋯⋯⋯ •

그 대자연은 인간의 뇌파 중 심신의 안정 상태를 가져다주는 알파파를 생성케 해준다. 뇌파는 신경계와 뇌신경 사이를 연결해 주는 전기적 신호다. 이러한 전기적 신호는 우리 몸의 상태에 따라 다양한 종류로 나타나 뇌를 활동시킨다.

통상 사람이 꾸려가는 일상생활은 사람에 따라 편차가 있다. 보통의 일과 중엔 80%가 베타파 수준을 유지한다. 하지만 우리는 유독 치열한 경쟁사회를 살아가야 하는 숙명을 안고 있다.

오죽했으면 '독 잇 독'(dog-eat-dog)이란 말이 있겠는가. '인정사정없이 사리사욕에 얽매여 치열하게 다툰다.'는 뜻이다. 《Dog Eat Dog》은 1985년 10월에 발매된 조니 미첼의 스튜디오 음반의 타이틀이다.

조니 미첼은 캐나다의 전설적인 음악가로 종종 사회적 이슈나 환경 문제를 다룬 20세기 가장 영향력 있는 여성 싱어송라이터였다. 가사는 '누구도 서로 믿지 못하며 모두가 투쟁한다.'는 내용을 담았다. 가사 내용 중엔 "돈은 정의의 길", "재물이 보이매 몰려드는 도둑, 아첨꾼들", "노예들의 품으로 쌓은 재물" 등 물질 지배의 세태를 신랄히 꼬집고 있다.

또한 이 제목은 2016년 제작된 미국 폴 슈레이더 감독의 영화

이기도 하다. 우리나라에는 2019년 《먹거나 먹히거나》라는 제목으로 개봉됐다. '인생은 먹거나 먹히거나!'로 엮어진 사회의 뒷 세계를 그려낸 액션 스릴러다.

그렇듯이 '독 잇 독'은 물질이 기준이 되는 자본주의 사회의 실상을 그대로 표현하고 있다. 이 같은 초경쟁 사회를 살아가는 일상에서 우리의 뇌는 높은 경향의 베타파 수준을 나타낸다. 이 경우 높은 스트레스를 유발하게 된다.

곧 일상에서의 뇌파는 초당 주파수가 13~32헤르츠(Hz)인 베타파에 속한다. 긴장, 노력, 집중, 경쟁, 불안 등… 우리는 매일 매일 이런 상태로 생활하면서 많은 에너지를 소모한다.

그래서 '스트레스파'라 불리는 베타파 속에서 일과를 처리한다. 그러니 하루하루가 힘들고 지칠 수밖에 없다.

이에 반해 알파파는 초당 8~13헤르츠로 진동한다. 이는 마음의 여유, 평안, 휴식, 긍정, 행복 등의 감정을 갖게 해준다. 사람의 창의력은 바로 이 알파파 상태에서 활성화하게 돼 있다.

또한 숲속 흙에 사는 미생물은 우리 몸의 미생물군유전체를 건강하게 유지하는 데 기여한다. 자연은 우리 삶에 필요한 기운과 자양분을 주는 것이다.

그런 만큼 바쁜 세상살이 속에서 1주일에 하루라도 대자연과 접촉하면서 자신을 발견하려 노력해 보라. 그 단 하루라도 다람쥐 쳇바퀴의 세속을 떠나본다. 그러면서 자신을 인간으로서 발견한다는 것은 새로운 존재의 나를 창조하는 것이나 다름없다.

10

감성지수(EQ)적 사색의 돛을 달라

감성지능! 인생을 승리하는 강력한 무기다

처세술의 대가 데일 카네기는 사람을 대할 때 상대방을 논리가 아니라 감정의 피조물로 다루라고 했다. 직장에서 대인관계 문제의 75%는 감정선 처리 미흡에서 비롯된다는 연구조사도 있다.

누군가의 마음을 바꾸려면 그들과 먼저 감성의 궤도를 맞추는 것이 중요하다. 곧 감성은 공감하는 마음자세를 갖게 해주며, 상대방의 얘기를 경청할 수 있는 동기를 강하게 한다.

그래서 감성지능을 갖추면 생각하고, 느끼고, 행동하는 방식을 유연하게 한다. 인식하고, 이해하고, 선택하는 방법의 관점이 달라지는 것이다. 그것은 다른 사람들과의 상호 작용과 내 자신에 대한 이해를 강화하기 때문이다.

감성능력을 체화시키면 우리의 일상적인 활동에 긍정적인 영향을 미친다. 상호관계에 있어 대립이나 갈등의 요소가 쉽게 해소된다. 그래서 세상을 살면서 감성관리 역량은 성공의 80%를 담당한다.

이런 감성지능을 높이는데도 자연과의 대화는 매우 효과적이다. 감성지능도 심신의 안정 상태에서 나타나는 뇌파인 알파파 영역에 속한다. 감성이란 마음의 여유와 유연함에서 솟아나기 때문이다.

감성의 정서적 힘은 우리를 계속 나아가게 하고, 삶의 거친 부분을 헤쳐 나갈 수 있게 해준다. 이 힘은 바로 회복탄력성으로, 어떤 어려움도 꿋꿋이 맞서 전진할 수 있게 만든다.

세상살이는 본래가 힘든 것이다. 잔잔하기도 하고, 거친 파도가 밀려오기도 한다. 여기에서 중요한 것은 정서적 힘, 곧 내면의 기백을 갖추는 것이다. 세파가 우리 삶의 촛불을 꺼트리지 못하게 하도록 내면의 힘을 길러야 한다.

◆ ⸱⸱⸱⸱⸱⸱⸱⸱ ◆

그래서 감성지능은 인생을 살아가는 데 강력한 무기다. 그것은 자기 인식, 자제력, 동기부여, 공감력, 소통력을 향상시키는 데 도움이 된다. 이런 정서적 능력을 기르려면 가능한 자연과의 접촉면을 늘려라.

자연을 선호해 수시로 탐방하고 체험하게 되면 알파파가 강화된다. 또한 마음의 감성 분량도 커진다. 나는 그것을 어릴 적 자연친화적 환경에서 성장하면서 터득했다. 내 감성의 바탕은 그때 형성됐다.

그래서 지금도 나는 도시보다는 시골을 더 좋아한다. 그곳에는 때 묻지 않고, 사람 냄새로 찌들지 않은 원초적 자연이 있다. 거기에는 숲이 숨 쉬며 내게 활력을 불어넣어 준다.

확실히 자연은 사람의 마음을 편안케 해준다. 봄날 먼발치 아지랑이만 보아도 내 마음에는 꽃이 핀다. 또 가을의 상큼한 공기만 들이마셔도 배가 부르고 힘이 솟는다. 자연 속의 대기는 가장 좋은 영양제이며, 그 향내도 은근하고 맛깔스럽다.

청정 자연의 품속에서 자라난 내게 그때의 감성은 지금 내 인성의 골격을 이뤘다. 그 감성은 지금도 수십 년 전의 그때의 정취를 읊조리게 한다.

잠깐 타임머신을 타고 그때로 가본다. 자연의 향수를 찾아나서는 과거로의 '감성탐방'(emotional slumming)이다. 당시 매번 한 해를 여는 봄은 향기와 색조를 달리하며, 이 촌동(村童)의 가슴을 헤집고는 했다. 또 그 속에 천진한 열정의 도화선을 점화시켜 자기희열을 지폈다. 인생의 연륜이 지난 지금도 그때를 회상하면 마음의 정감이 일며 푸근함을 느낀다.

우리는 흔히 답답하고 힘 드는 일이 있으면 훌쩍 자연을 찾아 떠난다. 그것은 인간 세상으로부터 비롯되는 염려나 걱정은 그 환경을 벗어나야 새로운 기분으로 전환할 수 있어서이다.

◆ ---------- ◆

영국의 낭만주의 시인이자 풍자가였던 바이런 경(卿)의 자연 예찬론은 내 마음의 상상력을 잡아끈다. 상상의 나래를 펼 수 있다는 것은 감성체계가 작동하고 있다는 증거다.

"길 없는 숲에는 즐거움이 있고, 외로운 해안에는 황홀감이 있으며, 깊은 바다 옆에는 아무도 침범하지 않는 사회가 있고, 음악은 그 포효 속에 있다. 나는 인간을 덜 사랑하는 것이 아니라 대자연을 더 사랑한다."

자연은 모든 어려움에 위안을 가져다준다. 자연은 그 자체로 평온함을 선사하며, 평안함을 느끼게 해준다. 그것이 발산하는 신묘한 매력이 있어 우리가 직면한 문제가 아무리 많아도 평화를 느끼게 해준다.

한 종합편성 채널에 〈나는 자연인이다〉라는 장수 프로그램이 있다. 이는 바로 자연 속에서 알파파를 누리며 살아가는 사람들의 스토리를 다룬다. 일반적인 기준으로 보면 그들이 사는 생활환경은 매우 척박하다. 하지만 그들은 세상이 주는 물질의 소유가 없이도 더없이 만족감을 느낀다. 그들은 한결같이 더 이상 행복할 수가 없다고 말한다. 자연으로부터 내면의 충만함과 영혼의 평화를 얻기 때문에 그럴 것이다.

어찌 보면 그들이야말로 지속가능한 참 행복을 누리며 사는 인생이다. 바로 누구보다도 감성의 풍요로움을 누리는 주인공들인 것이다.

인생, 내멋으로
담금질하라

사막의 오아시스 같은 '자존감'을!

'선의의 경쟁'이란 말... 포장된 말의 성찬일 뿐

인생이란 내가 좋든 싫든 경쟁의 연속이다. 사람은 잉태되는 순간부터 한 개의 난자를 두고 수억 개의 정자가 치열한 경쟁을 벌인다. 그 과정을 거쳐 하나의 완성된 생명체가 만들어지는 것이다.

우리는 벌써 이 세상에 나오기 전부터 철저한 경쟁을 거친 셈이다. 태생적 여건을 통과한 인간은 살아가면서 경쟁을 떨쳐낼 수가 없다. 그리고 경쟁의 속성은 '이기는 것'이다. 지려고 경쟁을 하는 사람은 단 한 명도 없다.

무한 경쟁에 내몰린 사회 환경에서는 '능력'이나 '실력'은 상대적이다. 어떤 기준치와 대비하는가에 따라 우열이 갈라진다. 지금처럼 산업이 고도화된 첨단사회일수록 경쟁은 더욱더 가열된다.

특히 한국은 독특한 사회 환경을 갖고 있어 일반적인 경쟁의 수준을 넘어 '하이퍼경쟁'(hypercompetition)을 펼칠 수밖에 없다. 이 초경쟁은 새로운 글로벌 디지털 경제의 핵심 특징이다.

이는 경쟁자 간에 상대보다 더 빨리 달려 목표를 선점해야 하는 절박감에 치열한 다툼을 펼쳐야 한다. 앞서 말한 대로 치열한 렛 레이스의 아귀다툼에 나서지 않으면 안 된다.

경마장에 가보면 말들이 앞을 향해 전속력으로 내달리는 것을 본다. 말은 따라잡고 나서 앞질러 가는 다른 말이 있을 때만큼 빨리 달리지 않는다. 말 나름의 앞서겠다는 의지, 열망, 충동이 본능 속에 숨겨져 있다고 할까.

•·········•

이렇게 치달리는 말의 경쟁은 그래도 순수하다. 그냥 열심히 힘차게 달릴 뿐이지, 이길 방법을 찾아서가 아니다. 그러나 인간 사회에서의 경쟁은 본질적으로 악의적이다.

선의의 경쟁이란 말은 있지만, 그것은 포장된 말의 성찬일 뿐이다. 내가 성공해야 한다는 것은 이면에 상대방이 실패해야 한다는 전제가 깔린다.

선거 때가 되면 출마 후보들이 방송 토론을 하면서 같이 웃으면서 덕담도 나눈다. 심지어 네거티브 선거 하지 말자고 공약을 내걸기도 한다. 그렇지만 어떻게 해서든 상대 후보의 약점을 파헤쳐 끌어내려야 하는 게 선거의 본질이다.

말 그대로 서로 악과 기를 쓰며 헐뜯고 사납게 다투지 않으면 낙오자가 된다. 이미 선진 산업사회는 1930년대에 그 과정을 겪어 지금처럼 상대적으로 성숙된 단계가 된 것이다.

급속한 산업화는 지속가능한 경쟁 우위를 유지하는 것이 점점 더 어려워지고 있다. 그렇다 보니 하이퍼경쟁 시장에서는 씨름에서처럼 "한판 뒤집기"에 사활이 걸려 있다.

더욱이 한국은 부존자원이 궁핍하고 대외 경제의존도가 높다. 게다가 국토의 70%가 산지에다 인구의 절반이 수도권에 몰려있다. 인구 밀도 비율에 따라 국토를 그림으로 그려보면 수도권이 전체 국토의 절반을 차지한다.

이런 여건에서 하이퍼경쟁 구도는 불가피하다. 고속 성장 속에 형성된 '일등주의' 경쟁문화가 한국사회를 지배하고 있다. 이러니 너나 할 것 없이 모두가 최고를 향해서만 달린다.

지금은 아이가 세상에 태어나면서부터 경쟁 레이스의 출발선에 선다. 부모부터 이름난 산부인과나 남이 좋다는 조리원엘 가야 직성이 풀린다. 옛날에는 이런 시설이 없었어도 무리 없이 다산(多産)을 했다.

탄생 때부터 우열을 겪은 아이들은 일찌감치 서열사회를 체험한다. 조기교육을 시작으로 끝없는 순위경쟁으로 내몰린다. 이러한 경쟁주의 속에 한국 사람들은 어릴 때부터 스트레스 호르몬을 달고 살아간다. 그 속에서 성공을 추구하고 행복을 찾는다.

◆ ------- ◆

이런 치열한, 아니 처절한 다툼 속에서 지속가능한 행복감이란 모래사막에서 진주를 찾는 격이다. 그래도 우리는 행복이란 진주를 찾아 나서야 한다. 그런 행복이 아주 불가능한 것은 아니기 때문이다.

사막의 어디엔가는 오아시스가 있듯이. 우리가 추구하는 지속가능한 행복은 분명히 있다. 그런데 한국사회에서 그것을 누리려면 '남다른 생각, 남다른 행동'을 해야 할 뿐이다.

'오아시스'란 뭘까.

액면으로 풀이하면 사막 가운데에 샘이 솟아올라 식물이 자라고 사람이 생활할 수 있는 그곳, 바로 '사막의 녹지'다. 내면의 뜻은 '인생의 위안이 되거나 욕구를 해소해 주는 것'을 말한다.

사막에 둘러싸여 단지 갈증을 풀어주고 잠시의 쉼이나 줄까 싶지만, 그곳에서도 가치를 찾을 수 있다. 그 오아시스를 토대로 농업을 일으키고, 실크로드 육로가 생기고, 도시국가도 발달했다.

여행객들이 추천하는 사막의 오아시스 도시가 있다. 남미 대륙 페루에 있는 와카치나다. 이 도시는 수도 리마에서 버스로 4시간을 가야 하는 광활한 사막이 펼쳐진 가운데에 위치하고 있다.

사막 도시이지만 말 그대로 세상의 찌든 때를 벗겨낼 수 있는 위안이 되는 장소. 이곳은 365일 샘이 마르지 않으며, 주위에 펼쳐진 끝없는 사막의 능선, 환상적인 일출과 해 질 녘 노을이 장관이다. 또한 오아시스를 수놓는 달빛이나 햇빛에 비치어 반짝이는 잔물결, 곧 윤슬 등은 딴 세상을 연출한다.

⋆ ⋯⋯⋯ ⋆

지속가능한 행복을 찾기는 오아시스처럼 어렵지만, 분명히 어딘가엔 존재한다. 지금 같은 하이퍼경쟁 풍토에서 생각과 관점을 바꾸면 지속적인 행복감을 안겨주는 오아시스는 있다.

나만의 만족감을 갖는 것, 그것이 지속가능한 행복이고 '최적의 행복'(optimal happiness)이란 것을 깨닫기만 하면 된다. 그것은 바로 남과 비교하지 않고 나 자신의 존재감을 찾아 나서는 것이다.

각기 다르게 이 세상을 살아가는 다른 사람과 비교하는 것은 자신을 위축시키고 불행으로 몰아간다. 인간의 본능은, 아니 '비교'라는 말의 속성은 나보다 더 나은 대상과 견주는 것을 가리킨다.

특히 한국 사람은 남을 의식하는 기질이 강하다. 그럴 이유가 없는데도 말이다. 중요한 것은 나만의 생각으로 살고, 나만의 기준으로 판단하면 된다.

철학자 쇼펜하우어는 말한다. "'남들이 뭐라고 생각할까' 늘 이런 생각에 사로잡혀 사는 사람은 노예일 뿐이다." 그러면서 "우리의 인생에 있어서 주관은 객관보다 훨씬 본질적이며, 즐거움의 부활은 주관적인 인식에서 나온다."

그렇다면 나 스스로를 주관적으로 보되 객관화시켜 바라보는 노력이 중요하다. 내 스스로에 대해 작년의 나와, 어제의 나와 비교해 평가해 본다. 그래서 그 기준에서 더 나아졌다면 그게 참성공이다. 그것에서 비롯되는 만족과 성취감이야말로 참행복인 것이다.

그러려면 자존심과는 다른 자신의 자존감을 세우는 '자기효능감'(自己效能感·self-efficacy)을 길러야 한다. 자존심은 누군가 비교를 할 수 있는 대상이 있을 때 성립된다.

그들보다는 내가 우월하고, 똑똑하고, 잘나야 한다. 그리고 인생 경주에서 앞서나가야만 한다. 그래서 주위로부터 인정과 칭찬을 받아야 하는 외향적 기준이다.

그렇지만 자존감은 이와 상반된다. 글자 하나의 차이지만 전혀 지향점이 다르다. 자존감은 다른 사람으로부터의 판단에 무게를 두지 않는다.

내가 내 자신을 평가하고, 나만이 지니고 있는 옳은 것과 좋은 것을 존중하는 것이다. 그래서 나의 단점보다는 장점에 초점을 맞춘다. 그것을 통해 자신의 정신적, 정서적 근력을 더욱 키워나간다.

한마디로 다른 사람의 인정보다는 내가 내 자신을 토닥거려 주는 것이다. 그것은 자신감을 강화시키는 촉진제(confidence booster)가 된다. 바로 나의 내면을 건강하게 해준다.

자존심과 자존감을 《보통의 언어들》에서는 이렇게 비유하고 있다.

"자존심이 꺾이지 않으려 버티는 막대기 같은 거라면, 자존감은 꺾이고 말고부터 자유로운 유연한 무엇이다. 자존심은 지켜지고 말고의 주체가 외부에 있지만, 자존감은 철저히 내부에 있다."

삶의 버팀목 되는 나만의 효능감

'해낼 수 있다'는 구체적인 자기만의 능력

자존감과 자기효능감은 큰 맥락에서는 비슷하다. 그러나 세부적인 차이는 있다. 자존감은 자신의 가치를 존중하는 대승적 차원이다. 반면 자기효능감은 다양한 환경에서 '자신이 해낼 수 있다'는 구체적인 자기만의 능력을 인식하는 것이다.

곧 세상살이에서 맞는 어떤 상황에서도 적절한 대응을 할 수 있다는 기대와 신념이다. 자기효능감에는 세 가지 요소가 내포되어 있다.

첫째, 자신의 합리적인 의지대로 할 수 있다는 '자기 조절감'이다.

둘째, 자신의 환경에서 편안하게 느끼게 하는 '자기 안정감'이다.

셋째, 자신이 세상에서 할 일이 있다고 믿는 '자기 효용감'이다.

사람은 살다 보면 불가피하게 삶의 장애물이나 불이익과 같은 어려움에 부닥치게 된다. 인생은 어찌 보면 한 치 앞을 예측할 수 없는 망망대해를 항해하는 것과 같다. 그런데 그 한없이 넓고 큰 바다가 어떻게 잔잔할 수만 있을까.

자연의 섭리대로 폭풍우를 만날 수도 있다. 이에 맞서기 위해서는 강인한 마음과 회복력(resilience)과 함께 자기효능감이 필요하다.

자기효능감은 지속가능한 행복, 곧 웰빙 감각을 갖도록 하는 데도 도움을 준다. 그것은 세상살이를 영위하면서 어려운 상황에 맞닥쳐도 자신이 이겨낼 수 있다는 자신감을 갖도록 해준다. 자신의 능력을 낙관적으로 여기는 것이다.

• • • • • • • • •

어촌을 다루는 TV 프로그램이나 유튜브를 보면 어부들의 고기잡이 모습이 나온다. 그런데 매일 매일의 어획량이 천차만별이다. 어떤 때는 그물이 넘치도록 물고기가 잡히기도 한다. 또 어떤 때는 그물이 텅텅 빌 때도 있다.

수십 년 어업 경륜을 가진 고깃배 선장이지만, 하루의 고기잡이 결과는 자신의 뜻대로 되는 게 아니다. 그들이 한결같이 하는 말이 있다. "많이 잡히는 날도 있고, 아닌 날도 있지요. 오늘 안 되면 내일을 기대해 봐야죠." "내 맘대로 되는 것도 아닌데… 자연의 순리대로 따라야 하지요. 그래도 바다가 있어 일을 할 수 있으니 감사해요."

그 노련한 어부라도 자연의 순리를 거스를 수가 없다. 그저 자기에게 주어지는 대로 받아들이는 것을 체득해 왔다. 그러면서 다음 날의 어획량이 좋기를 기대하는 것이다.

어업도 세상살이나 마찬가지다. 단지 어려운 상황을 접하는 입장과 관점이 다를 뿐이다. 어부 생활을 오랫동안 하면서 그들은 자연의 섭리에 순응하며 어떤 경우든 만족해한다. 그런 것이 진정한 행복감이다.

이처럼 자기효능감을 갖는 사람은 어려움을 만나도 이를 도전으로 여긴다. 문제를 부정적으로 여기지 않고 상황을 더욱 관심 있게 파악하려 한다. 난관이나 실패를 결코 패배로 생각지 않는다.

오히려 자신의 노력을 더 쏟는 계기로 삼아 극복을 위한 새 방법을 찾아 나선다. 그래서 어렵거나 도전적인 일에 직면해도 스트레스를 최소화한다. 그 가운데에서도 스스로 기분을 북돋우며 새로운 기대를 가지며 용기를 낸다.

◆ ─────── ◆

자기 믿음이 100% 성공을 보장하지는 않는다. 하지만 자신에 대한 불신은 온전히 실패를 낳는다. '내가 할 수 있다'는 긍정적인 생각을 한다면 처음에는 없던 능력을 얻을 수도 있다.

예수께서는 '믿는 자에게 능치 못할 일이 없다.'고 하셨다. 성경의 이 말씀은 우리가 내 기준에서 갖는 인간적 신념과는 다른 차원이다. 신앙적 가치를 바탕으로 한 '믿음'은 세속적 기준의 '신념'과는 결과가 다르다. 신앙적 믿음은 창조주가 이루게 하는 완전한 것이다. 그 믿음의 '완전성'이란 내가 바라는 게 현시적으로 이루어지면 내게 가장 합당한 것이다.

만약 그렇지 않다면 내가 원함은 내게 맞지 않는 것이다. 어느 부모가 자녀에게 좋지 않은 것을 줄 것인가. 하물며 천지를 만든 창조주가 내가 원하는 게 내게 유익하지 않은 데도 이뤄줄 것인가.

노력의 결실이 없어도 받아들여야 한다. 노력한 것만으로도 내가 할 역할은 충분히 한 것이다. 그 대신 더 좋은 기회가 예비돼 있다는 예시로 더 감사하게 여겨야 한다.

세상의 기준으로 생각하면 이해가 안 될 것이다. 그렇지만 인간의 한계는 한 치 앞의 미래를 모르는 것이다. 그것을 인정한다면 씨를 뿌리고 잘 가꾸는 것만이 내 몫이다. 그다음의 열매는 주어지는 대로 받아들이기만 하면 된다.

누구나 원하는 게 달성되면 당연히 기쁠 일이다. 그렇지 않은 데도 기뻐서 감사하게 된다는 건 가당하지 않다. 그렇지만 이런 믿음의 기제는 우리에게 지속가능한 행복감을 가져다준다.

물 흐르듯 이어지는 불변의 행복감은 세상의 단발적인 스타카토식 행복과는 전혀 다르다. 신앙적 믿음은 세속의 신념과는 다른 정신적, 아니 그보다 차원 높은 영적인 행복감을 안겨준다.

스타카토는 음악 연주에서 단조로운 선율에 변화를 주려 음의 길이를 짧게 짧게 끊어 이어가라는 악상 기호다. 각종 희락의 이벤트를 통해 스타카토처럼 끌어가는 인생에선 참행복을 찾기 어렵다.

3

"민증부터 까는" 한국식 세상살이
문화와 언어 특성으로 의식구조의 격차 커

한국사회는 개별적인 존재보다 집단 속 구성원이 되는 것을 갈구한다. 그래서 우리나라 사람처럼 단체 만드는 것을 좋아하는 민족도 없다. 별의별 명분으로 모임을 만들어 활동하는 것을 즐긴다.

한국 사람은 여럿이 모여서 활동하는 집체주의를 신봉한다. 사회 집단에 속해 있지 않으면 괜한 불안감과 외톨이 심리를 느낀다. 어딘 가에는 소속돼야 사회적 존재성이 유지된다는 의식이 강하다.

이것도 어떻게 보면 과도한 경쟁사회가 낳은 폐단이다. 성공과 패배로 가름되는 경쟁 다툼에서 유리하다는 심리다. 성공을 위해 서로 거들 수 있고, 패배할 경우 위안을 받을 수 있어서다.

다른 사람들과 공동체를 만들어 그 일원으로서 물리적, 정서적으로 묶여져 사회적 위상을 확보하려고 한다. 어쨌든 군집을 통해 동질감을 얻어 상호 이익을 도모하고 공감을 나눈다. 이것이 바로 학연, 지연, 혈연이 지배하는 사회를 만들었다.

또 달리 보면 한민족 특유의 옛 씨족, 부족 사회의 문화적 유전자가 잠재의식 속에 남아 있어서일 수도 있다. 근·현대화 과정이 길지 않은 가운데 개인적 존재감을 공동체에 의존하고 있다.

한국 사람들은 둘만 만나도 이 같은 '밈'(대표적인 기질)이 튀어나온다. 둘이 만나도 경쟁의 수위를 정하듯 서열을 따진다. 특히 남자들은 처음 만나 친분을 트려면 "민증(주민등록증)을 까는" 통과의례를 거친다.

그래서 출생년도, 날짜에 따라 위계를 정하면 그때부터는 호칭과 어투가 달라진다. 한국사회에서는 사람과의 관계를 설정하는데 있어 나이가 매우 중요한 기준이 된다. 서양사회에서 나이는 그저 숫자에 불과할 뿐, 개인적 순서를 정하는 기준치가 아니다,

그것은 전래적인 유교 도덕의 〈삼강오륜〉(三綱五倫) 영향 탓도 있을 것이다. 이를 바탕으로 한 전통문화 풍습과 한글의 위계적인 언어체계도 서열의식을 부추기는 데 한몫했다.

오륜의 하나인 장유유서(長幼有序)는 윗사람과 아랫사람을 구분해 지켜야 할 차례와 질서를 정했다. 이것이 사람관계에서 나이 기준으로 서열을 정하게 만들었다. 아니면 서열이나 호칭 따위를 결정하는 학번제도 있다. 그래서 우스갯거리로 주민등록증으로

나이를 확인하자는 세태를 낳은 것이다.

이 같은 현상은 한국인의 모든 생활 영역에 뿌리 깊이 잠재돼 있는 인간관계를 나타낸다. 상하 서열 의식과 위계성이 그대로 유지되고 있음을 보여주는 것이다.

◆ · · · · · · · · ◆

또 한글도 과학적이지만 동양문화권, 한국의 장유유서 정신이 배어 있다. 우리말이 없던 시대에 삼강오륜은 사회를 지배하는 절대적인 가치였다. 그것이 한글 창제에도 영향을 미쳤을 것이다.

사람들은 전 세계적으로 약 7,000개의 언어를 사용한다. 그 많은 언어는 사용하는 사람들의 각기 다른 문화를 반영하고 있다. 그중 한국어만큼 존칭과 경칭, 그리고 어법이 세분화된 언어도 없다. 모든 주요 언어들이 수평성을 띠는 데 반해 한국어는 철저하게 수직성이다.

언어가 문화를 담아내고 있지만 새로운 문화를 형성하기도 한다. 또 의식을 조직화하는 역할도 한다. 반면 문화가 언어를 만들어 내기도 해, 두 요소는 상호작용을 한다.

그렇기에 한국사회는 전통문화와 언어구조로 인해 수직적, 위계적 질서가 뿌리 깊다. 선진사회가 언어체계부터 모두 수평적, 평등적 가치를 바탕으로 하고 있는 것과는 다르다.

한국사회의 선진화가 더딘 이유도 여기에 있다. 근본적으로 사회문화 체계가 다른 데서 갈등과 불합리가 돌출된다. 선진국의 제도나 정책은 그들의 수평적 문화 토대에서 효과를 거뒀다. 그 제도가 수직적인 토양에서는 뿌리 내리기가 쉽지 않다.

나는 서울 광화문 거리에 있는 세종대왕 동상 앞을 지나칠 때마다 이런 생각을 한다, '한글이 좀 수평적인 언어체계로 창제됐으면 좋았을 걸…' '그러면 사회문화도 달라졌을 수 있을 텐데…'

그랬으면 광화문 세종대로가 지금처럼 갈등과 대립의 시위 판이 되지는 않았을 것이다. 분명 언어는 인간의 정신과 마음을 지배하는 힘을 가지고 있다. 또 언어는 우리가 살아가는 세상을 그대로 나타낸다.

◆ ⋯⋯⋯ ◆

이런 환경 속에서 한국사회가 정말 빠르게 변하고 있다. 그야말로 '격세지감'이다. 격세지감이란 말을 풀어보면 더 이해가 쉽다. '그리 오래지 않은 동안에 크게 바뀌고 달라져 전혀 다른 세상이 됐다.'는 뜻이다.

그런데 이게 사회 전체의 균일한 변화가 아니다. 세대 간의 사고방식과 행동양식의 차이가 점점 커지고 있다. 신·구 세대, 신진세대 대(對) 기성세대, MZ 세대 vs 베이비붐 세대, 디지털 세대와 아날로그 세대… 어떻게 구분해도 좋다.

이 중 가장 체감되는 것은 첨단 디지털 기술의 발전에 따른 세대 구분이다. 이것은 비단 한국사회에만 국한된 것은 아니다. 단지 독특한 문화와 언어 특성에 따라 의식구조의 격차가 크다.

전래적인 사회문화 체계에 충실한 아날로그 세대와 현대 첨단기술의 환경 속에서 낳고 자란 디지털세대 간의 갈등이다. 서로 다른 매우 이질적인 세대 문화의 충돌이다. 마치 기상에서 온냉 기단이 부딪혀 천둥, 번개에 비바람이 몰아치는 것과 같다.

디지털 세상에서 단순히 사는 삶
삶에서 중요한 것, 채울 마음의 공간 확보

여름보다 가을에 오는 태풍이 더 무섭다. 여름태풍은 뜨거운 공기가 밀려와서 한반도도 같은 기상조건이라 덜 부딪힌다. 그래서 공기 자체가 뜨거워 후텁지근한 날씨가 될지언정 상대적으로 강도가 좀 덜하다.

하지만 가을태풍은 한반도 공기가 차가워 더운 열기와 맞닿으면서 강력해진다. 한반도 상공의 찬 대륙고기압과 따뜻한 북태평양고기압이 합작해 만든 정체전선 탓이다. 그래서 형성된 폭우 구름대가 태풍이 오기도 전에 강한 물폭탄을 퍼붓는 것이다.

디지털 혁명으로 지구촌 사회는 각기 여름태풍을 맞고 있다. 하지만 우리는 더없이 좋은 절기에 가을태풍이 불어 닥친 격이다. 그러다 보니 100여 년 만에 폭우라는 기상특보처럼, 한국사회가 전대미문의 가치관 혼란을 겪고 있다.

이런 격변의 시대에 아직도 한국사회는 아날로그 세대가 가정, 사회, 회사, 나라를 움켜쥐고 이끌어 간다. 그런데 정작 최일선에서 일을 하는 주류층은 디지털 세대다. 지금은 디지털 매체를 통하지 않으면 업무 자체를 할 수 없는 세상에 들어와 있다.

◆ ⸱⸱⸱⸱⸱⸱⸱⸱⸱ ◆

요즘 모든 기업의 최대 화두는 '디지털 트랜스포메이션'(Digital Transformation·DT)이다. 우리말로는 디지털 기술의 가속을 따라잡을 만큼 표기 규범이 마땅치 않다.

흔히 강산이 변한다는 10여 년 전에 방송계에서 '디지털 전환'이란 생경한 말이 등장했다. 이제는 그 말이 구닥다리처럼 들린다. 그나마 '디지털 대전환'이라고 하면 걸맞을 듯싶다.

그 정도로 디지털 기술이 걷잡을 수 없을 정도로 일취월장하고 있다. 그러다 보니 아예 영어 표현을 그대로 사용하는 게 시대감각에 맞다. 돌이켜보면 1990년대부터 정보처리가 가능한 전자기기가 세상에 출현하면서부터 디지털 사용 기반이 마련됐다. 그 후 2000년대 초부터 인터넷을 통한 상품거래, 즉 전자상거래가 활발해졌다.

2010년대에 들어서 온라인 거래는 생활의 필수가 됐다. 그러다 2020년대 이르러선 로봇·인공지능(AI) 주축의 신기술이 속속 등장하고 있다. 바야흐로 4차 산업혁명이 꽃을 피울 참이다.

여기에서 DT의 개념도 진화했다. 한 단계 더 나아가 '디지털매체가 소비자에게 제공하는 경험'(Digital Experience·DX)으로 확대된 것이다. 넓은 의미로 DT, DX는 디지털 대전환의 뜻으로 통한다. 결국 기술은 최종 사용자인 고객의 경험이 중요하다. DX 전략의 성공은 고객에게 얼마나 매력적이고 쉽게 제품을 제공하느냐에 달려 있다. 이제 기업의 성패는 디지털 문화를 통해 고객에게 제공하는 경험에 달렸다. DX 비즈니스에서 성공의 90% 이상이 고객과 직원의 디지털 경험에 달려 있다는 조사결과도 있다.

이렇게 디지털화된 환경에서 우리는 살아가고 있다. 물리적 세계를 그리워하는 아날로그 세대들에게는 점점 더 불편한 세상이 되어간다. 디지털이 등장했을 때 아무리 기술이 발전해도 스토리텔링만큼은 전적으로 인간의 전유물이라 여겼다. 그것이 엊그제 같은 얘기다. 지금 생성 AI는 그마저도 디지털 기술의 영역으로 가져갔다.

그런가 하면 경제의 생산동력이나 소비주체는 모두 디지털 세대다. 그들이 소비시장의 중심이 되고 있어 디지털 시장의 중요성은 갈수록 커진다. 기업들은 그에 맞춰 비즈니스 모델과 경영 전략을 바꿔야 한다. 바로 '변화'와 '혁신'이 요체다.

예를 하나 들어보자. 아날로그 구세대 부모들이 꾸려오던 전통적인 농업은 사양길에 접어든 지 오래다. 하지만 신세대 자녀가 4차 산업의 디지털 첨단기술을 접목하면서 상황은 달라졌다.

바로 농업에 기술을 접목시킨 애그테크(Agriculture Tech)가 사라지는 농촌을 되살리고 있다. 과거에는 오로지 농부의 경험과 직관에만 의존했다. 그러나 지금은 인공지능(AI), 로봇, 빅데이터 등을 활용해 생산성을 획기적으로 높였다.

이제 소비자 중심의 디지털 전환(DX) 농경술을 발휘하면 농업도 알짜 산업이 된다. 세계인구가 90억을 향해 나아간다면 농업이야말로 다시 미래 먹거리가 될 수밖에 없다.

이렇게 세상은 상전벽해처럼 변해가는 데도 우리의 내면 깊숙한 의식은 과거에 머물러 있다. 그런 의식에서 비롯되는 행동양식이야 말할 것도 없다. 발전하거나 진보되지 않고 과거의 묵은 모습 그대로일 수밖에 없다.

앞서 말한 집단주의도 구태의연한 행태다. 시대는 변해도 끼리끼리 뭉치는 습성에서 벗어나지를 못한다. 그러면서 수많은 개인적 모임과 사회적 단체에 들어가 활동하는 것을 명예로 여긴다.

명함에 직함이 많을수록 대단한 것으로 여기며 많은 단체의 감투 쓰는 것에 목말라한다. 그런 칭호로 자신의 위상을 과시하려는 심리가 강하게 작용한다. 그러나 칭호나 타이틀이 있다 해서 사람 됨됨이의 자격이 있는 것은 아니다.

우리는 경조사에 답지한 축하 화환이나 조화의 수량을 보고 그 사람을 저울질하기도 한다. 그런 외적인 과시효과로 자신을 드러내려고 하는 허례허식이 한국사회에 만연해 있다.

현명한 지혜는 무엇을 보태고, 어떤 걸 덜어내야 하는지를 아는 기술이다. 우리는 삶에서 중요한 것을 채울 마음의 공간을 확보해야 한다. 그러기 위해서는 중요하지 않은 모든 것을 제거할 수 있는 용기가 필요하다.

•----------•

허례허식은 내실보다는 외양과 외식(外飾)을 중시하는 사고방식에서 연유된다. 이제는 이런 겉모양 치레 풍조에서 벗어나 꾸밈이나 법식에서 자유로워지자. 더 이상 우리 사회의 '끼리끼리 문화'도 없어져야 한다. 단순화하고 간소화하는 것을 미덕으로 여기자.

복잡한 관계를 유지하려면 그만한 수고와 품과 돈도 들어가기 마련이다. 이를 단순화시켜 자기의 내면을 충실하게 하는 데 시간을 투여하라.

모든 허례허식을 물리쳐라. 정도의 차이가 있겠지만, 통상 90%의 사람들이 허례허식의 틀에 묶여 살아간다. 그러기에 정작 내실 있는 삶을 영위하지 못하고 남을 의식하는 데 에너지를 쏟는다.

현명한 사람은 간과해야 할 것을 무시해 버리고, 걸리적거리는 것을 떼어내 버리는 용기가 있다. 브라이언 가드너는 '중요하지 않은 것을 제거하여 중요한 것을 위한 공간을 만들라.'고 우리에게 말한다.

우리는 허영을 좇아 불요불급한 관계를 맺고 지켜가는 것에 우리 인생의 자원을 낭비한다. 한 번쯤 스스로에게 물어보라. "그것은 나에게 꼭 필요한가?" "그것을 내가 진정으로 원하는 건가?" 단순함이 아름다운 것이라는 것을 기억하라. 가장 큰 부자는 허영의 빈곤이다.

5

생산적인 '외로움' 속에 박힌 진주
기술 만능 세상 도래… 칩거증후군 인간 양산

현대사회는 갈수록 개인주의화 돼가고 있다. 앞서 말했듯이, 아날로그 기성세대들은 집단성 활동에 익숙해 있다. 그런데 디지털 신진세대들은 개별적 생활을 즐긴다. 그것은 각기 다른 세대가 살아온 사회적 환경이 달라서다.

현대화되면서 세상은 모바일(앱)과 인터넷(웹)이 지배하게 됐다. 어느 하나라도 없으면 세상과 단절된 무릎고원이 돼 버린다. 지금은 사람들과의 직접적인 대면 교류의 기회가 줄어들고 있다.

대신 첨단기술을 통한 가상공간 속에서의 활동량이 갈수록 늘어난다. 사이버 공간이 자신의 세계가 되면서, 실제 물리적 세상으로부터는 멀어져 가는 양상이 두드러진다.

그것은 2020년을 전후해 수년 동안 겪은 코로나 바이러스감염

증(코로나19)이라는 팬데믹이 변곡점이 됐다. 그로 인해 생활은 비대면 서비스로 채워지면서 '비대면 문화'를 만들었다.

모든 것을 가능한 디지털로 해결해야 하면서 영특한 인간들은 소통의 돌파구를 마련했다. 메타버스라는 가상공간을 통해 아바타와 친구가 돼야 하고 챗봇과 소통을 하게 됐다.

4차 산업혁명 하면 로봇과 인공지능(AI)을 떠올렸는데, 어느새 '챗GPT' '생성 AI'라는 개념으로 도약했다. 솔직히 첨단기술 속도를 따라가기조차도 버거운 세상이다.

얼마 전만 해도 은행, 대기업, 공공 서비스기관 등에선 챗봇 서비스를 통해 고객의 문의에 자동으로 응답해 줬다. 그런데 이제는 한 단계 더 나아가 챗봇에 AI를 강화해 기능을 고도화시켰다.

◆ ── ── ── ◆

미국 기업 '오픈AI'가 2018년에 챗GPT를 개발했다. 이는 훨씬 진화된 검색 엔진으로, 바둑 AI로 유명한 알파고의 작동 원리가 됐다. 이 시스템은 자체 강화 학습을 통해 사람에 버금가는 정교한 대화 능력을 갖췄다. 그저 놀라울 일이다. 챗GPT는 코딩과 작곡 등 창작 능력도 뛰어나 사람처럼 시를 짓기도 하고 프로그램도 개발한다. 오히려 전문 개발자보다도 뛰어난 수준이라고 한다.

더욱 충격적인 것은 최근 챗GPT가 논문 표절 검사 프로그램도 모두 통과해 전문가도 따돌렸다. 이렇게 가다가는 기술이 인간을 통제하는 역기능에 인간의 영역이 속절없이 무너지는 건 아닐까.

이는 우려 차원을 넘어 첨단기술의 과속을 인간 스스로 제어해야 하지 않을까. 그렇지 않는다면 인간이 과시해 온 과학기술의 초첨단화는 결국 세상의 창조질서를 송두리째 바꿔놓을 수도 있다.

벌써부터 챗GPT 등장은 검색시장에서 구글의 시대가 저물고 있다는 평가까지 나온다. 이에 빌 게이츠는 챗GPT의 등장이 과거 인터넷의 발명만큼 중대한 사건이 될 수 있다고도 했다.

AI와 챗GPT의 차이는 분명하다. AI는 읽고 쓸 수는 있었지만, 그 내용을 이해하지는 못했다. 그러나 챗GPT는 생성형 AI로 쓰기와 읽기를 이해해 그 작업을 최적화시킨다. 그래서 특히 교육 분야와 보건의료에서 효과를 내고 있다.

이렇게 첨단 디지털 기술은 우리의 생활 깊숙이 파고들었다. 그러면서 디지털 기기들을 통한 온라인 즐길 거리도 넘쳐난다. 그러나 아무리 기술이 발달해도 인간은 감성을 지닌 생명체다. 근본적으로 비생물학적인 챗GPT가 아무리 고성능이라 해도 생명체가 될 수는 없다.

기술이 만능화되는 세상이 될수록 인간은 칩거증후군을 보이며 점점 '나홀로족'이 돼간다. 이전과 전혀 다른 새로운 세상을 맞게 되는 것이다.

•----------•

이것이 사람들로 하여금 사회공동체에서 외로움을 느끼게 만든다. 그래서 신체적·정신적 고립감을 안겨준다. 하지만 그 고독으로 인해 자신이 외톨박이처럼 느끼게 해서는 안 된다. 스스로 즐거움과 보람을 갖게 해주는 일을 찾아야 한다.

외롭고, 허전하고, 공허한 고독감(loneliness)으로 빠져들게 우리를 내버려 두어서는 안 된다. 지금 세상이야말로 생각을 바꾸어야 할 때다. 외부 세상으로부터 도피해 자신만의 공간에 머무르려 하는 흐름은 더욱 거세질 것이다.

이럴 때는 자신만의 안정된 공간에서 자기효능감을 발휘하는 지혜가 필요하다. 참다운 의미의 누에고치 같은 '코쿤족'(Cocoon)에 익숙해져야 한다.

코쿤족이란 무엇일까. 이 용어를 만든 미국 마케팅 전문가 페이스 팝콘은 '불확실한 사회에서 단절되어 보호받고 싶은 욕망을 해소하는 공간'으로 정의했다.

이것을 한국의 여건에 맞춰 대입해 본다. 그러면 '불투명한 격변의 시대에 대응해 외양을 떨치고 내실을 다지는 나만의 보금자리'가 된다. 이를 위해서는 성취감, 보람, 의미를 부여하는 '고독력'(solitude)을 길러 실속을 찾아야 한다.

각 분야에서 일가를 이룬 사람들은 결국 고독력을 통해 결실을 얻었다. 외부로 즐길 것, 놀 것 다 누리면서 알찬 열매를 맺었을 리 없다. 성공인들이 된 공통된 핵심 비결은 바로 고독력이다.

《제인 에어》의 저자 샬롯 브론테는 이렇게 말했다.

"나는 나 자신을 돌본다. 더 고독하고, 더 친구가 없고, 더 지지받지 못할수록 나는 나 자신을 더 존중하게 될 것이다."

6

'다다익선'보다 '과유불급' 깨닫자
모든 일은 '적당한 것이 가장 좋다'는 진리

챗GPT에 대한 우려를 바로 앞에서 언급했다. 나는 과학자, 철학자, 사상가도 아니지만 과학기술 발전이 인류를 어디까지 끌고 갈지 궁금하다. 그냥 제동 장치 없는 질주, 아니 폭주가 어떤 결과를 낳을지 두렵다. 이제 인류가 각성해야 할 때라는 생각이 든다.

이젠 첨단기술의 과속을 우리 자신이 나서서 경계해야 한다. 그렇지 않으면 세상은 원하는 것처럼 샹그릴라가 될 수 없다. '과유불급'(過猶不及)이란 성어가 있다. '지나친 것은 미치지 못한 것과 다를 바 없다.'는 뜻이다. 우리는 '모든 일은 적당한 것이 가장 좋다.'는 진리를 깨닫지 못한다.

'많으면 많을수록 좋다'라는 뜻의 '다다익선'(多多益善)은 옛 시대의 기준이다. 물질이 풍족하지 못하고 사회기반이 척박할 때는 그 말이 옳았다. 그러나 지금 세상은 그 수준을 넘어도 한참 넘었다.

다다익선에 매몰된 인간의 무의식은 그 정도를 지나쳐 버렸다. 그래서 욕심이 되고, 탐욕이 돼 버린 것조차도 모른다. 모든 게 너무 많아 탈이 나고 문제가 되는 지경이다.

최첨단 모바일 통신기기 기술은 끊임없이 신모델을 쏟아낸다. 수익 창출이 목적인 기업이야 그럴 수도 있다. 하지만 소비자들도 광고 선전에 현혹돼 늘 신종 상품을 쫓아간다.

새로운 모델을 '소유'하고 있지 않으면 시대에 뒤떨어진 사람 취급을 한다. 유행에 조금만 뒤져도 구닥다리라는 소리를 듣는다. '얼리 어댑터'(early adapter)는 돼야 신식 사람처럼 여긴다. 그러다 보니 신제품에 대한 정보를 남보다 먼저 알고 너도나도 구매에 나서는 것이다.

◦─────◦

최근 한 통신기기 판매장에 들른 적이 있다. 한창 최신 모델의 모바일 폰이 출시돼 광고 선전이 방송매체를 뜨겁게 달구고 있었다. 그뿐만 아니다. 온갖 신기종 할인판매 안내 문자와 스팸 전화가 수시로 걸려 오고는 했다.

아직 지난 구모델을 새것처럼 쓰고 있는 나로서는 '도대체 뭐가 다를까?'라는 호기심이 들었다. 그래서 마침 객장에 다른 손님이 하나도 없는 틈을 타 업주에게 물어봤다.

"새 모델은 어떤 게 달라졌나요?

그러자 내가 나이든 구세대라 소구력이 없다 싶어서였는지, 뜸을 좀 들이다 솔직담백하게 알려줬다. 아마 내가 그저 지나가다 둘러보는 손님으로 간파했는지도 모른다.

"음… 글쎄요. 디자인이 좀 바뀌고 보안시스템이 강화됐지요. 게임이나 동영상 다운로드할 때 속도가 좀 빨라졌고요. 그런데 그건 일반 사람들은 거의 느끼지 못해요."

의외로 업주의 꾸밈이나 거짓이 없는 솔직한 답변에 놀랐다. 하나라도 더 팔려면 오히려 적극적이어야 할 텐데, 판매술과는 거리가 있었다. 그러면서 한술 더 떠서 내게 말해 줬다.

"젊은 사람들은 보통 2~3년마다 기기를 교체하는데, 선생님께서는 깨끗하게 쓰셔서 좀 더 사용해도 될 것 같네요."

물론 젊은 세대들은 모바일 스마트폰을 통한 고성능 콘텐츠 사용량이 많아 기기 노후 정도를 단순 비교할 수는 없다. 단지 대부분 통신기기를 2~3년마다 바꾸는 것으로 인식돼 있는 게 문제다.

그래서 아예 스마트폰 구입 시 약정을 2~3년 단위로 하는 것도 고도의 판매심리다. 그 기간이 지나면 새것을 사야 한다는 무언의 강박감이다. 바로 이런 '집단심리'가 우리 사회문화 체계의 한 단면을 보여준다.

7

'생성 AI' 괴력이 현실로 된 순간
선한 목적의 기계 문명으로 빚어질 역작용

"세기가 끝나기 전에 체스나 상식 퀴즈 문제뿐만 아니라 수학과 공학에서부터 과학과 의학에 이르기까지 거의 모든 분야에서 기계가 우리보다 더 똑똑해질 것이다."

미국 뉴욕대학의 심리학과 신경과학의 명예교수인 게리 마커스가 한 말이다. 그는 인지심리학, 신경과학, 인공지능의 상관관계에 대한 연구로 정평을 얻고 있다.

그의 말은 현실로 나타나고 있다. AI가 똑똑한 차원을 넘어 인간을 위협할 수 있는 상황으로 치닫고 있다. '생성 AI'를 기반으로 한 챗GPT에 대한 걱정은 기우가 아니었다.

지금 생성 AI는 단순한 인조 지능이 아닌, '초지능' 단계로 훌쩍 접어들고 있다. 우리가 AI를 얘기한 게 엊그제인 듯싶은데, 이제는 '슈퍼 AI'를 논하는 경지에 이르고 있다.

최근 미국 의회가 첫 '인공지능(AI) 규제' 청문회를 열었다. AI의 능력에 겁을 먹은 인류가 AI의 윤리를 본격적으로 따지기 시작한 것이다.

청문회에는 챗GPT를 개발해 AI 열풍을 일으킨 미국 오픈AI의 샘 알트만 최고경영자(CEO)가 참석했다. "인공지능(AI)이 세상에 심각한 피해를 입히지 않도록 노력해야 한다." 그가 강조한 말이다.

이날 청문회는 처음부터 파격이었다. 파격이라기보다는 인류의 미래를 상상할 수 있는 단초가 됐다. 청문회를 주관한 미국 상원 법제사법위원회 사생활·기술·법소위원회 위원장 역할을 AI가 대신한 것이다.

개회사를 리처드 블루먼솔 소위원장이 하지 않고 AI가 완벽하게 수행했다. 위원장은 AI가 자신의 목소리로 개회사를 하는 동안 입을 굳게 닫고 있었다. 위원장 그 자신도 놀랐다. 어떻게 기계가 자신과 철저하게 똑같이 해낼 수 있을까. AI가 위원장을 완벽 빙의했다.

챗GPT가 개회사를 작성하고, 그의 과거 연설을 학습한 AI 음성 복제 소프트웨어가 대신 읽은 것이다. 청문회에 참석한 학계 전문가는 급속도로 진화 중인 생성 AI의 가동을 잠시 멈추자고 했다.

개발자인 샘 알트만도 선거에서 AI가 미칠 영향을 가장 우려했다. AI가 가짜 뉴스를 퍼뜨려 선거 결과도 왜곡할 수도 있다는 것이다. 그러면서 사회관계망서비스(SNS)의 영향과 차원이 다를 것이라 했다.

＊ ········ ＊

이렇게 되면 우리나라 대선에서 문제가 됐던 온라인 댓글 사건 같은 건 옛날 고리짝 시대 얘기가 될 것이다. 인류가 겪고 있듯이 선한 목적의 기계 문명도 역작용이 있다. 컴퓨터의 발달로 해킹이 판치듯이 말이다.

더욱이 챗GPT가 인터넷 정보 등을 바탕으로 스스로 판단해 허위 정보를 유포해도 책임을 따지기도 어렵다. 지난해 마이크로소프트가 개발한 AI는 고도의 사고 수준에 이르는 추론도 가능해졌다. 심지어 문제를 제시하면 논리적인 분석을 통해 해법을 내놓기까지 했다.

우리가 그렇게 자랑해 온 첨단기술이 인류에게 족쇄가 될지도 모른다. 우주의, 아니 그 안에 아주 작은 지구의 생명체가 스스로 창조질서를 무너뜨리고 있다.

기업가들은 우선 돈을 벌면 된다. 그들의 산업화와 상업화를 향한 외골수적 무한 질주, 그게 오늘의 지구촌 현실이 됐다. 챗GPT의 개발자 스스로가 AI 괴력의 위험성을 꺼내 들었다. 그런데도 AI 개발을 멈춰야 한다는 데에는 반대한다. 그러면서 AI 서비스에 대해 정부의 규제 등을 통한 역할을 주장하고 있다.

갈수록 창의적이고 똑똑해지는, 어떻게 보면 인간의 상상력을 뛰어넘는 AI의 잠재력을 규제로만 대응할 수 있을까. 지금 인류는 마구 다뤄온 지구의 환경을 생존을 위해 되돌리는 게 급선무가 돼 있다. AI 분야에서 이런 현상이 반복돼서는 안 된다.

미래를 연구하는 미국 컴퓨터과학자 레이 커즈와일은 비생물학적 지능이 20~30년 내 오늘날의 모든 인간 지능보다 10억 배 더 강력할 것이라는 전망을 내놓고 있다.

이렇게 된다면 AI가 인간의 창의성을 뛰어넘을 수 있다는 상정도 무리가 아니다. 인간이 한갓지게 첨단기술의 무한 개발을 마냥 반길 것만은 아닐 일이다.

이대로 가다가는 인류가 미래 언젠가 AI 이전 시대로의 회귀를 갈급해하지 않을까. 그런 만시지탄의 돌이킬 수 없는 우를 되풀이하지 말아야 할 텐데. 창조의 섭리로 유한한 인간이 무한한 기술에 도전하는 그 것도 어찌 보면 욕심이고 탐욕의 소치다.

◆ ┄┄┄┄ ◆

창조섭리로 인간이 지구상에서 지배적인 종(種)이 된 것은 지적 능력, 곧 인간지능(HI·Human Intelligence) 때문이다. 그런데 지금 인간은 자신들의 지능을 뛰어넘는 인공지능(AI) 개발에 매달려 있다.

인간의 편의를 위해 혼신을 다해 개발한 게 AI다. 그것이 궁극적으로 인간을 압도해 버린다면 어떻게 될까가 벌써부터 공론화되고 있다. 인간이 존재하는 데 유익한 선에서 AI 기능이 한정될 것일까. 아니면 〈매트릭스〉, 〈터미네이터〉, 〈블레이드 러너〉, 〈2001:스페이스 오디세이〉 같은 영화가 현실이 되는 것인가. 또 공상 과학 TV시리즈 〈웨스트월드〉는 어떤가.

허구로 상상되던 AI 로봇과 기계가 인간과 공존하는 디스토피아적 미래. 그 시대가 뚜벅뚜벅 우리에게 현실로 다가오고 있다. 인간의 지혜가 그 단계까지 가도록 내버려 두지 않으려는 노력은 할 것이다. 그래서 미국 국회가 나선 것이다.

심지어 오픈AI CEO 샘 알트만도 "AI는 아마도 세상의 종말로 이어질 가능성이 높지만, 그동안에는 훌륭한 회사가 있을 것이다."라고 했다. 지금은 오픈AI처럼 인공지능 개발로 성공한 기업이 있다.

그들은 초지능 사이보그가 인간의 능력과 인간성을 어떻게 대할지도 생각해야 한다. 인간은 지능이 떨어지는 하등동물을 어떻게 대하는가. 미래 초지능 AI가 인간을 보는 시각이 이 같을 것이란 생각은 막연한 공상일까.

우리는 지금까지 공상이 현실이 되는 기계의 진화 과정을 겪어 왔다. 과학의 진전으로 이룬 AI의 가장 큰 이점은 생산성 향상이나 인간의 삶을 향상시키는 생활의 편익성이다.

누군가는 기계지능이야말로 인류가 만드는 마지막 발명품이라고 했다. 그런데 인간은 역설적으로 지금 그 최종 발명품의 역작용 가능성을 깨닫기 시작했다.

그래서 걱정해야 할 것은 인공지능이 아니라 인간의 어리석음이라고 까지 한다. 어리석음의 최종 결과는 악이 될 수 있어서다. 기술은 도구일 뿐이라고 말하는 빌 게이츠조차도 "나는 슈퍼 지능을 우려하는 쪽에 있다."고 했다.

나아가 스티븐 호킹은 더 진지하게 말한다.

"효과적인 AI를 만드는 데 성공한 것은 우리의 문명 역사상 가장 큰 사건이다. 아니면 최악이 될지 우리가 모를 뿐이다. 따라서 우리는 AI가 무한정 도움이 될지, 아니면 우리가 AI에 의해 무시와 외면당할지, 나아가 파괴될지 알 수 없다."

인간은 당연히 기술이 유용한 하인의 역할만 수행하기를 원한다. 그런데 임계점을 넘어 기술이 위험스런 주인 노릇을 하는 단계에 이르고 있다. 이번에 챗GPT 개발자 스스로가 이를 인정하며 경계해야 한다고 했다. 인간의 현명한 지혜와 명철한 판단이 절실한 시점이다.

제 6 장

참스레 살아가는
삶의 방정식

'나'를 나답게 만드는 건 '고독력'
삶의 의미, 골똘히 생각해 본 적 있나?

혼자 보내는 시간을 즐기는 사람도 있는가 하면 못 버텨 하는 사람도 있다. 흔히 홀로 있게 되면 온갖 상념과 상상과 때로는 공상에 빠져든다. 그런데 홀가분한 자유를 만끽하게 되면 희열을 가져다준다.

물론 다른 사람들과 만나 교류하며 소통하는 것도 쾌감이다. 어떤 방식의 라이프 스타일이든 각자의 취향과 기호다. 그런 만큼 우열을 가릴 수는 없다. 세상은 자기 멋대로 사는 것이니 말이다.

'비따비'(Vis ta Vie)란 말이 있다. 이것은 '너의 인생을 살라'라는 뜻이다. 프랑스 영화 〈마담 프루스트의 비밀정원〉에 나오는 명대사다. 주위 사람들이 나를 어떻게 생각하는지에 집착할 필요는 없다. 내가 헛되게 살지 않았으면 될 일이다. 그것 자체로서도 이미

내 삶에서 많은 짐을 덜어내는 것이다.

강물은 강폭이 넓은 곳에서는 천천히 흐르지만, 폭이 좁아지면 물살이 빨라진다. 그러나 느리나 빠르나 강물은 흘러간다. 중요한 것은 강물이 바닥을 드러내지 않고 흘러간다는 것에 있다.

강물이 흐르는 한 그 밑에 서식하는 물고기가 월척이든, 송사리든 상관이 없다. 강물이 있으면 물고기는 있게 마련일 테니까. 인생도 마찬가지다. 인생이 주어졌으니 살아가기만 하면 된다.

그 과정에서는 성공도 실패도 있다. 하지만 어떤 것이든 살아 있음에 주어지는 축복이다. 주어진 삶이라는 물결을 타고 노를 저어가듯 감사한 마음으로 나아가기만 하면 된다. 힘든 일이 있어도 참고 이겨내며 다시 도전하면 극복을 할 수도, 새로운 기회도 잡을 수 있다.

지금 가는 길이 험난하다 하더라도 앞으로 나아가야 한다. 세상의 진리는 폭풍우가 몰아쳐도 반드시 햇빛 찬란한 때가 있게 마련이다. 지나고 나면 "그땐 그랬나"하는 여유가 있으리라.

•·········•

그런데 사람들은 인생을 꼭 이기고 지는 게임으로 규정지으며 살아간다. 그것이 바로 우리가 살아가는 세상 모양새다. 정당하고 공정한 게임을 펼치기라고 하면 좋다.

우리는 수단 방법을 가리지 않고 치킨게임을 벌인다. 최악의 상황에 모두가 가능성을 향해 극단적인 경쟁을 펼친다. 이런 게임에서 승리하려면 서로가 끝까지 밀어붙이며 돌진해야 한다.

누구라도 한쪽이 양보하거나 자기의 고집을 꺾으면 될 일도 그러질 못한다. 말 그대로 '겁쟁이'(chicken)로 몰리기가 싫은 것이다. 이 같은 치킨게임은 절대 우리가 원하는 윈-윈(Win-Win) 게임의 방식이 아니다.

결국은 윈-루스(Win-Lose) 게임의 성공과 실패로 판가름 난다. 그렇게 얻은 성공은 화려한 월계관을 쓴 게 아니다. 더욱이 그렇게 당한 실패는 처절한 삶의 완패마냥 여겨진다. 그것은 치킨게임이 삶의 욕망과 탐욕에서 비롯되는 경쟁 모드이기 때문이다.

한마디로 세상살이에서 황금 비율의 묘법이 되는 중용의 지혜를 찾기가 어렵다. 두 가지 반대 사이에서 균형을 맞추지 못하고 극단의 위험을 좇는다. 그래서 우리네 삶의 터전은 '불안 증폭사회'가 돼 버렸다. 아니 '강박 관념주의' 세태가 뿌리를 깊게 박고 있다.

황금 비율, 곧 황금률(golden mean)은 우주 창조의 기본 법칙이다. 어느 하나 완벽한 황금 비율로 이뤄지지 않은 게 없다. 심연 우주, 태양계, 지구의 모든 게 이 법칙에 따른 것이다. 인간이란 생명체 또한 이 황금률에 따라 창조됐다. 그런데 아이러니컬하게 이 황금률을 제대로 지키지 못하는 게 또한 바로 인간이기도 하다.

인간이 완벽하게 황금률을 지키지는 못해도 그런 노력은 해야 한다. 그게 순리에 따르는 길이다. 그런 삶이 우리에게 긍정의 기운을 넘치게 해준다. 그렇기에 긍정적인 시각은 내 삶의 방식에 영감을 주며 선한 영향력을 미친다. 이런 바탕에서 우리는 각자의 인생을 살아야 한다.

그런데 분명한 것은 사람은 이 세상에 홀로 왔다 언젠가는 홀연히 떠나간다. 이것은 날 때부터 정해진 운명이다. 아니 우주 창조의 생성법칙이다. 그렇기에 '나홀로'라는 말에 거부감을 크게 가질 필요는 없다.

인생의 처음과 끝이 홀로인데, 살아가는 과정에 혼자서 즐긴다는 것도 자연스럽지 않은가. 세상의 많은 속박으로부터 자유함을 누린다는 것인데 말이다. 그리고 다른 사람과 묶이지 않은 자기만의 삶의 스토리를 쓰는 것이다.

....

그런 점에서 보면 예술가들은 아무것에도 갉아 먹히지 않는 사람들이다. 예술이라는 매개를 통해 자기만의 생각, 사상, 착상, 정서, 느낌 등을 담아낸다. 그들에게 경쟁 상대는 오직 자신이다.

자신을 가장 잘 표현해 내면 될 일이다. 그리고 예술가들은 황금 비율을 가장 중시한다. 이집트 문명의 꽃인 대피라미트 건축의 근본 원리는 황금 비율의 각도다. 직각 삼각형 모양의 균형이 이뤄낸 결과물이라고 할 수 있다.

예술은 비교의 대상이 될 수 없다. 그래서 예술가들은 자기만의 세상에서 '창의력'이란 에너지로 자기 삶을 엮어간다. 예술작품의 가치평가 기준에서 가장 중요한 것은 '독창성'이다.

이 독창성을 통해 예술가들은 자신의 생각, 느낌, 감각을 보여주고 체감케 해준다. 이를 통해 우리의 상상과 생각의 영역을 넓혀주고 새로운 세계를 보여준다.

이런 현상은 기업 경영에서도 나타난다. 성격 유형 검사(MBTI)를 해보면 국내 기업 총수들은 내향적이고 직관적인 유형이 더 많았다. 이런 유형은 오히려 혼자만의 시간을 통해 에너지를 얻는 경우가 대부분이었다.

그렇게 보면 나홀로의 시간은 곧 창의적이고 독창적인 기회를 누리는 최고의 모멘트다. 예술가치고, 자기 홀로 작품을 만드는 작업에 몰두하면서 '외롭다', '고독하다'고 느끼질 않는다. 또 그 순간 그 작업의 결과를 재물이나 명예와도 결부 짓지 않는다. 그저 좋을 뿐이며, 그저 희열을 느낄 뿐이다.

신화학자 조셉 캠벨이 명언을 남겼다. '당신의 희열을 따르라'(Follow your bliss)고. 자신의 기쁨을 찾아 나서라는 것이다. 그러려면 그 기쁨을 헛되게 외부에서 찾지 말고 자신에게서 찾아야 한다. 주어진 인생은 한 번 뿐인데 자신 만의 방식을 선택해 살아간다면 후회는 없을 것이다. 과거나 미래에 얽매이지 말고 현재의 하고픈 것에 이끌리는 삶을 살아가라.

이제는 내 마음이 속삭이는 소리에 귀를 기울이고 내면에서 비추는 빛을 따라가라. 그것은 세상과 견주는 내 허식의 실체(ego)가 아니다. 참된 자아(眞我 · being)가 이끄는 대로 나아가는 것이다. 에고는 욕망으로 이끌어갈 수 있지만, 진아는 침잠의 길로 안내한다.

세상 떨치면 세상이 와닿는 역설
자신과의 대화, 영혼을 안식케 하는 청량제

우주 이야기로 이 책의 서두를 시작했다. 생각의 외연을 넓히면 관점과 시각이 달라진다. 우주를 생각하더라도 그 작은 지구, 그 안의 한 인간의 개체도 주관적으로 보면 대단하다. 하지만 우주라는 스케일에서 객관적으로 보면 무의미할 수도 있다.

어떻게 생각하느냐에 따라 다르다. 다만 내면의 세계를 다져 자기만의 시간을 갖다 보면 시공간을 초월할 수 있다. 또 무한대 상상력은 우주도 내 손아귀에 넣을 수 있다.

개인적으로 지역에 소재한 규모 있는 문화예술기관의 경영을 맡으면서 가족과 떨어져 주말부부로 10년 이상 생활한 적이 있었다. 그때 나는 공공기관의 공정성을 유지하기 위해 노력했다. 그러면서 자연히 지역사회 이해관계자들과 불가근불가원의 입장을 취할 수밖에 없었다.

공적인 업무 외엔 대부분 자기계발, 자기탐구, 내적수련 등에 시간을 쏟게 됐다. 그 기간 중 지역과 수도권을 1천여 회 오가면서 자연의 섭리인 사계절의 변화를 수없이 체험했다.

당연히 사색할 수 있는 많은 시간의 호사도 누릴 수 있었다. 나로서는 인생의 여정에서 더없이 소중한 기회가 됐다는 생각을 떨칠 수 없다.

이런 여건은 나로 하여금 고독력을 정련시키는 계기가 됐던 것 같다. 뿐만 아니라 어쩌면 지금 나홀로족 시대의 라이프스타일을 앞서 체득했던 셈이다. 그때 벌써 혼식, 혼행, '혼유'(혼遊) 등 자유혼을 즐겼으니 말이다.

남에게 구속을 받거나 무엇에 얽매이지 아니하고 제대로 행동할 수 있는 정신적 여유. 요즘 젊은 세대들은 그걸 추구한다. 그 얼마나 멋진 삶의 양태인가. 최근 유행하는 '횰로족' 스타일이다. 그들은 한 번뿐인 인생 자기 홀로 하고 싶은 것을 하면서 만족을 누리겠다는 것 아닌가. 지금 즐기지 않으면 그 기회는 다시 오지 않는다는 생각이다.

이런 과정을 통해 나의 경우 사유의 범주는 쉽게 내가 살아가는 지역, 한국, 세계, 지구, 심지어 태양계의 경계를 훌쩍 뛰어넘는다. 그만큼 생각을 한없이 깊이, 넓게 할 수 있다. 이런 생각체계는 동전의 양면 같은 두 가지 관점을 갖게 해준다. 다시 말해 내가 누구이고, 어떤 존재인지를 깨닫게 해준다.

우선 하나는 나라는 존재는 우주를 상대하는 위대한 실체다. 그런가 하면 모래알보다도 못한, 아니 우주라는 단위로 하면 '무존재'(非實在 · Not-being)인지도 모른다. 어차피 초거시적으로 보면 인생은 '무존재-존재-무존재'를 훑어가는 찰나의 여정이다.

이런 무한한 사유력(思惟力)이나 상상력은 사람들과의 교류에서 벗어나 있을 때 더 잘 기능한다. 그러다 보면 오만 가지의 잡다한 생각은 무한한 상상력 앞에 무의미해진다. 우주를 생각하는 사람에게 일상의 기쁜 일이나 걱정거리 등은 정말 하찮을 수 있다.

사유를 하거나 창의적인 생각은 외로움이 아닌, 고독력이 가져다주는 선물이다. 외로움의 고독감(loneliness)과 여유로움의 고독력(solitude)은 전혀 다르다. 다시 한번 되짚어 보자. 고독력은 마음을 재충전하고 창의성을 높여준다. 자신을 반성하고 긴장을 풀고 활력을 되찾도록 해준다.

그런가 하면 고독감, 곧 외로움은 슬픔, 절망, 낙심과 같은 부정적인 감정으로 몰고 간다. 고독력은 일반적으로 자발적이지만, 고독감은 외부적 요인에 의한 고립감이나 단절감이다.

그래서 고독력은 자기 선택적으로 주어진 내적 통찰의 시간이 되는 특권이다. 반면 고독감은 주변 세상과 원치 않게 떠안겨진 관계 결핍의 저주가 된다. 어떻게 보면 고독감은 외부와 단절돼 외롭거나 쓸쓸하거나 하는 반사회적인 성향을 갖는다. 하지만 고독력은 인적 관계를 유지하면서도 스스로 홀로 있는 시간을 만들어 생산적으로 활용하는 것이다.

이 두 가지 성향은 정서적 웰빙에 미치는 영향도 정반대다. 고독력은 행복, 만족, 평온과 같은 긍정적인 감정을 향상시킨다. 스트레스 수준을 낮춰주는 것은 물론이다. 하지만 고독감은 우울증, 불안증, 심장질환 등과 같은 부정적인 정신 상태를 가져온다.

그런데 오늘날과 같은 바쁜 세상에서 고독력을 기르는 것도 도전이다. 그러나 일상생활의 번잡함이나 산만함에서 벗어나는 시간을 갖는 건 삶의 질을 위해 필수적이다.

자기 자신을 위한 시간과 공간을 확보해 세속에 억눌린 마음을 가다듬고 집중하는 기회가 된다. 또한 무시로 스쳐가는 생각들을 정리해 더 명확하게 숙고할 수 있다.

이를 위해 눈이 내리는 날 혼자 기차여행을 나설 수도 있고, 영롱한 별빛 아래 혼자 잠을 청할 수도 있다. 그런가 하면 호젓한 오솔길을 걸어 볼 수도 있다.

아니면 홀로 거울 속 나 자신과 얼굴을 맞대고 무언의 대화를 나누어도 좋다. 그러면 내 안의 원형을 만나게 되고 참다운 자아를 발견하게 된다. 이 얼마나 아름다운 경험인가. 내 자신 속에 몰입해 내가 나와 오롯하게 만나는 더없이 달콤한 시간이다.

인생이라는 여정에서 나의 깊은 자아와 접속되면 세상을 보는 눈이 달라진다. 세상을 다른 관점으로 보면서 사는 것은 삶의 보람이다. 사람들은 영원히 살기를 원해서일까. 흔히 '인생은 짧다.'고들 말한다. 길게 오래 살았으면 하는 잠재의식에서 나오는 욕구의 반어법적 표현인지도 모른다.

우리는 온갖 욕망으로 가득 찬 세상에 휩싸여 살아간다. 그러다 보니 나라는 인생도, 나를 둘러싼 세상도 제대로 파악하지 못한다. 특히 요즘 같은 세상은 정말 24시간, 아니 48시간이라도 모자랄 판이다.

그래서일까. 알베르 카뮈는 '세상을 이해하기 위해서는 때때로 세상을 외면해야 한다.'고 했다. 세상에서 떨어져 나오면 나라는 한 생명의 원본을 찾을 수 있기 때문이다.

분명 고독력은 사람의 마음을 더 강력하고 독창적이게 만든다. 그것이 신체적, 정신적으로 우리에게 유익함을 주기에 삶의 원동력이 되기도 한다. 그래서 혼자 있는 시간을 어떻게 가꿔나가는가에 따라 삶의 향기가 달라진다.

"사람은 혼자 있는 동안에만 자신이 될 수 있다. 그리고 그가 고독력을 사랑하지 않는다면, 그는 자유를 사랑하지 않는 것이다. 왜냐하면 그가 혼자 있을 때에만 그가 진정으로 자유로워지기 때문이다."

19세기 독일의 실존주의 철학자 아서 쇼펜하우어의 말이다.

3

선택할 수 있는 삶 방식의 옵션
'혼자 있는 것'보다는 '자신이 된다는 것'

세상은 변화하고 있다. 생경하게만 받아들여지던 '고독력'을 즐기려는 시류가 강해지고 있다. 젊은 세대들을 중심으로 다른 사람들과 어울리기보다는 자기만의 여가 생활을 즐기는 '나홀로족'이 늘고 있는 것이다.

혼밥, 혼술에 이어 혼행(여행), 혼영(영화 관람), 혼공(공연 관람), 혼쇼(쇼핑), 혼캠(캠핑), 혼캉스(휴가), 혼등(등산) 등 다양한 신조어가 생겨났다. 1인 활동에 대한 소셜 미디어 언급량도 갈수록 증가하고 있다.

특히 사회활동의 중심축이 되는 2030세대와 4050세대 모두 1인 활동의 증가를 체감하고 있는 것으로 나타났다. 설문조사에 의하면 실제 10명 중 7명(68.9%)은 매번은 아니지만 혼밥·혼술·혼행

등을 좋아하는 취미라고 했다.

그래서 그들은 혼자만의 시간을 보내는 것을 즐기고 있다. '혼자 무언가 했을 때 가장 만족도가 높았다.'는 것이 그들의 공통된 정서다.

요즘 트렌드가 된 진정한 의미의 고독력은 참행복에 유익하고 필수적이다. 군중의 존재에 의존하는 것은 참답게 나 자신을 알 수가 없다. 그래서 고독력은 삶의 원동력이 된다.

세계적 명성의 여배우였던 마릴린 몬로는 '나는 혼자 있을 때 나 자신을 회복한다.'고 했다. 고독력을 통한 자기 자신과의 대화는 스스로를 정화시키고, 세상에 찌든 영혼을 안식케 하는 청량제다.

우리에게 영감을 주고 삶을 긍정하며 은혜, 사랑, 평온과 같은 지속적인 가치를 담은 저술을 하는 작가 카트리나 케니슨는 이렇게 말한다.

"고독력은 영혼의 휴일이다. 다른 사람을 위해 하는 일을 멈추고 대신 우리 자신을 놀라게 하고 기쁘게 할 수 있는 기회다."

•━━━━━•

사람은 자기만의 시간을 가질 때가 가장 자기답게 된다. 저녁에 하루 일과를 마치고 잠들기 전에 천장을 바라보라. 그때가 진정 자기 자신을 발견하게 되는 순간이다.

군중 속에 묻혀 있을 때는 참된 자기를 찾을 시간을 갖지 못하고 교류 분위기에 휩쓸려 버린다. 대중의 인기를 먹고 사는 스타들은 그들로부터 떨어져 있을 때 자기의 본래 모습을 찾게 된다.

그래서 많은 사람들은 혼자 있는 것을 두려워하기 때문에 교제를 추구한다. 혼자 있으면서 자신을 경험하는 것에 위축감을 느끼기 때문이다. 이는 자기 자신이 다른 사람과 분리되어 있다는 생각을 해서다. 분리돼 있다고 여기는 것은 자신과 다른 사람 사이에 벽이 놓여 있다고 하는 심리다.

그러나 외톨이로 "나 혼자야"라는 생각에 빠지는 것과 "혼자 시간이 필요해"라는 것은 전혀 다르다. 앞서 말한 고독력은 교제에 익숙하면서도 자기만의 시간을 위해 정서적인 분리 상태를 유지하는 것이다.

반면에 고독감이란 물리적, 정신적 분리 상태가 동시에 수반되는 경우를 말한다. 오히려 다른 사람들과 교류의 폭이 많을수록 그 물리적 존재로부터 벗어날 때 외로움을 더 느낀다. 그래서 끊임없이 사람을 찾아 나선다.

모든 것을 다 누린 세상의 스타들이 우울감이나 공황장애의 늪에 빠지는 것은 그런 이유다. 대중 스타들이 가장 두려워하는 것은 그들로부터 멀어지거나 배척을 당하면 어쩔까 하는 것이다. 친구가 많은 사람들일수록 외로움에 더 취약한지도 모른다. 그것은 혼자 있는 시간에 숙련돼 있지 않아서다.

· · · · · · · · ·

분명 고독력은 우리 자신을 즐겁게 해주기도 하고 유익하게 해주기도 한다. 내가 아는 한 지인 사업가는 비즈니스를 위한 사회적 만남을 많이 하지만 고독력을 즐기는 스타일이다.

개인적으로 보면 그는 내성적인 성격으로 고독을 즐겨한다. 그러나 교류의 자리에서는 좌중을 압도할 정도로 다른 부류가 된다. 주위 사람들은 그를 사교성이 좋다고 할 정도로 열정의 소유자다.

그는 모든 것에 관심과 호기심이 많아 대화를 이끌어 간다. 또 주위 사람들에게 주의를 기울이며 배려심이 깊고 친절하다. 그가 있으면 만남의 분위기가 달라진다. 그런데도 그는 유유자적하게 혼자 있는 것을 즐긴다.

여기서 '혼자'라는 것을 '외로움'과 동일시해서는 안 된다. 마치 남녀가 만날 때 사랑을 정욕으로 착각하고 있는 것처럼 말이다. 세상을 살면서 사람들이 '너 자신이 되라.'는 말을 많이 한다. 그게 너에게 우울하거나, 침울하거나, 슬프라고 하는 뜻은 아니다.

그건 너 자신을 생각하고, 사랑하고, 행복하라는 뜻을 담은 덕담이다. 외로움과 고독력은 본래 기질의 영향도 있겠지만, 세상살이에서 내가 선택할 수 있는 삶 방식의 옵션이다. 어떤 선택을 할 것인가는 각자의 몫이다.

그래서 엄밀히 말하면 고독력은 '혼자 있는 것'이 아닌, '자신이 되는 것'이라고 할 수 있다. 자기를 세계의 중심에 두라는 것이다. 혹여나 이것을 타인을 경멸하라는 말로 받아들이지 말라.

자기를 소중하게 여기는 사람은 다른 사람도 귀하게 대한다. 이제까지 세계의 모든 발전은 자신을 존중하는 사람에 의해서 출발되었다. 군중에 휩쓸려 다니면서 위업을 달성한다는 것은 이치에 맞지 않다.

철학자이자 신학자인 폴 틸리히는 "외로움은 혼자 있는 것의 고통을 표현하고, 고독은 혼자 있는 것의 영광을 표현한다."고 했다.

인류 역사를 통해 위대한 업적을 세운 사람들은 한결같이 고독력을 통해 얻은 결실이다. 그들은 오로지 자신이 희열을 느끼는 분야를 파고들어 일가를 이뤘기에 후세에 이름을 남겼다.

모두가 그런 위인이 될 수는 없겠지만 모두가 각자의 분야에서 자기만의 소질을 살려 나간다면 행복감을 느끼는 삶을 엮어갈 수 있다. 자신이 진정 하고 싶어 열정을 가지고 있는 일이 있는가.

그러면 '내일 해보자'라 말고 오늘 당장 한 알의 씨앗이라도 심어라. 일이 어떻게 될 것인가에 대한 거창한 생각은 필요 없다. 행동으로 옮기는 것이 중요하다.

"당신의 일은 당신의 삶의 많은 부분을 채울 것이다. 진정으로 만족할 수 있는 유일한 방법은 당신이 위대한 일이라고 믿는 일을 하는 것이다. 그리고 위대한 일을 하는 유일한 방법은 당신이 하는 일을 사랑하는 것이다." 애플의 공동 창립자였던 스티브 잡스의 말이다.

요즘은 나를 잊고 살아가는 얽히고설킨 세상이다. 그 속에서 나 자신과 연결되는 것이 절대적으로 필요하다. 내 존재를 망각하고 세상을 다 얻은들 무슨 소용이 있겠는가.

"자신 외에는 아무것도 없다. 내면을 들여다보라. 당신이 원하는 모든 것이 거기에 있다."

13세기 페르시안 시인 루미의 말이다.

90% '심층의식'을 집중 공략하라
'긍정력', 상상이 키우는 잠재의식의 힘

인간의 정신세계는 현재의식과 잠재의식으로 이루어져 있다. 심리학자 지그문트 프로이드는 잠재의식을 의식과 무의식 사이에 존재하는 것으로 정의했다. 말하자면 인간의 내면 깊숙이 자리 잡고 있어 우리의 통제를 벗어난 심층의식인 것이다.

그런데 그 잠재의식이 정신 영역의 90% 비중을 차지하는 반면에 현재의식은 10%에 불과하다. 그래서 잠재의식은 인간이 어떻게 할 수 없는 무한한 힘을 내장하고 있다. 인간 생명체의 내적·외적 변화를 일으킬 수 있는 '영력'(營力)이라고 할 수 있다.

우리가 말하는 잠재력은 무궁무진해, 얼마만큼 개발하는가에 따라 위력의 정도가 결정된다. 그런데 잠재의식은 단순해, 상상과 현실을 구별하지 못한다. 그래서 어떤 것이든 생각하고 말하는 것을 그대로 믿어버리는 속성이 있다.

맥스웰 몰츠 박사는 이 같은 성공원리를 과학적으로 발전시켰다. 정신적인 자동 유도장치라는 의미의 '사이코사이버네틱스'(Psycho-Cybernetics)라는 개념으로다.

말하자면 인간의 뇌는 미사일의 자동 유도장치와 같다. 자신이 목표를 설정해 주면 스스로 그 목표를 향해 자동적으로 유도해 나간다. 이는 잠재의식 속에 어떤 목표를 정해주는가가 중요하다는 뜻이다.

긍정의 목표를 입력시켜 주면 잠재의식은 그에 맞춰 자동 유도된다. 반대로 부정의 목표를 정해주면 그것 또한 그대로 나아가게 돼 있다. 그렇기 때문에 성공하는 사람들의 특징은 언제나 마음속으로나 실제적으로 긍정을 생각한다.

한결같이 성공적인 삶을 그리며 언어로 표현을 한다. 그러다 보니 잠재의식은 자신이 믿고 말하는 대로 행동을 하도록 방향을 잡는다.

곧 잠재의식은 우리 행동의 형성과 결정에 영향을 미칠 수 있는 강력한 힘이다. 그것은 우리 의식의 일부분이지만 인식할 수 없는 영역으로 우리 삶에 중대한 작용을 한다.

•--------•

성공하는 사람과 그렇지 않은 사람은 어떤 생각과 상상과 언어를 구사하는 지로 구별된다. 성공하는 사람은 먼저 자신의 장점에 초점을 맞춘다.

그런 후 긍정적으로 이루어 낼 수 있는 것을 생각하고 말을 한다. 하지만 성공하지 못하는 사람들은 자신의 미흡한 것에 중점을 두고 부정적으로 접근한다.

인간은 앞을 보고 나아간다. 하지만 실상은 뒤를 보고 걸어가며 후회와 회한에 젖고는 한다. 우리의 생각 대부분이 긍정적이기보다는 소극적, 부정적인 것은 이를 말해준다.

인생을 되돌릴 수 있다면야 얼마나 좋겠는가. 공간적 개념으로는 뒷걸음질 칠 수 있겠지만, 시간적 차원에선 불가능하다. 시간은 앞으로만 흐르기에 주어진 인생을 잘 설계해 멋진 삶을 건축해야 한다. 그래서 알뜰살뜰하게 시간을 잘 단도리해야 한다.

사람은 하루에 오만가지 생각을 한다고 말한다. 그 정도로 잡다하게 생각을 한다는 의미다. 그 많은 생각 중 70~80%는 뒷걸음질 같은 부정성의 수많은 잡념이 차지한다.

이를 역으로 긍정적인 생각의 습관으로 바꾼다면 인생의 여정이나 삶의 궤도는 분명 달라질 것이다. 인생의 성공 여부는 어떤 생각의 태도를 갖고 있는가에 달려있다고 할 수 있다.

그래서 아침 일찍 새벽기도로 하루를 여는 사람들의 인생은 성공적일 수밖에 없다. 신앙을 바탕으로 긍정의 생각과 언어를 외치니, 잠재의식 속에 긍정의 자동유도장치가 작동한다. 그렇게 하루라는 삶의 단위를 운행하니, 그 하루하루가 쌓여 인생여정이 달라지는 것이다. 물론 여기에서 말하는 성공이라는 것은 세상의 기준과는 다른 차원이다.

많은 심리학자들은 사람 감정의 95%는 그 순간 마음을 스쳐가는 말에 의해 좌우된다고 말한다. 그래서 긍정을 심으면 긍정이 나오고, 부정을 심으면 부정이 나오는 것이다.

사토 도미오는 《당신의 꿈을 이루어 주는 미래 일기》에서 꿈을 이루는 언어습관에 대해 언급하고 있다.

"언어는 행복의 문을 여는 중요한 열쇠다. 두뇌는 자신이 말한 언어를 의식 속에 넣어 자신의 인생에 반영시키는 시스템으로 이루어져 있다. 따라서 행복한 인생을 실현하기 위해서는 긍정적인 언어를 좀 더 의식적으로 선택해서 사용하는 습관이 중요하다."

플러스적인 긍정의 생각과 부정적인 마이너스 잡념은 뇌의 움직임부터 전혀 다르다. 인생의 성공과 행복감은 상황에 의해 결정되는 것이 아니다. 전적으로 자신의 정신자세와 마음가짐에 달려 있다.

• • • • • • • • •

분명 이런 생각의 접근 차이는 나비효과가 되어 각기 다른 엄청난 결과를 가져다주게 되어 있다. 성공인들의 생각이나 언어표현법은 적극적이며 주도적이고 현재적이다.

언어를 구사하더라도 그저 '희망하는 것'(wanting)과 '이루어진 것'(having)으로 생각하는 것은 큰 차이가 있다. 곧 미래형과 현재형의 차이지만 생각과 말의 씨앗이 맺는 열매는 전혀 다르다.

단지 희망하는 것으로 그치면 인간의 잠재의식은 그 자체가 아직 부족하거나 더 갖춰야 하는 것으로 여긴다. 곧 미래의 일어날 일로 인식을 하게 된다.

그러나 이루어진 것으로 상정하면 잠재의식은 이미 목표를 획득하고 있는 현재진행형으로 인지한다. 다시 말해 희망하는 것은 두뇌 신경체계가 앞으로 그 목표를 위해 작용을 하게 된다.

그렇지만 현재 이루어진 것으로 집중하면 두뇌 중추신경계는 그 목표를 이루려고 환경을 만드느라 더 바쁘게 움직인다. 이렇게 하면 긍정의 활성 에너지가 최대로 생성된다. 그래서 자신을 둘러싼 천기도 뜻을 이루는 데로 모아지게 된다. 긍정학에서 말하는 '세렌디피티'(우연 같지만 필연의 좋은 기회)나 '싱크로니시티'(생각지도 않게 일이 좋게 맞아떨어지는 것)가 바로 그것이다.

이런 현상은 인간 지식의 한계 속에서는 이해하기 어려울 수 있다. 그러나 긍정의 에너지 영역에서는 충분히 가능한 일이다. 세계 최대의 온라인 스토어 아마존을 창업한 제프 베저스나 페이스북을 만든 마크 저커버그도 "자신들의 성공은 세렌디피디다."라며 '운 좋은 발견'을 강조했다.

◆ ────── ◆

영국의 심리학자 리처드 와이즈먼이 연구 조사를 했다. 그 결과, 운이 좋은 사람들은 사물을 바라보는 시각이 긍정적이었다. 이런 적극적인 특성은 그들의 인생 역정을 다른 사람들과 다르게 만들었다.

그들은 한쪽 문이 닫히면 다른 쪽의 열린 문을 찾아 나선다. '바로 이런 긍정마인드가 좋은 운을 만들어 낸다.'는 것을 밝혀냈다.

이것은 상상력을 통한 긍정적인 두뇌 학습이 행운을 가져다준다는 것을 입증하고 있다.

앞서 말한 대로 인간의 두뇌는 마음속에 상상하는 것과 현실 세계에서 실제 일어나고 있는 것을 구분 짓지 못한다. 달리 표현해 잠재의식은 농담과 진담조차도 분별하지 못한다. 그래서 성공은 긍정적인 정신습관의 결정체라고 할 수 있다.

이러한 긍정의 성공원리는 엘리트 스포츠에서도 적극 활용되고 있다. 실제 운동 연습에 들어가기 전에 선수들에게 메달 딴 것을 상상하게 한다. 내면의 '자아 이미지'를 각인시키는 훈련이다. 이는 비단 스포츠뿐만 아니라 다양한 분야에서 성공전략으로 효과를 거두고 있다.

결국 성공을 이끌어내는 마음의 법칙인 긍정적 행동전략은 어떻게 자아 이미지를 갖는가가 관건이다. 미래 희망을 내다보고 갖는 수동적인 '긍정적 생각'(positive thinking)의 틀에서 더 나아가야 한다. 그래서 지금 온전히 성공을 이루고 있다는 주도적인 '긍정적 앎'(positive knowing)의 자세를 견지하는 것이 무엇보다도 중요하다.

5

한평생 시작은 바로 '지금 순간'
인생을 좌우할 아침 깨우는 모놀로그

아침에 일어나 기분이 상쾌하면 그날 하루는 힘이 솟는다. 그런데 하루의 아침인 '지금 순간'이 우울하면 하루 종일 그 기분이 자신을 억누르게 된다. 한마디로 아침에 미소를 짓는 것 이상 더 좋은 것은 없다.

중요한 것은 하루를 긍정의 마음으로 출발하는 것이다. 그러려면 힘이 되는 말을 외치거나 읊조리면 효과적이다. 아침마다 지인들이 좋은 글들을 소셜 미디어(SNS)를 통해 보내주는 것은 그런 의미다.

매일 아침 일어나서 좋은 하루를 만들어 가는 것은 자신이 하기 나름이다. 아침을 어떻게 보내는가가 어떤 하루를 보낼지를 결정 짓기 때문에 아침은 하루 중 가장 중요한 시간이다.

어떤 사람은 아침에 일어나 거울을 보며 미소를 짓기 만해도 하루 일이 술술 풀린다고 한다. 미국의 기업가 일론 머스크는 '아침에 일어나서 미래가 더 나아질 것'이라는 생각으로 밝은 날을 맞는다. 나아가 그는 '인생은 매일 아침에 일어나 살아갈 이유가 있어야 한다.'고 했다. 어쨌든 하루를 출발하는 아침에 긍정적인 마음가짐을 갖는 것을 습관화 하는 것은 인생의 밑거름이 된다. 자기만의 구호나 다짐을 거울을 보며 외치는 것을 루틴(일상화)으로 삼자.

• ········•

그것을 잠재의식 속에 내재화시키면 자신의 인생이 그 방향으로 나아가게 된다. 다만, 일과성의 목표나 단발적인 일을 대상으로 하지 않는 것이다. 자신의 삶을 관통하는 큰 흐름의 계획이나 목표를 설정해 매일 일상화해야 한다.

이렇게 매일 자신이 정한 인생의 캐치 프레이즈를 아침에 스스로에게 주입시킨다. 그러면 무의식 상태의 잠에서 깨어난 자신에게 던지는 첫 마디에 대뇌는 민감하게 반응한다. 자신이 토해내는 아침의 독백은 대뇌에 입력돼 자율신경계에 작용한다. 나의 생명 시스템이 곧바로 활성화로 동조되는 순간이다.

잠에서 깨어 의식의 문을 열며 외치는 말 한마디, 생각 한 조각은 하루 중 아침 녘이 대뇌에 미치는 강도가 가장 세다. 우리가 수면을 취하는 동안 뇌도 휴식을 갖는다. 사람이 깨어나는 순간 재충전된 뇌도 외부의 자극을 수용할 만반의 태세를 갖춘다.

활기가 넘치는 뇌가 작동을 시작하면 체내 생화학 반응도 빨라진다. 그렇게 되면 자신의 의지와 상관없이 내 안에 베타엔돌핀이 분비돼 활력이 솟는다. 베타엔돌핀은 일종의 희열 호르몬으로 긍정적인 생각을 할 때 많이 배출되는 신경 물질이다.

●·········●

이 물질의 진통 효과는 일반 약물의 200배에 달한다고 한다. 그렇다면 아침에 하루를 시작하며 자신을 향해 말하는 '모닝 모놀로그'(morning monologue)는 나를 불러일으키는 마력의 주술이다. 이는 매일 아침 내 스스로에게 보내는 '사명 선언서'인 셈이다.

흔히 사람은 어떤 동기가 부여되면 곧바로 실행에 들어간다. 하지만 이를 꾸준히 실천해 루틴이 되는 것은 쉽지 않다. 많은 사람들이 매년 새해가 동트면 그해 계획을 세운다. 그런데 그 결심이 흐지부지되는 게 십상이다. 바로 작심삼일의 결심에 그친다.

그렇지만 자신에게 매일 던지는 아침 독백은 다르다. 일정 기간이 지나면 체질로 굳어져 실천하지 않으면 못 배기는 습관으로 변해버린다. 성공학의 대가 지그 지글러는 '동기부여는 오래가지 못하기에 날마다 권하는 것'이라고 했다. 한결같은 길을 걷기 위해서는 매일 다짐을 하면서 살아가는 게 중요하다.

습관이란 쉽게 고쳐지지 않는 버릇이다. 하루를 시작하기 전에 삶이든, 일이든 사명을 선언한다면 이는 세상살이의 성공을 담보한다. 자신의 모든 의식과 에너지, 생명력이 그 사명을 이루려고 총동원되기 때문이다.

정말 생각을 하고 그것을 말로 표현하는 것은 인간만이 누리는 특권이다. 그러기에 조심해야 한다. '말이 씨가 된다'듯이 말은 행동으로 옮겨진다. 그리고 행동이 지속되면 습관이 된다.

습관은 곧바로 한 사람의 성격으로 굳어지며, 궁극적으로 운명이 되는 법이다. 매일 아침 좋은 생각을 긍정적인 말로 하루를 열어보라. 그리고 그 말이 행동으로 시현돼 습관화 단계에 이르게 하라. 그러면 그게 성격이 돼 한 인생의 운명이 되는 건 자명한 이치다.

기원 전 고대 로마시대의 시인이었던 오비드의 일화다. 그는 매일 아침 일어나기 전에 가장 먼저 "나는 믿습니다."를 큰 소리로 세 번 외치고 하루를 시작했다고 한다.

그런가 하면 현대 MZ세대 명 여배우 지나 로드리게스는 아버지의 권면에 따라 모닝 모놀로그 습관을 들였다. 그녀는 매일 아침 거울을 보며 "오늘은 좋은 날이 될 거야. 나는 할 수 있어. 나는 할 거야."를 부르짖었다.

전설적인 락그룹 비틀즈는 특별한 얘깃거리가 없어도 매일 아침 "굿 모닝! 굿 모닝!"을 외치며 하루를 맞았다. 이렇게 아침의 루틴을 실천하는 사람이 비단 이들뿐이었을까.

나도 그런 부류 중의 한 사람이다. 매일 아침은 물론 하루 일과 중 거울이 있는 곳이면 어디에서든 '성공! 성공! 성공!'을 외쳤다.

혼자일 때는 소리 내어 했지만, 주변에 사람이 있을 때는 속으로라도 읊조렸다. 하지만 내가 말하는 '성공'은 '출세'와는 다른 기준이다. 이 두 개념은 뒷장에서 설명이 될 것이다.

분명 모닝 모놀로그는 자신에게 매밀 매일 특별한 느낌을 갖게 해준다. 매일이 새로운 날로 다가와 새로운 생각을 떠오르게 하고, 새로운 활력을 불어넣어 준다.

'성공'은 순리요, '출세'는 역리다
이상적인 자아가 인생의 결을 가른다

인생을 멋지게 꾸려가고 싶은가?

그러면 각자의 목표와 상황에 맞는 세 살 버릇 여든까지 갈 수 있는 좋은 습관을 가꿔라. 거기에는 일과 인생에서 자신을 이끌어 갈 진정한 지침이나 폭넓은 포부가 담겨야 한다.

그런데 흔히들 당장 또는 가까이해야 할 일들과 같은 단기적 계획에 초점을 맞추는 경향이 있다. 그러한 근시안적인 시각보다 좀더 저 먼 인생의 지평선을 바라다봐야 한다.

인생에서 이루고 싶은 것, 이 세상을 사는 동안 자신이 진정 바라는 것 등 거시적이어야 한다. 한마디로 내가 되고 싶은 존재의 이상적 자아상을 그려야 한다.

그런데 우리는 세속의 가치관에 예속돼 이루고자 하는 의무적 자아에 얽매여 있다. 그러면 우리는 사회학자 막스 베버가 말한 '철제 새장'(iron cage)에 갇혀 사는 꼴이 된다.

이러면 보이지 않는 벽을 더듬는 마임이스트의 연기 인생을 살아가게 되는 것이다. 이상적인 자아를 형성할 수 있는 올바른 삶의 습관을 정착시키는 것은 더없이 중요하다.

그러면 그 자체로 인생이 성공의 길로 들어서는 것이다. 여기에서 성공과 출세는 엄연히 다르다. 세상살이에서 출세가 반드시 인생의 성공이라고 할 수 없다. 성공의 가치를 지닌 매일 매일의 사명을 선언하면 자신의 능력, 성격, 취향에 맞는 가장 적합한 길이 펼쳐진다.

흔히 지위, 재물, 명예 등으로 상징되는 출세를 사명으로 설정하고 지속적으로 선언해도 이뤄질 수 있다. 우리는 그것을 세상적 기준으로 성공이라고 일컫는다. 하지만 세상살이의 본질적인 가치에 견주어보면 출세가 꼭 성공이라고 할 수는 없다.

특히 우리 사회는 출세지상주의에 빠져 있어 모두가 처절한 경쟁의 벽을 넘어서야 '승자독식'(勝者獨食)의 세계에 발을 디딜 수 있다. 한국의 행복지수는 글로벌 기준으로 최하위에 있다. 이것은 바로 출세에 대한 욕망이 큰 탓이다. 출세가 지향하는 요소는 어떻게 보면 삶의 가치에선 부차적일 수 있다. 출세는 욕구과잉에서 비롯되는 경우가 많아 이상적 자아와는 합치되지 않을 수 있다.

우리나라는 오래전에 국민소득 3만 불이 넘는 경제 상위권에 들었다. 하지만 출세가 숭배의 대상이 된 잘못된 디폴트값(기준치)

으로 고달프다. 여전히 '빨리 빨리, 많이 많이, 높게 높게'에 매몰 돼 허우적댄다. 그래서 세상살이에서 참된 행복감이나 축복을 누리지 못한다.

올림픽 경기에 출전하는 선수들은 메달을 목에 거는 것이 목표다. 그러나 치열한 경쟁을 통해 극소수 선수에게만 주어지는 메달권에 든다는 것은 쉬운 게 아니다. 올림픽에 출전해 스포츠 정신에 입각해 최선을 다했다는 것에 가치를 둔다면 그 자체가 의미가 있다. 여기에 바라는 메달까지 거머쥔다면야 금상첨화다.

그런데 우리는 세상살이라는 올림픽에서 모두가 메달을 따야한다는 강박감에 억눌려 있다. 모두가 '1등', '최고'를 좇아 그에 매달려 인생을 보낸다. 우리 사회의 서열식, 위계식 풍토와 비교주의가 바로 그런 심리를 내포하고 있다.

그러다 보니 세상은 불평, 불만, 갈등, 대립, 분열 등 온통 이전투구다. 자신이 바라는 대로 이뤄지지 않으니 만족감이 없는 것이다. 그런 바탕에서는 좋은 습관보다는 나쁜 습관을 배태하기 십상이다. 이런 나쁜 습관에 쉽게 노출되는 것은 긍정의 가치에 대한 자기 인식의 결핍 때문이다.

그러기에 앞서 언급한 대로 아침마다 행하는 모닝 모놀로그는 바람직한 가치, 곧 선(善)한 내용을 대상으로 설정해야 한다. 한마디로 '숙려단행'(熟慮斷行), 충분히 생각해 좋겠다는 결단을 내린 뒤에 실행한다.

잘못 설정된 주제의 아침 독백은 오히려 자신을 그릇된 방향으로 이끌어 갈 수 있다. 그럴 경우, 잘못된 가치에 스스로 세뇌가 돼 버리는 결과를 낳는다. 자신의 기대와 꿈, 자신에게 정작 중요한 가치와 엇나갔는데도 엉뚱한 길을 고집하는 격이다.

나쁜 습관이 체질화되면 매일 노력하지 않은 것만도 못하다. 그 나쁜 습관에 대해 자신이 실제로 무엇을 하는지도 깨닫지 못한다. 그러면 엉뚱한 세상살이의 길로 접어드는 충동에 빠진다. 잠시 잠깐은 성공으로 포장된 출세의 기쁨을 맛볼 수도 있기는 하다.

그러기에 일상적인 습관을 들이기에 앞서 올바른 가치의 인식을 갖췄는지 확인하는 게 중요하다. 그런 후에 확정된 사명을 꾸준하게 외치는 일과(日課) 시스템을 구축한다.

올바른 생각이 내면화되면 인간의 생화학 반응체계는 그 방향으로 내비게이션을 작동시킨다. 그래서 큰 물줄기처럼 원하는 방향으로 삶이 흘러가게 되는 것을 체감케 된다. 그것은 가장 합당한 방법으로 적당한 시기에 이뤄지게 되어 있다. 내 잠재의식 속의 자동 유도장치가 인간이 통제할 수 없는 우주의 정기와 '통어'(교감)해 내게 유익한 열매를 맺게 해주기 때문이다.

파울로 코엘료의 《연금술사》에서는 '이 세상에는 위대한 진실이 하나 있다. 무언가를 온 마음을 다해 간절히 원하면, 온 우주는 소망이 실현되도록 도와주게 돼 있다.'고 말한다.

'무괴아심 일념통천'(无愧我心 一念通天)이란 명언도 있다. '내 마음에 부끄러움이 없도록 하고 마음이 한결같으면 무엇이든지 이뤄진다.'는 뜻이다.

7

인생의 원천은 아주 작은 것들
작은 것에 감사하면 더 큰 가치 누린다

하루를 시작하며 거울 속 자신을 보라. 그러고는 얼굴에 환한 미소를 짓는 것, 그것만큼 더 좋은 일은 없다. 이것은 미국의 한 연구기관이 하루를 여는 다양한 방법을 연구한 결과다.

이와 함께 스스로에게 동기 부여를 하고 싶다면 자신에게 격려의 말을 해주는 것이 효과적이다. 대수롭지 않은 것처럼 보이지만, 그 작은 습관은 인생을 생산적으로 살아가는 데 유익하다.

처음 습관을 들이는 게 어렵겠지만, 어차피 매일 거울 앞에서 양치질과 세안과 샤워를 할 것 아닌가. 그러니 실천하는 게 힘든 일이 아니다. 거울을 보면서 자신에게 웃으며 덕담을 해주는 것인데 말이다.

이는 자신을 아끼고 사랑하는 길이다. 먼저 자기 스스로를 챙기는 것에서부터 다른 사람을 사랑할 수 있는 마음도 싹튼다. 자신이 기르는 화초에게도 매일 정성을 들여 보라.

매일 신선한 물을 주고 잎의 먼지를 닦아주며 "참 잘 자라는구나." "매일 매일 더 싱싱하네." 등 덕담을 해주면 화초의 윤기도 더해진다. 꽃도 더 아름답고, 열매도 더 튼실하게 맺힌다.

긍정이나 참된 성공을 이루는 방법은 학술적이거나 논리적인 고담준론이 필요 없다. 일상에서 작은 노력을 습관화시키면 될 일이다. 많은 것들이 시도조차 하지 않으면 불가능해 보인다. 하지만 일단 실행을 하면 가능성의 문턱을 넘어서는 것이다.

•━━━━━•

생각해 보라. 자신을 보고 웃으며 몇 마디 덕담을 하는 데 소요되는 시간은 아주 짧다. 그 순간으로 아름다운 하루를 보내게 되고, 계속하면 멋진 인생까지 얻는데, 그보다 값진 투자가 어디 있겠는가. 한마디로 작은 것의 미덕이요, 작은 것의 기적이다. 우리는 작은 것들에 대한 감사를 잃어버린 세상에 살고 있다. 오로지 더 크고 더 큰 것을 원하는 세태의 물결에 휩쓸려가고 있다.

'범사에 감사하라'는 성경의 말씀처럼 작은 일에도 지속적으로 감사를 표하면 삶에서 더 높은 수준의 가치를 누린다, 그러면 더욱 감사하게 되는 진리를 모른다. 그저 세상의 기준에 맞춰 살아가는 것도 벅차다.

우리가 작은 것에 주파수를 맞춰야 하는 것은 인간이 우주의 존재에 비하면 초 미물이기 때문이다. 길을 가다 발밑에 개미들이 떼지어 가는 것을 본 적이 있을 것이다.

아마 우주를 기준으로 한다면 인간의 존재는 그보다도 더 작을 것이다. 세상은 한없이 크지만 우리는 아주 작을 뿐이다. 그래서 작은 것이 매우 중요하다는 것이다. 인간은 존귀하게 창조됐기 때문이다.

그래서 인생을 바꾸고 싶다면 크고 큰 미소로 인생의 작은 것들을 즐겨야 한다. 당신이 큰 것을 이루고 싶다면 작은 일에 정성을 들이고 잘하도록 하는 것을 잊지 말아야 한다.

모든 것을 한 순간에 바꾸거나 이루려고 하면 성사되기 어렵다. 아주 작은 단위로 쪼개어 반복하는 '스몰 스텝'(small step)이 효과적이다. 그러면 접근하기도 수월하고 마음먹기에 따라 쉽게 실천할 수 있다.

노력과 열정을 1% 더 하는 것, 생각과 행동을 1% 바꾸는 것, 그러면 결과적으로 그 가능성은 열 배, 백 배가 더 커질 것이다. 경쟁에서 다른 사람과 100% 더 낫게 하겠다는 것은 현실적으로 불가능하다. 그 대신 경쟁자보다 1% 더 잘 하겠다는 것은 얼마든지 실현 가능하다.

매사에 작은 변화를 시도하면 성취하고자 하는 결과에 대단한 영향을 줄 수 있는 힘이 된다. 인간에게 주어진 최고의 선물인 말도 그렇다. 말을 1% 긍정으로 바꾸는 노력을 해보라. 언어습관을 1%만 개선하면 인생을 성공으로 전환시키는 분기점이 될 것이다.

●------●

작가 산치타 판디는 《평화로움》 (원제 Being in Peace)에서 이렇게 말하고 있다.

"당신이 큰 꿈을 이루는데 모든 관심을 집중하는 동안 매일 행하는 당신의 작은 행동들은 대충이거나, 짜증이나 비평을 받으면 마음은 계속 불협화음을 내며 마무리돼 버린다. 그렇지만 정작 당신을 위대하게 만드는 것은 제대로 처리한 그 작은 행위들이다."

그래서 인생에서 성공을 거두려면 우선 큰일보다 '작은 성공'의 경험부터 쌓는 것이 좋다. 대뇌 생리학적으로 처음에 이룬 작은 성공은 자신감을 갖게 해준다. 그러면 그다음 일을 할 때 성공 경험을 기록한 대뇌 직접회로가 활성화되어 자기효능감을 강화시켜준다.

이렇게 작은 성공이라 하더라도 다시 어떤 것에 도전하는 사람에게는 긍정적인 마인드를 갖게 한다. 그 반대로 작은 것에서라도 과거에 겪은 실패 경험은 대뇌가 그 방향으로 유도하게끔 만든다.

이런 실패감을 극복하는 방법으로 '오버로드의 원칙'이란 게 있다. 처음에 가벼운 어린 송아지를 들어 올렸던 사람은 송아지가 성장하면서 체중이 불어나도 부담 없이 쉽게 들어 올렸다.

송아지 체중이 점점 늘어갔지만, 이 사람은 매일 소를 들어 올리면서 그 늘어난 체중을 직접 느끼지 못했다. 마침내 소가 장성하게 되었을 때도 그는 소를 번쩍 들어 올릴 정도의 강한 힘을 소유하게 되었다. 작은 성공의 체험을 통해 '캔두'(Can Do) 정신과 함께 실제로 근력을 기르게 해준 것이다.

8

'나는 무엇을 위해 사는가?' 묻자
초라한 '출세'보다는 화려한 '성공' 꿈꿔라

'출세'를 꿈꾸면서 인생의 구체적인 목적이나 목표를 규정하는 것은 그에 옭아매어지는 것이다. 그러면 삶 자체가 끝없는 욕망의 노예가 된다. 출세는 높디높은 욕망의 수직 사다리를 올라야 하는 험난한 길이다.

그 힘든 인생길을 세상 사람들은 부러워하고 비교하며 때론 좌절감과 열패감에 젖기도 한다. 또 높은 사다리의 정점에 오르고 나면 그때서야 헛되고, 공허하고, 부질없다고 한탄한다.

출세는 치열한 경쟁을 뚫고 쟁취하는 것이기에 출세하지 못하면 박탈감과 상실감에 빠져들게 되어 있다. 행복을 내면적인 가치의 성공보다 외형적인 조건의 출세에 두다보니 그렇다. 경쟁에서 뒤지면 출세하지 못해 불행하다고 치부해 버린다.

출세란 말이 조선시대에는 과거 시험에 합격해 벼슬하는 것을 의미했다. 몸을 바로 세워 세상에 이름을 날리는 것, 그것을 중요하게 여겼던 유교사상의 입신양명(立身揚名)이 곧 출세였다.

조선시대 그 말이 나타내는 바가 그대로 오늘에 와서도 사회문화적 현상으로 고착되었다. 전근대 신분제 사회에서 출세는 사회적 신분과 부(富)와 명예와 밀접한 관계를 가졌다.

그 특별히 선택된 사람만이 누리는 출세를 우리는 누구나 노린다. 그래야 성공했다고 생각한다. 그렇다면 출세를 하지 못한 사람들은 모두 성공하지 못했단 말일까.

◆ ⋯⋯⋯ ◆

그건 아니다. 이제는 보편적인 성공이 주류 가치가 되어야 한다. 어느 분야에서든 각자의 맡은 일과 소명을 다하고 있으면 그 자체가 성공이다. 그것은 사회 각 분야에서 주어진 재능과 역량대로 개인, 조직, 사회, 국가를 위해 가치 있는 일을 수행하기 때문이다.

어차피 인간이란 요즘 들어 길게 살아 100년인데 천 년, 만 년이나 살 것처럼 출세 욕구의 무거운 짐을 메고 복닥대며 살아간다. 치열한 경쟁을 뚫느라 참다운 행복이 무엇인지도 모르면서 말이다.

어느 외국의 웹사이트에서 인간의 사는 시간을 비교해 놓은 것을 본 적이 있다. 지구가 생성된 역사를 일 년으로 상정해서 사람의 수명을 대비했다. 사람이 100세를 살 경우 3초에 불과한데 일 년을 초로 환산한다면 3153만 6000초가 된다.

이 짧은 한 평생을 사람들은 영원히 살 것처럼 쌓으려고만 하고, 누리려고만 한다. 한마디로 출세적 심리로 욕심과 탐욕에 묻혀 산다. 그래서 삶의 목적과 의미에 대해 생각할 겨를조차 없다.

이제는 한 번쯤 달리기를 멈추고 호흡을 가다듬어 자신을 들여다보라. 그러면서 '나는 무엇 때문에 사는가?'라고 스스로에게 물어보라. 그럼, 아마 속 깊이 숨겨져 있던 진솔한 속삭임이 들릴 것이다. 세상을 보는 관점이 달라지는 계기가 될 수도 있다.

◆ ⸱⸱⸱⸱⸱⸱⸱⸱ ◆

《목적이 이끄는 삶》의 저자인 릭 워렌은 "영원에 비추어 볼 때, 우리가 지상에서 보내는 시간은 눈 깜짝할 사이에 불과하지만, 그 결과는 영원하다."고 했다.

그 찰나 같은 세상살이를 출세라는 욕망에 예속돼 산다는 것은 어리석은 일이다. 선진사회가 30~120년이라는 기간에 걸쳐 노령사회가 됐다.

그에 반해 지금 한국은 20여 년 만에 고령화 사회로 진입하고 있다. 100세 인생을 모두가 환호했지만, 지금부터 다가올 노령사회의 그림은 칙칙하기만 하다. 모든 사회·경제적 지표들이 초고령화·초저출산과 맞물려 긍정적이질 못하다. 이런 가운데 사회적·세대적 갈등과 대립도 심화되는 양상이다.

정부가 미래 현실에 대비한 다양한 정책 대안과 개발에 나서고 있지만 녹록지는 않다. 만약 이런 상황에서 지금까지처럼 출세주의적 세상관에서 벗어나지 못한다면 우리 사회는 암울해지지 않을 수 없다. 경제적 이슈가 관건이지만, 그보다도 과거 압축성장 과정에서 배태된 초경쟁 출세 도착증이 더 큰 문제가 될 수도 있다.

미래는 아무도 모른다. 오로지 시간과 공간을 초월하는 창조주만이 미래를 알 수 있다. 어떻게 보면 현재라는 개념도 존재하지 않는다. 우리가 현재라고 말하는 순간은 이미 과거로 흘러간 시간이 된다. 그래서 과거와 미래만이 존재할 뿐이다.

그렇지만 우리는 '순간의 과거'를 현재로 인지하고 있는 만큼 그렇게 받아들이기로 하자. 과거와 현재는 인간의 시간 영역이다. 하지만 미래는 전적으로 창조주의 권세가 미치는 미지의 세상이다. 그렇다면 다가올 미래 세상을 향해 주관적 욕구만을 내세우는 건 내 중심적이다.

◆ ⋯⋯⋯ ◆

세상만사가 다 그렇지만 지나고 나서 뒤돌아보면 다 별거 아니다. 나이가 들어가면서는 더욱 그렇다. 과거를 되짚어 볼 때 가장 좋았던 추억이나 가장 언짢았던 추억도 마찬가지다. 모두가 지난 일이 되면 특별할 게 없다. 한창때 권력, 재력, 명예를 휘두르던 위치일수록 지나고 보면 "부질없게 느껴지는 것"이 인생 진리다.

그래서 한 시대를 풍미했던 어느 저명 정치인은 화려한 권력의 꽃도 돌이켜보니 허업이라 했다. 그렇지만 사람들은 한 시절 젊을수록 꿈도 갖고 욕망도 지니는 게 인지상정이다.

보편적으로 이런 회상을 갖는 사람들의 심리를 들여다보면, 지난 시절을 오로지 사회적 입신출세를 위해 모든 것을 쏟아부었기 때문이다. 돌이켜 허망해 보이는 세상의 외적 영예를 위해 내적인 가치에 충실하지 못해서일 것이다.

특히나 치열한 경쟁의 쳇바퀴를 쉼 없이 돌려야 하는 사회구조에서 자신만의 참다운 가치관이 없었던 것이다. 오로지 모두가 추구하는 획일화된 목표만을 좇은 것이다.

그러다 보니 각자 내면의 자존감, 곧 자아존중감을 갖기보다는 표피적인 자존심이나 '근자감'(根自感)에 젖어 있었던 것이다. 이런 환경에서는 행복감을 느끼기가 쉽지 않다.

왜냐하면 인생의 의미와 목적을 내면의 성취감과 충만감에 두지 않고 외형의 세상적 정욕(情欲)에 두었기 때문이다. 아리스토텔레스는 "행복은 삶의 의미와 동기이며, 인간 존재의 완전한 목적이자 목표다."라고 했다.

◆ ⋯⋯⋯ ◆

사람은 '하는 일'과 '하고 싶은 일'이 다를 수 있다. 그런데 하고 싶은 일보다도 생활경제나 사회적 입신을 우선시하게 된다. 그것을 위해 수단 방법을 강화하지 않으면 안 된다. 곧 주어진 인생을 살아가면서 먹고사는 것을 해결하기 위해 할 수밖에 없는 일에 다람쥐 쳇바퀴를 돌려야 한다.

사람들은 가슴으로는 하고 싶은 일이 있지만, 머리로는 지금 할 수밖에 없는 일 사이에서 끊임없이 고민하며 갈등을 빚는다. 이것은 대부분의 현대인들, 특히 직장인들이 겪는 현실적 문제다.

그래서 '직장인 사춘기'라는 말이 있다. 10대 시절에 겪었던 팬

한 무기력증과 심리적 불안상태를 겪는다. 취업 포털 〈잡코리아〉에 따르면, 설문조사 대상 직장인 중 93.8%가 이런 심리를 겪었다고 한다.

이런 환경 속에서 세월을 보내다 보면, 언젠가는 인생을 돌이켜 봤을 때 보람과 의미는커녕 공허함과 소진감만 밀려오게 된다. 그러기에 생각의 변화와 발상의 전환을 위한 노력을 기울여야 한다.

인생에서 중요한 것은 10%에 해당하는 상황을 어떻게 해석하는가에 따라 의미가 90% 달라진다. 인생의 의미를 막연히 출세주의적 관점에서 접근한다면 가치 있는 삶이 될 수 없다.

흘러가면 두 번 다시 오지 않을 소중한 시간을 가치 있는 일을 향해 긍정적으로 바라보는 것이 중요하다. 오늘을 긍정적으로 열성을 다해 살아가면 훗날을 위해 아름다운 회상거리를 저축해 두는 것이다.

단테는 '오늘이란 두 번 다시 오지 않는다. 이것을 잊지 말아야 한다.'고 설파했다. 빌 게이츠는 '시간 낭비는 인생 최대의 실수'라고도 했다.

당신에게 선물로 주어진 하루하루를 어떻게 보내는가에 따라 미래가 달라질 수 있다. 어떻게 보면 값지게 맞는 오늘은 내일에 누릴 수 있는 추억거리를 금자탑처럼 쌓아가는 과정이다.

세상을 '꽉' 움켜쥐는
펀더멘털

1

자신만의 개성을 찾아 당당하라
끼리끼리 군집체 속에 끼려 하지 말라

'인생은 복불복'이라고 한다. 삶의 여정이 온전히 우리의 뜻대로 되지 않고 예측불가하기 때문에 그렇게 표현한다. 쉽게 얘기하면 사람의 운수를 지칭하는 말이다.

또 어느 대중가요에 나오는 가사처럼 인생은 나그네 길이다. 그 노래가사는 이렇다. "인생은 나그네 길/어디서 왔다가/어디로 가는가/구름이 흘러가듯/ 떠돌다 가는 길에/정일랑 두지 말자/미련일랑 두지 말자/인생은 나그네 길…"

한 인테넷 사이트는 이 노래와 함께 이런 풀이도 소개한다.

"남들은 저리 사는데' 하고 부러워하지 마시게. 그 사람은 그 사람 나름대로 삶의 고통이 있고, 근심 걱정이 있는 법이라네… 소쩍새 울음소리 자장가 삼아 잠이 들어도 마음 편하면 그만이지.

휘황찬란한 불빛 아래 값비싼 술에 취해 흥청거리며, 기회만 있으면 더 가지려 눈 부릅뜨고, 그렇게 아웅다웅하고 살지 마시게. 가진 것 없는 사람이나, 가진 것 많은 사람이나 옷 입고, 잠자고, 하루 세 끼 먹는 것도 마찬가지고 뭐 그리 욕심 부리는가? 허망한 욕심 모두 버리고 베풀고, 비우고, 양보하고, 덕을 쌓으며…"(생략)

◆ - - - - - - - ◆

아마 이 바쁜 세상 치열하게 살아가는 누구나 이 글에 공감하지 않는 사람은 없을 것이다. 누구나 원초적으로는 그런 정서를 받아들이는 게 이상적 자아일 것이다.

하지만 인생살이에서는 모든 것 다 내려놓은 상태로 살 수만도 없다. 이상과 현실이 다르기에 인간의 실존도 이상적 자아와 의무적 자아가 다를 수밖에 없다.

과연 오로지 이상적 자아를 실현하며 사는 사람이 얼마나 될까. 단지 우리는 주어진 냉엄한 현실 속에 이상향을 추구하며 균형점을 찾는 노력을 기울일 뿐이다.

그런데 사람들은 현실에 쫓기다 보면 시간이 흐르면서 자신의 이상적 자아에 대해 무뎌진다. 이상적 자아에 대한 인식이 옅어지면서 더 이상 노력과 열정을 쏟지 않는다. 꿈을 바라보지 않는 것이다.

세상살이 속 이런저런 욕망에 휩쓸려 사람들은 타성에 젖어 삶을 이어가는 것이다. 지금 나가는 길이 자신의 꿈을 향해 가는 것인지를 전혀 생각지 않고 오던 길을 그대로 간다.

오로지 돈, 지위, 명예 등 세상이 좇는 외식(外飾)을 성공의 척도로 삼아 다른 사람을 따라나선다. 자기만의 믿음과 개성도 없이 그저 친구 따라 강남 가는 길에 뛰어든다.

특히 한국인들은 '레밍 신드롬'(Lemming Syndrome)의 전형적인 모습을 띠고 있다. 무엇을 하기 전에 왜 해야 하는지를 따지지 않고 '다 그렇게 하니까'라며 맹목적으로 남을 따라나선다. 뚜렷한 주관 없이 다른 사람들의 선택을 따라가는 '편승효과'다. 레밍은 북유럽과 북아메리카 등 툰드라 지역에서 서식하는 쥐과의 포유류로 나그네쥐라고도 부른다. 이들은 집단 이동을 하다가 절벽이나 강에 도달하면 선두를 따라 같이 뛰어내리고 빠져버린다.

◆ ⸱⸱⸱⸱⸱⸱⸱⸱⸱ ◆

이제 우리는 다른 사람을 무조건 따라가는 '무리 심리'에서 벗어나야 한다. 다 각자의 철학과 개성이 있는데 왜 비교하며, 견주며 살아가야 하는가. 왜 이런저런 바깥의 것들에 자신의 이상적인 자아를 내맡기는가.

집단주의적 바깥세상 가운데서 나의 실존을 찾지 말고 내 안에서 나의 진정한 자아를 이끌어 내기 위해 힘써야 한다. 생각이 맞는 끼리끼리의 군집체 속에 끼려 하지 말고 자신만의 정체성을 갖도록 해야 한다. 군집체는 다른 군집에 대해서는 적대적인 모습을 보이는 게 속성이다. 한국사회가 삐걱거리는 것은 바로 이 군집체적 바탕에서 연유된다.

이제 참된 자아, 곧 자존감을 찾기 위해서는 당신이 주위 군집체의 구성원들과 다른 사람이 될 수 있다는 것을 확신해야 한다. 그러면 인생은 당신을 다른 새로운 길로 이끌어 준다. 그것을 결정할 수 있는 것은 각자의 몫이자 주어진 특권이다.

그 이유는 각자가 이 세상에 개별적으로 존재하게 된 것은 자기에게만 부여된 개성이 있기 때문이다. 인간은 모두 허투루 창조되지 않았으며, 각각의 소명과 사명과 가치를 지니고 있다.

모든 인간 피조물은 심오한 비밀과 신비로 가득 차 있기에 개개인 모두 소중하다. 그 고귀한 개체를 공장의 생산라인에서 대량 제조된 물품처럼 스스로 취급해서는 안 될 일이다.

휴머니즘 철학자 에리히 프롬은 "사람을 있는 그대로 보고 그의 개성과 독창성을 인식하는 능력을 길러야 한다."고 말했다. 그러면서 '존경'(respect)해야 한다고 했다.

그는 존경이란 말에 대해 두려움과 경외심이 아닌, 그 말의 어원대로 '바라보라'(respicere)는 것이라고 풀이했다. 인간의 개성과 독창성이 유별난 게 아니라 당연한 고유의 가치라는 것을 강조한 것이리라. 존경이란 한 개인의 있는 그대로의 모습을 그저 바라다보는 것이다. 누구나 다 위선과 허식이 아니라 진정한 자아를 찾아 나선다면 '바라봄'의 대상, 곧 존경을 받을 수 있다.

2

속마음 꿰뚫는 능력이 중요하다
마음속에 숨겨져 있는 90%의 뜻을 간파해야

첨단시대가 되면서 사회가 너무 복합화·세분화되어 가고 있다. 이에 비례해 우리의 감성이나 감정도 똑같이 세밀해졌다. 그러다 보니 언어적 소통(communication)만으로는 한계가 있다. 우리의 모든 생각, 감정, 느낌을 전달할 수 없어서다.

여기에서 비언어적인 의사소통의 중요성이 부각된다. 아무리 첨단 디지털 매체가 발달해도 인간의 마음을 말과 글로 다 표현할 수는 없다. 오히려 시선, 몸짓, 동작, 표정, 태도를 통해 우리의 속마음이 표출된다.

때로는 언어를 사용한 의사 전달보다도 비언어적 수단이 더 힘이 있다. 심지어 침묵을 통해서 자신의 메시지를 전달해 강력한 효과를 낼 수 있다. 현대 생활이 소음이 넘쳐나기에 때로는 침묵이 더 부각된다.

점점 더 시끄러워지는 세상에서 고요함의 순간을 보여주는 것도 말 없는 웅변이 된다. 그것도 의미 있는 자기 관리 행위다. 의도적인 침묵, 그것이 우리 삶의 모든 측면에 긍정적 영향을 미친다는 게 과학적으로도 입증됐다

그래서 '침묵은 말보다 더 크게 말한다.'라고 하기도 한다. 역사를 통해 뛰어난 사상가들도 침묵을 중시했다. 이것은 시간을 들여 숙달해야 할 예술이라고까지 했다. 중국의 노자는 '침묵은 위대한 힘의 원천'이라 했다. 또 토마스 칼라일은 '말은 은색이고 침묵은 금색'이라고 했다.

어쨌든 신체적 표현이나 상징적인 신호(symboling)를 통해 자신의 메시지를 전달한다. 또 상대방 내면의 심리를 파악하기도 한다. 어떻게 보면 무언의 대화로 서로의 마음과 심정을 꿰뚫어 봐야 하는 고도의 심리적 교류다. 이것이 바로 은유적인 상위 의사소통의 개념인 '메타커뮤니케이션'(metacommunication)이다.

◆ · · · · · · · · · ◆

언어를 사용하지 않는 커뮤니케이션에서는 우리가 흔히 말하는 '눈치'가 중요하다. 상대방이 갖고 있는 생각이나 느낌을 파악하고 이해해야 하는 직관력이다.

그래서 우리가 "눈치 없는 사람"이라고 말할 때는 상대방이 메타커뮤니케이션 능력이 부족하다는 뜻이다. 이런 사람들은 사회나 조직 생활에서 성공하기 힘들다.

커뮤니케이션에서 말이 중요하다지만, 언어로 전달되는 내용이 대략 10%에 불과하고, 목소리 톤이 40%, 몸짓이 50%를 차지한다고 한다. 소통의 대부분이 비언어적인 방법으로 이루어진다는 것을 알 수 있다.

이를 보면 사람이 갖고 있는 생각의 10%만이 언어로 표현되기에 마음속에 숨겨져 있는 90%의 뜻을 간파해야 한다. 바로 이 90%의 속마음은 몸짓, 표정, 첫인상 등 메타커뮤니케이션을 통해 전달된다.

그래서 피터 드러커는 '커뮤니케이션에서 가장 중요한 것은 말로 표현되지 않는 것을 듣는 것이다.'라고 했다.

비언어적인 방식을 통해 자신을 알리고 상대방을 이해하는 것이 커뮤니케이션의 요체다. 실제로 조직인들의 약 96%가 '직장생활에서 표정관리가 중요하다.'고 생각하는 것으로 나타났다.

일반적으로 메타커뮤니케이션은 메시지를 주고받는 사람 간의 심리적 공감과 갈등의 연속적 복합이다. 이런 구조 속에 실제로 표현되는 구체적인 언어의 이면에 내포된 의미를 간파해야 한다.

예로, 대통령이나 대기업의 총수들은 말로 얘기하지 않는다. 그들의 말 한마디 한마디는 열 가지, 백 가지의 의미를 내포한다. 이에 언론은 그 속마음을 해석해서 보도를 한다. 또 참모는 그 뜻이 무엇을 지시하는지를 간파해 정책을 만들어낸다.

◆ ⸱⸱⸱⸱⸱⸱⸱⸱ ◆

그래서 유능한 참모는 '웃어른'의 속내를 제대로 읽어내는 능력을 갖고 있는 사람이다. 다시 말해 상대방을 마음의 눈으로 어떤 생각을 하고 있는지, 어떤 의도를 갖고 있는지를 꿰뚫어 보는 것이다.

이를 위해 먼저 상대방과의 사이에 신뢰, 협조, 상응 관계를 형성해야 한다. 여기에서 눈빛만으로도 서로가 마음이 통하는 것을 라포르(rapport)라고 한다.

사람은 상호작용을 통해 서로 간의 입장과 환경에 친밀하게 반응한다. 인간은 유유상종(類類相從)의 본능을 갖고 있기 때문이다. 그래서 자신의 여건과 비슷한 세상 모델을 가진 사람들과 더욱 많은 라포르를 경험하게 된다.

이 모든 과정은 NLP(Neuro-Linguistic Programming) 비즈니스 거래나 중요한 협상에서 NLP는 큰 역할을 한다. 상거래나 협상테이블에서 주고받는 함축적인 용어나 비유가 그렇다. 뿐만 아니라 서로 간에 예민하게 펼쳐지는 신경전도 바로 이 NLP에 속한다.

선거는 NLP 기법의 백미다. 대통령 선거에서 후보들 간에 펼치는 홍보나 유세는 NLP의 최대 격전장이다. 후보 진영들 사이에서는 포지티브와 네거티브 전술로 상대방 후보를 공격한다. 이런 선거 기간 중에 오가는 말속에는 고도의 심리 전략이 깔려 있다.

NLP는 개인 간의 교류나 소통에서도 중요한 역할을 한다. 사회적 동물인 인간은 상호작용을 통해서 자신의 존재성을 인식하게 된다. 그렇기 때문에 서로가 동일한 파장이나 주파수를 맞춰 의사소통을 하는 것은 큰 행복이며 축복이다.

3

디지털 세대와 소통 면을 넓혀라
MZ세대의 무한 창의력… 시대를 선도한다

나에게는 40대 초반의 절친한 친구가 있다. 그 이상을 넘어 어떻게 보면 극친한 사이일 정도로 "베프"(베스트 프랜드)다. 내가 오래전에 공공기관장을 하면서 언론 홍보를 위해 맺었던 인연이다.

인터넷 언론매체에서 활약하는 김태엽 팀장과의 교분은 10년도 넘는다. 연배로 보면 강산이 두 번을 넘어 바뀔 정도다. 그런데도 전혀 거리감을 느끼지 않으면서 지금까지 스스럼없이 소통을 이어오고 있다.

연배를 초월해 대화가 통한다는 것은 놀라운 일이다. 아예 우리 둘이는 기회 있을 때마다 식음 회동을 갖고 몇 시간씩 담론을 펼친다. 김 팀장의 부친은 나보다는 연상인데 아직도 경제활동을 하신다. 그런데 성품이 깐깐하셔서 가족들에게 엄격한 규율을 적용하신단다. 가사(家事) 모든 면에서 한 치의 어긋남도 용인을 하지 않는 분이지만, 가족들은 가장의 권위에 순복한다. 아니, 이제는 단련이 돼서 익숙해 있다고 한다. 김 팀장은 그래도 '부모님을 존경한다.'고 말한다.

그분과 비교해 보면 나의 인성은 정반대의 경우다. 너무 자유스럽고, 민주적이고, 상대방을 헤아리고 하니 너무 온유하다고나 할까. 그러다 보니 우리 자녀들은 아주 작은 일에도 민감하게 반응한다. 어떻게 보면 유약하다 싶을 정도로 섬세한 면이 있다. 김 팀장의 부모님과 나의 성격을 단순 비교할 수는 없다. 가정을 이끌어가는 스타일의 차이일 뿐이다.

이런 얘기서부터 활동하는 분야를 비롯해 정치, 사회, 생활 등 서로의 생각과 정서를 나누며 공감한다. 특히 앞에서 언급했지만, 우리 사회는 나이에 따라 호칭과 표현법이 달라진다. 그러나 내 인생의 어법에서는 하대가 없다. 이는 가정에서 자녀들에게도, 회사에서 직원들에게도 마찬가지다. 김 팀장과의 관계에서도 같은 기조를 유지한다.

내가 스스로 생각해도 한국사회에서는 특이한 소통방식이다. 천품이 그러니 어쩌겠는가. 어쨌든 내 사전에는 반말이라는 자체가 없다. 누구에게나 수평적으로 대하며 그에 걸맞은 언어를 구사한다.

그저 젊은 디지털 세대와 소통한다는 것이 활력을 돋게 하고 사회 활동의 느낌을 갖게 한다. 그것이 나를 젊게 만들고 감흥을 선사하니, 감사할 뿐이다.

• - - - - - - - - •

　구세대와 신세대 vs 아날로그 세대와 디지털 세대.

　우리나라에서 나이가 든 세대와 젊은 세대를 이분법으로 나누어 지칭하는 말이다. 기성세대는 대개 전통적인 가치관을 갖고 있는 부모 그룹을 일컫는다. 한편 신세대는 부모 세대들이 이해하기 어려운 사고체계와 행동양식을 갖고 있다. 그 나눔의 경계는 확연하다.

　신세대는 어느 시대에나 있다. 특정 시점을 기준으로 양분하는 상대적 개념일 뿐이다. 시간이 흐르면 신세대가 구세대가 되고, 뒤이어 신흥 젊은이들이 또 신세대가 되기 마련이다.

　MZ세대로 통칭되는 디지털 세대는 뚜렷한 정체성을 갖고 있다. 이들 '새로운 부류의 젊은층'은 탈권위주의적이며, 자유분방하고 개성이 뚜렷하다. 반면 감각이 뛰어나고 유능하며, 합리적이고 젊음이 있는 만큼 자신에 넘쳐 있다. 그것이 특징이다.

　이렇게 긍정적인 면이 많지만 예측하기 어려운 엉뚱함도 지니고 있어 혼란스럽기도 하다. 그러나 그들은 디지털을 기반으로 우리나라의 신문화를 선도해 나간다. 독특한 개성을 지니고 있는 신세대의 영향력은 갈수록 커지고 있다.

　그리고 지금 한국사회에서 중추적인 역할을 맡고 있는 베이비붐세대가 있다. 사회나 조직에서 중견의 위치를 차지하고 있지만 구세대에 속한다. 그들은 한국전쟁의 폐허 속에서 오직 충직하게 일에만 전념해 지금의 한국경제를 이룩한 전통적인 세대다.

그들과 신세대 사이에 갈등이 존재할 수밖에 없다. 이는 우리 사회 모든 부문에서 세대 차이를 넘어 '신뢰감의 격차'(credibility gap)를 빚고 있다.

베이비부머 구세대를 '쉰세대'라 속칭하지만, 지금 같은 기술우위 첨단사회에서는 디지털 세대를 존중해야 한다. 모든 디지털 문명은 그들이 일선에서 이끌어가고 있기 때문이다.

세상의 변화에 따라 기업의 총수들도 젊은 세대 직원들과의 접촉면을 넓히고 있다. 직접 사업장을 찾아가 직원들과 적극적으로 소통하며 교류를 이어가고 있다.

과거에는 총수가 경영철학과 성과목표를 일방적으로 전달하는 방식이었다. 그런데 이제는 직원 개개인과 취미에 대한 대화를 나누며 친근감을 쌓고 있다. 진솔한 대화를 통해 젊은 세대와의 결속을 두텁게 하고 있다.

삼성의 이재용 회장은 직원들에게 집무실을 개방하기도 했다. 그런가 하면 어머니에게 맥주를 많이 마신다고 꾸중을 들은 일화도 털어놨다. 이러한 사소한 이야기를 통해 회장과 일선 직원 간의 거리를 좁히고 있다.

SK 최태원 회장은 직원들과 을지로에서 돼지국밥에 소주를 기울이며 격의 없는 대화를 나눴다. 뿐만 아니라 직접 육개장을 끓여주고 수육을 직접 썰어주기도 했다. 이렇듯이 대기업 총수들이 직접 나서서 젊은 세대 직원들과 수평적 소통을 강화하고 있다.

이전에는 상상도 못했던 이런 조직문화의 변화는 빠르게 변하는 시대흐름을 반영하고 있다. 이것은 강력한 권위를 가진 카리스마형 리더가 존경받던 시절이 지나갔음을 의미한다. 지금은 직원들에게 참여와 열정을 불러일으키는 '소통형' 리더가 인정받는 시대가 됐다.

· · · · · · · · ·

더 중요한 것이 있다. 신세대는 인생에서 창의력이 가장 활성화되어 있는 시기다. 실제로 인간의 창의성은 40세가 되기 전까지 최고 정점에 이른다고 한다.

이것은 미국의 의사 조지 비어드가 연령이 정신적 능력에 미치는 효과에 대해 연구한 결과다. 그래서 30대가 창의적 잠재력의 황금기라고 한다. 비어드는 전 세계의 모든 창의적인 걸작품의 70%가 45세 이전의 사람들에게 나왔다는 것을 발견했다.

이러한 실무능력과 창의적 잠재력을 갖는 신세대들은 독립심이 강하고, 시대변화에 대한 적응력과 실용감각 또한 뛰어나다. 이들은 현재 생산적인 노동인력의 중심을 이룬다. 또 잘 육성하면 막강한 차세대 리더가 될 수 있는 재목들이다.

미국의 대표적인 투자은행인 골드만삭스는 〈글로벌 리서치〉라는 보고서를 낸 적이 있다. 여기에서 '기업의 성공은 MZ세대에 달려있다.'고 했다. 신세대 인재의 중요성을 강조한 것이다. 지금 신세대의 톡톡 튀는 젊은 감각과 자유스런 생각이 세상을 이끌어가는 원동력이 되고 있다.

아인슈타인의 '슈퍼 인생성공학'

세기적 석학의 10가지 교훈을 실천하라

과학의 신비에 열정적으로 호기심을 가졌던 알버트 아인슈타인. 그는 인류에게 스스로 터득한 영감을 불어넣어 준 '발광체', 곧 '루미나리'(luminary·선각자)였다.

또 전문 분야의 권위자로서 그는 20세기 가장 영향력 있는 물리학자로 세상을 변화시켰다. 그는 근대 물리학의 기초를 마련한 상대성 이론을 창시했다.

아인슈타인은 물리학 이론 정립에 대한 공헌과 특히 광전기 효과의 법칙(the law of the photoelectric effect)을 발견했다. 그 공로로 노벨 물리학상을 받았다. 그는 시간은 절대적인 것이 아니라 상대적이라는 이론도 내세웠다.

그러한 명철한 과학자임에도 아인슈타인은 아주 검소하여 물질에 대한 욕심을 갖지 않았다. 심지어 그의 자서전 출판에 거액의 선금을 제의했으나 다 받아들이지 않았다. 과학자이면서도 그는 예술을 좋아해 클래식 음악의 애호가였으며, 바이올린 연주는 수준급이었다.

여기에 아인슈타인은 위대한 철학자이면서 정신적 지도자였다. 그래서 그가 남긴 명언은 모든 분야를 망라하여 헤아릴 수 없이 많다. 그중에서 그가 남긴 인생의 성공에 대한 유명한 교훈 10가지를 뽑아봤다. 최첨단의 현대를 살아가는 우리에게 절대 필요한 가르침이다.

1. 호기심을 따르라 : "나는 특별한 재능이 있는 게 아니라 단지 열정적인 호기심을 갖고 있을 뿐이다."

호기심은 우리의 상상력에 불을 지피는 것이다. 다른 사람들에게 질문을 던지면 문제를 해결할 수 있는 중요한 정보를 얻을 수 있다. 또 새로운 문을 열게 되는 것이며, 관계를 맺게 해준다. 그런데 자기 자신에게 물음을 하게 되면 그동안의 지니고 있던 믿음을 다시 한번 정리하는 계기가 된다. 그러면 가장 내면에 도사리고 있었던 욕구가 드러난다. 이를 통해 긍정적인 변화를 꾀할 수 있는 절호의 기회가 된다.

2. 인내만큼 값진 것은 없다 : "내가 그렇게 똑똑한 것이 아니라 문

제가 있으면 더 오래 붙잡고 늘어질 뿐이다."

꿈을 가지고 있다면 그에 따른 장애물도 있게 마련이다. 그러면 그 문제들과 더 오래 씨름하다 보면 해법이 보인다. 그것이 성공과 실패의 차이다. 인내를 실천하는 몇 가지 방법은 꿈에 몰입해 긍정의 태도를 견지하는 것이다. 또한 매일 자신이 원하는 것에 집중해 초점을 잃지 않고 있으면 역경에서 벗어나는 길도 보이게 된다.

3. 현재 순간에 집중하라 : "어여쁜 여자와 입을 맞추면서 안전하게 운전을 하는 사람은 온전하게 입맞춤 분위기를 누릴 수가 없는 법이다."

현재 순간에 집중하는 것의 중요성을 강조한 것이다. 아인슈타인은 운전 중에 키스하는 것을 예로 들었다. 우리가 과거나 미래에 지나치게 집착하다 보면 '현재'라는 즐거움을 놓쳐버릴 수 있다. 매일매일 자신을 현재의 존재로 인식하게 되면 보다 더 평온과 기쁨을 줄 수 있다. 그뿐만 아니라 삶에 대한 더 큰 감사를 느끼게 된다. '오늘'은 내게 주어진 최고의 선물이기 때문이다.

4. 상상의 힘은 위대하다 : "상상력은 모든 것의 우선이다. 상상력은 인생에서 펼쳐질 매력 있는 것들을 미리 내다보는 창구다. 그래

서 상상력은 지식보다 더 중요한 것이다."

아이디어 하나로 제국이 세워질 수도 있다. 예를 들어, 월트 디즈니랜드는 상상력으로 이루어낸 진정한 세기적 걸작품이다. 월트 디즈니는 자신의 농장에서 기르던 작은 애완 생쥐로부터 미키마우스의 영감을 얻었다. 그 검고 하얀 얼룩 쥐가 바로 애니메이션의 전설이 된 것이다. 상상력은 수많은 가능성들의 왕국으로 가는 문을 열어준다.

5. 실수를 두려워 말라 : "실수를 한 번도 해보지 않은 사람은 새로운 것을 한 번도 시도하지 않은 것이나 마찬가지다."

특히 무엇인가 가치 있는 일을 하게 되면 실수는 반드시 따라온다. 실수는 자신감에 실망을 던져주며 괴로움을 끼치기도 한다. 하지만 때로 실수는 궁극의 목표를 이루겠다는 진정한 의지를 시험해 보는 데 필요하기도 한 것이다.
무슨 위대한 일들이 처음에 어떤 실패도 한 번 하지 않고 이루어질 수 있었겠는가. 진정한 실패는 처음부터 있는 것도 아니며, 그렇다고 끝까지 이어지는 것도 아니다.

6. 현재의 삶에 충실하라 : "결코 미래를 생각하지 마라. 미래는 어차피 곧 오게 되어 있다."

사람들은 '지금 이 순간이 우리가 누리는 모든 것이다.'라고 말한다. 선뜻 이해하기 힘든 개념이지만 말이다. 에크하르트 톨레는 그의 저서《지금의 힘》(the Power of Now)에서 '바로 이 순간에 진정 존재함으로 거둔 성공은 자신의 내면에서 어느 정도 평온함을 느끼느냐로 측정될 수 있는 것'이라고 했다.

곧 아무리 물질적으로 풍족하다고 할지라도 존재 자체가 주는 기쁨과는 비교되지 않는다. 또 한결같이 평화로운 마음의 참된 재산을 발견하지 못하면 삶의 의미가 없다는 것이다. 바로 현재의 순간을 더욱 깨달을수록 우리는 가장 소중한 것을 누리게 된다.

7. 가치 있는 것을 창출하라 : "성공하려고 하지 말고 가치 있는 사람이 되도록 노력하라."

'성공'의 정의가 무엇인가? 무엇으로 당신의 삶이 성공이라고 할 건가? 우리 모두 스스로에게 물어보도록 해보자. 한국사회는 성공과 같은 의미로 출세라는 말이 있다.

하지만 이 책에서 반복해 강조하지만, 성공과 출세는 다른 개념으로 정의하는 것이 옳다. 아인슈타인이 말하는 '성공'은 한국사회 기준으로는 출세일 것이요, 그가 언급한 '가치'가 진정한 성공일 것이다. 돈, 권력, 명예 등 외형적인 성취를 기준으로 하는 것은 출세다. 그렇지만 자긍심, 존중감, 배려심, 평온감 등 내적인 가치를 중심으로 한다. 바로 그것이 출세보다 위대한 참다운 성공이라고 할 수 있다.

8. 따분한 반복의 틀을 깨쳐라 : "수없이 반복적으로 똑같은 행태를 보면서 다른 결과를 기대하는 것은 얼빠진 일이다."

인생을 살아가며 어떤 분야나 일에서 자신이 행복감을 느끼지 못했다면 내일은 다른 방도를 선택하라. 한마디로 판에 박힌 틀을 떨쳐버리는 것이다. 하는 일에 성취감이 없고 어느 수준에 이르러도 실망스럽다면 상황을 바꿔볼 방안을 생각해 보도록 한다.

때로는 같은 일에 대해서 새로운 관점을 가져보게 되면 전혀 새로운 가능성에 눈이 뜨일 수도 있다. 우선 만족스럽지 못한 상황을 깨닫고 어떻게 하면 만족스러울지에 온 신경을 집중해 본다.

9. 지식은 경험으로부터 얻는다 : "얻어들은 정보는 지식이 아니다. 온전한 지식의 근원은 경험에 있다."

실질적인 경험을 통해 얻은 지식이 사람들로부터 존중을 받으며 가치 있게 여겨지는 법이다. 책을 읽고, 강연을 듣고, 수업을 받는다고 해도 인생에서 직접 겪는 경험이 중요하다. 그것이야말로 가장 훌륭한 교훈이 될 수 있다. 각자 인생의 얘깃거리에는 지식이 풍부해 사람들이 귀담아들으려고 한다. 그것은 실제적으로 다른 사람들과 차별화되어 있어 가장 가슴에 와닿는 진성성이 있기 때문이다.

10. 원칙을 배워 실전에 임한다 : "무엇이든지 게임의 원칙을 배워야 한다. 그래야 다른 사람들보다 더 잘해 낼 수가 있다."

무슨 일이든 전문가가 되기 위해서는 그 일에 대해 모든 것을 배워야 한다. 다른 사람들의 성공사례도 살펴보고 그들보다 더 잘하겠다는 것을 목표로 삼는다. 이러한 노력에 헌신과 열정이 강하면 강할수록 성공의 결의도 더욱더 커지게 마련이다.

한편 아인슈타인은 인생을 자전거 타는 것에 비유한 것으로도 유명하다. 균형을 잡기 위해서는 계속 움직이며 나아가야 한다는 것이다. 그런가 하면 위대한 과학자이면서도 그는 자연의 순리에 대해서도 천착했다. 그는 "자연을 깊이 들여다보면 모든 것을 더 잘 이해하게 된다."라고도 했다.

여기서 제시한 아인슈타인의 10가지 삶의 원칙은 크게 보면 이 책을 관통하고 있다. 과연 당신은 그중 몇 가지를 인생살이에서 실천하고 있는지를 점검해 보라.

5

세상을 이기는 힘은 '포용력'이다
"젊은이들이여! 가치 있는 사람이 되어라"

'포용력'(Broadmindedness), 넓은 마음자세의 가치다.

우리 사회의 각계 리더들에게 가장 절실한 절체절명의 덕목이다. 나라와 지도자들이 그 정신을 체현해 내야 사회문화 체계가 바뀐다. 그래야 국민의 가치관도 변화될 수 있다. 그 소중한 가치를 누구나 모를 리 없고 받아들이지 않는 게 아니다.

다들 입으로는 말하지만 행동으로 실천되지 않는다. 그 가치를 아무리 외쳐대도 머리로는 인정하는데 가슴으로는 수용하지 못한다. 그러니 개인, 사회, 국가의 '문화'(밈)는 물질문명이 발전해도 과거나 현재도 똑같다. 그런데 미래에 바뀔 수 있다는 것은 그저 망상일 뿐이다.

포용력의 부재는 이 땅의 리더들을 '아시타비'(我是他非), 속칭

'내로남불'의 전형으로 만들었다. 나는 옳고 너는 그르다. 같은 상황에서 자신은 문제 삼지 않고, 상대방만 흠집 내는 불변의 공식이다.

이러한 이중적 잣대는 이 나라를 이기주의와 개인주의 사회로 만들었다. 여기에서 말하는 개인주의는 '개성주의'와는 구분해야한다. 개성주의는 각기 다른 모습, 성향, 신념 등을 존중해 주는 것이다. 반면 이기주의는 자기만 옳다고 생각하고 자신의 사적인 욕구 충족에만 치중한다.

지금 세상은 자기가 한 것은 무엇이든 합리적이고, 남이 하면 비판, 비방, 비난의 대상이다. 요즘 이재의 수단이 된 비트코인이나 주식을 예를 들어보자. 내가 거래하면 '전문투자가'요, 다른 사람이 하면 '투기꾼'이 된다. 이런 풍조는 1990년대 중후반부터 우리 사회에 퍼지기 시작했다.

이 같은 세태는 특히 리더십의 중심이 되어야 할 정치권에서부터 만연했다. 그러자 2020년 교수들이 나서 '올해의 사자성어'로 선정하기에 이르렀다. 내로남불이나 아시타비 모두 고사성어가 아닌, 우리 사회를 풍자한 신조 사자성어인 셈이다. 한국사회의 실상과 세태의 단면을 적나라하게 보여주는 현상이다.

⋯⋯⋯⋯

어쨌든 우리에게 절대 필요한 것은 포용력이다. 여기에는 관용이라는 '넓은 마음'과 평화를 나타내는 '열린 마음'의 정신이 담겨 있다. 그래서 포용력이 있는 사람은 마음이 넓고 사려가 깊다. 마치 따뜻하고 화사한 봄바람과 같이 심지어 겨우내 얼어붙은 땅도 녹인다. 그런가 하면 자연의 식물계에 자양분을 주어 생명력을 키운다.

결국 포용력이란 '마음'의 자세를 의미한다. 마음이 편협한 사람은 다양한 관점에서 사물을 공평하게 보지를 않는다. 오로지 자신의 입장에서만 접근한다. 자신의 생각을 넓히고 마음을 개방하면 삶이 더 쉬워진다. 그래서 어느 식자는 마음을 낙하산에 비유하기도 했다. 낙하산이 펼쳐져야 제 기능을 하듯이, 인간의 마음도 열어젖혀야 작동을 하는 법이다.

그런데 자신의 고집만을 내세우면 인생이 메말라지며 결국에는 목말라진다. 당신이 주장하는 의견은 단지 당신이 선호하는 가설일 뿐이다. 그것이 완전하고 확실하다는 생각이나 진리인 양 여겨서는 안 된다.

앞서 말했지만 알버트 아인슈타인은 호기심이 대단한 과학자이자 철학자였다. 스스로가 "자신은 특별한 재능이 없고 단지 열정적으로 호기심이 많을 뿐"이라고 했다.

그의 겸손함이 배어나는 말이다. 또 그는 지능의 척도는 변할 수 있는 능력이라고 했다. 그런가 하면 그는 자기를 찾아온 젊은이가 인생의 지침을 부탁하자 "성공하는 사람이 되지 말고 가치 있는 사람이 되라."고 일렀다. 아인슈타인이 말한 원문은 이렇다.

"Try not to become a person of success but rather a person of value." (필자는 '성공'과 '출세'를 구분하면서 언어적 문화의

차이를 고려해 이 표현의 문맥상 필요에 따라 'success'는 출세로, 'value'를 성공의 어의(語義)로 사용하고 있다.)

이 말은 그 후 학교 졸업 연설이나 젊은 세대들에게 주는 인생의 조언으로 널리 인용돼 왔다. "성공"(출세)한 사람은 인생에서 주는 것보다 더 많은 것을 빼앗는다. 그러나 "가치"(성공) 있는 사람은 받는 것보다 더 많이 준다는 가르침과 함께 말이다.

⁕⁕⁕⁕⁕⁕⁕⁕

그래서 아인슈타인은 대부분의 사람들이 추구하는 세 가지 목표, 곧 소유와 외적 성취와 사치를 경멸스럽게 여겼다. 그는 세상의 출세보다 개인적 성공의 가치를 존중한 사람이었다.

또한 그는 자신의 전문 분야에서는 엄격한 원칙을 지키며 주관이 강했지만, 인간적으로는 매우 개방된 마음자세를 갖고 있었다. 과학의 사회적 책임을 강조하면서 그는 평화를 옹호하는 양심을 실천했다.

개방적인 성향과 주관이 뚜렷한 것은 얼핏 이율배반적인 것처럼 보일 수 있지만 그것이 진정한 포용력이라 할 수 있다. 두 가지 상이한 가치를 균형 있게 실행할 수 있다는 것은 뛰어난 역량이다.

포용력은 어느 의미로 보면 '중용'의 덕이다. 객관성의 부족함도, 주관성의 과도함도 아닌 황금비율의 저울추 균형을 잡는 것이다. 중용의 가치에는 용기, 절제, 후덕, 겸양, 배려의 요소들이 담겨 있다. 예술에서도 황금비율이 중시된다. 고전의 명화들을 보면 선이나 모양 등 각 부분들의 분할이 완벽한 비율을 이룬다. 르네

상스 시대의 수학자 루카 파치올리는 이러한 회화들을 관찰했다. 그러고는 작품들이 신의 비율을 이루고 있다고 정리하기도 했다.

'해납백천'(海納百川)이란 말이 있다. '바다는 수많은 강물을 받아들인다'는 뜻이다. 이것은 다른 사람을 탓하지 않고 너그럽게 감싸주거나 받아들이는 자세다.

한마디로 다양성과 차이를 인정하며 관용을 베푸는 것이다. 이를 바탕으로 상호 믿음을 갖고 책임 있게 상생 협력함으로써 화합과 통합을 이뤄가는 포용의 정신이다.

포용력이란 말은 다양한 덕목을 담고 있다.

· 마음을 개방하는 것
· 다른 생각을 받아들이는 것
· 고정관념의 틀에서 벗어나는 것
· 창의성, 융통성, 관용성
· 진정성, 공평성 등

우리말에도 '금도'(襟度)라는 말이 있다. '남을 포용하는 너그러운 마음과 생각'을 의미한다. 이 표현에는 겸손, 지혜, 포용, 융통, 인내, 용기라는 요소들이 들어있다.

결국 포용력이라는 개념은 매우 광범위하다. 함축적으로는 내가 뜻하고 원하는 바를 다른 사람에게 관철시키려 하는 것과는 달리 타인의 의견을 합리적으로 존중하는 것이다.

6

'긱경제' 시대 사라지는 평생직장
직장 유목민 경험 통해 체득한 '톱사이트'

　나는 다양한 성격의 조직에서 직장생활을 해봤다. 직장의 소재지도 서울, 수도권, 지역을 두루 망라하다 보니 다양한 조직과 지역의 문화를 체험했다. 어떻게 보면 '잡 노마드'(job nomad) 같은 생활을 한 셈이다.

　조직의 성격도 언론사, 공공기관, 민간분야, 학문 분야 등 다양했다. 그것이 스티븐 코비가 말한 것처럼 '내 결정의 산물이 아니라 내 상황의 결과'였다. 내가 직장을 옮겨야겠다고 해서 찾아 나선 것이라기보다 상황이 전직의 기회를 마련해 주었던 것 같다.

　그러다 보니 언제나 상향식으로 직장을 옮기게 됐다. 당연히 일터를 옮기다 보면 상대적으로 파격의 예우를 받기도 했다. 솔직히 직장인들은 대우가 더 낫고, 여건이 좋으면 전직 기회 제안에 귀가 솔깃해지게 마련이다.

그게 일이 재미로서가 아니라 생활의 수단으로 직장생활을 하는 모든 조직인들의 속성일 것이다. 분명 직장 '유목민' 같은 방식은 보는 관점에 따라 일장일단이 있다.

먼저 좋은 점은 시쳇말로 역량이 되니 같이 일하자는 곳이 있다는 것이다. 그것이 또 세평이 된다. 그보다는 한 번뿐인 인생에 다양한 직장 경험을 쌓는 것은 긴장도 되지만 역동성도 있다.

다양한 부류의 조직문화를 체험하면서 얻는 '지혜'가 삶의 폭을 넓게, 깊게 해준다. 한 조직에서 평생을 보내는 것과는 다른 차원의 시야를 가질 수 있다. 이는 다양한 사람이나 상황을 이해하고 파악하는데 지견(智見)을 제공한다. 곧 경험을 통한 실제적 지식(savvy)은 책상머리 학습으로 습득하는 이론적 지식(knowledge)과는 다르다.

◆ ⋯⋯⋯ ◆

단점도 있다. 여러 직장을 다니다 보면 사람과의 관계가 수박 겉핥기처럼 될 수 있다. 아는 사람은 광폭이지만 교제의 깊이가 얕을 수 있다. 인간관계를 중시하는 한국사회에서 사회적 교분은 갖지만, 개인적 친분을 쌓는 데는 상대적 한계가 있다.

또 한 가지 직장인으로서 규모 있는 돈을 만질 수 있는 기회는 정년까지 장기근속자로 퇴직금을 받는 경우다. 아니면 중도 명예퇴직금을 받을 때다. 평소 월 급여의 많고 적음은 그 수준에 맞춘 생활에 소요된다. 특정 분야에서 고도의 기술전문가나 예능인, 운동선수야 스카웃 비용이라는 것도 있다. 하지만 일반 직장인들에게는 해당되지 않는다.

그래서 나의 경험칙에 비춰 후진 직장인들에게는 2~3번 정도 직장을 옮기는 것이 바람직하다는 충언을 해주기도 한다. 하기야 세상이 변하면서 평생직장의 개념도 사라지고 있다.

지금 기업들은 빠르게 '긱 이코노미'(Gig Economy) 시대로 접어들고 있다. 기존 전통기업에서는 기능 중심으로 상시 인력을 채용했다. 그러나 한 치 앞도 제대로 내다보기 어려운 격변의 시대가 도래했다.

현대기업들은 프로젝트 중심으로 이미 준비된 역량을 갖춘 인력을 단기간 계약해 투입한다. 이러한 추세는 앞으로 가속화될 것으로 예상된다는 전문가들의 판단이다.

김경준 딜로이트컨설팅 부회장은 "정규직 중심의 고용 틀이 깨지고 임시직 근로 형태인 긱 이코노미의 흐름을 막을 수 없다."고 단언한다. 글로벌 기업 최고경영자(CEO) 600여 명에게 회사를 운영하며 겪는 최대 고민이 무엇인지를 물었다. 그랬더니 '어떻게 하면 최고급 인력을 확보할 것인가'였다.

•⸺⸺⸺•

그러면서 지금까지 유지해 왔던 평생직장의 개념을 떨치고 필요한 기간만큼 인력을 채용하는 고용방식을 선호했다. 이 같은 패턴은 고용시장의 생태계 자체를 변화시키게 될 것이다.

최근 많은 기업들이 기존의 공채·정규직과 같은 채용방식을 하나둘 포기하고 있다. 이유는, 과거에는 기존의 과업을 얼마나 효율적으로 수행할지가 중요했다. 하지만 이제는 시대가 빠르게 변하면서 새로운 일을 얼마나 효과적으로 하느냐가 경쟁력이 되고 있다.

그러다 보니 이제는 신규 직원을 뽑아 교육시켜 일에 적응시킬 여유조차 없다. 너무나 빠른 변화의 속도 때문이다. 지금은 새로운 일에 곧바로 투입해 결과를 도출해야 하는 것이 급선무다. 조직의 환경이 자율성을 바탕으로 결과를 내야 하는 '아웃풋'(Output) 중심이 되어 있어서다.

이런 사회적 변화를 보면 나는 너무 앞서 긱경제 시대 패턴의 직장 옮기기를 했던 것 같다. 뭐든지 타이밍이 맞아야 되는데 말이다. 모두 평생직장을 고수하던 시대에 여러 직장을 다녔으니 남달랐다.

그래서 경제적 실속은 없었지만, 정신적 부요함은 누렸다. 다양한 경험과 함께 자기계발의 습관을 들여 다양하게 저술도 해보았다. 그러면서 사람과 사물에 대한 전반적인 이해력(톱사이트·topsight)을 쌓을 수 있었다. 그것이 내게는 큰 보람이자 자산으로 남는다.

톱사이트는 우리가 흔히 말하는 통찰력과 예지력인 인사이트(insight)와 이를 바탕으로 한 외계 사물과 현상에 대한 지각력과 판단력을 의미하는 '아웃사이트'(outsight)를 아우르는 개념이다.

저명 작가인 토니 모리슨이 "읽고 싶은 책이 있는데 아직 쓰여

지지 않았다면 당신이 꼭 써야 한다."고 했다. 그래서 나는 그동안의 다양한 경험과 톱사이트를 잘 버무려 이 책을 쓰고 있다. 독자들의 공감을 기대하면서다.

7

열정, 초자연적인 힘의 원천이다

평범함과 비범함의 차이...열정이 가른다

　'열정'은 말로 다 표현할 수 없는 감정이다. 그러나 열정을 가진 사람을 관찰해 보면, 그 내면에서 꿈틀대는 열렬한 감정을 간파할 수 있다. 어떤 행사를 앞두고 기대를 갖게 되면 흥분의 감정이 격해지는 것을 느낄 수 있다. 그것을 우리는 열정이라 일컫는다.

　사람마다 그 열정을 나타내는 방법은 각기 다르다. 어떤 사람은 행사가 다가오면 기대에 넘쳐 만면에 미소를 지으며 흥분기를 보인다. 그런가 하면 어떤 이들은 마음이 설레어 목소리가 높아지고 말이 빨라진다. 또 함박웃음을 터뜨리며 기쁨을 주체하지 못하기도 한다.

　열정의 감정 속에는 행복감과 긍정적인 기대가 배어 있다. 마치 시험을 잘 치르고 난 후의 심정 같은 것이다. 초조한 마음으로 예상했던 것처럼 좋은 결과가 나오기를 기다리는 것처럼.

나는 문화예술 분야에서 오랫동안 활동하면서 다양한 음악가들의 공연 이벤트를 줄곧 지켜봐 왔다. 그러면서 객석을 가득 메운 관객을 위해 무대로 나가는 그들의 열정도 피부로 느껴봤다.

그 순간 그들은 관객과 만난다는 것이 즐거울 테지만, 농축된 긴장감으로 엄숙한 표정에 심호흡을 할 때면 비장함마저 느껴진다. 무대 공연가들의 열정은 늘 그런 양태로 나타난다.

국내는 물론 세계 정상급 아티스트들을 보면, 그들이 그 반열에 이르기까지 쏟아온 열정과 희생 어린 노력은 대단하다. 자기 활동 분야에서 인정을 받으려면 그만한 열정 없으면 이루지 못한다.

우리가 보면 '그만하면 이제 여유를 좀 부려도 좋겠다' 싶을 정도인데도 그들은 그렇게 여기지 않는다. 정상에 우뚝 선 사람들이지만 부단한 연습에 매진하는 열정은 감동을 준다.

•·········•

그들로부터 삶을 가치 있게 만드는 것은 무언가에 대한 믿음과 열정이라는 것을 깨닫게 된다. '정말 대가인데도 저렇게까지 하는가?'라는 생각이 들 때도 있다. 하지만 그렇게까지 열정을 쏟으니 그들이 피운 성공의 꽃은 시들지 않고 항상 싱싱한 것이리라.

관객들은 웅장한 공연장의 객석에 앉아 무대 위에서 연주하는 음악가를 보면 화려하게만 보일 것이다. 보통 사람들이 보기에 그들의 모습은 너무도 아름답다. 그렇지만 그들이 무대 뒤 보이지 않는 곳에서 보여주는 음악에 대한 열중하는 마음과 쏟는 노력은 상상을 넘는다.

공연 시작을 알리는 종이 울리고 객석의 불이 옅어지면서 무대가 환희 밝아진다. 이때 무대로 나가는 음악가에게는 긴장감이 최고조에 달한다. 두 손을 꼭 모으고 기도를 하는가 하면, 호흡을 가다듬으며 긴장을 추스른다. 바로 성공인의 진정한 모습이다.

한국 골프계의 대들보였던 최경주 선수. 그는 세계무대를 겨냥해 하루도 거르지 않고 8시간씩 연습하며 2000번 이상의 스윙을 날린 것으로 유명했다.

그런 피나는 땀과 노력의 열정으로 그는 마침내 국내 골프를 평정하고 2000년 미국 PGA 투어 진출에 성공했다. 그 뒤, 2002년 미국 PGA 투어 컴팩 클래식에서도 우승을 차지했다. 그리고 그는 PGA 8회를 포함해 전 세계 골프대회에서 20회 이상의 우승 기록을 세웠다.

전구를 발명한 에디슨은 2000번의 실험 끝에 마침내 성공을 거두었다. 매번 실험을 할 때마다 그는 오로지 전구를 발명하면 어떤 일이 생길지에 골몰했다. 또 어떻게 활용될지를 긍정적으로 생각하며 모든 열정을 다 쏟아부어 마침내 목적을 달성한 것이다.

◆‒‒‒‒‒‒‒‒◆

그러고 보면 성공한 사람에게는 남이 모르는 각고의 열정과 노력이 숨어있다. 그들은 "'할 수 있다'(I CAN)는 자세가 지능보다 100배 더 중요하다"는 사실을 실천으로 보여주는 것이다.

그 열정과 노력의 양과 질이 남과 다르기에 그들은 그 자리에

섰다. 성공의 색깔이 다르다면 그것은 열정과 노력의 정도에서 차이가 있었기 때문이다. 열정은 초자연적인 힘의 원천이 된다.

그래서 성공하는 사람들은 특별한 데가 있다. 평범한 사람들과 다른 차별화된 요소가 있는 것이다. 보통 사람들이 누리는 세상의 즐거움이나 쾌락을 모두 추구하면서 성공했을 리 없다. 즐길 것 다 즐기면서 성공을 할 수 있다면 누구나 다 성공할 것이다.

성공은 자기와의 외로운 싸움이다. 달리 말하면 사자성어로 마부위침(磨斧爲針)이다. 곧 '도끼를 갈고 닦아 바늘을 만드는 격'으로 끊임없는 노력과 끈기 있는 인내로 맺어지는 열매다.

미국 대통령이었던 루스벨트는 "어떤 일에서든 더 나은 결과를 이루어낼 수 있는 것은 오직 힘든 과정의 피나는 노력과 엄격한 의지의 힘, 그리고 과단성 있는 용기"라고 했다.

그래서 성공하는 사람들은 남이 잘 때 깨어있고, 남이 놀 때 뛰며, 남이 쉴 때 생각을 가다듬는다. 오로지 목표를 달성하겠다는 열정이다. 정상이 높으면 높을수록 오르는 길은 더욱 험난하기 마련이다.

이런 과정을 겪어야 하는 것을 알면서도 사람들은 성공을 원한다. 실제 목표를 향해 도전하여 실행에 옮기는 것을 주저하면서도다. 고대 아테네의 극작가였던 에우리피데스는 수많은 명작을 남긴 비결을 '노력하는 만큼 잘 되게 돼 있다.'라고 정리했다.

열정은 평범함과 비범함의 차이를 결정한다. 열정은 성공의 진정한 비결이며 세상을 움직인다.

제 8 장

경쟁의 시대를
리드하는 비결

1

'블루 스카이 씽킹'에 익숙하라
실용적 아이디어에 숨겨져 있는 '진주'

    틀에 박힌 생각에서 벗어나 떠오르는 색다른 착상을 '아이디어'라 한다. 늘 하는 평범한 상상이나 일과적인 공상에 그치고 만 것을 아이디어라 하지 않는다. 아이디어라 할 때는 순간적으로 스치는 생각을 창의성을 발휘해 좋은 성과물로 이끌어 냈을 경우다.

    역사상 위대한 업적을 남긴 선각자나 사업에서 성공을 거둔 기업가들은 한결같이 아이디어를 갈고 닦아 결실을 일궈냈다. '갑자기 떠오르는 묘안'(brain wave)을 구상화시킨 것이다.

    그들은 머릿속에 번뜩였던 섬광 같은 생각의 실체 없는 것을 일정한 체계를 갖춰 구체적으로 정립해 냈다. 어떻게 보면 임기응변의 지혜, 기략, 기지가 특출한 비범한 사람들이다.

    곧 '구상력'의 대가들이다. 구상력은 상상을 현실화하는 역량이다. 또 평범하거나, 아니면 생뚱맞아 보일 수 있는 순간의 생각을 발전시켜 세부적인 내용, 규모, 과정에 대해 이리저리 궁리해 잘 조직해 내는 능력이다. 그런 사람을 우리는 '아이디어맨'으로도 부른다.

그래서 아이디어맨의 상상력은 창조의 시작이다. 원하는 것을 상상하고, 상상하는 것을 행동으로 옮겨서 새로운 것을 만들어 낸다. 그들은 그 과정에서 실패를 해도 결코 두려워하지 않는다.

창의성이 넘치는 사람들은 아직 존재하지 않는 것을 보는 능력의 소유자들이다. 다시 말해 예지력의 달인들이다. 날카롭게 번뜩이는 지혜를 초감각적인 지적 능력을 통해 체계적으로 지식화하고 사업화하는 재주꾼들이다. 그래서 그들은 보통 사람들의 기준으로 봤을 때 이단아들이다. 그런 사람들이 아이디어 하나로 대박을 낚기도 한다.

•·········•

미국의 문학가 마크 트와인은 "새로운 아이디어가 있는 사람도 그 아이디어가 성공할 때까지는 괴짜일 뿐이다."라 했다. 또 알버트 아인슈타인은 '비슷한 생각을 하는 것은 아무것도 생각지 않는 것'과 다름없다고 강조했다.

그래서 아이디어는 무한한 상상력의 발로라 할 수 있다. 그 상상력이야말로 지식의 한계를 뛰어넘으며 세상의 모든 것을 담아낼 수 있다. 그러나 냉철하게 생각해 보면 상상력이 무한대일수록 유익할 때도 있고, 그것이 한계를 가질 수도 있다.

문학 작품을 쓰거나 예술 활동을 하는 사람들에게 있어 상상력은 무한정일수록 좋다. 문학가나 예술가는 자신들이 상상해 낸 세계를 실제의 매개체나 행위를 통해 표현해 내기만 하면 된다.

그래서 때로는 그들의 작품이 현실의 감각이나 인지력으로는 쉽게 수용되기 어려운 경우도 있다. 그렇지만 우리는 그들 작품을 현실과 동떨어져도 픽션으로 받아들인다. 아니면 초현실주의나 아방가르드(avant-garde·전위예술)와 같은 장르로 설정하기도 한다.

그러나 기업이나 일반 조직에서 필요한 상상력은 다르다. 예술과 달리 그것이 사업적으로 실행에 옮겨졌을 때에만 가치가 있다. 곧 실용적 구상력이 따라 주어야 한다. 거침없는 생각과 무한한 상상의 과정에서 도출되는 아이디어가 모두 활용가치가 있는 게 아니다.

기업에서는 여러 가지 현실 조건과 환경에 부합해 수익성 있는 결과물로 이뤄질 때만이 값어치가 있다. 그렇지 않으면 아무리 기발한 착상의 아이디어라 해도 무용지물일 뿐이다.

◆ ⋯⋯⋯ ◆

흔히 조직에서 어떤 프로젝트를 추진할 때 외부 전문가들로 구성된 자문회의라는 걸 거친다. 그들 전문가들에 의해 정말 다양한 생각과 창안들이 제시된다.

그러나 그것들이 이상적, 추상적이고 현학적인 범주를 벗어나지 못하는 경우가 많다. 도식적으로나 이론적으로 합당하게 들리더라도 실행에 옮기는 데에는 현실성이 부족한 경우다.

물론 규모 있는 프로젝트를 기획하거나, 장기적인 전략을 수립하는 과정에서 아이디어는 중요하다. 전체적인 구도를 잡아가는 단계에서는 작은 제안도 의미가 있다.

현실성이 결여된 아이디어라 하더라도 미래의 큰 그림을 그리는 데에는 필요할 수가 있기 때문이다. 아이디어란 대체적으로 미래 발전적인 성격을 띠고 있어서다.

그러나 당장 또는 단기적으로 결과를 이끌어 내야 하는 경우는 다르다. 눈앞에 결과를 내야 하는 시점에서 현실성이 결여된 환상적인 아이디어는 허구에 지나지 않는다.

문제는 자문회의에 참가한 전문가들이 해박한 이론 외에 실제 경험이 얼마나 있느냐에 달렸다. 논리 정연한 이론체계는 현실성이 따라 주어야 가치가 있다. 그렇지 않으면 공허한 발상으로 그쳐 버린다.

지식과 이론만 가지고는 안 되는 것이 바로 이 때문이다. 비즈니스 전략기획가들은 아이디어가 실현될 수 있는 비율을 대략 10~20%로 본다. 그렇기 때문에 아이디어는 갈고 닦아 실천에 옮겨질 때에야 보석이 된다. 아이디어가 실행 가능성을 항상 염두에 두고 있어야 하는 이유다.

◆ ⋯⋯⋯ ◆

이렇게 아이디어의 현실성이 낮다는 통념을 깬 아이디어 벤처 기업이 있었다. 바로 아이디어를 구체적인 사업으로 실현시켜 주는 미국의 '퀄키'(Quirky)였다. 회사 명칭인 'Quirky'는 '기발한',

'특이한', '괴짜'라는 뜻이다.

이 회사는 일반인들의 초기 아이디어를 기반으로 이를 정교하게 갈고 다듬어 혁신제품(novelty)으로 생산해 판매했다. 여기에서 발생하는 수익을 함께 나누는 아이디어 플랫폼 기업이었다. 그래서 그 아이디어 제품을 독점하기 위해 세계 기업들로부터 러브콜을 받았다.

참신한, 때로는 파격적인 아이디어를 특정 제품화해서 성공을 거둔 것은 분명하다. 그렇지만 기업의 규모화를 통해 지속가능한 성장을 이루는 데는 한계가 있었다. 결국 특출한 아이디어만으로 승승장구했던 기업은 깃발을 내려야 했다.

이 회사는 특출한 아이디어로 제너럴 일렉트릭(GE) 등 많은 기업들로부터 투자도 받았다. 그러나 사업화 단계의 문턱을 넘지 못한 것이다. 이 사례는 기발한 아이디어가 모두 성공을 보장하지는 못한다는 교훈을 남겼다. 보편적으로 상용화가 될 수 있는 것이 아니라는 것을 보여준 셈이다.

아이디어는 누구나 가질 수 있다. 그 아이디어가 모두 현실화될 수 있다면 모두가 성공을 거둘 것이다. 그러나 아이디어가 실제로 이루어질 수 있는 것은 전체 중 작은 비중을 차지한다.

그래서 아이디어로 성공하는 사람도 소수일 수밖에 없다. 그럼에도 누구나 그 소수에 들기 위해 창조적 아이디어를 끊임없이 발굴해 낸다. 꼭 아이디어 차원이 아니라도 평상시 고정관념에서 벗어나 달리 생각하는 자세를 갖는 것은 중요하다.

말하자면 일상생활에서 '블루 스카이 씽킹'(Blue Sky Thinking)을 습관화하는 것이다. 어떤 대상에 대해서도 규칙에 얽매이지 않는 자유로운 사고와 기존에 없는 창의적인 접근법을 활용한다.

이런 사고방식은 지금까지 알지 못했던 새로운 방법, 발상(아이디어), 체계 등을 발견하도록 해준다. 이런 마음가짐을 갖추면 상투적인 관념에서 탈피해 창조적·창발적이고 독창적인 생각을 하게 되어 있다.

2

'생각의 틀'을 미래 시점에 두라
미래를 대비해야 할 때-'Future-proofing'

"얘야 공부해라.", "얼른 학원 가야지.", "시험 잘 봤어?"

부모들이 자녀들에게 하는 일상의 판에 박힌 말들이다. 그것을 듣는 자녀들은 또 잔소리냐는 투로 마이동풍이다. 부모가 늘 하는 얘기로 그러려니 하고 하던 게임에 열중하고 휴대폰에서 눈을 떼지 않는다.

부모 자신의 생각과 사회경험에 비추어 공부만이 성공의 비결, 아니 출세의 지름길이라 생각하는 집념 때문이다. 아마 누구나 학교에서 공부만 잘하면 훌륭한 학생이고 나중에 성공할 것이라고 믿는다. 물론 공부를 못하는 것보다는 잘하는 게 학생들에게는 당연히 좋다.

하지만 공부만 잘해서 청소년들이 나중에 성인이 되어 세상을 살아갈 때 모두 성공하는 것은 아니다. 과거와 지금 기준에서 요구하는 실력과 미래 시대가 요구하는 역량은 분명히 다르다.

그래서 우리가 미래를 내다봐야 한다는 것은 닥쳐올 시대의 모습을 미리 탐색하라는 것이다. 이를 위해서는 미래를 내다보는 '선견력'(foresight)과 '바깥 세계를 보는 안목'(outsight)을 길러야 한다. 내 생각, 내 판단, 내 가치 기준에 매몰돼 있어서는 안 된다.

지금 세상의 기준치는 '내면에 대한 통찰력'(insight)이다. 온통 거기에 초점을 맞추고 있는데 그것은 옳다. 내가 내 자신을 제대로 알지도 못하면서 어떻게 외계를 논할 수 있겠는가.

지구상에서 인간의 존재가 기록된 역사는 유구하다. 그런데 현재처럼 인류의 문명이 이렇게 급속도로 기술적 · 물질적 · 사회구조적 발전을 이룬 적이 있는가. 수천 년 전 세상에서도 '너 자신을 알라' 했는데 지금 같은 변화무쌍한 시대에는 어떻겠는가.

◆--------◆

몇십 년 안에 로봇이 지배하는 세상이 올 것이라고 한다. 그런데도 우리는 '설마'라는 안일한 생각에 젖어 그저 현재에 연연하고 있다. 기계가 지배하는 세상은 기본적으로 창조의 질서를 송두리째 허무는 것이다. 그게 몇백 년, 몇천 년 후의 일이 아니다. 내 생애 당대, 아니 우리 자녀의 앞날에 펼쳐질 사회의 모습이다.

지금 인류가 통찰해야 할 것은 지금을 기점으로 한 미래가 아니다. 예견되는 미래를 기점으로 그 생각의 틀(프레임)에서 미래를 꿰뚫어 보는 의식이 필요하다.

'생각의 틀'이란 삶에 대한 원칙과 의미를 규정하는 질서 잡힌 총체이자 근본적인 해석 원리라 할 수 있다. 그에 따라 우리의 신념과 세계관, 가치관이 형성된다. 곧 세상을 바라보고 이해하는 렌즈이며, 사고와 감정 행동을 관장하는 컨트롤 타워인 것이다.

어쨌든 인사이트는 지금 시점에서 요구하는 시류의 개념이다. 나의 실체를 제대로 인식하고 깨달아 아는 것이 우선이다. 그래야 그 바탕에서 바깥 세계를 올바로 탐색할 수 있다.

소크라테스가 '너 자신을 알라'고 한 말은 바로 인사이트를 가지라는 뜻일 것이다. '지피지기 백전불퇴'(知彼知己 百戰不退), '나를 알고 상대를 알면 백번을 싸워도 물러서지 않는다'라는 말과도 상통한다.

소크라테스 같은 철학자도 자신의 무지를 깨닫기 위해 사람들과 대화하며 그들의 지식과 경험을 배웠다. 그러고는 자신의 생각과 의견을 나누며 내면을 다졌다. 그것은 자신의 무지를 깨닫는 것이 진리를 추구하는 첫걸음이라는 것을 알았기 때문이다. 이것은 자신의 내면, 생각, 감정, 나아가 가치관을 아는 것을 의미한다. 그럴 때 우리는 진정한 행복과 참다운 자유를 얻게 된다.

자신의 내면을 들여다보며 새로운 관점을 배우고, 참신한 것을 발견하고 세상의 추세를 올바로 아는 것은 무엇과도 바꿀 수 없다. 한마디로 통찰력을 갖게 되면 삶의 지혜를 얻게 돼 세상살이가 달라진다.

자신에 대해 아무리 탐구하고 파헤쳐도 다 알 수 없는 것이 내 존재다. 그럴 수밖에 없다. 60조 개의 세포로 구성돼 창조된 생명체의 그 깊고도 깊은 심연의 비밀을 어찌 다 알 수 있겠는가.

그래서 우리는 살아가면서 삶의 방향을 잃고 혼란에 빠지기도 한다. 내가 의존하던 지식이나, 지혜나 신념 등 모든 것이 무미해질 때도 있다. 또 평생을 좇아 쌓아온 명예이든, 재력이든, 권력이든 삶의 도구들이 부질없다는 것을 느끼기도 한다.

우리가 알고 있다는 것은 어찌 보면 피상적이고 일면적이다. 창조된 이 세상의 자연적 법칙과 질서는 한 치의 오차도 없이 정연하고 완벽하다. 단지 미약한 인간의 존재로서는 그 무궁하고 오묘한 경지를 범접할 수 없을 뿐이다.

우리는 그저 인간이 만들어 놓은 인공적 법칙과 질서의 테두리 내에서 살아간다. 그 속에서 우리는 과학과 기술이라는 문명 덕택에 세상이 돌아가는 원리를 다 알 것 같은 착각을 갖는다.

그런데 분명한 것은 세상은 우리가 생각한 대로 통제가 가능하지도 않으며 그 방향으로 흘러가지도 않는다. 삶의 전체 과정은 우리의 지식과 예상의 한계를 넘어 다른 형상으로 나타난다. 그게 바로 자연의 순리요 법칙이다.

그러기에 우리는 언제나 자연의 법칙에 순응하며 살아가야 한다. 우리가 아무리 해박한 지식과 이론에 통달한다 해도 장차 일어날 일들을 예지(豫知)할 수 없다. 자연의 법칙대로 돌아가는 인생이나 세상의 행로를 역행할 수도 없으며, 그 흐름을 거슬러 가서도 안 된다. 단지 우리의 생각대로 움직여지지 않는 미래에 예견되는 상황을 대처하는 자세를 갖추는 것만이 우리가 할 수 있는 일이다. 미래를 대비하는 '퓨처 푸르핑'(Future-proofing), 그것이 지금 우리가 해야 할 최선의 지략이다.

3

미지의 세계에 주파수를 맞춰라
IQ보다 EQ, MQ, NQ 등 다지능시대 도래

미래는 인간에게 '미지의 세계'다. 그 미래는 천지 창조주 외에 누구도 알 수가 없다. 그렇지만 그 미래는 오늘을 어떻게 살며 무엇을 하느냐에 달려 있다. 우리의 삶에서 지나간 과거는 이해하는 것이고, 이 순간은 살아가는 것이며, 미래는 꿈을 꾸는 것이다.

지나간 시간은 돌이킬 수 없지만 지금은 최선을 다해 열심히 살면 된다. 과거를 후회한다면 지금을 살아가는 데 그것을 반면교사로 삼으면 될 일이다. 미래는 알 수는 없지만 모든 가능성이 다 열려 있다. 얼마든지 개척을 해 나갈 수 있는 영역이기에 기대와 희망을 가져도 된다.

그래서 어느 현자는 과거의 일로 울지 말고 미래를 위해 두려워하지도 말라 했다. 버락 오바마 미국 대통령은 "우리는 미래를 두려워하지 않는다. 지금 여기에 와 있는 것은 미래를 만들어가기 위해서다."라고 했다.

그의 말을 음미해 보면 미래는 우리에게 완전히 열려 있다. 그 미래는 항상 '지금'부터 힘차게 시작된다. 마치 달리기 선수가 '준비, 출발!' 신호가 울리면 박차고 뛰어나가듯이.

그렇게 우리는 매 순간 순간 열정을 갖고 새롭게 시작하는 자세로 살아가면 된다. 내일을 기다리지 말고 지금이 내일이라고 생각하라. 내일의 성공을 바란다면 지금 성공을 이루는 생각으로 살면 된다. 내일 행복하고 싶다면 오늘 행복을 느끼면 될 일이다. 무엇이든 지금이 아닌, 내일에 이루겠다고 생각하는 사람에게 그 내일은 영원히 오지 않는다. 세상에 나온 우리는 지금이라는 시간을 단 한 번밖에 체험하지 못한다.

지금이 유일한 시간이라 오늘 최선을 다해야 하지만, 시야는 저 먼 미래의 지평선을 바라보아야 한다. 우물 안에 앉아 하늘을 바라보아서는 안 된다. 미래에 주파수를 맞춰야 현재와 미래를 동조화시킬 수 있다.

인간이 다른 동물과 다른 점은 시간 개념이 있는 것이다. 시간을 어떻게 활용할 것인가를 미리 계획할 수 있는 건 인간뿐이다. 똑같은 인간이라도 현재만 생각하며 살아가는 부류가 있다. 그런가 하면 미래를 바라보며 현재를 꾸려가는 사람도 있다. 어떤 방식인가에 따라 삶의 방향은 달라지게 돼 있다.

그렇다면 미래에 대한 통찰을 바탕으로 구체적으로 지금 갖춰야 할 역량과 자질은 무엇일까?

이스라엘의 지식인이자 역사가인 유발 노아 하라리는 말한다.

"당신이 80세 정도가 되지 않았다면, 당신은 앞으로 수십 년 동안 반복적으로 자신을 재창조해야 할 것이다. 그리고 당신은 아마도 직업을 여러 번은 바꿔야 할 것이다.

우리는 우리 자신을 더 잘 알아야 하고, 그러기 위해 정신적 유연성을 계발해야 한다. 그것을 그냥 곁다리 취미로 생각해서는 안 된다. 이것이야말로 앞으로 수십 년 동안 격변의 상황에서 살아남는 데 가장 중요한 자질이자 기술이다."

그의 말속에는 장수시대에 우리 사회가 어떻게 변화할 것이며, 그에 따라 어떻게 준비해야 할 것인가가 함축적으로 들어있다. 그가 강조하는 것은 '너 자신을 알라'는 것이며, '정신적 유연성'(mental flexibility)의 계발이다. 그러면서 실질적인 세상살이의 방편이 될 능력과 기술을 개발할 것을 일러준다.

현대사회를 살아가는 우리에게는 자기개발과 자기계발이 모두 필요하다. 비슷한 의미이기는 하지만, 자기개발은 '기술, 지식, 능력을 발전시키는 것'이다. 자기계발은 '자기의 슬기나 재능, 사상 따위를 일깨워 주는 것'이다.

정신적 유연성이 절대 필요한 것은 지금까지 우리는 '정신적 경직성'을 미덕처럼 여기며 살아왔기 때문이다. 그게 우리 사회의 바탕이 되어 버렸다. 곧 오로지 지능지수(IQ) 중심의 가치관이 뿌리깊이 박혔다.

＊--------＊

지금까지 'IQ가 좋다'는 것은 머리가 좋아서 공부를 잘하는 것을 상징했다. 하지만 과거와 달리 지금 시대는 다양한 지능들을 필요로 하는 첨단 복합사회다.

감성능력(EQ)과 도덕능력(MQ) 등 다양한 역량을 갖추지 않으면 안 되는 세상이 되었다. 지금 한국사회가 일부 출세한 상위계층들의 법과 질서를 준수하는 도적적 능력의 결핍으로 복잡다단하다.

바로 과거 출세 지향의 IQ 중심 교육이 빚어낸 결과다. 어릴 적부터 올바르게 생각하고, 느끼고, 표현하는 EQ를 터득하지 못했다. 또 윤리적으로 옳고 ,질서를 지키고, 정직하고 성실해야 하는 MQ도 갖추지 못했다.

선진사회나 행복국가는 EQ와 MQ의 수준이 높아 공동체 능력(NQ) 지수가 높다. 그들 사회는 가정훈육이나 공교육에서 그런 가치를 가장 중요시한다. 우리처럼 IQ 중심으로 일류학교에 가는 것만을 목표로 하지 않는다.

인간의 뇌에는 무려 2천 500억 개의 신경세포가 있다고 한다. 그 엄청난 수의 뇌세포는 각기 다 제 기능과 역할이 있다. 그런데 우리는 공부를 잘해야 한다고 하면서 IQ에만 집중해 왔다.

그러다 보니 건실한 사회인에게 절대 필요한 균형 있는 지능을 개발하지 못했다. 결국 다양한 지능들을 고루 갖춰야 아인슈타인이 말한 가치 있는 사람, 즉 참된 의미의 훌륭한 시민이 될 수 있는 것인데 말이다.

• ⸺⸺⸺ •

지금 문제는 가정이나 학교에서 교육의 지향점이 여전히 IQ 중심에서 벗어나지 못하고 있는 데 있다. 지금은 다문화 · 융복합 · 수평화로 상징되는 초현대사회다.

그럼에도 아직도 편협했던 전근대화 사회의 획일화된 사고방식과 행동양식에 젖어 있다. 한마디로 과거의 '고정관념에서 탈피'(Thinking Outside of The Box)하지 못하고 있다. 급변하는 사회문화 체계에 부합해 미래 관점으로 생각의 틀을 과감히 혁신하지 못하고 있다.

이제 로봇과 인공지능이 주된 역할을 하게 될 4차 산업혁명 시대에 접어들었다. 그런데도 여전히 구시대적 직업의 개념을 고수하고 있다. 이런 과거 방식의 직업관을 고집하며 구태의연한 교육에 계속 매달리게 된다면 이는 시대착오적이다.

'호주청년재단'(FYA)이 미래의 일자리 시장과 관련한 다양한 연구보고서를 내놓았다. 그 재단의 브로닌 리 부대표는 언론과의 인터뷰에서 "평생직업의 시대는 지났다. 지금 젊은 학생들은 앞으로 일생 동안 5가지의 직업과 17곳의 직장을 갖게 될 것"이라고 말했다.

그러면서 기존의 사고방식을 떨쳐버리고 미래에 일어날 변화를 예측하여 직업보다 역량을 키우는 것이 무엇보다 중요하다고 강조했다. 그러기 위해서는 끊임없이 배우며 변화에 유연하게 대응하는 마음가짐을 가져야 한다고도 했다.

이렇게 급변하는 시대환경 속에서는 교육의 철학, 방식, 실행의
모든 과정이 바뀌어야 한다. 그래서 미래를 이끌어갈 청소년들이
학생 시절에서부터 다양한 지능을 갖출 수 있는 교육체계가 필요
하다.

뿐만 아니라 젊은 세대들에게 외곬으로 출세주의를 강요할 것
이 아니다. 참다운 성공의 가치관을 체득시키는 국가적 정책 노력
이 절실한 시점이다.

인생에서 '만약에(if)'란 건 없다

긍정은 우연을 가장해 오는 필연일 뿐!

사람들은 세상을 살아가면서 어떤 상황과 맞닥뜨릴 때 이를 '우연'이라고 여긴다. 그러나 긍정의 세계에서는 우연이라는 것은 없다. 우연처럼 느껴지는 '필연'일 따름이다.

그러나 이 세상 가운데 닥치게 되고, 알게 되고, 만나게 되고, 이별하게 되며, 부딪히게 되는 그 모든 현상들은 절대 우연으로 일어나지 않는다. 그 모든 것은 반드시라고 해도 좋을 정도로 필연인 것이다.

우리말에 '옷깃만 스쳐도 인연이다.'거나 '짚신도 짝이 있다.'라는 속담은 어떠한 과정도 이유 없는 것이 없다는 것을 나타낸다. 생성되는 모든 것은 그 원인을 가지며 그렇기에 필연이다.

그래서 내가 바라는 것이 뜻대로 안 됐다고 치자. 그럴 때도 그 사실을 필연으로 받아들이는 것이 긍정이다. 어떻게 보면 당신에게 실패라는 것은 없다. 단지 계획대로 안 돼 그 일이 늦어질 뿐이며, 다시 한번 해보라는 필연의 결과일 뿐이다.

실패라는 것은 당신이 넘어지고 쓰러져서 더 이상 일어날 수 없을 때에나 해당된다. 하지만 당신이 이 세상을 살아가는 한 그럴리는 없다. 행동에 나서는 한 꿈은 작동하게 되어 있다.

아인슈타인의 말처럼 우리의 인생은 자전거를 타는 것과 같다. 균형을 유지하려면 계속 움직여야 한다. 주어진 인생을 살아내려면 계속 행동해야 하는 이치와 통한다. 그것이 당신이 실패할 수 없는 이유다. 오히려 인생에서 성공의 척도는 몇 번 실패를 딛고 일어섰는지에 있다.

실패를 두려워하지 말아야 할 것은 실패가 지닌 속성 때문이다. 실패의 이면에는 성공이 숨어 있다는 사실이다. 성공과 실패는 표리의 관계에 있다. 실패를 했다. 그러면 그만큼 성공이 가까워졌다는 신호다. 절대로 실패를 좌절이라고 생각해서는 안 된다.

일어나는 모든 일은 주의 깊게 관찰해 보면 마땅히 일어나야 할 대로 그렇게 된 것이다. 반드시 인생에서 일어나는 모든 일에는 이유가 있는 법이다. 그렇기에 일어난 일에 대해서는 후회 할 필요가 없고 낙담할 이유도 없다.

여기에서 중요한 것은 모든 일이 필연임을 수긍하는 자세다. 분명 모든 일은 이유와 목적이 있다. 어떤 것이든 그것을 긍정적으로 받아들이면 자신을 위한 더 나은 새로운 기회가 열리게 된다.

모든 일에 대한 이유를 그 당시에는 이해하기가 힘들다. 그러나 지나고 나면 왜 그 일이 일어났는지를 깨닫게 된다. 똑같이 우리가 이 지구에 온 것도 우연이 아니다. 무엇인가는 해야 할 일과 역할이 있어서라는 것을 기억해야 한다.

세상을 살아가면서 누군가를 만나는 것도 항상 이유가 존재한다. 다만 자신이 그 순간에 심오한 이유를 미처 깨닫지 못할 뿐이다. 당신은 당신의 삶을 바꾸기 위해 그들이 필요한지 모른다. 아니면 당신이 그들의 삶을 바꿀 사람이기에 만나게 됐을 것이다.

'용맹정진"(勇猛精進)이란 말이 있다. 씩씩하게 굴하지 않고 정성을 다해 노력해 나간다는 뜻이다. 곧 '시련을 물리치고 나아가는 데 힘쓴다'는 사자성어다.

그러기에 인생은 단 두 가지 방법이 있다. 하나는 아무것도 기적이 아닌 것처럼 보는 것이다. 다른 하나는 모든 게 기적인 것 같이 사는 것이다. 당신은 늘 놀라운 기적만이 있는 삶을 선택해야 한다.

버락 오바마가 모든 불리한 환경에서도 미국의 대통령이 될 수 있었던 것은 긍정적인 마음의 힘이었다. 그러고는 국민들에게 끊임없이 "그래 우리는 할 수 있습니다!"(Yes We Can!)라는 메시지를 전파했다.

그의 화력 강한 긍정의 연료가 그의 삶의 엔진을 끊임없이 작동시켰던 것이다. 등을 벽에다 대고 정면에 어려움을 마주하고 있을 때가 있다. 그럴 때 유일한 방법은 엔진의 마력을 높여 앞으로 나아가 그것을 돌파하는 것이다.

•··········•

내게는 다른 더 좋은 기회가 있을 것이라고 믿고 있는 가운데 맞이하는 우연, 그것이 필연이다. 우주의 법칙은 우리에게 한 가지만 갖도록 했다. 당신은 결코 당신이 원하는 모든 사람이 될 수 없다. 그렇기에 당신이 원하는 모든 삶을 살 수도 없는 것이다.

아니면 동시에 우연하게 두 가지 기회가 주어졌다 치자. 그것은 우연 같게 생각되지만 그렇지 않다. 하나를 선택해야 할 때 가장 기회 가치를 높여주는 결정적 상황을 만들어 주기 위한 필연인 것이다.

필연성은 긍정의 힘이 작용하는 인과관계다. 그냥 이유 없이 결과는 없다. 그래서 세상에 요행이라는 것이 없는 법이다.

'사필귀정(事必歸正)', 무슨 일이든지 결국 옳은 이치대로 돌아간다는 뜻이다. 콩 심으면 콩 나고, 팥 심으면 팥 난다는 의미다. 그러니 긍정의 씨를 심으면 긍정의 열매를 거둬들일 터이다. 반면에 부정의 씨를 심으면 부정의 열매가 맺힐 것은 자명하다.

지금 자신의 모습은 10년 전에 어떻게 생각했느냐에 달려 있다고 할 수 있다. 이 말은 생각이라는 씨앗이 뿌려져 나에게 10년 동안 성장해 왔다는 뜻이다. 원하든 원치 않았든 우리의 인생은 생각한 데를 향해 달려온 것이다. 심층의식의 내비게이션을 작동하면 결국은 그곳으로 갈 수밖에 없다.

그래서 자신이 어떤 삶을 살고 있는지는 어떤 생각의 종자를 파종해 가꿔왔는지를 보면 알 수 있다. 그래서 운명은 스스로 개척하는 것이다. 여기서 그 운명은 긍정적이어야 한다.

과거에 긍정의 씨를 뿌리지 못했다면 지금부터라도 마음을 다잡아 좋은 씨를 심어라. 간디는 "미래는 현재 우리가 무엇을 하는가에 달려 있다."고 했다. 다시 말해 미래를 알고 싶다면 자신의 오늘을 보면 그 속에 정답이 있다.

• • • • • • • • •

다시 강조하지만, 긍정의 힘은 내가 마음먹은 대로 100% 되도록 해주는 마술사가 아니다. 그 마음을 읽고 내게 가장 합당한 것으로 이루어지게 해주는 것이다. 그 합당한 것은 원하는 것의 80%일 수도 있고, 때로는 50%가 될 수도 있다.

농구경기에서 '식스맨'(Six Man)이라는 것이 있다.

시합이 시작되면 처음에 플레이하는 다섯 명의 선수를 가리켜 스타팅 멤버라고 한다. 스타팅 멤버에 들지 않는 여섯 번째 선수를 의미한다.

대기선수지만 중요한 순간에 게임에 투입되어 팀의 페이스를 조절하는 것이 특기인 선수다. 스타팅 멤버로 필드에 당장 나가지는 않지만, 팀의 승리를 위해 없어서는 안 되는 중요한 역할이다.

여기에서 일반적인 시각으로 보면 스타팅 멤버는 주역이고, 식스맨은 보조역처럼 보인다. 그렇지만 긍정의 눈으로 바라다보면 모든 선수가 똑같이 경기에 필요한 주역들인 것이다.

중요한 것은 내가 스타팅 멤버가 되었든, 식스맨이 되었든 간절히 원하는 것을 향해 포기하지 말고 끝까지 도전하는 것이다.

어떤 결과를 얻기 위해서는 그에 따른 대가를 치러야 한다. 가격을 지불해야만 물건을 살 수 있듯이, 긍정으로 넘쳐나는 멋진 미래를 만들어 가기 위해서는 피와 땀, 곧 열정을 쏟아야 한다.

그렇지 않고 좋은 결과를 기대하는 것은 아인슈타인의 말처럼 정신병에 걸린 것이다. 그는 이렇게 말했다.

"어제와 똑같이 살면서 다른 미래를 기대하는 것은 정신병 초기 증세다."

그런 믿음을 갖는 자세가 확고하게 되고, 습관이 되어 버리면 그것이 바로 자기에게 긍정의 힘이 되는 것이다.

경쟁력의 버팀목은 '배움'에 있다
다중 언어능력에서 체득하는 '자기효능감'

세계 역사를 통해 인류에 큰 공적을 남긴 사람들 중에는 유태인이 많다. 그래서 유태인을 우수한 민족으로 여긴다. 아인슈타인, 프로이드, 토마스만, 빌게이츠, 스필버그, 토플러, 록펠러, 에디슨, 번스타인, 로스차일드, 키신저 등등….

그런가 하면 전 세계 검색사이트 중 랭킹 1위인 구글의 창업자는 세르게이 브린과 래리 페이지라는 유태인 청년이었다. 또 페이스북의 창시자인 마크 주커버스도 유태인의 젊은이였다.

이처럼 유태인은 과학자, 연예인, 음악가, 작가, 학자, 발명가, 경제인, 언론인, 정치인 등 모든 분야에서 이름을 떨쳤다. 어느 학자는 '유태인이 없었다면 인류의 현대 문명도 존재하지 않았을 것'이라고 말하기까지 했다. 그뿐만이 아니다.

유태인의 인구는 1700만 명에 불과하지만, 노벨상 수상자 중 약 23%가 유태인이다. 또한 미국의 유명한 대학 교수의 약 30%가 유태인이다. 사실 미국 총 인구 중 유태인이 차지하는 비율이 3% 미만이지만 그들은 각 분야에서 성공을 거두었다. 미국 억만장자 40%가 유태인 출신이다.

2천 년 동안 핍박받던 민족이 지금 글로벌 리더가 되어 미국을 움직이고 세계를 휘어잡게 된 것은 유태인식 육아 및 교육방식에 있다. 가정에서 탈무드를 중심으로 이루어지는 기초교육 덕택이다.

이는 유태인들로 하여금 무엇보다 자기효능감을 갖게 만들었다. 자기효능감이란 '주어진 과업을 성공적으로 수행할 수 있다고 믿는 기대와 믿음과 효율적 능력'을 일컫는다.

유태인들은 어릴 때부터 외국어를 익히는 습관을 몸에 배도록 한다. 그들은 대개 2개 언어 이상의 말을 할 줄 안다. 유태인들이 박해를 피해 전 세계에 흩어져 살면서 터득한 삶의 지혜다.

그들은 남의 나라 환경에서 소수민족으로 살아가려면 소통이 절실했다. 그러다 보니 자연스럽게 여러 나라의 언어를 터득하게 되었다. 그들은 태생적으로 '다중언어'(multilingual) 환경에서 언어학습을 받으면서 성장하게 됐다.

몇 개 국어들을 자유로이 쓰게 되는 유태인들은 당연히 머리가 명석해지고 똑똑해질 수밖에 없었다. 이러한 언어훈련을 통해 그들은 다중 지능의 소유자가 된 것이다. 동시에 여러 개의 언어를 구사하다 보면 지적 능력은 물론 창의력이 길러지게 되어 있다.

유태인의 교육은 끊임없는 질문을 통한 탈무드식 토론 교육에 중점을 두고 있다. 여기에 언어를 단기간 내 효과적으로 배울 수 있도록 프로그램을 편성하고 있다. 탈무드는 한마디로 '더 좋은 질문은 더 좋은 해답을 얻는다.'고 가르친다.

'불치하문 노마지지'(不恥下問 老馬之智)라는 말이 있다. '아랫사람에게 묻는 것은 수치가 아니며, 늙은 말의 지혜가 필요하다'는 뜻이다. 곧 내게 부족한 지혜가 있다면 남의 것을 빌리는 게 진짜 지혜다. 군자라도 소인에게서 배울 게 있다는 것이다.

그렇듯이 유태인들은 지혜를 얻기 위해 묻고 또 묻는 것을 주저하지 않는다. 그래서 그들의 교육 과정에서는 각 과목의 수업을 토론 형식으로 진행한다. 여기에 영어를 병용함으로써 자연스럽게 실질적인 영어 커뮤니케이션 능력을 기른다. 또한 다양한 활동을 통해 영어를 최대한 재미있고 쉽게 배울 수 있도록 환경을 조성한다.

이렇게 해서 영어는 쉽고, 일단 배운 것은 바로 활용할 수 있다는 자신감을 심어 주도록 설계되어 있다. 바로 유태인식 영어교육 학습법이다. 그들의 글로벌 경쟁력은 이런 환경에서 비롯된다.

심리학의 아버지로 불리는 프로이드도 라틴어, 프랑스어, 독일어를 불편 없이 자유롭게 썼다고 한다. 이처럼 유태인들은 어려서부터 몇 개 나라 말을 씀으로써 모국어, 즉 한 가지 언어만 사용하는 사람들에 비해 언어능력이 훨씬 뛰어났다.

몇 개 언어를 구사하는 유태인들의 방대한 지식과 정보 경쟁력은 말할 것도 없다. 그리고 다양한 외국어를 닦으면서 체득한 상상력과 창의력은 월등했다. 유태인들의 창의성과 글로벌 마인드, 그리고 도전정신의 고취는 그들이 세계적인 경쟁력을 갖는 원동력이 되었다.

유태인들은 이러한 특별한 교육체계를 통해 일찍이 인생과 사업의 지혜를 바탕으로 한 경영기법을 통해 세계를 움직였다. 지혜라는 것은 지식을 기초로 한다. 지식의 범주가 넓으면 넓을수록 지혜의 폭은 더욱더 깊어지게 되어 있다.

여러 개의 언어를 구사하면서 그들은 수많은 정보를 접할 수 있었다. 어떻게 보면 거기에서 창의적이며 독창적인 지혜를 얻어낸 것이다.

• ⸱⸱⸱⸱⸱⸱⸱⸱ •

유태인들은 인간에게 있어 가장 중요한 것을 지성이라 믿는다. 그래서 유태인 사회에서는 왕보다도 학자를 더 훌륭하게 여긴다. 지식인들은 누구에게나 존경의 대상이다. 이것은 유태인들만이 갖는 자랑스러운 전통이다.

유태인들의 생활지침서인 탈무드에서는 늘 배우는 자세를 유지하며 자주 질문하는 것을 강조하고 있다. 이는 사람에게 물어보라는 뜻이 아니다. 늘 모든 일에 호기심을 가지라는 의미다.

책을 읽을 때나 혼자 눈을 감고 생각에 잠겨 있을 때에도 질문을 계속하는 습관을 가지라고 한다. 이렇게 해 지식과 지성의 폭을 넓힌다. 자기가 받아들인 갖가지 지식은 저절로 서로 작용해 풍성한 연상력을 길러내고 육감(intuition)을 날카롭게 한다.

당연히 유태인들이 지닌 언어능력은 그들이 역량을 발휘하는 힘이 된다. 그렇기에 언어구사력은 지적 수준, 네트워킹, 정신적 가치를 키울 수 있는 바탕이 되는 것이다.

글로벌 시대, 이제 우리가 한국어 하나에만 집착하지 말고 세계 공통어인 영어를 갈고 닦아 국제 경쟁력을 확보해야 한다. 바로 세계를 지배하고 있는 유태인들로부터 교훈을 얻게 된다.

유태인들의 배움의 열정은 대단하다. 비단 외국어 학습뿐만 아니라 그들은 어릴 적부터 배움을 습관으로 체득하는 문화를 갖추고 있다. 평생 배워야 하는 이유는 인간 사회의 모든 부문이 변화하고 발전하기 때문이다. 그래서 모든 것을 새로운 방식으로 이해해야 한다.

인도 철학자이자 작가인 지두 크리슈나무르티는 배움에 대해 이렇게 말했다.

"교육에는 끝이 없다. 책을 읽고, 시험에 합격하고, 교육으로 끝내는 것이 아니다. 태어나는 순간부터 죽는 순간까지 인생 전체가 배움의 과정이다."

특히 영어처럼 다른 언어를 배운다는 것은 삶에 대한 다른 비전을 제공한다. 물론 새로운 언어를 배우는 여정에는 어려움이 따를 수 있지만 혜택과 보상은 그만한 가치가 있다.

외국어를 학습하는 것은 다른 문화를 포용하고, 새로운 기회를 포착하고, 세계에 대한 지식과 관점을 지속적으로 확장한다.

미국의 저명 언론인인 플로라 루이스는 "다른 언어를 배우는 것은 같은 것에 대해 다른 단어를 배우는 것뿐만 아니라 사물에 대해 생각하는 또 다른 방법을 배우는 것이다"라고 했다.

삶은 자신이 결정한 선택의 총합
모든 선택들이 당신이라는 존재를 만든다

'인생은 수많은 선택의 결과물이며,

당신이 내리는 모든 선택들이 당신이라는 존재를 만들어 낸다.'

사람은 인생을 살아가면서 수많은 선택을 하게 되어 있다. 아니, 살아가는 자체는 끊임없는 선택들로 이루어진 집합체이다. 사소한 것에서부터 거창한 것에 이르기까지 선택의 연속이다.

사람이 잠시 잠깐이라도 선택의 과정 없이 무의식적으로 생각하고 행동한다면 그건 삶을 무의미하게 맞는 것이다. 아침에 일어나 화장실엘 가고 세면을 하는 것은 선택의 과정이 필요 없다. 그냥 무의식적으로 관성에 따라 이루어지는 행동이기 때문이다.

그렇지만 점심시간에 어떤 메뉴를 먹을까, 식사 후 어떤 음료를 마실 것인가는 선택을 해야 한다. 거창한 선택으로는 학교, 직업, 결혼 등등…인생의 굵직한 일들이다.

소소한 선택들이야 우리가 살아가는 데 아무 영향이 없다. 하지만 중요한 선택들에 대해서는 그 결정이 나에게 가져올 가능성과 결과를 저울질하게 된다. 매일매일의 새로운 순간의 선택이 우리 인생의 길을 결정 짓는다.

그런데 우리가 어떤 선택의 결정을 내릴 때 그 결과를 미리 다 알 수는 없다. 선택이란 자체는 긍정의 기대치를 갖는다. 어느 누구도 부정적인 결과를 초래할 것이라는 생각을 품고 선택하는 경우는 없다. 모든 선택은 두려움이 아닌, 희망을 담고 있기 마련이다.

- - - - - - - -

올바른 선택은 도덕적으로나 가치적으로 합당해야 하고, 두려움과 의심을 동반하지 않아야 한다. 완벽한 신뢰와 믿음이 있을 때 사람은 어떤 선택을 하게 된다.

그런 과정을 거쳐서 내리는 선택의 결과는 기대와 합치할 수도 있지만, 전혀 반대일 수도 있다. 그러나 비율의 나름일 뿐, 어느 정도 자신이 기대했던 효과를 거두기 마련이다.

세상 사람들은 자신의 선택으로 주어지는 결과에 대해 운명이라 하고, 팔자라고 일컫는다. 흔히 그렇게 표현할 때는 대부분 선택의 결과로 맺어진 열매가 부실할 경우다.

결국 우리가 어떤 선택을 했는가에 따라서 자신의 운명과 삶의 과정에서 희비가 엇갈리게 된다. 미국의 변화 심리학자 앤서니 라

빈스는 "당신의 운명이 결정되는 것은 선택을 결심하는 그 순간이다."라고 했다. 즉, 인간의 삶이란 순간순간에 이루어지는 선택의 연속이라는 의미다.

지금의 작은 선택 하나가 훗날 자기 인생의 큰 변화를 몰고 올 수 있다. 그렇기에 자신에게 던져지는 매 순간을 소중히 여기며 언제나 최선을 다해야 한다.

자신이 자발적으로 선택한 것이 가져다주는 어떤 결과든 당연하게 자신의 것으로 받아들여야 한다. 그렇지만 자신의 의지와 달리 선택되어져야만 했던 길일 수도 있다.

하지만 그 길도 감사한 마음으로 최선을 다해 걸어 나가야 한다. 그것은 어제 내가 한 선택으로 인해 오늘의 내가 있다는 것을 받아들여야 하기 때문이다. 그건 우연이 아니라 필연이기에 그렇다.

·········

여기에서 자기가 원하지 않은 것이 내게 주어져 그것이 내 삶에 행복감을 주었다면 그것은 더없는 축복이다. 그것은 내 뜻과 달리 내게 준비된 선물로 여겨야 한다. 여기에는 긍정의 힘이 작용한다. 그런데 긍정의 힘은 인간이 통제할 수 있는 영역을 넘어선다. 그래서 우연처럼 비춰지는 것이다.

지금 과거의 선택으로 빚어진 현재의 당신이 어떤 환경, 형편, 여건에 있든 긍정적으로 받아들이는 것이 현명하다. 대신 오늘 당신이 내리는 또 다른 선택이 내일의 당신을 만든다는 것을 기억해야 한다.

그렇다면 팔자니, 운명이니 하며 과거의 선택을 탓하며 지금을 맞이하지 말아야 한다. 단지 미래를 위해 이 순간에 내리는 선택의 결정을 올바르게 하면 될 일이다.

어제든, 오늘이든 인간이 '완벽한 선택'을 할 수는 없다. 단지 선택의 결정을 올바르게 하려고 노력하며 정진할 뿐이다. 이 세상에서 완벽한 선택은 창조주만 가능할 뿐이지, 허점투성이의 인간에겐 불가능하다.

그것을 인정하는 것부터 긍정의 자세다. 그런 긍정의 마음가짐 속에서는 참다운 행복도 선택이다. 자신이 행복하다고 느끼는 선택을 하게 되면 주어진 현실의 어떤 조건도 뛰어넘게 된다.

◆┈┈┈┈┈◆

선택에는 속성이 있다. 대부분의 사람들이 어떤 결정을 할 때는 자신이 안전하다는 것을 선택하는 심리가 있다. 모든 선택의 80%는 두려움을 회피하려는 기제가 작용한다. 자신이 원하는 것을 선택한다고 하지만 잠재의식 속에서는 그렇지 않다.

애초부터 가능하거나 합리적으로 보이는 것만 선택이 이루어지지 않기에 그 결과는 각기 다르다. 중요한 것은 잘못된 선택으로 판명이 나더라도 자신을 요탓조탓하지는 말라.

오히려 자신이 선택한 결과에 대해 겸허히 받아들이고 스스로를 들여다보는 계기로 삼는 것이 바람직하다. 우리가 내린 선택에 대한 책임은 오로지 자신에게 있다.

그것은 평생 동안 스스로 했던 행동이나 말, 그리고 생각의 결과를 받아들이는 것이다. 우리가 모든 일에 대한 선택권이 있다면 그 결과를 수용하는 것도 권리이자 의무다. 곧 우리가 처한 상황을 받아들이거나 받아들이지 않기로 선택하는 것도 자신의 몫이다. 후회하는 것이든, 자랑스러워하는 것이든 말이다.

미국의 종교 지도자이면서 법률가이기도 했던 제임스 E. 파우스트는 선택에 대해 이렇게 말했다.

"이생에서 우리는 많은 선택을 해야 한다. 일부는 매우 중요한 선택일 수 있고 일부는 그렇지 않다. 우리가 내리는 많은 선택은 선과 악 사이에서 이루어진다. 또한 우리가 내리는 선택은 우리의 행복이나 불행을 크게 결정한다. 이에 우리는 자신이 선택한 결과를 안고 살아가야 한다."

어쨌든 인간은 끝없이 선택을 하며 살아가는 운명이다. 어찌 보면 이것은 인생의 가장 큰 아이러니이기도 하다. 그래서 우리의 삶은 우리가 내린 선택의 총합이 되는 것이다.

7

새해 벽두 함께 나눴던 감성 훈담
젊어선 미래 꿈, 나이 들어선 과거 추억을!

나는 공공 문화예술기관의 CEO를 13년 동안 역임한 적이 있다. 당시 그 분야에서 단일 기관 최장수 경영자로 활동한 것을 최초 기록으로 인증도 받았다.

한국기록원이 발행한 인증서에는 '우수 모범 예술 거버넌스 지식경영'의 성과를 인정한다는 내용이 들어 있다. 지식경영으로 표기됐지만 사실은 '감성경영'이었다.

감성경영은 성과나 실적을 올리는 것을 직설적으로 요구하는 것이 아니다. 이 전에 대부분의 경우는 회사의 성장을 위해 직원들에게 성과 고양을 '강요'하는 분위기였다.

말하자면 일종의 집단교육이며 의식훈련인 셈이다. 그러니 조직의 구성원들은 가볍고 상쾌하게 출발해야 할 새해 벽두부터 무거운 마음을 갖게 된다.

하지만 나는 그보다는 직원들의 마음을 움직여 스스로 노력하고 분발하도록 하는 것을 항상 중시했다. 그렇게 해서 스스로 동기부여를 하도록 하는 것에 초점을 맞춘 것이다.

그때 모든 조직의 경우처럼 우리도 매년 초 한 해의 결의를 다지는 직원 연수대회(워크숍)를 실시했다. 그럴 때마다 '올해의 CEO 경영방침'을 공유하는 시간이 있었다. 하지만 형식은 늘 부드러운 특강의 형식을 띠었다.

직장생활을 하는 동안에는 잠자는 시간을 제외하면 사실 가족들보다도 더 많은 시간을 회사 구성원들과 함께 보낸다. 그렇기에 가족 같은 분위기가 아니면 매일 출근하는 것이 즐거울 리 없다.

그래서 나는 외부 강사를 초빙하는 일회성 강연은 오히려 형식적일 수 있다는 생각을 하게 됐다. 조직의 생태계를 모르고 그저 교과서적인 이야기만 풀어 놓을 수 있다. 그러면 특강으로부터 얻는 실질적인 효과는 기대만큼 크지 않다고 느꼈다.

그보다는 조직의 경영자가 직원들과 소통하는 것만큼 효과적인 게 없다는 것을 믿었다. 직원들의 일거수일투족을 모두 꿰뚫는 입장에서 사무실을 벗어나 격의 없이 교감을 하곤 했다.

◆‒‒‒‒‒‒‒‒◆

그래서 나는 조직문화를 정체형에서 발전형으로 나아가게 하는 '감성소통'을 중시했다. 전체 구성원들이 같은 생각, 느낌, 정서를 갖도록 하는 공감대를 쌓기 위해서다.

물론 이 같은 목적으로 조직들이 실시하는 교육프로그램이 있다. 곧 감수성훈련의 'ST'(Sensibility Training)다. 하지만 나는 그 프로그램의 명칭에 '훈련'이라는 용어에 거부감을 느꼈다. 우리에게 익숙한 '훈련'이나 '교육'이라는 용어는 그 자체부터 위계적이고 강압적인 뉘앙스를 풍긴다.

마음을 움직이게 하는 감성을 훈련으로 접근하는 게 바람직하지 않다고 여긴 것이다. 말이나 용어 하나에도 세심한 배려를 하는 것이 바로 감성이라는 신념 때문이었다. 평소 말에 담겨진 힘의 중요성을 인식하고 있기도 했다.

그래서 나는 새해 새 출발의 직원 모임을 항상 참신한 개념으로 기획해 달라는 의견을 제시하고는 했다. 이를 통해 새해를 맞이하는 직원들의 감성을 다독이기 위해서였다.

그래서 조직 구성원들이 한 해를 시작하며 살가운 마음가짐을 갖도록 최대로 유화적 분위기를 만들었다. 유연한 사고와 자율적 행동을 하게끔 하는 게 개인도, 조직도 성공으로 이끄는 지름길이라는 생각이 들었다.

이런 신념으로 한 조직의 경영자이기에 앞서 직원들의 인생과 사회 선배로서 체험과 지식과 지혜를 함께 나눴다. 그래서 매번 직원들에게 '올 한 해도 열심히 일해 달라'는 취지의 '훈담'(薰談)을 했다. 흔한 조직용어인 '훈시'(訓示)라는 말을 의도적으로 사용하지 않았다. 그 말 자체가 권위주의적이라는 느낌이 배어 있어서였다. 훈시는 '윗사람이 아랫사람에게 경계하거나 주의해야 할 일

등을 지시하거나 가르친다'는 뜻이 아닌가.

●‥‥‥‥●

내가 그때 직원들의 자발적 참여와 자율적 동기부여를 고취하기 위해 한 말은 이러했다.

"여러분! 또다시 새로운 한 해를 맞습니다. 매년 반복되는 일 년이지만 그 일 년은 한 번 지나면 돌이킬 수 없습니다. 혹시 뒤돌아보아 작년 한 해에 개인적으로나 직장인으로 아쉬웠던 게 있나요? 나도, 직원 여러분들도 마찬가지일 테지만, 인생은 젊어서는 미래의 꿈으로 살고, 나이 들어서는 과거의 추억으로 삽니다. 지금 젊었을 때 열심히 일하는 것은 여러분의 언젠가에 과거의 추억거리를 쌓는 것입니다.

오늘 하루, 일 주, 한 달, 일 년을 무의미하게 보내면 뒤에 후회거리를 만드는 것입니다. 새해 벽두에 이것을 꼭 기억하시기 바랍니다. 그저 한 달 한 달 월급을 타기 위해 일을 한다는 것은 인생을 허비하는 겁니다.

그것은 아무 추억거리로 남지 않습니다. 새롭게 동튼 올 한 해도 여러분 각자 맡은 일에서 여러분 인생의 좋은 추억거리를 쌓아가기를 바랍니다. 그것이 인생을 알차게 보내는 것이며, 바로 성공하는 삶의 여정을 걸어가는 것이 될 것입니다."

이런 새해 덕담과 함께 직원들에게 10년을 단위로 자기 인생의 꿈, 비전, 모토를 세워 말로 읊조리고 글로 기록하는 것을 권면했다. 앞으로 10년 단위로 자신의 모습을 그리며 인생 설계를 하라는 뜻에서였다.

왜냐하면 당신이 미래에 되고 싶은 당신의 실체를 10년 동안 한결같이 품어보라. 그러면 그대로 되어 있게 되는 놀라운 기적을 체험할 수 있기 때문이다.

비전을 갖는 것(visioning)은 가능성의 언어를 계속 말하는 것을 의미한다. 언젠가 외국인 지인과 긍정을 주제로 문자를 나눈 적이 있다. 그때 우리는 'Vision speaks the language of possibility'(비전은 가능성의 언어를 말하는 것이다.)라는 말에 격하게 공감한 적이 있다.

조직에 몸담고 있는 직장인들은 능력과 상관없이 조직을 떠나야 하는 정년을 맞는다. 타율에 의해 경력 단절이라는 인생의 '결정적인 순간'(defining moment)을 겪게 되는 것이다.

즉, 치열한 경쟁사회의 조직이라는 울타리 안에서 살아가다 그 온실을 벗어나면 매서운 삭풍을 맞게 된다. 그때를 대비해 지금 순간에 안주하지 말고 내일을 만들어 가라는 의식을 갖게끔 한 것이다.

사람이 대부분 그렇지만 젊었을 때는 미래를 아득하게 멀리 있는 것으로 본다. 세월이 가며 나이 들어보면 쏜살같이 흐르는 게 인생이라는 걸 깨닫지 못한다. 나인들 예외일 수가 없다. 젊은 세대들도 마찬가지다.

존 마크 그린은 《야생의 경이로움을 맛보라》(원제 Taste the Wild Wonder)라는 시집에서 '눈을 깜빡였더니 순식간에 수십 년이 지나갔다.'고 읊었다.

시간은 끊임없이 흐르는 시냇물과 같다. 시간은 한 치의 오차도 없이 영원히 평소의 리듬대로 오고 간다. 하지만 인간에게는 시작과 끝이라는 경계가 있다.

그래서 언젠가는 인생의 종착점에 가까워질 때는 영원히 과거에 빠져 있고 싶을 때도 있다. 또 자신의 내면에 잠들어 있는 추억을 끄집어내고픈 생각이 절로 나기도 한다.

그때를 생각하면 이탈리아 철학자이자 문화평론가였던 움베르토 에코의 말이 떠오른다. 누구에게나 세월이 지나면 열정의 불도 꺼지고, 진리의 빛이라고 믿었던 것도 함께 꺼진다. 그러면서 자신도 명확히 모르는 무언가를 갈망하기도 한다.

그러나 그때를 위해서 우리는 인생의 촌음이라도 헛되이 보내서는 안 될 일이다. 시간은 결코 반복되지 않기 때문이다. 이런 의미에서 조직의 경영자 시절, 일터에만 매인 시각이 아니라 인생이라는 저울에 올려 감성을 공유했던 것이 아름다운 추억으로 남아 있다.

어쨌든 당시 조직생활에서 모두가 각자 인생을 살아가는 개인이자 가족의 일원으로 미래를 어떻게 설계할지를 다지는 자리가 되도록 해주었다. 그것이 새삼 과거의 기억을 풍요롭게 해준다.

그런 형식에 얽매이지 않는 신년 결의는 자연스럽게 회사 조직인으로서의 인간관계와 정서교류의 바탕이 될 수 있었다. 그 당시 함께했던 직원들이 세월이 흘러 그때를 그리워한다는 얘기를 전해 들을 때는 인생의 보람을 느낀다.

8

'감성기술', 그게 바로 성공요소다
이제는 '감성'이 빛을 발하는 세상이다

지금은 감성이 지배하는 시대다. 그래서 지적이고 이성적인 사람보다는 정서적으로 안정된 감성적인 사람을 요구한다. 그런데 이상하게도 세상은 정감이 메말라가면서도 갈수록 감성적으로 변해간다. 매우 아이러니하다.

어떤 학자는 그 원인을 이렇게 분석했다. 요즘은 이성적인 사고를 갖게 하는 신문이나 책 들은 잘 보지 않는다. 대신 가슴에 직접 와닿는 영상매체를 많이 접한다. 그래서 사람이 감성적으로 되어간다는 것이다.

흔히 성공하는 사람들은 지능이나 환경이 좋은 사람이 아니라 정서적인 능력이 뛰어난 사람들이다. 그래서 직장에서 취직은 지능지수(IQ)로 하지만 승진은 감성지수(EQ)로 한다는 말까지 있다.

사실 인간의 지능지수는 전체 기능 중 수치로 따지면 5%에 불과하다고 한다. 그 정도로 작은 부분을 차지한다. 그렇기 때문에 현대사회에서는 논리력 중심의 인지적 능력보다 감성 중심의 정의적(情意的) 능력이 더 중요하다.

교육학 용어 중에 '하아로우의 실험'이라는 것이 있다.

심리학자 하아로우는 원숭이를 대상으로 애정실험을 했다. 원숭이는 코끼리, 돌고래와 함께 지능이 높은 동물로 알려져 있다. 하아로우는 두 개의 인형을 만들어 아기 원숭이들에게 보여주었다.

하나는 딱딱한 재질로 만든 인형이었고 다른 하나는 솜과 천으로 만든 부드러운 인형이었다. 그는 인형의 가슴속에 젖병을 넣어 아기 원숭이들에게 내밀었다. 원숭이들은 양쪽으로 나뉘어 인형의 젖을 빨았다.

그런데 다음날부터는 전혀 다른 양상이 나타났다. 원숭이들은 철사 인형은 거들떠보지도 않고 솜 인형으로만 몰려들었다. 하아로우는 이 실험결과를 발표했다.

'짐승들도 딱딱한 것보다는 부드러운 것을 좋아한다. 모든 동물은 포근하고 따뜻한 것을 좋아한다.'

하물며 사람들은 어떠하겠는가? 날카롭고 차가운 사람에게는 사람이 붙지 않는다. 사람들은 따뜻하고 부드러운 사람과 함께 있고 싶어 하는 것은 당연하다.

◆--------◆

대통령학의 세계적 권위자인 미 프린스턴대 프레드 그린슈타인

교수가 《위대한 대통령은 무엇이 다른가》 (원제: The Presidential Difference)라는 책을 쓴 적이 있다.

이 책을 통해 그는 현대 미국 대통령 11명의 '감성지능, 의사소통 능력, 정치력, 통치력, 인식 능력'에 대해 자질을 검증했다. 국가 지도자로서 갖춰야 할 리더십의 5대 핵심요소를 심층 분석했다.

그중에서 가장 의미 있는 자질이 바로 감성지능이라는 것을 강조했다. 감성지능을 다른 말로 하면 '인성지수'일 수도 있다. 인성은 도리, 감성, 품성을 아우르는 개념으로 문화적인 바탕과 수준 높은 교양을 의미한다고 할 수 있다.

이는 바로 지도자가 갖추어야 할 덕목이다. 감성지능은 명령이나 강압과 같은 하드파워와 대비되는 소프트파워다.

그린슈타인은 감성지능이란 '자기의 정서를 관리함으로써 리더십을 잃지 않고 건설적인 방향으로 자기를 관리해 나가는 능력'이라고 정의했다. 감성지능이 결핍되면 앞서 말한 국가 지도자가 갖추어야 할 나머지 네 가지는 의미가 없다고 단정했다.

◆ ⋯⋯⋯ ◆

지금은 과거의 정형화되고 단선적이었던 구조와는 달리 예측이 쉽지 않은 복합사회다. 현재는 통합 확산형 사회구조가 되어 고정의 사고방식으로는 통하지 않게 되어 있다.

무한한 가능성과 끝없는 도전 속에서 기회를 만들어 내야 하는 창의성이 요구되는 시대다. 그 창의성이 바로 '감성기술'(emotional skills)이다.

감성기술은 조직경영에서도 핵심역량이 된다. 리처드 톰킨스는 21세기 기업의 최고경영자(CEO)는 화성형 (Mars · 마르스)에서 금성형(Venus · 비너스)으로 바꾸어질 것이라고 했다. 로마신화에서 마르스는 남성적인 군사의 신을, 비너스는 여성적인 미의 신을 의미한다.

이전 제조 중심의 산업사회가 지나고 서비스 산업이 주도하는 후기 산업사회가 도래하면서 인식이 바뀌었다. 거친 남성적 경영자 대신 감성성(感性性)이 강한 여성적 경영자가 부각됐다.

기업들이 시장에 내놓는 상품에도 차별화된 감성과 스토리가 중요해지면서 감성형 기업이나 경영자가 성공하는 시대다. 지금은 대기업의 총수들조차도 변하고 있다.

상위급 간부들에게 보고받고 지시하던 행태를 벗어나 일선의 직원들과 만나 대화를 나누고 정서를 교감한다. '소통'이라는 말이 시대의 키워드가 되었다. 대통령도, 경영자도, 가장도 옛 시절 권위의 외투를 벗어던지지 않으면 안 되는 세상이다.

이제는 권위주의적 사고방식과 행동양식으로부터 탈각(脫殼)하지 않으면 탈각대는 소리만 가득 차게 되는 세태다. 바야흐로 시대의 강물은 감성의 물결로 넘실대고 있다.

글로벌 세상을 잡는 '멀티어십'

1

'셀프 리더십'으로 '나'를 정복하라
보스십으로 리더 자칭하는 오늘의 세태

'리더십'이란 말은 수없이 들어왔다. 그 이상 좋은 말이 없기 때문이다. 사회적으로 출세한 사람들일수록 리더십이란 말을 많이 쓴다. 그런데 그 말을 실제로 실천하는 사람이 많지 않은 것도 사실이다. 말 따로, 행동 따로로 리더십을 그저 미사여구로 사용할 뿐이다.

세상에서 가장 오랜 기간 동안 인간의 주요 관심사 중 하나가 리더십이었다. 그래서 리더십에 대한 정의는 850여 가지나 된다. 그런가 하면 리더십에 대한 참고자료는 무려 6천 개가 넘는다. 그만큼 리더십은 인간사회의 중요한 의제로 자리 잡고 있다. 그래서 수많은 학자들이 리더십에 대한 연구를 통해 이론을 정립시켜 왔다. 그 리더십이 꼭 인위적인 공동체인 사회나 조직에서만 적용되는 것이 아니다. 인간사회에서는 어디에서나 필요하다. 개인 친교에서도, 가정생활에서도 리더십이 중요하다.

리더십을 쉽게 풀이하면 '좋은 결과를 위해 소통을 통하여 서로에게 선한 영향력을 발휘해 일을 함께 성취하는 것'이다. 이게 꼭 조직에서만 필요할까. 세상살이에서 기본적으로 요구되는 자질이자 덕목이다.

그 리더십은 태어날 때부터 갖추고 있는 것이 아닌, 배우고 익혀야 하는 기술이다. 후천적으로 얻게 되는 마인드셋(mindset)이다. 곧 타인을 존중해 잘 경청하고 그들을 껴안아 아우르는 행동 양식이다.

미국 매킨지 연구조사와 전 세계 81개 조직의 20만 명을 대상으로 한 설문을 통해 리더십 효과를 알아봤다. 그랬더니 89%가 여러 가지 요소 중 네 가지 리더십 자질을 공통으로 꼽았다.

· 상대방을 이해하면서 지지하기
· 결과를 지향하는 강력한 방향성
· 다양한 관점과 시각을 존중하기
· 문제해결 시 공감대를 쌓아가기

같은 연구조사에 따르면, 조직에서 리더십 위치에 있는 사람과 상대하는 것이 근무시간 중 가장 스트레스라는 반응이 75%였다. 이는 리더십 위치에 있는 사람이 오히려 리더십 자질이 부족하다는 것을 나타낸다.

과거에는 리더십이 오로지 기술적 전문성과 결과의 방향성만 제공하면 되는 '관리'(management) 중심이었다. 이는 권위주의 중심의 조직풍토가 보편적이었기 때문이다.

◆ ‑‑‑‑‑‑‑‑ ◆

전통적인 산업경제사회에서는 명령과 통제가 바탕이 되는 일사분란한 위계조직이 통했다. 한마디로 보스십이 리더십으로 여겨졌다. 그러한 전통적인 리더십 스타일은 강압, 지위, 권위와 세세한 관리에 더 의존했다. 오히려 그런 방식이 그때는 혁신적으로 받아들여졌다.

그것이 지난 200년 동안 인간의 삶을 실질적으로 개선했다. 또한 대규모 글로벌 기업을 건설하는 데 엄청난 효과를 거두었다. 그러나 21세기에 들어 이러한 접근 방식은 한계를 맞게 되었다.

그런 과거의 스타일은 개인과 사회생활에서 이제 더 이상 통용되지 않게 됐다. 리더십을 운위하면서 행동은 지난 시대의 보스십을 보이는 것은 시대를 따라가지 못해서 나타나는 현상이다.

지금은 자율성과 유연성 및 신뢰를 더 중시하는 세상인데 과거식 리더십을 들먹이니 지탄을 받을 뿐이다. 그래서 시대에 부합한 리더십의 부재는 가정이든, 조직이든, 국가이든 대립과 갈등만 빚어냈다. 이에 21세기 환경에서 새롭고 보다 효과적인 접근 방식이 필요하게 된 것이다.

이로써 등장한 것이 '서번트 리더십'(servant leadership)이다. 이 개념이 처음 쓰였을 때 '서번트'(하인)란 용어에 비판이 일기도 했다. 하지만 그 명칭에 담긴 아이디어는 간단했다.

사람들을 지시하고 통제하는 관리자가 되는 것이 아니라 리더가 자신이 이끄는 사람들에게 오히려 봉사를 한다. 리더가 공감, 연민, 겸허, 감사, 자기 인식 및 자기 관리를 실천하며 상대(팔로워)를 이끌어 간다. 그러면서 팔로워들이 스스로 협력에 동참해 나아가게 하는 동기를 부여한다. 심리적인 안정 기반 위에 작은 단계의 일을 이루어 큰 목표를 달성하겠다는 의욕을 생성시킨다. 리더십을 통해 모두가 성취감, 만족감, 나아가 행복감을 느끼도록 하는 것이다.

◆ ⸻⸻ ◆

인간사회에서 인정을 받으려면 먼저 높은 수준의 자기 인식을 가져야 한다. 이를 토대로 의사 결정에 함께하고, 다른 사람을 존중하고, 서로 신뢰관계를 형성해야 한다.

그래서 최고의 리더는 자신의 이익보다 타인에 대한 배려와 봉사를 중시하고, 설득과 진정성을 통해 영향력을 구축한다. 서번트 리더는 무엇보다 배려의 마음가짐으로 타인의 존재감을 세워준다.

여기에서 중요한 것이 '자기 리더십'(self leadership)이다. 자기 스스로를 이끌어 갈 수 있는 역량을 갖추는 것이 우선이다. 다른 사람을 지시하고 텃세를 부리기에 앞서 자기 자신부터 모범을 보여야 한다.

통상 일반적인 리더십은 타인에게 권위를 행사할 수 있는 위치에 있는 사람에게 적용된다. 조직이라면 관리자나 경영자가 해당된다. 반면 셀프 리더십은 그와 같이 상위의 자리가 아니라도 누구에게나 필요한 덕목이다. 자기 스스로를 '인도'(lead)하는 건 모두에게 요구된다.

또한 개인 차원에서 리더십 능력을 갖추는 것은 미래 리더로 나아가기 위해 단련시키는 것이다. 그러면서 공동체의 한 구성원으로서 자기 가치를 높이는 것이요, 경쟁력을 기르는 일이다.

앞서 말했지만, 자신은 보스십 행태를 보이면서 리더십을 강조하는 것은 자기 자신에 대한 무지의 소치다. 아니 위선일 뿐이다. 자기 인식과 자기 관리 능력을 갖추지 않고서는 타인에게 선한 영향력을 발휘할 수 없다.

현대 서번트 리더십 운동의 창시자인 로버트 K. 그린리프는 '지도자가 먼저 섬기는 법을 배워야 다른 사람에게 잘 봉사할 수 있다.'고 믿었다. 리더의 권위, 권력, 영향력은 자신의 지위와 자리가 만드는 것이 아니다. 타인에게 봉사함으로써 그들이 만들어준다.

그래서 서번트 리더가 되는 것은 결코 쉬운 일이 아니다. 오히려 전통적인 리더는 우월적 지위에 오르면 누구나 될 수 있다. 어떻게든 우리 사회가 매몰돼 있는 "출세"의 자리에 오르면 리더십을 쉽게 말하는 이유다.

그럼, 서번트 리더십이 필요로 하는 덕목은 무엇일까? 그 개념을 창시한 그린리프는 10가지를 제시한다. 경청, 공감, 치유, 인식, 설득, 개념화, 선견지명, 청지기 직분, 사람들의 성장에 대한 헌신, 커뮤니티 구축이다.

전통적인 리더십 스타일과 달리 지금 시대가 요구하는 진정한 리더십의 자질이다. 이런 차별화된 리더십을 요구하는 시대에 리더십이라는 말을 남발해서는 안 될 일이다.

한편, 시대가 변해도 정작 보스십이 필요한 사람은 전쟁 상황의 지휘관일 수 있다. 물론 군대의 리더십도 시대에 따라 변하고 있다. 병영은 전쟁 수행을 목적으로 하는 매우 특수한 조직 환경이다.

여기에서 완벽한 서번트 리더십은 상황에 따라 한계가 있을 수 있다. 그럼에도 불구하고 전통적인 리더십 스타일이 규범이던 시대에 전쟁의 영웅인 더글러스 맥아더 장군은 참다운 리더에 대해 이렇게 말했다.

"진정한 리더는 홀로 설 수 있는 자신감, 어려운 결정을 내릴 수 있는 용기, 다른 사람의 필요에 귀를 기울이는 연민을 가지고 있어야 한다. 그는 지도자가 되려고 하는 것이 아니다. 행동의 평등과 의도의 성실성에 의해 리더가 되는 것이다."

그가 말하는 진정한 리더는 셀프 리더십부터 갖춘 것을 의미하는 것이다. 그래야 사람들로부터 공감을 얻어 낼 수 있다고 했다.

다시 말해 셀프 리더십은 개인적, 직업적 목적과 목표를 달성하기 위해 자기 자신을 이끌어 가는 것이다. 동시에 자신이 일하는 회사나 조직 공동체가 성공하도록 돕는 능력이다.

그렇게 하려면 당신이 누구인지, 어디로 가고 싶은지, 무엇을 성취할 수 있는지 잘 이해해야 한다. 그리고 당신을 성공으로 인도하는 방식으로 당신의 감정과 행동을 통제할 수 있는 능력을 갖춰야 한다.

그렇다면 셀프 리더십을 형성하는 주요 기술요소는 무엇일까.

· 자기 자신에 대한 정서적 인식 – 자신감 고취
· 개인의 능력에 부합한 의사결정 – 합리적 판단
· 사람들과 진정한 관계를 맺는 공감 – 관점의 이해
· 자신의 감정, 생각, 행동 통한 영향 – 영감의 공유
· 과제를 완수하려는 강한 의지와 헌신 – 한계의 극복
· 계속 일할 수 있는 에너지 제공 동기 – 열정의 생성
· 긍정적이고 효과적 방식의 자기 규제 – 도전에 대응
· 신뢰와 존중 관계 구축의 사회적 기술 – 시너지 확대
· 다른 사람을 비난치 않는 자율적 책임 – 문제의 해결

셀프 리더십은 인생을 살아가면서 중요한 역할을 한다. 리더는 다른 사람을 이끌어 가기 전에 자신부터 주도할 수 있어야 한다. 자신을 이끌지 못하면서 어떻게 다른 사람을 선도해 나갈 수 있겠는가.

플라톤은 '첫 번째이자 최고의 승리는 자신을 정복하는 것이다.'라고 했다. 그런 만큼 인생에서 성공하기 위해서는 자기 자신을 통솔할 수 있는 지도력을 연마해야 한다. 내 자신의 리더부터 되어야 다른 사람들을 선한 영향력으로 이끌어 갈 수 있다.

2

삶을 영글게 한 시그니처 가치관

세상, 돈으로 못 사는 가치의 문화적 색깔

대개 한 개인의 가치관은 일반적으로 성인이 되는 초기에 형성된다. 물론 인생을 살아가는 동안에 바뀔 수도 있다. 이러한 가치관은 우리가 세상살이를 하면서 자연인이든, 조직인이든 셀프 리더십에 영향을 준다.

또 그것은 자신의 상황과 문제를 대하는 인식을 가름한다. 말하자면 그에 따라 인생의 진로가 달라지고 삶의 패러다임이 구별된다. 국가로 치면 대통령의 셀프 리더십에 따라 국정의 방향이 달라진다. 회사는 경영자에 따라, 가정은 가장에 따라 분위기가 차별화된다. 가정이나 조직의 문화적 색깔은 그렇게 결정된다.

그런 자기만의 카리스마를 통해 크던 작든 인간의 공동체는 주어진 현실의 바탕에서 미래의 그림을 하나하나 그려나간다. 내가 한 조직의 경영을 맡았을 때는 개인적인 철학을 적용했다. 그것을 조직의 가치로 체계화시켜 정립한 것이다. 그 철학은 아주 개괄적이며 평범한 것이지만, 그 속에 모든 가치요소가 다 담겨 있다고 할 수 있다. 그것을 늘 머리로 생각하고 글로 적으며 입으로 읊조렸더니, 내 인생은 그 방향으로 풀렸다. 말하자면 나의 셀프 리더십으로 구축된 것이다. 내 스스로도 그렇게 체화된 것을 인식하고 있다.

그 세 가지 요소는 너무나 일반적이다. 이를 내가 이끄는 문화예술기관(아트센터)의 가치요소로 설정해 체계화했다.

· 성실(Integrity) → 예술전당의 공익성
· 자신(Confidence) → 문화예술의 전문성
· 인화(Harmony) → 경영문화의 선진성

이것이 내가 경영을 맡았던 아트센터의 'CEO 경영방침'의 토대가 됐다. 이것은 개인적인 생활의 좌우명이기도 했다. 이 요소를 객관적으로 설명하면 이렇다.

◈ 성실성

이것은 개인적인 자질이다. 이것은 다른 사람들에 대한 태도가 공정하고, 건전하고, 편견이 없는 것이다. 성실은 고집, 이기심,

자기 과신의 허울을 벗어 던지고, 남을 위하고 자기 마음을 다스리는 것이다.

그래서 성실한 사람은 실제적으로 매사에 순응하고, 호감을 주며 남을 우선적으로 생각한다. 그는 불쾌한 일이 있으면 그것이 자기나 남에게 영향을 주지 않도록 한다. 또 사물의 상황의 밝은 면만을 보도록 한다. 또한 성실한 사람은 즐거운 소식에 깊이 감사하고, 기쁨을 모든 사람들에게 확대하여 함께 나눈다.

그는 남에게 쓸데없는 원한을 갖지 않으며, 오히려 다른 사람의 노력이 결실을 맺도록 기원해 준다. 그러면서 그는 어떠한 환경에서든 주위의 사람들과 한마음이 되도록 노력한다. 따라서 우리는 성실해지려고 노력할 필요가 있다. 그렇게 되면 그것이 우리 스스로에게 만족감을 줄 것이다.

성실성은 달리 표현하면 '정직성', '고결성'이라 할 수 있다. 성실은 자신의 신념과 의도가 말과 행동과 일치하는 삶을 살아가는 것을 의미한다. 기본적으로 성실성이 없는 사람은 다른 어떤 일을 하더라도 신뢰를 주지 못한다.

미국 버크셔 헤더웨이 워렌 버핏 회장은 고용할 사람을 찾을 때 성실성, 지능, 열의 세 가지 자질을 찾는다. 그런데 첫 번째가 없으면 나머지 두 개는 거들떠보지도 않는다고 한다.

또한 기업가이자 자선사업가인 헨리 크라비스는 세상의 모든 돈을 가질 수 있지만, 성실하지 않으면 아무것도 가지고 있지 않은 것이나 마찬가지라고 했다.

◈ 자신감

이것은 사회적인 자질이다. 이것은 실리적인 가치를 가지고 있다. 우리가 사회생활을 하면서 느끼는 것은 능력은 이 치열한 경쟁사회에서 생존하는 가장 확실한 방법 중의 하나다.

아무리 각오가 대단하다 하더라도 실력이 없이 사회생활을 해나가기는 어렵다. 사실 우리는 처음부터 적자생존의 세계에 태어났다. 우리 사회에서 높은 경쟁의 벽을 넘어야 한다고 보면, 우리는 어디에서든 경쟁자를 물리칠 수 있는 다양한 능력을 갖추고 있어야 한다.

경쟁에서 이긴다는 것은 크나큰 기쁨이며 희열이다. 이것은 행복을 주는 것이나 다름없다. 만약 우리가 성공을 향해 달려가는 도중에 뒤처져서 남에게 질 때 얼마나 마음 아플까 하고 생각을 해보라. 그렇다면 승리하기 위해서는, 아니 행복을 느끼는 한 방법으로는 육체적으로나 정신적으로 능력과 실력을 갖추어야 한다.

세상살이는 생각만큼 쉬운 것이 아니다. 끊임없는 경쟁에 뛰어들어야 하기 때문이다. 그러려면 무엇보다도 자신감과 함께 인내를 가져야 한다. 자기만의 재능이나 기술을 갖추지 않으면 경쟁의 링에서 내려올 수밖에 없다.

작은 것에서부터 한 걸음 한 걸음 다져 나가면 점점 더 강해지고 숙련이 된다. 그러면 갈수록 자신감이 생기고 더 성공에 다가가게 되어 있다. 여기에 긍정적인 생각은 매우 중요하다.

자신이 할 수 있다는 믿음이 있으면, 처음에는 그것을 가지고 있지 않았을지라도 그것을 할 수 있는 자신감도 생긴다. 또한 능력도 얻게 될 것이다.

◈ 인화력

이것은 인간과 인간의 관계에 대한 자질이다. 많은 사람들은 사람 '人'자를 상형문자의 각도에서 해석해 '서로서로 의지해야 하는 관계'로 풀이한다. 인간은 주위의 사람들과 유리되어 유아독존식으로 살아갈 수 없다.

그래서 인화는 개인이나 가족생활, 나아가 사회생활이나 조직생활을 보람 있게 이끌어 나가는 기초가 된다. 더욱이 인간은 군생의 속성을 지니고 있어 사람들과 진솔한 소통이 필요하다.

그 때문에 사람들과 허심탄회하게 대화를 나누면서 삶을 영위한다는 것은 대단히 즐거운 일이다. 그래서 우리는 남과 조화를 이루며 화합의 정신을 발휘하며 살아야 한다.

남과 조화롭게 어울리지 못하는 사람은 정서적으로 안정을 누리지 못한다. 그러나 인화를 중시하는 사람은 자기 스스로의 행복을 위해서도 주위 다른 사람들을 이해할 줄 알고, 배려할 줄 안다.

결국 인간은 누구나 행복한 생활을 갈구하지만, 행복은 쉽게 얻어지지 않는다. 그렇지만 성실하면서 조화를 중시하고, 또 능력이 있는 사람은 자기 자신에 대한 확신을 가질 수 있다.

확신 있는 사람은 매사를 낙관적으로 봄으로써 자신을 행복하게 한다. 행복은 거의 이루기 어려운 수수께끼인 것 같지만, 부단한 노력을 통해 쉽게 이룩할 수 있는 그 무엇이기도 하다.

인화적으로 산다는 것은 과잉이 아니라 균형을 이룬 삶을 뜻한다. 복잡하지 않고 단순성을 유지하며 자신과 다른 사람들과 조화로운 관계를 유지하는 것이다. 이는 생각, 정서, 마음, 감정, 지성 등이 섬세한 밸런스를 맞춰주기 때문이다.

3

참성공의 달성, 시간관리에 달려
1%의 차이로 100% 열매 맺는 '나비효과'

참성공 속에는 긍정의 신드롬이 숨겨져 있다.

누구나 성공을 원치 않는 사람은 없다. 개인 생활은 물론이려니와 조직생활에서도 그렇다. 앞에서 말했지만, 한국사회에서는 통념적으로 그것을 '출세'라고 불렀다. 지금 그 출세주의가 우리 사회의 우상이 되어 있다.

사회학자 막스 베버의 얘기대로 자신이 추구해서 이루어야 할 목표라면 수단과 방법을 가리지 않는 행동이었다. 그것이 우리 사회에 연줄이 통하고 뒷거래가 판치는 뿌리 깊은 관행을 낳았다.

이제는 진정한 성공의 가치가 빛을 발하는 시대다. 성공의 목적을 달성하는 것이 중요하다. 그렇지만 그에 못지않게 목적을 이뤄가는 과정이 더욱 중요하게 여겨지고 있다.

어떻게 목적을 이루어 나가는가에 대해서도 가치를 둔다. 이러한 행동양식이 사회나 조직에서 투명성과 도덕성을 요구하게 되었다. 그래서 지금은 사회 모든 분야의 리더들에게 엄격한 자질 기준을 부여한다. 또한 경제성장의 주축이 되어 왔던 재벌그룹을 비롯해 기업 경영에 사회적 준법성과 윤리적 도덕성이 강조된다. 그게 바로 선진적 가치기준이요, 글로벌 스탠더드다.

우리 사회가 요구하는 글로벌 스탠더드는 그저 입으로만 외치는 지식과 이론이 아니다. 개인이나 조직 생활의 작은 것에서부터 바꾸어 나가는 지혜와 행동의 준거다.

사람은 1%만 바꿔도 인생이 달라진다. 성공한 사람들은 그 1%의 다름 때문에 당당하게 목표를 이루어낸다. 바로 1%의 노력과 열정과 헌신이 나비효과를 내어 100%의 열매를 맺는다. 실제로 1%의 위력은 대단하다.

◆ ⋯⋯⋯ ◆

과학적으로 보면 인간이 고등동물인 침팬지와 다른 것은 큰 차이 때문이 아니다. 인간을 구성하는 유전자 정보의 지도인 DNA 구조가 침팬지와 98.7%가 동일하다. 그 차이는 단지 1.3%에 불과하다.

그 1.3%의 차이로 인해 만물의 영장인 인간이 존재하게 되었다. 따지고 보면 인간이 더욱 발전하느냐 아니냐, 나아가 성공하느냐 아니냐는 1.3%의 수치 내에서 결정되는 셈이다.

그리고 보면 '1% 다름'이 결정적인 차이를 만들어 낼 수 있다.

하루 생활 가운데 1%만 변화된 행동을 해도 인생의 방향은 달라진다. 오래전에 켄 블랜차드가 쓴 《일 분 관리자》라는 책이 센세이션을 일으킨 적이 있었다.

'1분'이라는 상징적 함축성에 걸맞게 책의 분량도 100여 페이지밖에 안 되는 베스트셀러였다. 그 내용은 가정이나, 사업이나 사회에서 단 1분의 관리가 모든 일의 성패를 가름하게 된다는 것이었다. 조직의 성공적인 경영도 1분의 노력, 1분의 관리에 달려 있다고 했다.

시간이 분초를 다투는 시대다. 모든 사람의 하루는 24시간이다. 그러나 그 주어진 시간을 어떻게 관리하는가에 따라 고무줄처럼 줄기도, 늘어나기도 한다. 그것이 시간의 속성이다. 즉, 정해진 시간을 어떻게 계획하고, 우선순위를 정하고, 어디에 사용할지에 달려 있다.

연구에 따르면 10% 사람들만이 매일 시간을 보내는 방식을 '통제'하고 있다고 느낀다. 시간을 효율적이고 효과적으로 관리하는 사람들의 비중이 작다는 방증이다.

그래서 흔히 '시간이 부족하다'고 느끼는 사람은 실제 시간이 모자라는 게 아니다. 시간을 활용하는 방향을 제대로 잡지 못할 뿐이다. 그런 사람에게는 시간이 더 주어지더라도 부족하기는 마찬가지다. 철학자 쇼펜하우어는 '평범한 사람은 시간의 흐름에 관심이 없고, 재능 있는 사람은 시간의 흐름에 의해 움직인다.'고 했다.

어느 현자는 '시간은 생명'이라고까지 말한다. 그래서 시간을 소모하는 것은 인생을 낭비하는 것과 같다고 했다. 지금은 폭우가 쏟아진 후 계곡을 덮치는 급물살 같은 시류와 경쟁해야 한다. 이런 시대에 시간을 마스터해야 인생의 경주에서 성공할 수 있다.

이렇듯 우리를 위해 조금도 지체하지 않는 시간과의 싸움을 이겨내며 참성공을 이루어 내야 한다. 그렇다면 당신은 참성공의 비전을 갖고 있는가?

갖고 있다면 일단 당신은 그 성공을 소유할 수 있는 가능성과 잠재력을 지니고 있는 것이다. 그렇다면 구체적으로 성공의 큰 목표를 'S·M·A·R·T원칙'에 따라 세워라.

· S-Specific : 보다 구체적이고 명확해야 한다.
· M-Measurable : 체감할 수 있게 측정이 가능해야 한다.
· A-Actionable : 실천 우선의 행동 중심적이어야 한다.
· R-Realistic : 현실성이 있어 실현 가능해야 한다.
· T-Timely : 노력의 투입이 적시에 실행되어야 한다.

여기에서 명심해야 할 것은 목표는 충분히 자신의 것이 될 수 있다고 확신해야 한다. 그래야 앞으로 밀고 나아갈 수 있는 목표가 되는 것이다. 그런데 자신의 것이 될 수도 없는 것을 세워서는 안 된다.

그것은 이루어질 수 있는 꿈이 되는 비전이 아니라 환상이며 몽상에 그칠 수 있다. 목표는 막연히 좇아가는 허황된 꿈이어서는 안 된다. 비전으로 품어야 한다. 비전은 '장래에 대한 구상이나 이상으로서 그리는 미래상'이다.

한마디로 비전은 '행하여 이루어질 수 있는 꿈', 곧 'Doable Dream'이다. 비전의 목표는 달성이 되었을 때 내 것으로 꽉 움켜질 수 있는 것이어야 한다. 그러기 위해 당신의 인생에서 없어서는 안 된다는 확고한 신념과 목적의식이 필수다.

당신이 추구할 수 있는 목표는 오직 당신만이 안다. 그래서 성공의 분량과 색깔은 모든 사람마다 다르다. 성공은 일률적인 잣대로 잴 수 없는 당신만의 가치기준이자 판단이다.

이제 당신의 성공 비전 목표가 세워졌다면, 그 목표에 도달할 수 있는 구체적인 루트맵을 짜라. 여기에는 모든 창의력과 지혜를 모두 동원해야 한다.

중요한 것은 당신의 궁극적인 큰 성공 비전의 목표를 이루기 위해서는 작은 목표들부터 설정하여 차근차근 노력해 나가라. 모든 목표는 현실적이며 실현 가능해야 한다.

성공의 목표 달성은 무에서 유를 창조하는 발명이 아니다. 숨겨진 당신의 무한한 능력, 즉 잠재력을 발견해 내는 것이다. 그래서 큰 성공 비전의 목표를 이룩해 가는 과정에서 우선 작은 목표들에서의 승리 체험이 중요하다.

그 작은 승리를 쟁취하지 못하면서 큰 성공 비전의 목표를 달성한다는 것은 이치에 맞지 않다. 하나하나 작은 승리들을 얻어가면서 당신은 더욱더 큰 힘을 공급받게 되어 있다. 그렇게 되면 당신이 평소에 상상하지 못했던 성공을 향한 에너지가 솟구치게 된다.

성공은 어느 한순간에 이루어지는 것이 아니다. 저 먼 성공의 높은 정상을 정복하기 위해 여러 개의 산봉우리를 넘고 넘어야 한다. 작은 봉우리의 목표부터 정복해 나갈 때 성공 비전 목표의 정상은 당신의 것으로 될 것이다.

작은 성공을 통해 자신감과 신념이 더욱 두터워지고, 그것이 당신으로 하여금 결국에 큰 성공의 비전을 실현시키게 한다는 것을 믿어야 된다.

단순한 선택과 집중이 아름답다
'심플'하게 일을 갈무리하는 게 경쟁력

누구나 마음먹은 일을 완벽하게 이루려고 하는 것은 인지상정이다. 그렇게 하려면 설정된 목표를 달성하려고 할 때 노력의 방향과 강도를 잘 결정해야 한다.

곧 주어진 여건에서 어디에 노력을 집중해야 할지를 판단해야 한다. 우리는 핵심역량을 중시한다. 그것은 바로 그것이 목표 달성에 결정적인 역할을 하기 때문이다. 어떤 일을 수행하려면 여러 가지 기능과 역할이 필요하다.

어느 것 하나 소홀히 할 수 없으며, 신경을 쓰지 않을 수 없다. 그렇지만 매사 세세한 모든 부분에까지 전력을 쏟아붓기가 쉽지 않다. 모든 열정과 노력을 단기간 내 투입하다 보면 쉽게 지친다.

일이란 단거리 달리기처럼 단숨에 끝나는 것도 있다. 또 때로는 먼 거리를 달려야 하는 마라톤 경주 같은 일도 있다. 그 경우에는 시간과 과정이 필요하다. 그래서 체력과 정신력을 코앞만 내다보고 함부로 소모할 수는 없다.

성공하는 사람일수록 자신의 신체적, 물리적 자산을 잘 관리하고 조절해 나간다. 덜 중요한 일에는 힘을 효율적으로 아끼고, 핵심적인 일에는 노력을 집중한다. 그것이 일을 이루는 경영술이다.

◆ ⋯⋯⋯ ◆

이 기술을 운용하는 사람은 바로 자신이다. 미국의 전설적인 투자가이며 버크셔 해서웨이사 최고경영자, 그리고 《포브스》지가 선정한 세계 갑부 순위 2위인 워렌 버핏 회장이 있다. 그는 큰 수익을 낼 수 있었던 비결에 대해 이렇게 말한다. "나는 경영을 할 때 언제나 중요한 것에 집중하고, 사소한 것에는 관심을 끕니다."

그의 말대로 그가 성공을 할 수 있었던 것은 중요한 것에 노력을 집중했기 때문이다. 대신 힘을 분산시키는 일에는 신경을 기울이지 않는 체질을 길렀던 덕이다.

흔히 세상일이란 복잡성과 낭비성을 필연적으로 갖고 있다. 이 두 가지 요소는 서로가 통하여 상승효과를 내는 속성이 있다. 이런 데다 노력이 가해지면 오히려 일은 더욱 복잡해진다.

그럴수록 낭비가 더 심해지게 되어 있다. 단순화가 필요한 이유다. 인생을 살면서 부딪치는 일들이 많다. 그것들이 크면 클수록 도리어 그것을 단순하게 접근하는 것이 실마리를 푸는 데 유리하다.

복잡한 일을 복잡하게 바라보면 일은 더욱 얽히고설켜 더욱 복잡해진다. 그래서 성공하는 사람은 일을 대하는 자세가 다르다. 일의 무게가 늘어나면 구조적인 단순화를 통해 그 질량을 줄인다. 그게 바로 복잡한 현대사회를 살아가는 데 필요한 실용적인 능력이다.

⋆⋆⋆⋆⋆⋆

사람이 할 수 있는 일은 분명 한계가 있다. 내가 갖고 있는 시간이나 에너지가 한정되어 있어서다. 그런데 어떤 사람은 그런 가용한 자원이 화수분처럼 무한정하다고 여긴다. 그것은 욕심이다.

그것은 스스로를 모르는 것이다. 자신을 제대로 파악하지 못하면서 바깥일을 해나간다는 것은 어불성설이다. 인간에게 있어 욕심은 언젠가는 화를 부른다. 성경에도 "욕심이 잉태한즉 죄를 낳고 죄가 장성한즉 사망을 낳느니라"라는 구절이 있다.

우리는 그런 경우를 수없이 많이 본다. 처음에는 많은 일이 성과가 나는 듯해도 지난 후에는 허덕이게 된다. 설사 된다고 하더라도 어느 순간 공허감에 사로잡히게 된다.

앞에서도 언급된 '쾌락의 쳇바퀴' 현상 때문이다. 그것이 보편적 인간의 습성이다. 오로지 일, 일, 일에 모든 것을 다 바치고 나서 무엇을 얻는다 해서 그것이 곧 행복이라는 등식이 성립되지 않는다.

⋆⋆⋆⋆⋆⋆

인생을 살아가는 관점의 문제이고 가치의 문제다. 모든 것을 다

희생하여 바라던 목표를 얻게 된다고 하자. 그만큼 인생의 길이가 늘어난다면 그럴 필요가 있다.

하지만 한번 흘러가며 우리에게 주어지는 '시간'이라는 축복은 내 맘대로 연장되지 않는다. 중요한 것은 '내가 해야 할 일'과 '내가 살아가야 할 의미'의 균형점을 찾는 것이다. 곧 삶의 균형이다.

그것이 성공적인 인생을 만드는 것이다. "가장 중요한 일이 가장 중요하지 않은 일들에 밀려나서는 안 된다." 독일의 문호 괴테의 말이다. 미국의 사상가 헨리 데이비드 소로는 또 이렇게 설파한다. "바쁘게 움직이는 것만으로는 부족하다. 개미들도 늘 바쁘지 않은가. 정말 중요한 것은 무엇 때문에 바삐 움직이는가이다."

인생도 하나의 경영이다. 어떻게 보면 그것은 기업의 경영보다도 더 어려운 과제일 수 있다. 기업의 경영이야 하다가 안 되면 몇 번이고 다시 할 수가 있다. 그렇지만 인간의 경영은 단 한 번뿐인 기회다.

그렇기 때문에 '무엇이 더 중요'하고, '무엇을 더 먼저'해야 하는가를 선별하는 결정의 힘이 필요하다. 복마전 같은 세상살이에서 일을 단순화시켜야 복잡한 문제의 돌파구를 쉽게 찾을 수 있다. 그것이 바로 인생경영의 핵심역량이다.

다시 말해 이 핵심역량이란 복잡한 것을 간단히 하고, 혼란스러운 상태를 깔끔히 정리하여 생산성을 극대화시키는 것이다. 복잡할수록 단순하게 정리하는 것의 힘은 실로 매우 크다.

◆ ⋯⋯⋯ ◆

우리의 인생에서 정말 가치 있고 중요한 것이 무엇인가를 생각하여 이를 구분해 보는 자세가 중요하다. 무엇이 우선이고, 또 중요한 것을 위해 복잡한 곁가지를 쳐 내야 한다. 정원의 수목을 잘 자라게 하려면 주기적으로 가지치기를 제때 해주어야 하는 것과 같다.

그것이 바로 경쟁력이다. 이런 능력은 저절로 길러지는 것이 아니다. 평소 꾸준한 노력을 통해 습관화되어 있어야 한다. 그래야 복잡한 상황이 발생할 때 해법의 지혜가 번뜩이게 된다.

사람에게는 두 부류가 있다. 간단한 일을 복잡하게 생각하고 어렵게 접근하는 스타일이 있다. 반면에 복잡한 일을 잘 정리하여 쉽게 처리하는 부류다. 그 두 부류의 사람 중에서 누가 더 경쟁의 우위에 있을 것인가는 말할 나위가 없다.

우리가 조직에서 '일을 잘한다', '업무를 잘 처리한다'고 할 때는 복잡하고 어려운 일을 맥을 잡아 척척 해결해 나가는 것을 뜻한다. 결국 꼬이고 까다롭게 얽힌 일을 실타래 풀 듯 매끄럽게 펴 나간다는 의미다. 한마디로 '심플'하게 일을 갈무리하는 것이다.

5

글과 말 구사력이 역량의 잣대다
복잡한 것을 단순화시키는 탁월한 능력

'아이젠하워 법칙'이라는 것이 있다. 어지럽게 혼돈되어 있는 상태를 간단하게 정리 정돈해 주는 방법을 말한다. 아이젠하워는 2차 세계대전을 성공으로 이끈 명장이다.

그는 지상 최대의 작전으로 가장 어려웠던 노르망디 상륙작전을 단순하게 접근하여 승리로 이끌었다. 대통령이 된 후에도 그는 항상 복잡한 일을 단순화시켜 소기의 목적을 달성했다.

그는 자신의 일을 늘 네 가지로 분류해 처리하였다. 버릴 것, 지시할 것, 도움받을 것, 당장 실행할 것, 이 4등분의 원칙을 엄격히 지킴으로써 항상 일의 처리가 깔끔했다.

꼭 해야 할 일과 아닌 일, 본인이 직접 할 일과 참모나 보좌진에게 맡기거나 주위에 도움을 얻을 일, 지시할 일과 중재하고 조정

할 일 등을 철저히 구분했다.

이렇게 해서 그는 언제나 체계적으로 새로운 일을 할 수 있는 여유와 힘을 갖고 있었다. 그 후 아이젠하워의 방식은 미국의 여러 대통령들이 복잡한 집무를 단순하게 하는 데 활용해 온 원칙으로 자리 잡았다.

'멀티태스킹'(multitasking)이라는 말이 있다. 이것은 원래 컴퓨터 용어였는데, '동시에 여러 개의 과업을 수행하는 것'을 의미한다. 하지만 사람이 하는 일에서 멀티태스킹은 시간과 에너지의 분산을 초래할 수 있다. 그래서 '포커싱'(focusing Ñ T)t T ˝Xä.

아이젠하워의 단순화 법칙은 그야말로 단순하고 간단명료하다. 달리 그의 스타일은 일을 집중화시키는 것이었다. 그 바탕이 된 기질 면에서 그는 기본적으로 감성적인 조절능력과 유연성이 뛰어났다고 할 수 있다.

●‥‥‥‥●

대통령학의 권위자인 프레드 그린슈타인도 "아이젠하워는 탁월한 정서적 집중력을 지녔다."고 평가했을 정도다. 정서적 집중력은 아무리 복잡한 상황일지라도 그것을 단순화시킬 수 있는 능력을 말한다.

당연히 그는 미국 '최고의 대통령'으로 꼽혀 존경을 받았다. 말하자면 '성현이 나면 기린이 나고, 군자가 나면 봉이 난다.'는 격이 된 셈이다.

한편 개인 생활에서도 이러한 단순화는 효과적이다. 목회자이면서 저널리스트인 베르너 티키 퀴스텐마허가 지은 《단순하게 살아라》라는 책이 있다. 여기에 보면 행복하게 사는 방법으로 '단순화 7단계'를 제시한다.

· 1단계 물건을 단순화시켜라.
· 2단계 재정상태를 단순화시켜라.
· 3단계 시간을 단순화시켜라.
· 4단계 건강을 단순화시켜라.
· 5단계 관계를 단순화시켜라.
· 6단계 배우자의 관계를 단순화시켜라
· 7단계 자신을 단순화시켜라.

그렇다면 분명 세상살이의 성공은 단순성에 달려 있다고 할 수 있다. 우리가 일을 단순하게 만들수록 성공의 확률은 더 커진다. 그것은 단순함이 이해를 빠르게 해주고, 더 잘 집중할 수 있게 해주기 때문이다. 또한 그에 따라 믿음을 키우고 자신감을 심어주게 된다.

단순함의 가치에 대해서는 이미 수 세기 동안 언급되어 왔으며 입증이 되었다. 역사상 가장 훌륭하고 똑똑한 사람들은 사고가 논리정연하고 명확했기에 일 처리가 지리멸렬할 수가 없었다. 그들은 오히려 복잡한 체계를 간단명료하게 정리하는 대가들이었다. 그러나 일반적으로 많은 사람들은 일을 복잡하게 처리하는 경향이 있다. 복잡한 것을 단순하게 만드는 것도 능력인 것이다.

· · · · · · · · · ·

역사를 통해 성현들은 한결같이 단순함의 가치를 강조했다. 공자는 '인생은 정말 단순하지만, 사람들은 그것을 복잡하게 만들려고 고집을 부린다.'고 했다. 레오나르도 다빈치는 '가장 복잡한 기술은 단순해지는 것이다.'라고 했다. 그런가 하면 아이작 뉴턴은 '진리는 항상 단순함 속에서 발견된다.'고 설파했다.

우리는 가장 위대한 아이디어는 가장 단순한 것에 있다는 사실을 깨달아야 한다. 뿐만 아니라 삶에 있어서도 단순화를 하면 내면의 평화를 누릴 수 있다.

단순함이 쉬운 것 같지만 오히려 복잡하게 하는 것에 비해 더욱 어렵다. 그래서 천재는 복잡한 것을 단순화시키는 탁월한 능력의 소유자들이다.

나는 현직에 있을 때 직원들의 보고서 작성이나 업무보고를 받을 때 그 내용을 떠나 얼마나 정리를 잘했는지를 살펴보곤 했다. 그것을 관찰하면 그 직원의 업무 수행 역량을 파악할 수가 있었다.

그러다 보면 요점 정리를 잘하는 직원이 있는가 하면, 또 어떤 직원은 보고 내용이 주저리주저리 산만하기 그지없었다. 핵심을 짚어내지 못하니 답답하기까지 했다. 그럴 때면 단번에 이해가 안 돼 여러 번 되물어봐야 할 경우도 있었다. 간단명료하게 업무 보고를 한다는 것은 업무처리도 효율적으로 할 수 있다는 것을 의미한다.

복잡한 내용을 글과 말로 간단명료하게 요약을 잘 하면 상대방의 주목을 집중시키며 마음을 열게 만든다. 글과 말의 힘은 마음을 움직이게 한다. 그러면 생각이나 행동을 원하는 방향으로 끌리게 하는 마력이 있다.

　인간은 복잡하게 지식을 쌓아가지만 이를 통해 단순화된 지혜를 짜내게 된다. 곧 끊임없이 배우며 자기계발에 나서면 복잡한 지식체계가 구축된다. 그러면 명철하고 정리된 지혜의 정수(精髓)가 샘솟게 된다.

인생도 바꿔놓는 말 한마디의 힘
가장 훌륭한 말은 가장 강력한 무기다

인간만이 누리고 있는 말의 힘은 대단하다. 한 치의 혀가 내뱉는 말 한마디가 속담처럼 천 냥의 빚을 갚기도 한다. 그런가 하면 사람을 살리기도, 죽이기도 한다.

말은 어느 때는 사람에게 활기와 용기, 힘, 기쁨, 소망, 행복을 주는 생명의 씨로 심어진다. 반면에 어떤 때는 절망과 우울, 슬픔, 고독, 포기, 좌절 등의 씨앗이 되기도 한다.

그래서 마음 밭에 어떤 씨를 뿌리는가가 매우 중요하다. 말의 힘에 대해 유대인의 신비주의자였던 아브라함 쿠크는 "말 한마디가 세계를 지배한다."고 했다.

그런가 하면 가장 훌륭한 말은 가장 강력한 무기라는 말도 있다. 그래서 우리는 말을 조심해야 한다. 한 번 뱉은 말은 주어 담을 수가 없기 때문이다.

피아노의 천재로 불렸던 잔 파데레우스키의 이야기다. 붉은 머리카락을 가진 폴란드 소년이었던 그는 유명한 피아니스트가 되는 것이 소원이었다.

그런데 이 소년이 음악학교에 입학을 하게 되었을 때 선생님으로부터 매우 비관적인 말을 듣게 된다.

"네 손가락은 너무 짧은데다 굵어. 거기다 유연성도 부족하고 말이야. 차라리 다른 악기를 선택하도록 하지."

소년은 그 얘기를 듣는 순간부터 낙심이 되고 마음의 기쁨이 없었다. 그러던 어느 날 소년은 한 만찬회에서 피아노를 칠 기회가 있었다. 그런데 식사가 끝날 무렵, 한 신사가 소년의 등을 두드리며 이렇게 말을 해주었다.

"너는 피아노에 탁월한 소질을 갖고 있구나. 열심히 노력해 보거라." 소년은 중년 신사의 격려에 크게 고무되었다. 이 노신사는 당대 명망 높은 작곡가이며 피아니스트였던 안톤 루빈스타인이었다. 소년은 그날부터 하루에 일곱 시간씩 피아노를 연습하기 시작했다.

그리고 마침내 세계를 깜짝 놀라게 한 피아니스트로 성장했던 것이다. 이것을 보면 소년도 지혜로웠지만, 칭찬을 해준 사람 역시 훌륭한 면모를 보여주었다.

◆ - - - - - - - - ◆

이처럼 격려의 말 한마디가 한 인생을 좌우하는 결정적인 영향력을 끼친다는 것을 알 수 있다. 그래서 인간의 혀는 길들이지 않은 짐승과 같다는 비유도 있다.

언제나 새장을 벗어나기 위해서 끊임없이 설치다 길들이지 않으면 멋대로 날아가 해를 끼친다. 말을 신중하게 다듬어서 해야 된다는 의미다.

말은 일을 방해하고 해를 입히기도 하고, 마음에 상처나 굴욕감을 주기도 한다. 하지만 상대방을 돕고 치유하며 일으켜 세우는 에너지와 힘을 불어 넣어준다. 생각은 힘을 지닌 말로 해야지 단지 소리라는 행위에 그쳐서는 안 된다.

그만큼 말에는 '뼈에 새길 만큼 강하게 박힌다'는 각인효과가 있다. 그래서 우리가 늘 쓰고 있는 말대로 뇌에 새겨져 그대로 되는 것이다.

'인간은 자기 말에 세뇌되는 동물'이다.
긍정적, 전향적, 희망에 찬 말을 하면 뇌도 그 방향으로 움직인다.
자꾸 반복하면 무의식 깊이 그 말이 각인되며,
뇌의 자동 유도 장치에 따라 그 방향으로 가게 된다.

– 이시형·이희수 저《인생내공》에서 –

학자의 연구에 따르면, 한 사람이 평생 5백만 마디의 말을 한다고 한다. 그 많은 말 중에서 우리는 얼마나 좋은 말을 하고 살까? 행복한 가정생활은 가족끼리 서로 좋은 말로 대화를 나누는 시간을 많이 갖는 것이다.

그런데 아쉽게도 한국의 가정들은 좋은 내용의 대화보다는 잔소리와 불평의 대화를 더 많이 나눈다. 성공적인 가정이 되기 위해서는 긍정적인 얘기를 하도록 노력하는 것이 절대 필요하다.

원석을 갈고 다듬으면 보석이 된다. 그렇듯 말도 갈고 닦고 다듬으면 보석처럼 빛나는 예술이 된다. 같은 말이라도 때와 장소에 따라 의미가 다르다. 인생은 자신이 하는 말대로 흘러가게 되는 관성의 법칙이 있다. 그렇기에 좋은 말을 쓰면 좋은 인생, 나쁜 말을 쓰면 나쁜 인생이 되는 법이다. 우리가 아무 뜻 없이 입술로 뇌까리는 말이 듣는 사람에게 축복이 될 수도 있고, 아니면 저주가 될 수도 있다.

◆ ‑‑‑‑‑‑‑‑ ◆

성공하는 사람들의 비결은 타고나는 뛰어난 능력이 아니라 말을 비롯해 생활습관이나 사고방식에 있다. 세계적인 기업인 IBM은 교육과 정서부터 회사가 추구하는 세 가지 사명을 늘 말하도록 한다. 개인에 대한 존중, 탁월성, 그리고 서비스다. 이렇게 훈련된 직원들로 구성된 조직의 문화가 그 기업을 성공으로 이끌었다.

5천 년 유대인의 지혜와 슬기를 모아놓은 《탈무드》에 이런 이야기가 나온다. 어느 날 상인 한 사람이 거리에서 "인생을 행복하게 사는 비결을 팝니다!"라고 외치고 있었다. 그러자 그 비결을 사겠다고 지나가던 수많은 사람들이 몰려들었다. 그들 중에는 유대교의 현인 랍비(히브리어·선생님의 경칭)들도 끼어 있었다.

서로가 앞다퉈 그 비결을 사겠다고 아우성을 치자, 상인이 말을 꺼냈다. "행복한 인생을 사는 비결은 다름 아닌 바로 자신의 혀를 조심해서 쓰는 것이요." 이처럼 《탈무드》에서도 혀를 부드럽게 간직하며 쓰도록 권면하고 있다.

"지혜 있는 자의 혀는 지식을 선히 베풀고 미련한 자의 입은 미련한 것을 쏟느니라. 온량(溫良)한 혀는 곧 생명나무라도 패려한 혀는 마음을 상하게 하느니라." 성경에 있는 말씀이다.

한편 미국의 작가 마야 안젤로는 이렇게도 말한다. 말은 몸속으로 들어온다. 그래서 우리를 건강하게 하고, 희망차게 만들고, 행복하게 하고, 높은 에너지를 갖게 하고, 놀라게 하고, 재미있게 하고, 명랑하게 만들어 준다.

•--------•

아니면 의기소침하게 할 수도 있다. 말은 우리의 몸속으로 들어와 우리를 우울하게 하고, 못마땅하게 하고, 화나게 하고, 아프게 하기도 한다.

한마디로 긍정적인 말은 마법처럼 긍정적인 결과를 가져오고, 같은 이치로 부정적인 말은 부정적인 결과를 가져온다. '설망어검'(舌芒於劍), 바로 혀가 칼보다도 더 날카롭기 때문이다.

말에는 '언력'(言力) 이 숨겨져 있다. 그 강력한 언어의 힘은 상대에게 전달되기에 앞서 먼저 자기 자신에게 영향을 미친다. 다시 말해 그 말의 하나하나 모든 내용이 1,500억 개나 되는 자신의 두뇌 세포에 기록이 된다.

그래서 중추신경계는 수집된 정보를 바탕으로 사람의 육체적, 정신적, 정서적 활동을 총지휘하는 사령탑인 격이다. 이러한 메커니즘 속에서 자신이 하고자 하는 말의 정보도 처리된다.

내가 하려고 하는 말은 일단 뇌 속에 있는 인지기능에 입력되어 저장된다. 그냥 뇌에 저장된 상태로 있으면 '생각'으로 남는다. 그러나 뇌의 명령에 따라 입이라는 통로로 내뱉어지게 되면 '말'이 된다. 이 순간부터 말의 위력이 발휘되는 것이다.

7

생각의 지평을 여는 '글로벌 파워'

영어역량은 '다중지능'을 쌓게 해준 지름길

글로벌 시대, 왜 영어가 필요할까? 이런 질문 자체가 넌센스다.

지금은 글로벌 지식정보의 시대다. 전 세계의 TV 라디오 방송, 우편과 이메일, 소셜 미디어(SNS) 등 통신의 70~80%가 영어로 이루어진다. 또 전 세계 웹사이트 정보도 영어가 지배하고 있다.

그렇다면 국가 간의 경계가 없어진 글로벌 시대에 영어는 경쟁력의 기본이다. 이제 영어는 글로벌 세상에 의사소통의 필수도구로 발전했다. 지금은 상징적으로 미국·영국의 잉글리시를 넘어 전 세계인들이 사용하는 '글로비시'(Globish·Global English)가 되었다.

이제 영어는 '링구아 프랑카'(lingua franca·국제 통용어)로서 더욱더 영향력이 커지면서 보편적인 언어로 자리 잡았다. 전 세계 인구 중에서 약 40억 명이 어떤 방식으로든 영어를 사용하고 있는 것으로 추산된다. 여기에 현재 영어를 배우고 있는 인구도 10억은 될 것이라는 통계가 있다.

나는 일찍이 세계적으로 영어 열풍이 불어 닥치기 전에 '영어'라는 것을 운명적으로 접하게 됐다. 그전까지는 영어 과목이 제일 싫었고, 영어 점수가 모자라 원하는 고등학교 입학의 꿈도 이루지 못했다.

그러던 내가 영어가 '취미'가 되어 영어 학습하는 것이 제일 재미가 있게 됐다. 어떤 목적이 있어서가 아니라 학창 시절 우표 수집을 하다가 영어를 만나게 되면서 독파를 하게 됐다.

글로벌 시대가 도래하기 전, 취미로 한 영어가 훗날 내 인생의 든든한 버팀목이 된 셈이다. 나는 영어를 배우면서 철저하게 나 혼자의 힘, 노력, 열정으로 해냈다.

내가 영어에 관심을 가질 때만 해도 영어에 대한 사회적 관심이나 세계화에 대한 국가적 인식이 없었다. 그 시대에 나는 그저 좋아서 영어를 시작하여 영어를 도락으로 했을 뿐이다.

그렇게 배운 영어가 내 인생의 결정적 역량이 되었으니 얼마나 감사한 일인가. 1970~80년대 영어를 홀로 배운다는 것은 어떻게 보면 외로운 싸움이었다. 그것도 지방에서 지금처럼 영어를 제대로 배울 수 있는 곳도 없었고, 아니 외국인을 접하기도 어려운 여건이었다. 영어로 친구를 만든다는 것도 펜팔밖에는 없을 정도로 척박한 환경이었다.

1962년 마셜 맥루한이 지구촌(global village)이라는 개념을 제시할 때만 해도 지금과 같은 글로벌 세상은 먼 미래의 상상일 뿐이었다. 그런데 지금은 세계가 하나의 공동체가 되어 있다.

그런 시대적 여건에도 불구하고 내가 오로지 영어에 심취해 있었던 것은 내게 주어진 축복이었다. 지나고 보니 글로벌 시대가 될 미래를 준비해 두도록 하는 필연의 긍정의 힘이었다고 믿게 됐다.

◆ㆍㆍㆍㆍㆍㆍ◆

내가 영어를 배울 당시만 해도 지금처럼 영어가 절대적으로 사회적인 경쟁 무기가 될 줄은 몰랐다. 그런데 세상이 빠르게 변하면서 사회문화 체계가 엄청나게 바뀐 것이다. 상전벽해(桑田碧海)처럼 말이다.

앞으로의 변화는 지금까지보다 더 속도를 낼 것이다. 한국을 수차례 방문하기도 했던 미래학자 앨빈 토플러가 다가올 세상을 제시했다. 앞으로 10년이 지나면 지금 존재하는 직업과 직종의 90%가 바뀔 수 있다는 것이다.

이 변화무쌍한 국경 없는 세계화 시대에 영어를 배워야 하는 것은 개인적 경험에 비추어 보아 필수적이다. 물론 시대 상황이 바뀌어 인공지능(AI)으로 인해 영어 배움의 수고를 덜 수는 있다.

하지만 외국어 학습은 꼭 의사소통을 위해서라기보다 인간의 사고력과 창의력을 확장시키는 데 가장 효과적이다. 특히 외국어 중에서 글로벌 언어인 영어가 제격이다.

어쨌든 이렇게 시작된 영어 사랑은 오늘에 이르기까지 일상의 습관이 되었다. 요즘은 온라인으로 매일 영어를 학습한다. 그래서 나의 스마트폰에는 다양한 영어 관련 앱들로 가득 차 있다.

분명 나의 그런 습관은 글로벌 시대에 사회활동이나 직장생활을 하는 동안 경쟁력을 갖출 수 있는 계기를 만들어 주었다. 나는 지금까지 영어가 반드시 필요한 직장 환경에 있지는 않았다. 그렇지만 영어 능력이 플러스 알파가 되어 한국사회 특유의 학연, 지연, 혈연에 의존하지 않고 당당하게 사회생활을 해 올 수 있었다.

그것은 영어 배우기를 통해 습득된 '다중지능'(multiple intelligence) 덕분이라고 생각한다. 일반 사회인으로서, 전문 분야 조직인으로서 필요한 여러 가지 기량을 쌓게 해주었던 것이다.

바로 영어를 습득하는 지속적인 과정을 통해 늘 새로운 지식과 정보를 접함으로써 역량을 축적할 수 있었다. 영어학습의 매력은 지적인 탐구력과 호기심을 길러주는 데 있다.

영어 배우기는 단순히 외국어 자체를 능숙하게 구사할 수 있는 능력을 구비하는 것에 국한되는 게 아니다. 그보다는 영어를 닦으며 익히는 과정에서 부수적으로 얻어지는 지적 능력의 발달이 더욱 중요하다. 말하자면 '지적인 창의성'(intellectual creativity)이다.

◆ - - - - - - - - ◆

영어 학습은 지적 창의성의 계발과 함께 사회생활을 영위해 나가는 데 있어 시스템적 사고를 가능하게 해준다. 시스템적 사고는 어떤 일을 종합적으로 바라보고 합리적인 결정과 판단을 내릴 수 있게 하는 능력이다.

빙산의 일각이란 말이 있다. 바다에 떠 있는 큰 얼음덩어리인 빙산은 수면 위에 10%가, 그리고 수면 밑에 90%가 숨겨져 있다. 우리는 흔히 수면 위 10%를 빙산의 전부라고 생각한다.

하지만 시스템적 사고는 바다 밑에 잠겨 있는 더 큰 90%를 볼 수 있는 혜안을 갖게 해준다. 곧 평면적인 생각을 넘어 입체적인 사고력을 갖게끔 만들어 준다.

영어를 배우게 되면 이렇게 단순히 외국어라는 지식 습득 차원을 넘어 두뇌작용을 활성화시킨다. 또 활발한 두뇌작용은 지식을 넘어 지혜를 충전시키는 중요한 역할을 하게 되어 있다.

이와 함께 영어를 스스로 익혀 나가다 보면 사물을 보는 관점이 달라지고, 사람을 판별하는 시각이 달라진다. 곧 무엇이든 꿰뚫어 보는 직관력이나 직감력이 자동적으로 생겨나게 되어 있다.

당신은 국제공용어의 숙련을 통해 선발주자가 되고 싶지 않은가?

내가 수십 년의 경험을 통해 얻은 결론은 영어를 배우고 익히다 보면 선견력, 업무력, 인간력과 같은 사회적 핵심능력이 길러진다는 것이다. 즉, 영어라는 언어 지식과 함께 사회활동이나 조직생활에서 필요한 원만한 정신적, 정서적 자질이 자연스럽게 길러진다.

'천하난사 필작어이(天下難事 必作於易)

천하대사 필적어세(天下大事 必作於細)'

'천하의 어려운 일은 반드시 하찮은 일에서 일어나며,

천하에 큰일은 반드시 미세한 일에서 일어난다.'

이 말에서 '하찮은 일'은 '영어를 배우지 않은 일'이, '미세한 일'은 '영어를 배우는 일'이 될 것이다. 글로벌 세상에서 영어를 배우지 않는다고 해서 당장 탈 날일은 없다. 그러나 치열한 무한 경쟁의 시대에 세계어로서 영어역량을 갖추자. 그러면 어느 분야에서든 '퍼스트 무버'(first mover)가 될 수 있다.

8

외국어 연마로 생활의 氣 돋우라
영어 '취미'는 젊음을 유지시켜 주는 비결

21세기는 지식과 정보 기반사회다.

세계의 글로벌 무대는 곧 지식의 보고(寶庫)다. 전 세계적으로 일 년에 생산되는 지식은 어느 정도나 될까?

세계에서 가장 규모가 큰 미국 의회도서관에서 소장하고 있는 분량을 기준으로 해보자. 매년 산출되는 지식이 이런 도서관 100만 채가 보유하는 도서에 담긴 내용과 같을 정도라고 한다. 정말 어마어마한 정보다.

냉엄한 현실의 국제무대는 갈수록 더욱 넓어져 갈 것이며, 세계 시장에서의 경쟁은 더욱 치열해질 것이다. 여기에서는 남보다 빠른 지식과 정보를 획득하는 것이 관건이다.

이런 여건에서 우리는 진정한 미래의 발전을 위해 지식정보에

발 빠르게 다가갈 수 있는 무기를 갖춰야 한다. 그래서 글로벌 언어 역량이 중요하다. 미래를 예측하는 가장 좋은 방법은 영원히 살 것처럼 배우는 것이다.

'왜 영어를 해야 하는가?' 이에 대해 명확한 관념을 가져야 할 필요가 있다. 글로벌 경쟁력을 확보하기 위해서는 무엇보다 영어 이해력은 필수다. 그것은 지식정보를 지배하는 영어의 위상이 막강하기 때문이다.

한때 서유럽의 대부분을 통치해 오늘날 '유럽의 아버지'라고 불리는 중세기 로마제국의 샤를마뉴 황제가 있다. 그가 오늘날의 글로벌 시대를 내다본 선견지명이었을까.

그가 이런 말을 했다. '다른 언어를 갖는 것은 두 번째 영혼을 소유하는 것이다.' 새로운 언어를 배우면 다른 사람이 될 수 있는 기회가 주어진다. 그 기회를 최대한 활용하라는 뜻이다.

◆--------◆

전 세계 인터넷에 올려진 정보의 무려 68.4%가 영어로 되어 있다. 영어 외에 일본어로 된 정보 비율은 5.9%, 독일어가 5.8%, 중국어가 3.0%, 프랑스어가 3.0%, 한국어가 1.3%로 나타났다.

그렇기 때문에 영어를 배워야 하는 이유다. 언어를 배운다는 것은 하나의 과정이다. 말할 것도 없이 영어를 닦는다는 것은 지속적인 과정, 즉 프로세스다. 따라서 영어는 단발적인 벼락치기 공부처럼 찔끔찔끔해서 얻어지는 기계적인 지식의 결과가 아니다. 부단히 끊임없는 노력을 통하여 달성되는 창의적인 지혜의 결실이다.

영어 배우기는 단순한 지능(IQ)만이 아닌, 하워드 가드너가 주창한 다중지능(MI Multiple Intelligence)을 향상시키는 효과가 뛰어나다. 영어 배우기는 여러 가지 지능을 고루 발달시켜 주는 훌륭한 방법이다.

모국어가 아닌 외국어로서 영어를 닦는다는 것은 다중지능 중에서 언어지수나 친화지능 등과 같은 부문에는 직접적인 영향을 미친다. 여기에다 논리수학이나 공간 지능 등 다양한 영역의 잠재력을 북돋우는 데에도 큰 영향을 준다.

한국 사람은 우리말과 언어와 문화 체계가 전혀 다른 영어를 꾸준하게 익혀 나가는 과정에서 두뇌활동이 활성화되게 되어 있다. 나아가 자기도 모르게 다중지능이 계발되어 단순하게 정보를 습득하는 선에서 머무는 것이 아니다. 습득된 정보를 가공하고 처리하여 지식을 재창출하는 능력이 길러진다.

뿐만 아니라 인간의 뇌는 익숙해진 것만 하는 경우, 뇌의 활력이 침체된다. 우리말만 해온 사람은 나이가 들면서 뇌도 잠들게 된다. 우리는 흔히 나이가 들면 기억력이 감퇴된다고 이야기한다.

◆ · · · · · · · ◆

그러나 그것은 우리 뇌가 평생 익숙하게 해오던 것에만 단순하게 작동하게 되다 보니 뇌의 복잡한 기능이 녹슬어 가는 것이다. 다른 말로 하면 나이가 들면서 새로운 것을 귀찮아하는 게으름이 몸에 붙어 간다는 의미다.

벤자민 프랭클린은 '게으름은 쇠붙이의 녹과 같다. 노동보다도 더 심신을 소모시킨다.'라고 했다. 여기에 영어를 배우게 되면 우리 뇌는 새로운 언어를 받아들이려 새로운 언어 수용 프로그램을 만들게 된다. 그러면 우리 뇌는 자극을 받아 활동량을 늘리게 되며, 이것은 바로 뇌를 젊게 하는 비결이 된다. 그래서 어느 서양 학자는 연구를 통해 '외국어를 즐기면서 배우는 것은 젊음을 유지하는 비결 중의 하나'라고 주장했다.

말하자면 외국어를 '공부'로 한다면 스트레스 요인이 되어 아드레날린 나쁜 호르몬이 분비된다. 하지만 기쁘고 즐거운 마음의 '취미'로 하면 우리 몸에서 엔도르핀이라는 좋은 호르몬이 생성된다.

따라서 영어를 잘하는 사람은 영어 자체의 실력도 실력이려니와 건강한 신체를 유지하는 데에도 좋다. 인간의 활력을 돕우는 우량 호르몬이 샘솟듯이 나오기 때문이다.

또한 다양한 지능이 균형 있게 발달됨으로써 새로운 아이디어를 만들어 내는 능력이 자연스럽게 생긴다. 그리고 모든 일에서 유연성을 갖춰 수완을 발휘하게 되어 있다.

언어 체계가 다른 한국어와 영어를 동시에 구사한다면 우리의 두뇌는 얼마나 유연하게 기능하겠는가. 그야말로 요즘 경영의 화두가 되고 있는 '애자일'(Agile)이다. 두뇌가 민첩하고 유연하게 작동하는 것이다.

이렇게 외국어 배우기는 신체의 젊음뿐만 아니라 정신의 활력까지도 유지시켜 주는 에너지를 생성하게 해준다. 바로 이런 점이 영어능력 배양을 통해 얻을 수 있는 생명력과 창의력 신장이라는 큰 혜택이다.

•·········•

좀 더 구체적으로 말해 영어를 꾸준하게 배우게 되면 다음과 같이 5가지 측면에서 두뇌가 발달한다.

· 첫째, 기억력 증진이다.
· 둘째, 빠른 두뇌회전이다.
· 셋째, 세밀한 주의력이다.
· 넷째, 강력한 집중력이다.
· 다섯째, 유연한 사고력이다.

연구에 따르면, 영어 학습을 하게 되면 뇌 신경세포들의 전기적인 활동이 초기 단계부터 활발해져서 기억력과 의사결정력을 향상시켜 준다. 특히 뇌 기능의 활성화는 사고능력을 키워 유연성과 민첩성을 길러준다. 또한 집중력을 높여 멀티태스킹과 문제 해결 능력을 강화시켜 준다.

글로벌 세상이라 해서 영어를 잘하는 게 그저 과시적이거나 전시용이 아니다. 영어 능력은 사회생활에서 모양 갖추기 장식이 아니다. 영어는 글로벌 시대 경쟁을 이겨나가는 데 필수불가결한 실사구시적 기술이다.

언어철학의 대가였던 루드비히 비트겐슈타인은 '내가 쓰고 있는 언어의 한계가 내가 알고 있는 세계의 한계'라고 했다. 우리말만 하는 사람은 한국만을 알 것이며, 영어를 쓰는 사람은 세계를 이해할 수 있다. 곧 세상을 바라보는 시각의 격차를 뜻한다.

그런가 하면 독일의 극작가 칼 알프레츠는 '언어를 바꾸면 생각이 바뀐다.'고도 했다. 한국어만 하는 사람의 생각 범위와 영어를 동시에 하는 사람의 사고의 경지는 하늘과 땅 차이다.

지난 세기는 강대국의 약소국에 대한 정치적 지배와 통제, 그리고 문화적 침투와 동화라는 구도가 지배했다. 이제 그런 수직적 개념에서 영어를 바라보던 시대는 지났다. 그리고 전 지구적으로 세계화가 된 지금, 영어가 특정 국가의 말이 아닌 범세계적인 언어로 정착되었다.

제 10 장

인생을 성공의 길로 이끄는 힘

1

자연 순리에 맞는 긍정을 키워라
경험칙으로 다듬어낸 성공의 10대 기준

우리의 생각이 일단 말로 바뀌면 그 강도는 몇십 배, 몇백 배로 증폭된다. 곧 단순히 생각하는 것보다 말로 표현되었을 때의 효과는 비교가 안 된다.

그렇기 때문에 우리의 뇌 속에 떠도는 생각이 말로 구체화되면 그 저장력과 파급력은 기하급수적으로 세어진다. 내가 한 말은 현재의식의 공간을 벗어나 내면 심층의 잠재의식 속에 보존된다.

때로 자기가 한 말을 잊게 되는 경우가 있다. 그것은 현재의식이 잠재의식 속에 깊이 들어가 있는 정보를 제대로 읽어내지 못해서다. 인간의 중추신경계는 잠재의식에 저장된 정보를 바탕으로 사람의 육체적, 정신적, 정서적 활동을 총지휘하는 사령탑인 격이다.

마이크로소프트 창업주 빌 게이츠가 고백을 한 게 있다.

"내가 부자가 된 비결은 바로 이겁니다. 나는 매일 스스로에게 두 가지 말을 반복합니다. 그 하나는 '왠지 오늘은 나에게 큰 행운이 생길 것 같다.'이고, 또 다른 하나는 '나는 무엇이든 할 수 있다.'라는 것입니다."

그가 부자가 된 비결이 '돈'에 초점을 둔 말을 매일 반복한 것이 아니라는 점에 주목해야 한다. 그가 갈구했던 것은 그저 '좋은 일이 있을 것'과 '뭐든지 할 수 있다'는 개론적 소망이었다.

그것이 그에게는 부자라는 결과로 나타났을 뿐이다. 1995년 불과 마흔 살의 나이에 〈포브스〉가 선정한 세계 억만장자 순위 1위에 올랐다. 그러자 그는 자신이 누린 부를 쌓아두는 데 급급하지 않았다.

200억 달러 규모의 '빌 앤 멜린다 게이츠 재단'을 설립해 인류의 질병 퇴치를 위한 연구와 교육을 위한 자선 활동에 나섰다. 그는 자선사업가이며 박애주의자로서 그의 재력을 활용한 것이다.

"우주는 오직 나를 위해 존재할 수도 있다. 만약 그렇다면 내가 잘되는 건 당연하며, 나는 그것을 받아들여야 한다." 그가 평소에 입버릇처럼 하던 말이 그를 이처럼 '자신감'의 화신으로 만들어 버렸다.

그래서 동서고금을 막론하고 현자들은 하나 같이 혀를 조심하고 말을 잘 다룰 것을 강조했다. 자신이 하루 종일 떠들어댄 말은 지워지지 않고 그대로 마음속에 기록으로 남는다. 그것이 씨줄과 날줄이 되어 자기 인생을 직조하게 되는 것이다. 말 한마디 한마디, 언사 하나하나라도 인생이라는 모자이크를 채워나가는 데에 결정적인 조각이 돼 결국 완성된 결합체가 되는 것이다.

그렇기 때문에 삶에서 품위 있는 말을 구사하는 사람은 품격인과 문화인이 되는 게 당연하다. 반대로 비천한 말을 쓰게 되면 천박한 사람이 되는 건 정한 이치다.

◆ㆍㆍㆍㆍㆍㆍㆍ◆

누구에게나 선한 말로 기분 좋게 해주어라. 그래야 좋은 기운의 파장이 우리 주위를 둘러싼다. 입에서 나오는 대로 말하지 말라. 체로 걸러서 칭찬, 감사, 사랑, 용서, 위로, 감동의 말, 곧 긍정의 말을 많이 사용하면 인생이 달라진다.

그러면 인생의 불량률은 제로가 될 수 있다. 감칠 맛 나는 말, 남을 감싸주는 말, 재미있는 말, 올바른 말, 겸손한 말, 품위 있는 말은 인생을 살아가는 데 훌륭한 천연 조미료다.

자신이 하는 말은 바로 자신의 인격을 나타낸다. 말이라는 예술을 어떻게 연출하는가에 따라 인생이 명작이 되기도 하고, 졸작이 되기도 하는 것이다.

훌륭한 인생은 말(言)을 잘 조각한 결과다. 마치 말(馬)을 잘 다루는 조련사와 같이. 자신의 인생은 스스로 하는 말에 의해 결정된다. 스스로가 어떤 말을 쓰는지를 잘 관찰해 보면 자신의 미래를 엿볼 수 있다.

자신의 앞날은 내가 지닌 생각과 그 생각을 읽어내는 말을 통해 조형되는 것이기에 내 인생의 책임은 스스로에게 있다. 그래서 인생을 좀 더 멋있게 가꿔 가려면 네 가지를 유의하라고 했다.

그 첫 번째가 입으로 내뱉는 말이다. 다음으로 날아간 화살, 지나가 버린 인생, 그리고 놓쳐버린 기회는 다시 돌아오지 않는다는 사실을 깨닫는 것이다.

자신의 화법에서 "~없어"라는 말 대신 "~있어"라는 긍정을 담아내면 내게 "미래가 있어"라는 운명이 손짓을 한다. 사이토 히로리의 《1퍼센트 부자의 법칙》에서는 생각이 입 밖으로 나오는 현상인 '말'을 핵심으로 다룬다.

그는 좋은 말을 하는 사람은 자신뿐만 아니라 주변에도 긍정적인 영향을 주어 결국에는 성공하게 된다고 강조한다. 그것은 긍정의 말은 좋은 기운을 끌어당기기에 잘 될 수밖에 없다는 것이다. 그래서 좋은 말을 1000번 이상씩 '입버릇'처럼 할 것을 권면한다.

•‒‒‒‒‒‒‒‒•

맞는 말이다. 좋은 말을 입에 달고 살면 뇌는 우리에게 성공을 이뤄주려 안달복달을 한다. 사람이 좋은 생각과 말을 하면 좋은 파동이 생성돼 우리의 생물학적 유기체를 긍정적으로 변화시켜 버린다. 그것은 바로 우주의 법칙이기도 하다.

한마디로 생각하고 있는 것을 계속 말로 표현하면 반드시 이루어진다. 20세기 연필 드로잉 여성 일러스트레이터였던 미국의 플로랑스 스코벨 쉰이 있다. 그녀는 천부적인 재능으로 여러 저명 잡지와 책의 삽화를 그려 명성을 떨친 인물이다.

그녀는 인생을 어떻게 하면 성공적으로 행복하게 살 수 있는지를 끊임없이 탐구했다. 그리하여 그 성공의 지혜를 저술로 펼쳐낸 작가로도 유명하다. 곧 인생에서 '승자'가 되는 비결을 세상에 전파하며 평생을 보냈던 성공의 개척자였다.

그녀가 펴낸 수많은 저서 가운데 《말의 힘》이 있다. 그녀는 말이야말로 인간에게 되돌릴 수 없는 가장 막강한 괴력을 발휘하는 마술지팡이라며 이렇게 이야기했다.

"삶은 부메랑이며 메아리이다. 우리들의 생각, 말, 행동은 언제가 될지 모르나 틀림없이 되돌아온다. 그리고 정확하게 우리 자신을 그대로 명중시킨다. 말에는 창조의 힘이 숨어있다.

원하는 것을 말하고 또 말하라. 그래서 무엇보다도 말을 통제하는 힘을 길러야 한다. 그래야 인생을 제어하는 힘도 생겨난다."

◆ · · · · · · · · · ◆

나는 긍정의 생각에 관심을 가지면서 다양한 자료를 섭렵했다. 그 분야 선각자들이 연구나 실험을 통해서도 긍정의 효과를 입증하기도 했다. 다만 세상적인 긍정주의가 세속적 기준과 맞물려 세상의 욕망, 욕구, 탐욕, 집착, 갈급 등을 충족시키는 신념체계가 되는 것은 경계한다.

우리가 긍정으로 갈구하는 것이 진리에 반하는 것이라면 그것은 이루어지지 않는다. 그래도 이뤄진다면 인생의 최종 결과는 후회만 남는다. 그렇게 안 되는 것이 우주의 법칙이며 창조적 진리라는 것을 믿기 때문이다.

어쨌든 긍정을 부정하는 사람은 단 한 명도 없을 것이다. 어떤 방향성의 긍정이냐가 중요하다. 분명 세상살이에서 긍정의 사고 방식과 긍정의 행동양식을 갖는 것은 절대적으로 필요하다. 다만 맹목적적인 긍정이 아닌, 목적과 의미가 있는 긍정이어야 한다.

이런 바탕에서 인생을 살아오면서 내가 체험한 가치 기준의 성공의 요소들을 10가지로 뽑아봤다. 말하자면 나를 기준으로 한 성공의 디폴트값(기준치)인 것이다.

첫째, 성공하는 사람은 항상 좋은 일이 일어날 것 같다는 예감을 갖는다. 그래서 언제나 긍정적이며 발전적인 말을 한다.

둘째, 성공하는 사람에게는 주위에 예상하지 않은 조력자가 나타난다. 그를 통해 여러 작은 목표들이 승리하는 체험을 하게 된다.

셋째, 성공하는 사람은 남을 이해하는 편에 선다. 그래서 의견이 대립되더라도 궁극에는 주위의 공감을 얻어내는 마력을 갖고 있다.

넷째, 성공하는 사람은 주어진 일에 몰입하여 최선을 다한다. 그러나 소기의 결과가 나오지 않더라도 더 좋은 기회가 올 것이라는 믿음을 갖는다.

다섯째, 성공하는 사람은 한상 자기계발을 게을리하지 않는다. 그들에게는 성공이 일확천금이 아니라 끝없는 자기노력의 결정체이다.

여섯째, 성공하는 사람은 난관에 봉착해서도 큰 생각을 갖는다. 그리고 그 책임에 대해 사사롭게 주변 사람에게 전가시키지 않는다.

일곱째, 성공하는 사람은 과욕을 부리지 않는다. 그들이 얻는 부귀와 영화는 이차적인 산물일 뿐이지 욕심을 부린 결과가 아니다.

여덟째, 성공하는 사람은 자기의 정견이 뚜렷하다. 그들은 사사로운 친분에 의존하지 않으며 외유내강의 자세를 갖는다.

아홉째, 성공하는 사람은 자신만의 좋은 개성이 있다. 그들에게는 남이 모르는 버릇이나, 습관이나, 취미나, 성격이나 기회가 있다.

열째, 성공하는 사람은 마음의 여유를 갖는다. 화합이나, 인간성과 일의 엄격성, 규칙성을 잘 조화시키는 균형 가치감각을 갖고 있다. 성공의 마인드셋이 되어 있는가? 그러면 위에서 말한 10가지를 그 성공을 이루는 지표이자 실천공식으로 추천한다. 세상살이에서 성공모드는 모두 각자가 설정해야 하는 몫이다.

글쓰기, '인생성공의 3종 세트'다

성공의 자아상 만드는 세 단계 '3V' 원리

신세대들일수록 표현력이 기성세대들보다 뛰어나다. 그것은 어릴 적부터 노트북이나 랩톱 또는 스마트폰 문자로 소통하기 때문이다. 소소한 일상을 전자기기를 통해 '글'로 표현하는 것이 습관이 되어 있다. 자연히 자신의 생각, 느낌, 정서를 문자를 매개로 교류한다.

그래서 요즘 보면 젊은 작가들이 많이 등장한다. 마음속에 담고 있는 것을 글로 표현하는 능력이 탁월하다는 의미다. 일반적으로 글쓰기는 외로운 작업이지만 장점이 많다. 특히 정신건강 면에서 이점이 상당하다.

더 명확한 사고, 어려운 삶의 경험을 처리하는 더 큰 능력, 목적의식, 성취감 및 자존감, 그리고 창조적인 일을 추구한다는 순수한 즐거움을 선사한다. 또한 글쓰기는 자신감을 높이고 스트레스를 낮춘다.

특히 문호 어니스트 헤밍웨이는 '마음 아픈 일들'을 있는 그대로 글로 표현하는 것을 추천한다. 트라우마, 스트레스, 감정적 사건들을 마음에 담아두지 말고 글로 표현하면 상처가 치유된다는 것이다.

연구 결과에 따르면, 상한 감정을 글쓰기로 풀어내는 습관을 들이면 정신건강에 유익한 것으로 나타났다. 면역체계 개선, 혈압 강하, 기분 개선 및 심미적 웰빙, 우울증 감소, 외상 후 증후군 및 대인기피증 감소 등의 효과가 있었다.

글쓰기는 표현적 글쓰기, 성찰적 글쓰기, 창의적 글쓰기 등의 유형으로 구분할 수 있다. 이 중 성찰적, 창의적 글쓰기는 전문작가이거나 출판 목적의 글쓰기가 될 수 있다.

하지만 '표현적 글쓰기'(expressive writing)는 단순하게 글로 기록하는 것에 초점을 둔다. 바로 앞서 언급한 글쓰기는 이에 해당한다. 이것은 마음만 먹으면 쉽게 누구나 할 수 있는 글쓰기다.

◆◦◦◦◦◦◦◦◆

어떤 종류의 글이든 종이에 펜을 대거나 키보드에 손가락을 대고 쓰는 경험을 할 수 있다. 하루에 A4 용지 한 장을 쓰든, 매일 10분씩을 쓰든 글로 기록을 남긴다는 것 자체가 희열을 준다.

자신이 관심을 갖는 특정 주제에 대해 어떻게 생각하는지 부담 없이 글로 써본 적이 있는가? 처음에 글을 쓴다는 것은 일단 도전이다. 그러나 계속 시도하다 보면 자신도 모르게 글쓰기 방향이 잡히면서 요령이 붙는다.

저절로 생각이 구조화되고 표현력이 늘어나 글쓰기는 사고력을 키우는 훌륭한 도구가 될 수 있다. 이 세상에서 누구 못지않게 바쁠 빌 게이츠는 글쓰기를 좋아했다.

그는 글쓰기가 자신이 하루 동안 가졌던 생각이나 경험들을 조용히 앉아 다시 정리해 보는 더없이 좋은 방법이라고 묘사했다. 빌 게이츠는 그렇게 글로 자신의 생각을 글로 남겼다. 그러면서 매일 밤 손수 설거지를 하면서 다음의 새로운 생각을 위해 머리를 비웠다.

지난 생각이나 경험을 글로 남기는 것도 의미가 크지만, 미래의 생각이나 삶의 목표를 글로 표현하면 더욱 효과적이다. 좋은 생각을 입으로 말하고 글로 적는다는 것은 '인생 성공의 3종 세트'가 된다.

이렇게 목표를 기록으로 남겨 지속적으로 상기하게 되면 우리의 뇌는 끊임없이 그 목표를 향해 움직인다. 그것은 목표에 대한 생각이 자기도 모르게 습관화되기 때문이다.

자기계발과 성공학의 대가 지그 지글러는 '목표를 종이에 기록하기 전까지는 그 어떤 의도나 계획도 토양 없는 곳에 뿌려진 씨앗'과 같은 것이라 했다.

◆ ⋯⋯⋯ ◆

그렇기에 일단 기록으로 저장된 목표는 별다른 노력을 들이지 않더라도 그 방향으로 이루어지게 된다. 기록이 강렬한 에너지를 발산해서다.

어느 통계에 의하면 90% 정도 사람들은 목표 없이 인생을 살아간다. 어떤 목표든 종이에 기록을 남기며 살아가는 사람은 단 3%에 불과하다. 그러니 구체적이든, 추상적이든 자신의 목표를 글로 적어 수시로 환기하라. 그러면 그 자체로서 성공의 길을 걷고 있다고 할 수 있다.

세상의 성공법칙은 간단하다. 긍정적인 가치를 담은 어떤 목표라도 글로 적어 수시로 접하고 입으로 외쳐보라. 그러면 자기 자신도 모르게 이루어지는 것을 체험할 수 있게 된다. 마술의 묘기처럼. 자신이 바라는 바를 생각하고, 기록을 하고, 마음속에 그리고, 실제로 행동으로 옮기면 놀라운 결과를 체험할 수 있다. 기록은 두뇌를 목표지향적으로 만들어 주며 실현가능하도록 만들어 준다.

사람들이 꿈을 갖는다는 것은 다가올 미래의 일들에 대해 머릿속에서 그려내는 것을 말한다. 곧 상상하는 것이다. 상상이 상상으로 끝나지 않기 위해서는 메모하고 시각화해야 한다. 그래야만 기억하고, 메모를 보면서 새로운 상상을 하는 원동력으로 만들 수 있다.

이것이 긍정적인 성공의 자아상을 만드는 세 단계, 곧 '3V' 원리다.

· Visualize(시각화) : 성공의 이미지를 시각적으로 상상하고 그린다.

· Verbalize(언어화) : 자신이 원하는 이미지를 언어로 표현한다.

· Vitalize(행동화) : 자신 원하는 생각을 행동으로 실행한다.

베스트셀러 자기계발서 《마시멜로 이야기》로 유명한 작가 호아킴 데 포사다는 말한다.

"기록은 행동을 지배한다. 글을 쓰는 것은 시신경과 운동 근육까지 동원되는 길이기에 뇌리에 더 강하게 각인된다. 결국 우리 삶을 움직이는 것은 우리의 손이다. 목표를 적어 책상 앞에 붙여두고 늘 큰 소리로 읽는 것, 그것이 바로 삶을 디자인하는 노하우다."

그런가 하면 리더십의 대가 존 맥스웰은 이렇게 말하고 있다. "우리 중 약 95%의 사람은 자신의 인생목표를 글로 기록한 적이 없다. 그러나 글로 기록한 적이 있는 5%의 사람 중 95%가 자신의 목표를 성취했다."

그런가 하면 성공연구가 나폴레온 힐도 '기록'을 강조했다.

성공하기를 바란다면 무엇보다 먼저 인생의 목표에 대해 완전하게 기록하며 서명, 날인할 것을 내세우고 있다. 그렇게 해 뇌리에 자꾸 새기라는 것이다. 더불어 확립된 목표를 왜 달성해야 하는지도 기록을 해두라 요구한다.

한마디로 긍정의 메시지를 글로 적어두고 동시에 소리 내어 말로 하게 되면 실현될 확률은 한층 더 커진다. 자신이 쓰고 말한 것을 가장 먼저 듣는 사람, 가장 귀담아듣는 사람은 바로 당신 자신이기 때문이다.

　결국 자신이 적어두는 글과 입으로 하는 말은 자기 인생을 결정하게 되는 법이다. 다시 말하지만, 자신이 원하는 바를 글로 기록하고 말로 외치는 훈련을 거듭해 보라. 그러면 반듯이 그 소망이 때에 맞춰 현실로 나타나게 되어 있다.

3

반복의 에너지로 의식을 키워라
졸졸 흐르는 시냇물처럼 생명력 있는 삶

반복의 힘은 놀랍다. 아리스토텔레스는 '지금의 나의 모습은 내가 반복해서 행해온 결과다. 그러므로 탁월함은 행위가 아니라 반복된 습관일 뿐이다.'고 했다.

스포츠 선수들은 바로 이 반복의 원리를 이용한다. 운동 실기와 정신훈련을 거듭한 결과로 올림픽과 같은 대회에서 탁월함을 이뤄 메달을 거머쥐게 된다.

1990년대 후반 미국 펜실베니아 대학의 셀리그만 교수는 '긍정심리학'(positive psychology)을 주창한 것으로 유명하다. 그는 긍정적 사고가 실패를 극복하고 일어서는데 크게 작용함을 제시했다. 성공하는 모든 사람들에게 해당되는 말이다. 반복되는 긍정의 생각이 마침내는 실패나 역경을 딛고 일어서게 하는 원동력이 된다.

반복의 힘을 강조하면서 떠오르는 연예인이 있다. 전에 재미있는 클래식 공연과 음악해설로 인기를 끌었던 개그맨 김현철 씨다. 그는 "어설픈" 클래식 지휘를 통해 관객을 웃음의 도가니로 몰아넣으며 인기를 끌었다.

진지해야 할 클래식 연주에 순간순간 개그 몸짓을 섞어가며 '난 지휘 퍼포머'라며 당당해하는 모습을 보였다. 그런데 그는 악보도 못 읽고 다룰 수 있는 악기도 없었다. 그저 음악을 통째로 외워서 지휘를 했다.

진행자가 그 비결을 물었더니, 한 곡을 수백 번씩 반복해서 들으며 연습을 했다고 한다. 그는 전문 지휘자가 아니면서도 곡마다 해설을 곁들이며 연주 무대를 이끌어 갔다.

직접 다양한 책을 읽고 음악가를 만나 얘기를 들은 것을 자기 나름의 체계를 잡아 종합하고 분석했다. 그런 다음 이것을 달달 외울 때까지 손목에 물혹이 생길 정도로 반복에 반복을 했다.

●‥‥‥‥●

사람의 두뇌가 지니고 있는 반복의 힘은 우리가 생각하는 그 이상의 강력한 영향력을 발휘한다. 인간은 반복적인 유기체이기에 그 반복의 에너지를 통해 의식을 강화시켜 나간다.

그래서 인간은 우리 인류 조상 대대로 내려온 모든 생각, 느낌, 감정을 잠재의식이라는 문서고에 깊숙하게 저장하고 있다. 다시 말하면 한 인간의 콘텐츠 아카이브인 셈이다.

그것들이 때로는 꿈이라는 모습으로 나타나기도 하고, 기시현상(deja vu)이 되기도 한다. 때로는 일상에서 기발한 착상으로 떠오른다. 인간에게 내재된 의식들이 다양한 형태로 반복돼 나타나는 현상이다.

반복 효과에 대해 흥미 있는 이야기가 있다. 과학자들이 물고기 지능을 알아보기 위한 실험을 했다. 지금까지 물고기의 두뇌능력은 아주 미미하다고 알려져 있었다.

무엇을 기억하는 기간이 단 3초에 불과하단다. 이 물고기를 가두리에 넣고 특정한 소리에 익숙하도록 반복 훈련을 시켜보았다. 그러고 나서 자연 상태로 방류한 후 5개월이 지나서 똑같은 소리를 들려주었더니 바로 반응을 보인다는 사실을 밝혀냈다.

이것은 물고기는 기억력이 아주 짧다는 기존의 관념을 뒤집은 것이다. 이러한 연구는 어류 양식에 획기적인 방안으로 활용될 수 있게 되었다. 가두리 양식에 소요되는 관리비나 먹이에 들어가는 비용을 쓰지 않아도 되기 때문이다. 여기에 해양환경을 훼손하지 않아도 되는 혁신적인 방법으로 지금 떠오르고 있다.

이스라엘의 〈테크니온기술연구소〉(The Technion Institute of Technology)가 이 실험 결과를 실제 상황에 적용시켜 보았다. 매번 먹이를 줄 때마다 확성기를 틀어 특정 소리를 연상시키는 훈련을 시킨 치어를 바다에 풀어 놓았다.

그리고 4~5개월 지나 물고기가 상품이 될 정도로 자랐을 때쯤 같은 소리를 들려주었더니 그 물고기들이 원래 위치로 돌아왔다. 이제 이 양어기술이 보급되면 시장에서 생선을 양식과 자연산으로 따지는 일은 없어질 것 같다. 이 실험을 보면서 소중한 교훈을 얻게 됐다.

◆ ········ ◆

하찮은 물고기도 꾸준히 훈련시키니 놀라운 두뇌 능력을 갖게 된다는 것을 발견했다. 그런데 하물며 만물의 영장인 사람이야 어떻겠는가? 끊임없이 긍정의 훈련을 반복하게 되면 생각하지도 못한 놀라운 기적이 일어날 수 있다.

여기에서 '끊임없는 반복'이라는 것이 중요하다. 어느 정도의 긍정적인 생각을 했다 해서 긍정적인 성과를 얻을 수는 없다. 조금 노력을 기울였다 해서 목표 달성이 쉽게 되지 않는 것과 같다.

성공을 거두기 위해서는 자신의 정신 상태를 다스려 나가야 한다. 또 긍정적인 사고가 습관이 될 때까지 매일매일 계속해서 해야 한다. '세 살 버릇이 여든까지 간다.'는 심정으로 말이다.

그래서 랄프 왈도 에머슨은 "인간의 모습은 그가 하루 종일 어떤 생각을 하는지에 따라 결정된다."라 말하고 있다. 또 말콤 글래드웰은 《아웃라이어》라는 책에서 '1만 시간의 법칙'을 제시하고 있다.

비틀즈나 빌 게이츠 같은 비범한 인재들, 또 음악 천재 모차르트도 1만 시간의 연습을 통해 위대한 업적을 낳은 것이다. 자기 분야에서 꾸준하게 밀고 나가는 끈기의 힘은 무서운 것이다.

영국의 시인, 극작가, 비평가인 존 드라이든은 "처음에는 우리가 습관을 만들지만, 그다음에는 습관이 우리를 만들어 간다."고 했다. 무엇을 반복하느냐가 곧 사람이다. 반복된 행동의 결과가 인생이다. 습관이란 이미 몸에 배어져 의식하지 않아도 어느샌가 스스로 행하고 있는 반복적인 행위다.

사람은 흔히 아침에 일어나 아무 생각 없이 무의식 상태에서 뇌 속에 입력된 행동의 주기를 반복한다. 여기에서 무의미한 행동이 쌓이면 무의미한 결과를 얻게 된다. 그저 기계처럼 반복하는 생각이 행동으로 옮겨지게 되는 것이다.

같은 생각이나 신체적 행동을 반복하면 습관으로 발전한다. 나아가 이것이 타성으로 굳혀지면 자동반사적이게 된다. 중요한 것은 매번 반복되는 습관이지만 거기에는 '의미'가 담겨져야 한다. 웅덩이에 고여 있는 물이 아니라 졸졸 흐르는 소리가 나는 시냇물이 되어야 한다.

4

살맛나는 스트레스 찾아 나서라
성장 마인드셋은 미래 기회 여는 열쇠다

사람들은 성공하기로 결정하는 순간 성공하기 시작한다.

– 하비 맥케이 –

어떤 생각을 하느냐가 중요하다는 말이다. 아무리 힘든 상황이라도 그것을 긍정의 눈으로 바라다보면 모든 것이 좋게 보인다. 역경과 난관도 긍정으로 받아들이면 쉽게 극복해 나갈 수 있다.

흔히 성공한 사람들을 대하면 우리는 대부분 겉으로 드러나는 영예에만 시선이 꽂힌다. 성공을 위해 포기한 개인의 희생을 헤아리는 것에는 인색하다. 그것을 이루기 위해 쏟았을 노력과 열정과 또 극복해 냈을 도전과 시련은 알려고 하지 않는다.

성공의 자리에 이르기 전에는 어떻게 보면 스트레스와의 싸움이다. 성공이 아니라도 세상을 살아가는 것 자체가 스트레스의 연속일 뿐이다. 누가 이를 부인할 것인가.

우리가 입에 달고 사는 스트레스라는 말은 1936년 휴고 브루노 셀리에 박사가 정의하면서 의학용어로 사용되기 시작했다. 영어 'stress'는 '꽉 조인다(strictus)'와 '단단히 죄다(stringere)'에서 유래됐다.

사전적 의미로는 '적응하기 어려운 환경이나 조건에 처할 때 느끼는 심리적, 신체적 긴장 상태'를 일컫는다. 곧 어떤 상황이 자신이 감당할 수 있는 수준을 넘어 주어지는 내적·외적 자극의 중압감이다.

이런 여건을 부정적으로만 받아들일 것이 아니다. 긍정적으로 대응하며 적응해서 좋은 감정으로 변화시키면 그 건 스트레스가 아니다. 다시 말해 위기상황을 잘 대처하여 긍정적으로 받아들이면 오히려 삶의 활력이 솟는다. 그러면 평상시보다 더 큰 설렘과 쾌감까지도 느낄 수 있다. 부정적인 상황에서 긍정적인 변화를 이끌어 내는 것이다. 이것을 '유스트레스'(eustress)라 한다. 바로 생산적인 긴장감이요, 살맛나는 스트레스인 셈이다.

임상 정신과 의사인 마이클 제노비스 박사는 "우리가 스트레스를 긍정적으로 생각하는 경우는 거의 없지만, 유스트레스는 긍정적인 스트레스"라고 말한다.

유스트레스는 일반적으로 재미있는 도전에 직면했을 때 발생하는 신경전달 물질이다. 신체적 화학 반응을 통해 스트레스는 고통감을, 유스트레스는 행복감을 방출한다.

제노비스 박사는 "유스트레스는 우리가 동기를 유지하며 목표를 향해 노력하고, 삶에 대해 기분이 좋아지도록 도와준다."고 단언한다.

●--------●

유스트레스를 보여주는 고대 그리스 철학자 소크라테스의 얘기다. 그는 아주 괴팍하기로 소문이 난 스트레스로 꽉 찬 부인에게 개인을 희생하며 살았다. 소크라테스의 부인 이름은 크산티페다. 이 여인은 철학자인 남편에 비해서 상당히 고상하지 못했다고 한다.

특히 이 여인은 입심이 보통이 아니어서 한 번 수다를 시작하면 끝이 없었다. 그래서 사람들이 소크라테스에게 그 수다를 어떻게 일일이 다 들어주느냐고 물었다.

그랬더니 대답하기를 "물레방아 돌아가는 소리도 귀에 익으면 들을 만하다."고 했다고 한다. 그런데 이 여인은 마음도 고약했다. 자기가 수다를 떨고 있을 때 남편이 반응을 보이지 않으면 참지를 못했다. 그럴 때면 밖에 나가서 대야에 물을 담아 가지고 와서 머리에 퍼부었다. 그래도 소크라테스는 아무 말도 하지 않았다.

또 사람들이 그 모습을 보고 어떻게 참느냐고 물으면 "천둥 친 다음에는 비가 오는 법 아니겠소."라고 태연하게 대답했다. 그래서 소크라테스의 부인을 악처라고 불렀다. 그런데 오히려 그런 악처 덕분에 소크라테스가 철학자가 되었을 것이라고 사람들은 말한다.

실제 그는 위트까지 넘쳤다. "그래도 결혼하세요. 좋은 마누라를 만나면 당신은 행복하고, 나쁜 마누라를 만나면 당신은 철학자가 될 거요."라 했다고 전한다.

소크라테스처럼 아무리 힘든 상황일지라도 그것을 바라보는 관점이 중요하다. 성공하는 사람들은 결코 뒷걸음치지 않는다. 오로지 앞만 보고 뚜벅뚜벅 걸어간다. 어떻게 보면 유스트레스적 사람은 '성장 마인드셋'(Growth Mindset)의 소유자들이라 할 수 있다.

이와는 반대로 고정 마인드셋(Fixed Mindset)은 성장과 발전을 억제하는 부정적인 신념과 태도를 가지고 있는 것을 의미한다. 이런 마음가짐의 사람들은 자신은 물론 주변의 상황을 기대치보다 낮게 평가한다. 자신의 재능과 지능에만 의존하기에 도전력이 부족해 현실에 안주하는 경향이 강하다.

스탠포드 대학 캐럴 드웩 교수는 30년 연구 끝에 이런 사실을 알아냈다. 사람은 타고난 재능, 적성과는 관계없이 노력과 경험으로 자신의 능력치를 확장할 수 있다. 이런 성장 마인드셋을 지닌 쪽이 어떤 여건에서든 실제로 발전한다는 것을 밝혀냈다.

◆ ⋯⋯⋯ ◆

성장 마인드셋을 갖고 있는 사람은 넘어져도 부끄러워하지 않는다. 오히려 훌훌 털고 일어나 꿋꿋하게 다시 걸어 나간다. 마치 걸음마를 배우는 어린아이와 같이.

이들에게 있어 실수나 곤경은 오히려 성장의 발판이 된다. 2016년 8월, 120년 만에 처음으로 남미대륙 브라질에서 리우 올림픽이 열렸다. 당시 에페 펜싱 세계 21위인 스무 살의 박상영 선수. 그는 감독조차도 포기한 4점의 실점 상황을 맞았다. 그렇지만 '난 할 수 있다, 할 수 있다'를 되뇌며 47초 만에 연속 5점을 얻어 역전에 성공했다.

그의 경기 모습은 우리를 완전한 몰입의 경지로 이끌어 넣었다. 펜싱 금메달리스트 박 선수는 소감을 이렇게 전했다.

"나는 성공보다 성장이라는 말을 더 좋아합니다. 성공은 뒤에 실패가 기다리고 있지만 성장은 끝이 없습니다."

미국 역대 최고의 스포츠 캐스터로 평가받았던 하워드 코셀이 있다. 그는 미국 ABC스포츠에서 활약한 스포츠 저널리스트이자 방송인, 저자로 한 시대를 풍미한 '인플루언서'였다. 스포츠에서 이기고 지는 수많은 한판 승부의 세계인 경기장을 누볐던 그는 유명한 말을 남겼다.

"경쟁에서의 궁극적인 승리는 당신이 최선을 다했고, 당신이 해야 하는 역할을 최고로 해냈다는 내적 만족에서 우러나는 것입니다."

그뿐일까. 마하트마 간디는 '만족은 성취 자체가 아니라 노력에 있으며 완전한 노력은 바로 완전한 승리다.'라고도 했다.

약관의 박 선수가 한 말은 바로 노장의 스포츠 해설가나 성현 간디가 정리한 참다운 승리와 맥이 닿는다고 할 수 있다.

성장 지향의 자세를 갖고 있는 사람들은 아무리 힘든 역경이나 절망도 이겨나가는 정신력이 있다. 프랑스 소설가인 알베르 카뮈의 말대로 삶에 절망이 없다면 삶에 희망 또한 없는 것이다.

우리가 살아가면서 맞닥치는 어떠한 도전도 분명 거기에는 당장은 볼 수 없다 하더라도 희망의 싹이 트고 있다. 먹구름이 짙게 깔린 당신의 인생길에도 반드시 은빛 자락이 있는 법이다.

그것은 창조의 섭리이며 세상의 순리이기도 하다. 어떤 힘든 상황에 직면해서도 잘 될 수 있음을 보는 비결은 한 가지다. 주어진 여건에서 당신의 마음가짐을 부정에서 긍정으로 전환하는 것이다.

우리가 어려움에 갇혀 있거나 도전을 느낄 때는 두려움, 걱정, 의심, 분노 또는 체념에 빠지는 고정 마인드셋을 갖는 게 십상이다. 이것은 지극히 자연스러운 일이다.

그러나 진정 고정 마인드셋에서 벗어나 성장 마인드셋으로 나아가는 것은 얽매임에서 풀려나 미래로 향하는 길이다. 그것은 자신과 삶을 위한 새롭고 더 나은 기회를 여는 열쇠가 된다.

5

'안분지족' 삶… 인생 목적은 기쁨
이 세상 어디에도 '유토피아'는 없어라

요즘 학교폭력 문제가 사회적 이슈로 등장했다. 옛적에는 스승의 그림자도 밟지 않는다는 세상이었는데, 그 얘기는 지금은 이해조차도 되지 않는다. 이제는 성인사회도 아닌, 어쩌면 가장 순수해야 할 신성한 학교에서부터 법의 잣대를 들이대야 하는 세태가 되었다.

학교에서조차도 그런데 우리 사회에 고소·고발이 난무하는 게 뭐 그리 대수겠는가. 한마디로 불신사회가 극으로 치닫고 있다. 사람 사는 곳 어디나 비슷하겠지만 한국사회는 유별나다.

단기간에 이룬 산업화로 경제성장을 통해 물질 풍요사회는 이뤘지만, 그에 걸맞는 정신문화, 곧 건실한 사회문화 체계를 갖추지 못했다. 그러다 보니 인간의 정감은 메말라가고 타산적 이성만 예리해졌다. 그래서 온갖 이해관계의 상충을 인간적 소통으로 해소하기보다 우선 법대로 하는 것이 만트라가 됐다. 불신 풍조 만연에 따른 갈등과 대립을 대화와 타협으로 해결하기보다 '묻지마 고소, 고발'에 나선다. 이것은 결국 법무 행정력과 국민의 혈세 낭비로 이어진다.

국제사회 법 제도를 바탕으로 많은 법들이 제정된 우리나라가 가장 법에 의존하는 나라가 됐다. 툭하면 "법대로 하겠다."는 말들을 한다. 나라를 이끌어 가는 정치부터 걸핏하면 법대로다.

이제는 사사건건 법에 고소·고발하는 것이 무슨 홍보 이벤트처럼 돼 버린 세상이다. 국민을 위한다는 나라의 리더들조차 서로 의기투합하지 못하고 상쟁, 아니 "동족상잔"의 모습이다. 나라를 잘 이끌어 달라고 뽑은 정치인들이 허구한 날 당파와 이념의 분탕질이다. 그러니 어른, 아이 할 것 없이 정치를 어떻게 볼 것인가.

◆ ⋯⋯⋯ ◆

이런 추세는 갈수록 심화되고 있다. 이전 한 통계를 보면 한국은 고소,·고발 사건이 일본과 비교하면 60배나 많다. 일본 인구가 우리나라의 2.5배라는 것을 감안하면 더욱 많은 것이다.

국민들의 정신세계야 어떻게 되던 정책은 그저 물질적인 욕구를 충족시켜 주는 데 급급하다. 인간의 속성상 물질에 가치를 두는 한 안분지족(安分知足)은 기대할 수가 없다.

그래서 국민의 물질적 필요를 채워주는 데 영합하는 정치는 한계가 있다. 그런 방식으로 이끄는 정치는 항상 국민을 갈급하게 만든다. 설사 우리나라의 국민소득이 핀란드, 노르웨이, 덴마크, 스웨덴 등 북유럽 복지국가들처럼 평균 5만 달러 이상이 된들 만족하겠는가. 그때는 그 기준에서 더 많은 것을 요구하게 될 것이다.

행복지수가 최상위권에 든 나라들은 국민소득이 높으려니와 공동체 정신이 사회적 바탕이 되어 있다. 일상이 안정되고 소득격차는 적으며, 대신 세금이 많다.

곧 경제 평준화가 정착돼 빈부격차가 없는 데다 상대적으로 이타적인 국민성을 숙성시켰다. 행복지수가 높은 그 국가들은 사회문화 체계의 바탕이 다르다.

부유층들의 솔선수범 정신, 정치인들의 특혜 없는 검박한 봉사정신이 기본을 이룬다, 여기에 소득의 반을 세금으로 기꺼이 내는 국민들의 사회통합 정신이 어우러져 있다. 그런 바탕에서 모든 사람에게 행복의 향기가 배어 있다는 사실을 깨달아야 한다.

◆ ········· ◆

그렇지만 우리가 정책으로 내세우는 기치는 물질적인 공급을 통해 국민을 행복하게 해준다는 것 아닌가. 그처럼 물질적 복지만으로 행복감을 갖게 한다는 것이 현실적으로 가능할까?

1516년 출판된 토마스 모어의 소설 《유토피아》(Utopia)가 있다. 여기서는 사람이 살아가는 이상향의 세상을 그려내고 있다. 토마스 모어는 그 스스로 대법관을 포함해 여러 관직을 거치며 이상적인 정치체제를 꿈꿨다. 그가 묘사하는 신세계의 모습은 이렇다.

유토피아 사회는 개인의 부나 지위보다 공동선을 중시하는 공동체적이고 협력적인 삶의 방식이다. 모든 재화와 서비스는 필요에 따라 분배되어 사유 재산이나 돈은 존재하지 않는다.

사람들은 공동체 구성원 모두의 기본적인 필요를 충족하기 위해 소규모의 자급자족 형태로 함께 일한다. 유토피아 사람들은 단순함, 겸손, 관용을 바탕으로 하는 삶을 살아간다. 그 사회는 교육과 지적 추구에 중점을 두며 평생 동안 지식과 학습을 추구하도록 장려된다.

그야말로 아름다운 이상 사회를 그렸지만, 그런 지상낙원(샹그릴라)은 유토피아의 그리스어 아원처럼 '어디에도 없는 곳'일 것이다. 인간이 꿈꾸는 아름답고 완벽한 공동체는 이 세상에 존재하지 않는다. 그저 무한한 인간의 욕망 속에 우리가 희구하는 낭만일 뿐이다.

하기야 우리와 대척점에 있는 부탄과 같은 나라는 국민소득이 3천 달러인데도 국민의 97%가 행복을 느낀다. 그 나라는 국가의 지도자가 너무 오래 집권해 스스로 그만두겠다고 하면 오히려 국민이 말린다.

그들은 오히려 안빈낙도(安貧樂道)를 택한다. 재화에 욕심을 버리고 인생을 그저 평안히 즐기며 살아가는 태도를 갖고 있다.

행복지수 높은 부탄의 국민들이 추구하는 삶은 공자의 생각과도 궤를 같이한다.

《논어》〈술이〉(述而)편에 '나물밥에 물을 마시고 팔을 베고 눕더라도 즐거움이 또한 그 속에 있으니, 떳떳하지 못한 부귀는 나에게 뜬구름과 같다'(飯疏食飮水, 曲肱而枕之, 樂亦在其中矣, 不義而富且貴, 於我如浮雲)라는 구절이 있다.

'먹는 것이 하찮아도 누리는 것이 보잘것없어도 욕심 부리지 않고 만족하는 삶을 추구한다'는 뜻이다.

◆ ‑ ‑ ‑ ‑ ‑ ‑ ‑ ‑ ◆

삶은 매우 역설적이다. 어떠한 것을 기대하고 바라는 사람은 원하는 것을 얻게 되면 만족감을 느끼게 된다. 하지만 그 만족감은 이내 눈 녹듯이 사라져 버린다.

또다시 더 높은 단계의 것을 원하거나 새로운 것을 찾아 나선다. 목적이나 목표를 이룬 것에 대한 기쁜 느낌이나 행복감은 일과성이다. 그것은 자신이 원하는 욕구가 채워졌을 뿐이지 영혼을 만족시킨 것이 아니기 때문이다.

욕구는 언제나 확대 재생성되는 것이기 때문에 자기만족을 시키기가 어렵다. 반만 남겨진 물컵을 보고 비어 있는 반을 보는 한 항상 부족감을 느낀다. 그렇지만 남아 있는 반을 바라보면 아직 물이 채워져 있다는 것에 뿌듯함을 느낀다.

행복학의 대가 에픽테토스는 지혜로운 자는 자기가 가지지 못한 것을 슬퍼하지 않고 가진 것을 기뻐하는 사람이라고 했다. 그런 사람은 행복할 수밖에 없다.

그런데 우리의 삶은 어떤가? 컵에 물이 넘쳐흐르는 데도 거기에 더 물을 부어대니, 넘치는 물이 아까워 속을 태우고 조바심을 낸다. 아니, 컵을 큰 것으로 바꾸거나 새로 하나를 사야겠다고 아우성이다.

욕구나 욕망으로 가득 찬 마음으로 완벽을 추구한다면 결코 만족에 이를 수가 없다. 그런 만족을 좇아가다 보면 결국에는 후회나 회한밖에 남는 것이 없다.

세상을 살면서 만족을 얻는 방법은 두 가지가 있다. 하나는 더 많이, 더 더 많이 쌓아가면서 얻어내는 것이며, 또 하나는 덜 원하고, 좀 줄이는 것에서 누리는 것이다. 아마 대부분의 사람들은 축적을 통해 만족과 나아가 행복을 거머쥐고 싶어 할 것이다.

그런데 세상과 인간을 꿰뚫어 본 현자는 '조금에 만족하지 않는 사람은 아무것도 만족하지 않는다.'는 것을 깨달았다. 오죽했으면 에리히 프롬은 그랬을까. 탐욕은 만족에 도달하지 못한 채 필요를 충족시키기 위한 끝없는 노력으로 사람을 지치게 하는 바닥없는 구덩이라고 말이다.

6

아웅다웅하지 말고 세상 껴안자
'법 없이도 살 사람' 많은 세상이 그립다

냉장고에 먹을 것이 가득 차 있으면 전 세계 인구의 3% 부유층에 들어간다는 얘기가 있다. 이에 비추어 지금 우리가 누리는 물질 풍요로 따지면 행복감의 극치를 구가해야 한다. 그런데도 행복지수 하위권이라면 세상관이 잘못되어 있는 것이다.

그런데도 오로지 물질만능주의에 빠져 있고, 그에 맞춘 정책만을 좇는다면 이 나라의 앞날, 이 국민의 미래는 어떻게 될 것인가. 정신혁명이라도 일어나야 할 판이다.

지금 중요한 것은 경제지표보다도 국민 정신지수를 높이는 일이다. 단적으로 지도력을 발휘해야 할 리더들이 법원에 소장(訴狀) 제출하는 것을 자랑하듯 하는 행태부터 고쳐야 한다.

언론에 공개해 자신들 주장의 정당성을 부각시키려는 그런 의식부터 바뀌어야 한다. 인륜적인 소통과 사회적인 타협으로 대립과 갈등을 해소하려는 '미덕'을 제치고 툭하면 법으로 따지려 든다.

정작 우리보다 법률체계가 앞섰던 선진국들은 인간적 신뢰와 사회적 질서가 정착되어 있다. 그래서 미국과 같은 선진사회는 중·상층의 고소·고발이 주류를 이룬다.

그 빈도도 상대적으로 엄중한 사안에 한해 법으로 다툰다. 대신 일반 하층에서는 송사가 많지 않다. 반면에 우리나라는 상층, 중층, 하층 할 것 없이 법의 판단에 대한 의존율이 높다.

이는 노블레스 오블리주(noblesse oblige)를 중시하는 선진사회는 중·상층의 사회적·도적적 의무 기준이 높다는 것을 의미한다. 곧 높은 위치에 있거나 명예를 가진 사람에게는 책임 있는 행동을 요구한다.

노블레스 오블리주는 높은 사회적 신분에 상응하는 도덕적 의무다. 초기 로마 시대에 왕과 귀족들이 보여준 투철한 도덕의식과 솔선수범하는 공공정신에서 비롯된 말이다.

그래서 이에 반하는 행위에 대해선 오히려 법의 제재가 엄격하다. 대신 일반 국민들은 스스로 사회적 질서나 규범을 잘 지킨다는 것을 뜻한다. 우리 사회에서는 이러한 공공정신이 뿌리를 내리지 못했다.

한국의 경우, 상위계층과 일반 국민이나 사회 전반이 불신과 갈등이 팽배해 있다. 남에 대한 배려가 부족하다 보니 감정이 조금만 상하거나 자존심이 긁히면 참지를 못한다. 명예훼손의 쟁송이라도 해야 직성이 풀린다. 그러다 보니 법으로 규정하고 법으로 시비를 가리는 게 보편화되어 있다.

•--------•

구태여 관련 통계를 들먹일 필요도 없다. 법률 서비스에 대한 수치가 많고 적음은 동전의 양면이다. 관점에 따라 긍정적인 면으로 비칠 수도 있지만, 다른 각도로 보면 부정적인 성격을 나타낸다.

법과 관련된 일은 그 수요가 적으면 적을수록 좋은 것이다. 인간적 신뢰와 사회적 질서가 한 사회의 바탕을 이룬다고 하자. 그러면 법 의존도는 최소가 된다. 그러나 우리 사회는 인간 공동체의 기본 정신인 이 두 가지 핵심가치가 자리를 잡지 못했다.

법대로의 처리가 다반사가 된 사회는 '몰인간성' 집합체로 변질되어 간다. 세상살이에서 인간성이 소외되는 현상이 나타나고, 더불어 사는 공동체 정신이 희박해지게 된다.

그래서 키케로는 '국민이 선한 것이 가장 위대한 법'이라고 했다. 또 플라톤은 말했다. "선량한 사람은 책임감 있게 행동하라고 말하는 법이 필요하지 않다. 반면, 불량한 사람은 법을 빠져나갈 길을 찾는다."

우리는 아주 모범이 될 만큼 선량한 사람을 일컬을 때 "법 없이도 살 사람"이라는 표현을 쓴다. 그 말이야말로 가장 극진한 인물 평가가 아닐 수 없다. 그 말 한마디 속에는 사람의 인성, 성격, 자질, 능력, 성향 등 인간의 모든 바람직한 요소를 담고 있다.

법 없이 사는 사람이 많은 세상이 되어야 사회에 온정이 넘치고 사랑이 넘친다. 그렇게 사는 삶에 행복이 깃들고 축복이 넘친다. 악착같이 타산적으로 살면 잠시 잠깐 이익이 될 수도, 이득을 볼 수도 있다. 하지만 궁극에 가서는 후회와 회한에 사무친 한 평생이 될 수 있다.

성경에 '온유한 자가 복이 있나니 저희가 땅을 기업으로 받을 것이요'란 말씀이 있다. 여기에서 온유란 헬라어로 '프라우스'($\pi\rho\alpha\upsilon\varsigma$)라는 뜻으로, 겸손하고 이해심이 많은 아름다운 인격을 말한다. 또한 다른 사람에게 친절하여 서로 사랑의 관계를 맺고 다른 사람을 관용하고, 자기를 수용할 줄 아는 성품이다.

'땅을 기업으로 받는다'는 뜻을 세속적인 의미로 받아들여서는 안 된다. 세상적인 것은 오히려 온유해서는 얻을 수 없으며, 철저하고 아득바득 기를 써야 쟁취할 수 있다.

결코 온유함은 나약함이 아니며, 겸손은 비겁함이 아니다. 온유와 겸손은 진정으로 정신적인 에너지이며 영적인 힘이다. 그렇기에 온유함을 바탕으로 한 용기, 열정, 도전, 인내, 능력은 가장 위대하다.

◆ · · · · · · · · ◆

세상을 살아가는 사람들을 두 부류로 나눌 수가 있다. 한쪽은 '법이 없이도 살 사람'과 또 한쪽은 '법이 있어야 할 사람'이다. 너무 양극 논리 같지만, 사람들은 대부분 양면성을 띤 '하이브리드형'이다.

단지 법 없어도 살 사람과 법 있어야 살 사람의 속성 중에서 어느 쪽 비중이 더 크냐의 문제일 뿐이다. 그런데 삶이란 끝없는 경쟁과 투쟁의 연속이다.

그래서 인간이 정한 '법'이라는 잣대로 보면 그것에 완벽하게 합치될 수가 없다. 인간사회에서 편법과 불법의 사이를 오락가락하며 살아갈 뿐이다. 오죽하면 "털어서 먼지 나지 않는 사람 있나?"라는 속설도 있지 않은가.

법 없이도 살 사람은 무공해 청정수 같은 성품의 소유자이다. 그런 사람에게는 우리가 칭송하는 친절함, 관대함, 개방성, 정직성, 이해심, 배려심 등과 같은 천품이 있다. 그런 자질을 갖고 타산적인 세상을 살아가는 것은 벅찰 수가 있다.

그렇지만 그런 사람에게는 분명 삶의 가치가 중시되는 성공이 보장돼 있다. 그런 부류의 사람도 세상의 기준으로 보면 때로 실패로 비춰지는 상황이 있을 수도 있다. 그러나 그 스스로가 그렇게 받아들이지 않는다. 그런 사람은 인간이 만든 법을 초월해 창조의 법칙과 자연의 순리에 따라 성공이 주어지는 것이다.

그 반면에 법이 있어야 할 사람은 우리가 싫어하는 날카로움, 탐욕, 물욕, 비열함, 독단성. 이기심 등의 특성이 있다. 이런 특성이 있는 경우는 인생살이에서 세상적인 실리를 쟁취하는 데 유리하다.

또한 어느 분야에서든 출세를 이룰 수 있는 확률이 크다. 이런 부류의 사람이 갖는 특성들은 경쟁이란 투전판에서는 되레 유리한 고지를 점하게 해준다.

그렇지만 그 출세의 이면에는 알게 모르게 위험 요소가 도사리고 있기 마련이다. 그러니 그런 사람들일수록 법을 가장 두려워하고 떳떳하지 못한 구석이 많다.

여기에서 워렌 버핏이 전하는 충언을 기억할 필요가 있다. "명성을 쌓는 데는 20년이 걸리고, 망치는 데는 5분이 걸린다. 그것에 대해 생각하면 일을 다르게 할 것이다."

한마디로 법 없이도 사는 사람은 인생을 살아가는 과정을 중시한다. 그 자체를 가치로 여기며 거기에 의미를 둔다. 하지만 법이 있어야 할 사람은 인생의 목표를 이뤄가는 과정보다 그 결과만을 추구한다.

그래서 목표 달성을 위해서라면 가용한 방법과 수단을 모두 동원하게 된다. 그러다 보니 많은 리스크를 껴안으면서도 오로지 열매만 따면 된다는 생각에 빠진다. 세상에서 물질이든, 권력이든, 명예이든 출세를 하면 세상 사람들의 부러움을 산다. 그것이 인생의 족쇄가 되거나 결국 꿈을 이루고 나면 삶의 소진감과 공허함을 갖게 되는 이유다.

7

'행복'을 좇기보다 '지복'을 누려라

돈, 권력, 명예 등은 단속적인 행복일 뿐

'산다는 의미는 무엇일까?'

사람은 누구나 '어떤 계기든, 기회든…'라는 이런 생각에 젖을 때가 있다. 특히 세상을 살다 어려움에 직면하면 삶이라는 것을 깊이 사유하게 된다. 그렇지 않더라도 순풍에 돛을 단 듯이 인생이 잘 풀리는 사람일지라도 삶을 관조할 때가 있다.

세상살이에서 뜻하는 것을 대부분 다 이루고 난 다음에 공허함을 느끼게도 된다. 세상 모든 것을 다 누린 스타들이 우울감과 공황장애 등 정신적인 증상을 호소하는 것이 단적으로 이를 말해준다.

인간은 살아가야 할 수천 가지의 이유가 있고 목표가 있다. 그 이유와 목표로 인해 인간은 '욕망'이라는 것을 갖는다. 세상에서 욕망이 없다면 아마 살아야 할 명분이 없을 것이다. 단지 그 욕망이 창조의 섭리와 자연의 순리를 벗어나면 옳은 삶의 궤도를 벗어난다.

놀이공원에 가면 롤러코스터 기구가 있다. 주어진 궤도를 따라 오르락내리락하며 질주하면 스피드와 경사도에 따라 탑승객의 반응이 다르다. 급경사의 내리막길에서는 환호의 탄성을 쏟아내는 사람도 있고, 공포의 괴성을 지르는 사람도 있다.

그리고 일정 시간이 되면 종착지에 다다른다. 탑승하는 동안 즐거워서였든, 두려워서였든 고성을 질렀지만 롤러코스터에서 내려야 한다. 어쩌면 인생살이도 마찬가지다.

하지만 롤러코스터처럼 오르내리는 가운데 즐거움도, 두려움도 있지만 인생이란 롤러코스터는 출발과 도착점이 다르다. 또한 틀에 박힌 궤도를 달리는 것도 아니다.

人生의 롤러코스터는 정해진 길로만 따라가는 것이 아니라 각기 다른 삶의 궤도를 각자가 정해서 운행해야 한다. 그 궤도가 천차만별이겠지만, 인간은 크게 두 종류로 나누어 볼 수 있다.

먼저 이성적인 사람은 자신을 세상에 적응시키며 순리를 따른다. 그러나 이성적이지 않은 사람은 세상을 자신에게 맞추기 위해 역리를 좇는다. 여기에서 이성적이라는 말속에는 합리적이며 지혜롭다는 뜻이 내포되어 있다.

세상에 모두가 순리를 따르는 사람만 있다면 그 또한 놀이공원의 롤러코스터같이 판박이 틀 속에 갇힐 것이다. 세상의 발전이나 진보는 불합리한 사람들에 의해 이루어지기도 한다. 세상과 다른 생각을 했기에 새로운 발견도 하고 기발한 착상도 얻어진다.

지금 물질문명의 극한점에서 지구 환경이나 디지털 기술의 역작용이 초래된 것은 바로 불합리한 인간이 빚어낸 결과다. 자연의 순리를 넘어 인간의 욕망이 한도를 넘어선 것이다.

이성적인 부류의 사람들도 당연히 열정을 품는다. 그 열정은 합리적인 경계 안에서 희망으로 발전한다. 하지만 합리적이지 않은 사람의 욕망은 탐욕으로 둔갑을 하게 된다.

이성적이면 두뇌가 정상적으로 작용하지만, 합리적이지 않으면 뇌파가 항진돼 자의식이 강화된다. 그러면 자신의 모든 언행은 옳다는 생각에 매몰된다. 우리 사회의 고질적인 '내로남불' 현상은 바로 이를 나타낸다.

이 두 부류의 사람들이 추구하는 행복의 기준도 다르다. 이성적인 사람은 순간의 행복을 찾아 누린다. 순간순간에서 행복감을 느끼니 항상 즐겁고, 만족하고, 기쁜 마음 상태를 유지한다.

이들은 돈이나 출세가 자신을 행복하게 만든다고 생각하지 않는다. 사물이 자신들의 마음을 변화시킨다고도 여기지 않는다. 단지 기존에 있는 것이 조금 증폭됐을 뿐, 그로 인해 삶의 가치가 달라졌다는 인식을 갖지 않는다.

그들은 오히려 철학자 소크라테스가 내세운 진정한 행복의 기준을 따른다. 곧 행복의 비결을, 세상 것을 더 많이 추구하는 것에 두지 않는다. 오히려 덜 누릴 수 있는 능력을 개발하는 데 있다.

이성적인 사람은 내 손 안에 있거나 내 손이 닿는 곳에 있는 것에 만족하며 감사한다. 지혜로운 사람은 자기가 갖지 못한 것을 탐내지 않으며, 무엇이든지 자신에게 주어진 몫에 만족한다.

그들은 그저 특별한 이유가 없이도 삶을 즐길 줄 아는 사람이며 사소한 것에도 행복을 느낀다. 어떤 조건이나 환경이 갖춰져야 만족과 행복을 느끼지 않는다.

이렇게 이성적이고 지혜로운 사람이 갈구하는 것은 우리가 통상 말하는 '행복'(happiness)을 넘어 '지복'(至福·bliss)이다. 우리가 세속적으로 말하는 행복은 물질주의적 기준을 토대로 한다. 그러나 지복은 정신적, 나아가 영적인 가치를 기반으로 한다.

여기에서 '더할 수 없는 행복'을 의미하는 지복은 신앙과 결부되면 정말 최고의 가치가 되는 '천복'이 된다. 곧 '하늘이 내려준 복'이다. 성경에서 말하는 행복은 바로 천복의 경지다.

돈, 권력, 명예 등 세상의 물리적 표상들은 단속적(斷續的)인 행복에 불과하다. 어떻게 보면 잠시 스쳐가는 만족감이지 지복과 같이 영속적인 행복감을 주지 않는다. 다시 말해 물질적인 것들은 잠시 동안만 우리를 행복하게 할 수 있다.

세상을 살면서 큰 집·아파트, 멋진 차, 고급 옷·신발·액세서리·가방·새 가구·가전제품 등 물질적인 것들도 중요하다. 그러나 그런 것들이 내 삶의 중심을 차지하게 되면 진정한 행복을 누리지 못한다.

우리가 소유하거나 소유하고 싶은 물질적인 것만을 소중이 여 긴다면 인생에서 정말로 중요한 것을 놓친다. 그래서 물질로 사람 을 행복하게 하는 것은 한계가 있다.

물질적 재화가 궁극적으로 지속적인 만족감을 창출할 수 없기 때문이다. 소유한 것이 많을수록 더 많은 시간, 돈, 노력을 투자해 야 한다. 또한 물리적인 표상들은 반드시 비교의 심리가 유발된 다. 그것이 인간의 본성이다. 비교주의는 우리의 기쁨과 만족을 훔쳐가 버린다.

한국사회가 행복지수가 낮은 이유는 바로 여기에 있다. 세상적 인 행복을 추구하며 수반되는 비교주의가 모든 사람에게 끊임없 는 열등의식을 부추긴다.

우리 사회가 행복해지려면 지금처럼 출세지향의 물질적인 숭배 에서 벗어나야 한다. 시간이나 경험과 같은 비물질적인 무형의 가 치를 존중하는 사회적 바탕이 되어야 한다.

물질적인 것들이 당신의 필요를 충족시킬 수는 있지만, 당신을 지속적으로 행복하게 할 수는 없다. 적어도 당신의 인생에서 비물 질적인 것과 물질적인 것의 균형을 맞추려는 노력을 기울여라. 그 러면 그래도 지금보다는 더 나은 평온한 행복감을 누릴 수 있다.

8

이젠 '블리스+풀'한 라이프를 살자
'더할 수 없는 행복-블리스'를 향해 나가자

블리스+풀 라이프 BlissFul Life
'더없는 행복으로 가득 찬 삶'이다.

우리는 외국어이지만 '해피'라는 말에 익숙하게 살아왔다. 이제는 거의 외래어처럼 사용되고 있다. '해피 데이', '해피 버스데이', '해피 머니', '해피컬러', '해피포인트', '해피엔딩' 등등… 방송과 드라마의 제목 〈해피투게더〉에서처럼 요즘은 젊은 세대들 사이에서 소셜 미디어를 중심으로 아예 '해피하다'는 말이 유행이다.

아마 우리말의 '행복하다'보다는 힙(hip)하게 느껴져서 그리리라. 군이 우리말이 있는데도 영어로 표현하면 거창해 보이고 세련되어 보인다는 심리에서일 것이다.

나는 비원어민치고는 영어를 잘한다. 그래야 맞다. 학창시절에 콘사이스 영어사전을 외우다시피 했으니 말이다. 그뿐인가. 이미 세칭 학벌은 별로지만 영자지 〈코리아타임즈〉 등에 영어 칼럼을 수백 개는 썼다. 앞서 밝혔지만, 그것이 나의 사회적 경쟁력의 토대가 됐다.

그래서 나를 아는 지인들은 내게 "영어박사"라는 별칭을 불러준다. 그럼 쑥쓰러워 내가 하는 말이 있다. "나보다 잘하는 사람에 비하면 모자라고, 나보다 못한 사람보다는 잘한다."고 응수하고는 한다. 이게 얼마나 적확한 표현인가.

영어권에서 살아 영어가 원어민화되어 있거나 외국 유학파도 아닌 내가 독학으로 영어를 독파했으니 대단하다고 자평할 만도 하다. 그래도 나에게는 영어는 모국어가 아닌 외국어다. 앞 장에서 언급한 대로 영어가 취미가 되다 보니 매일 컴퓨터나 스마트폰으로 영어를 갈고닦는다. 영어를 하면 할수록 더 어려운 데다 나 잇살이 들어가니 알았던 것도 잊혀져 간다.

그럴 때마다 위안을 느끼는 경험이 있다. 오래전 언론사에 근무할 때 정년을 맞는 영문학 교수를 뵌 적이 있다. 영어에 관심이 많았던 터라 교수께 여쭈어 봤다.

"교수님은 영어를 통달하셨겠네요?"

그러자 그 교수께서 "아니요. 평생 영어를 해도 모르는 게 많지요. 해도 해도 끝이 없는 게 영어예요. 지금도 영어사전을 찾기도 하는데요."

그때도 그 말을 당연히 이해했지만, 지금에 와서 보니 더 이해가 된다. 해도 해도 끝이 없는 게 외국어 학습이다. 모국어인 우리말도 국어사전을 보면 아는 말보다 모르는 단어가 더 많다.

·········

서두가 길어졌다. '해피'라는 말이 나오다 보니 그렇게 됐다. 해피는 엄연히 '행복한'이라는 우리말이 있음에도 외래어처럼 쓰고 있다. 우리는 개인적으로나 국가적으로 물질적 측면에서는 행복해졌다.

그러나 정신적으로는 행복하지 않다는 것이 지수로 나타난다. 먹고 살기 어려운 시절에 행복이란 '돈'으로 상징되는 물질이었다. 해피란 말 자체가 행복을 물질로 계량하는 경향이 있었다. 그러다 보니 그게 문화가 되고, 밈이 되고, 세태가 됐다.

물질을 겨냥한 행복을 추구하다 보니 그렇게 된 것이다. '언어는 문화를 만들어 내고, 문화는 언어를 반영한다.'라는 말이 있다. 해피라는 말을 일상으로 쓰다 보니 그게 문화가 됐다. 문화란 로젠블라트가 정의한 대로 '인간이 생각하고, 행동하고, 소통하며 살아가는 그 자체'를 의미한다. 물질을 기준으로 살아가니 그것이 가치관이 되었다.

이제 해피보다는 '블리스풀'이란 단어에 담긴 뜻을 상상하며 그 말을 일상화하도록 해보자. 물론 지금도 상호나 프로그램 등에 그 말이 쓰이고 있다. 영어 'bliss'는 '완벽한 기쁨, 즐거움, 희열'이며 '영적인 기쁨, 천상의 환희'를 나타낸다. 물질적으로는 풍요한데 정신적으로는 행복하지 않은 'happiness'의 언어 표현을 바꾸자.

이에 나는 '해피니즘'보다는 '블리스풀니즘'(blissfulism)이라는 신조어를 제시한다. 새로운 사회문화 체계를 위해서다.

해피니스는 '감정'이지만 블리스는 '마음의 상태'를 의미한다. 감정은 마음이 흥분된 상황에서 생겨나는 것이다. 그런데 그 여건이 지나면 다시 원래의 바닥상태로 돌아간다. 곧 일시적이며 단속적이다.

그런 해피니스의 행복을 얻기 위해서는 외부적인 자극이 필요하다. 돈을 벌거나, 좋은 점수를 받거나, 친구를 만나거나, 선물을 받거나, 승진을 하거나 등등… 말하자면 모두가 출세적인 요소들이다.

이에 반해 블리스의 마음 상태에 이르는 길은 오로지 '자기만족'을 통해서다. 외부 조건과 상황이 지속적인 기쁨과 즐거움을 주지 못한다. 여기에서 행해지는 모든 행동들은 '자아'(ego)가 개입되지 않는다. 자신이 하는 일의 결과보다는 그 일을 하려고 하는 자발적 동기나 의지가 중요하다.

다시 말해 자신이 최선의 노력을 쏟아 할 일이 있다는 것에 의미를 둔다. 그에 따라 얻어지는 결과는 어떤 것이든 감사하게 받아들이는 자세다. 소기의 성과가 없더라도 다음 기회를 기대하는 기쁜 마음을 갖는다. 바로 성공하는 사람들의 마음자세다.

심지어 어떤 일이든 힘든 과정을 거치더라도 그 가운데 소망을 가지며 만족감과 평온함을 느낀다. 그들은 어려움을 더 큰 행복을 얻을 수 있는 기회가 된다고 믿는다. '고난도 축복'이라는 성경의 말씀대로다. 그래서 블리스는 정신적, 나아가 영적으로 체험하는 천상의 행복이라고 할 수 있다.

9

'Follow Your Bliss!' '희열을 따르라'
심연의 잠재의식은 우주의 마음과 통한다

'Follow Your Bliss!'

'당신의 희열을 따르라.'

20세기 최고의 신화학자인 조셉 캠벨이 전 세계의 신화를 연구하면서 수많은 영웅들에게서 공통점 하나를 발견했다. 그들은 바로 자기 내면의 소리에 귀를 기울이고, 희열을 느끼는 것을 찾기 위해 모험을 떠났다.

이를 통해 조셉 캠벨은 자신의 인생은 자기가 진정으로 하고 싶은 일을 하는 것이 참된 행복이라는 것을 깨달았다. 그는 마음 깊숙한 내면에서 울림이 있는 일을 하는 것이 희열이라고 믿었다.

캠펠이 사용한 'bliss'란 말에는 깊은 의미가 있다. 그 단어는 한국말로 통상 '행복', '희열'로 번역된다. 하지만 이 책에서는 '더할 수 없는 행복'이란 의미의 '지복'(至福)으로 표기했다. 번역어의 명시적 표현은 다를지라도 그 말의 함축적 의미는 같다.

그가 주창하는 것은 현대 사회적 기준의 출세가 아닌, 가치를 중시하는 성공의 길을 제시했다. 그는 스스로 논문만 쓰면 학위를 받을 수 있었지만, 그것이 필요 없다며 포기했다.

그러고는 오랜 세월을 칩거하며 고독력을 독서에 쏟아부었다. 자신이 하고 싶은 일을 하기 위해 현실과 타협하지도 않았다. 마침내 그는 대중적인 인지도가 별로 없는 신화연구 분야에 뛰어들어 위대한 업적을 남겼다. 그는 자신의 경험을 바탕으로 터득한 '희열을 좇으라'는 삶의 성공방식을 그의 저술 곳곳에 등장시킨다.

캠벨은 진정한 행복을 누리기 위해서는 먼저 자신의 내면을 깨닫는 것이 중요하다고 강조한다. 그런 바탕에서 그는 자신이 가장 하고 싶고, 좋아하는 것에 매진하라고 한다. 그것이 희열을 주는 삶이라는 것이다.

희열이 넘치면 자신이 자기 인생의 중심이며 주체가 되어 외부의 어떤 조건이나 상황에도 흔들림이 없다. 그렇게 되면 내면의 충만한 삶으로 인해 어려움에 직면해서도 담대하다. 헤쳐 나갈 수 있는 지혜와 용기가 생긴다. 오히려 장애물을 디딤돌로 삼아 역경을 긍정의 마음으로 이겨나간다.

◆ ---------- ◆

인간을 '소우주'라고 일컫는다. 인간이란 실체는 미약하지만, 창조의 섭리에 따라 존재감이 그만큼 크다는 의미다. 인간의 깊은 내면에 자리한 잠재의식에는 우주의 정기와 통하는 '영혼'이 있다.

희열은 인간의 사고체계의 90%를 차지하는 잠재의식에서 발현된다. 그래서 인간의 물질적인 사물의 영향을 넘어선다. 반면에 쾌락은 10%의 얕은 현재의식에 똬리를 틀고 있다. 그러기에 밖으로부터의 자극에 쉽게 반응한다. 희열이 지속가능한 참행복이 되는 이유다.

심리학에서 말하는 '세런디피티'나 '싱크로니시티'는 바로 희열이 샘솟는 심연의 잠재의식이 우주의 마음과 만나는 현상이다. 바로 자기가 열정을 쏟는 분야에서 일가를 이룬 위인들이 보여준 희열이다.

이 같은 희열을 따라 세계적인 작가가 된 파울로 코엘료. 전 세계 80개 언어로 번역되어 2억만 부 이상 팔린 《연금술사》의 저자다. 그는 "무언가를 간절히 원할 때는 우주는 나의 소망이 실현되도록 도와준다."는 명언을 남겼다.

그의 책이 기네스북에 등재되어 세계적인 기록을 남기게 된 것은 우선 그의 책이 대단했던 것도 있다. 하지만 그의 강렬한 포지티브 에너지, 곧 긍정의 힘이 주는 희열이 그의 책을 일약 베스트셀러가 되도록 했다.

그는 과학자가 되기를 원했던 부모의 기대와 달리 일찌감치 작가가 되기를 간절히 원했다. 10대에 이미 작가가 되고 싶어 했던 코엘료에게 어머니가 이런 말을 했다.

"얘야, 아빠가 엔지니어이시잖아. 그래서 세상 돌아가는 것을 누구보다 명확하게 제대로 보실 수 있어. 그런데 네가 작가가 되겠다니⋯ 그것 해서 뭐 하겠다는 거야?"

그렇지만 그는 아랑곳하지 않았다. 코엘료는 내성적인 성격을 가지고 있었다. 그런데다 어른들이 갖고 있는 전통적인 생각은 받아들이려 하지를 않았다.

도저히 말을 듣지 않자 부모들은 그를 정신병원에 집어넣어 버렸다. 세 번의 탈출을 시도하다 바깥세상으로 나오게 된 그는 반체제 성향의 기질로 변해 있었다.

부모의 강압으로 법대에 입학한 그는 중퇴하고 나서 히피생활을 전전했다. 집안의 반대로 다른 길을 택할 수밖에 없었던 코엘료는 오직 작가가 되겠다는 절절한 바람만은 절대 떨치지 않았다.

●┈┈┈┈●

그러면서 할 수 없이 배우, 언론인, 연출가로 활동했지만, 그 모든 게 탐탁지 않았다. 그 후 그는 남아메리카, 북아프리카, 멕시코와 유럽을 떠돌아다니면서 방황의 세월을 보냈다.

하지만 작가가 되겠다는 그의 열정만큼은 마음속에서 꺼지지 않고 활활 타고 있었다. 브라질 출신이었던 그는 마침내 작가가 되어 《연금술사》를 포르투갈어로 썼다.

이 소설은 언어의 한계에도 불구하고 단번에 세계적인 명작이 되었다. 그는 한 언론과의 인터뷰에서 "나는 내가 하고 있는 일에 행복할 뿐이다."라고 말 한 적이 있다. 코엘료의 소설은 소망이 간절했고, 이유가 절실했기에 온 우주의 기운이 뻗쳐 꿈을 이루도록 도와준 결과다.

블리스적 희열과 해피니스적 쾌락은 다르다. 희열은 마음의 내면 깊은 곳에서 솟아나는 잔잔하면서 연속적인 기쁨이다. 이를 두고 켐벨은 이렇게 말하고 있다.

"블리스와는 무관하게 성공을 거두는 사람도 있을 것이다. 하지만 그렇게 성공해서 사는 삶이 어떤 것일까 한번 생각해보라. 평생 하고 싶은 일은 하나도 못 해보고 사는 그 따분한 인생을 한번 생각해보라."

그러면서 그는 강조한다. "세상이 뭐라고 하건, 당신이 진정으로 좋아하는 그 일만을 붙잡고 살면 행복하겠다 싶거든, 그 길로 나아가라."

◆ ‑‑‑‑‑‑‑‑ ◆

기성세대와 달리 요즘 신진세대들은 희열을 따라 행동한다. 오래전에 '요즘 젊은 것들의 사표'라는 주제로 〈SBS 스페셜〉이 방송된 적이 있다. 방송에서는 치열한 경쟁을 뚫고 대기업에 입사했지만, 입사 후 얼마 안 돼 퇴사한 사람들의 삶을 추적했다.

이 방송에서 보여준 젊은이들의 퇴사 이유는 "남들에게 보여주기 위한 삶인 것 같아. 더 나이 먹기 전에 사표를 내고 내 꿈을 찾아가고 싶다."는 점을 꼽았다.

그들 대부분은 국내 상위 대학을 나와 내로라하는 대기업에 다니던, 남들의 부러움을 살 만한 조직에 몸담고 있는 사람들이었다. 그중에는 고액의 연봉을 마다하고 바리스타 아르바이트로 나선 사람도 있었다. 그런가 하면 또 어떤 사람은 일본 오키나와로 가서 무급으로 서핑 강사 일에 뛰어들었다. 그러면서 모두 하는 말이 "나는 지금이 행복하다."고 했다.

얼마 전 캠핑 테이블을 만들며 1년 내내 휴가 떠난 기분으로 산다는 한 청년이 언론에 소개 되었다. 20대 후반의 이 청년은 몇 년 전 서울에서의 직장 생활을 접고 강원도 고성의 조그마한 마을로 이주를 했다.

여기에서 일과 휴가를 함께하는 '웨케이션'(Workation)으로 매우 만족한 생활을 하고 있다. 국회의원 입법보좌관, 헤드헌팅사 등을 거쳤지만 쳇바퀴 같은 도시 생활 속의 스트레스에 시달렸다.

그러다 무조건 사표를 던진 후 친구들과 바닷가에서 캠핑을 하다 편리한 캠핑 테이블을 만들어 보면 어떨까하는 아이디어가 떠올랐다. '바로 이거다' 싶어 목공 기술을 배워 자신만의 '로컬 라이프스타일 브랜드'를 만드는 사업을 시작했다.

그가 만든 제품은 입소문을 타면서 사업이 잘 되어 갔다. 오히려 직장 생활 시절보다도 상황이 더 나은 편이었다. 중요한 것은 도시에서 느낄 수 없는 자연 속에서 즐기는 삶을 누릴 수 있는 것이었다.

그것은 돈으로 환산할 수 없는 보너스였다. 그는 "365일 휴가지에서 일하는 기분"이라며 만면의 웃음을 띠었다. 또 "제품을 다양화해 매출을 늘리면서 성공적 귀촌 생활을 하고 싶다"며 행복감에 겨워했다.

그들이 인생의 진로를 바꾼 것은 새로운 의미 있는 일을 찾아서였다. 오로지 자신들이 하고 싶은 일의 희열을 따라나선 것이다. 그들이 하고 싶은 일을 찾아 나선 것은 잠재의식 속에 희열을 누리는 삶을 추구하고 있었기 때문이다.

이렇게 자신이 하고픈 일을 찾아 나선 사람들에게 캠펠은 이렇게 힘을 북돋아 주고 있다.

"당신이 희열을 따른다면 당신은 그 희열과 함께할 것이다. 그러나 당신이 돈을 따른다면 돈을 잃었을 때 당신은 아무것도 가진 게 없을 것이다. 그리고 당신을 기쁘게 하는 것을 따르라. 그러면 벽이 있는 것에서도 우주는 당신을 위해 문을 열어 줄 것이다."

10

당신도 성공의 영웅이 될 수 있다

인생에서 정말 하고 싶은 일을 할 용기

사람은 누구나 다 각자의 재능과 능력이 있다. 이 세상에 태어날 때부터 그만의 특별한 은사가 주어졌다. 그 재능이 무엇인지를 알아내는 것부터가 가장 중요하다.

자기가 간절히 원하고 마음이 끌리는 게 있다면, 그것은 하늘로부터 부여받은 재능이다. 조셉 캠벨이 'Follow Your Bliss'라 쓴 세 단어는 각각 의도적이고 심오한 뜻이 담겨 있다. 이 문구는 그가 산스크리트어의 세 가지 용어에서 파생시켰다.

우선 희열을 따른다는 것은 다른 사람들이 당신에게 강요하는 길을 선택하는 게 아니다. 오로지 당신이 인생에서 정말로 하고 싶은 일을 할 용기를 갖는 것을 의미한다.

그 말을 역순으로 분석해 보기로 하자.

먼저 '희열'(Bliss)이라는 말에는 종교적 황홀경이나 신에게 영감을 받은 수준의 행복이라는 뜻이 담겨 있다. 그 정도로 뼛속들이 절절하게 하고 싶은 일에 매달리라는 것이다. 그것이 바로 하늘이 내려준 능력이니, 그것에 진력하면 성공의 길이 열린다.

그다음 '당신'(You)이라는 말은 다른 누구도 아닌, 오직 당신에게만 해당된다. 흔히 일반인들은 성공을 거둔 다른 사람들을 모방하는 경우가 대부분인데 그것에서 벗어나야 한다. 그들의 습관, 행동, 방식을 참고는 하지만 타고난 재능이 다른데 그들을 모방하는 것은 의미가 없다.

자신만이 노력할 분야와 일을 찾아야 한다. 캠벨 자신이 남들이 거들떠보지도 않는 신화 연구의 희열을 따랐기에 그 분야의 대가가 되었던 것처럼 말이다.

◦ ⎯⎯⎯⎯ ◦

아울러 '따르라'(Follow)는 말을 포함한 세 단어 속에는 인생에서 심연이나 절벽에서 "바다로 뛰어내리는 것"같은 절박성을 내포하고 있다. 곧 당신이 희열을 좇아 하는 일이라면 과감한 결정을 내려야 할 때도 있다.

예로, 제프 베조스는 아마존을 시작하기 위해 고연봉의 직장을 과감히 그만두었다. 그리고 세계 최초로 대기업이 된 전자상거래 아마존닷컴의 창업자이자 사장이며 세계 최고의 부자가 되었다. 그는 자신이 갈구했던 창업을 통해 마침내 희열을 찾았다.

캠벨 자신도 온라인으로 수입과 꿈의 사업을 구축하면서 세계를 여행하기 위해 직장을 떠났다. 수중에 가진 돈도 없었고, 확실하지 않은 지원에 의존해야 하면서도 직장을 포기한 것이다.

그러면서 그는 "내가 말하지만, 당신의 희열을 따르며 두려워하지 말라. 그러면 당신이 알지 못했던 곳에 문이 열릴 것이다."라는 명언을 남겼다. 희열을 따르는 삶의 여정에는 과단성 있는 결정을 내려 어려움에 직면하면 조력자가 나타나게 되어 있다.

그는 정작 자신이 하고 싶은 일을 파악하기 위해서는 자기 내면의 목소리를 듣는 것이 중요하다고 강조한다. 사회적 접촉이나 소셜네트워크 등 세상으로부터도 잠시나마 벗어나 보라.

그렇게 해서 자기만의 시간과 공간을 확보해 다른 사람들의 목소리가 아닌, 자기 자신과 진정한 대화의 시간들을 가지며 묵상해 보라. 그러면 진정한 자아를 발견하게 된다. 또 그 과정에서 자신이 인생을 살면서 진실로 하고 싶은 일이 무엇인지가 떠오르게 된다.

⋯⋯⋯⋯

그렇게 깨닫게 된 통찰력이 바로 당신이 모험을 해봐야 할 방향이라고 믿으면 된다. 그 일에 당신의 인생을 걸어 본다면 분명 성공을 거둘 수 있다. 그것은 당신의 내면 깊숙한 곳에 내재되어 있던 당신의 잠재력이 작동하기 때문이다.

그러면 당신은 남을 모방하며 평범한 인간으로 불안과 두려움으로 살아왔던 낡은 과거의 삶을 떨쳐버리게 된다. 그리고 내면 깊숙이에 숨겨져 있었던 잠재력을 끄집어내어 새로운 도전으로 희열을 느낀다. 바로 영웅의 인생으로 출발하게 되는 것이다.

조셉 캠벨은 자신을 비롯해 수많은 성공한 '영웅'들의 삶의 여정을 연구했다. 그들은 한결같이 일찍이 자신들의 매력을 발견해 그것에서 결코 벗어나지 않고 열정을 다했다.

이러한 목적의 명확성으로 인해 그들은 자신의 분야에서 최고가 될 수 있었다. 캠벨은 우리 모두가 각자의 여정이 있는 영웅이라고 말한다. 누구나 현세의 불안과 두려움을 극복하고 영웅으로 살아갈 수 있다고 했다.

지금 현대사회를 살아가는 대부분의 사람들은 불안과 두려움과 스트레스를 겪으며 일상을 살아간다. 아니면 위기에 직면해 있거나 현재 삶의 상황이 지루하고 무의미하게 느낄 수도 있다.

그러다 보니 평범한 사람들은 일반적인 행복은 물론, 희열을 느낀다는 것은 상상도 하지 못한 채 살아간다. 그렇다면 당신이 희열을 느끼는 일이나 분야는 무엇인지 골똘히 생각해 보도록 하라.

· 시도를 해보았거나 앞으로 해보고 싶은가?
· 남은 인생을 다 바쳐서 해보고 싶은 것인가?
· 배우고 있으며 평소에도 관심이 끌리는가?
· 생각만 해도 마음 끌림이 느껴지는가?
· 수시로 그에 대한 생각이 불쑥불쑥 떠오르는가?

이렇게 영웅의 여정에서는 경쟁이란 개념이 없다. 인생살이 자체가 경쟁 게임의 연속이지만 영웅들은 다르다. 자신들만의 희열을 찾아 자기의 세계를 구축하니 경쟁의 쳇바퀴를 굴릴 필요가 없다.

바로 조셉 캠벨이 강조하는 영웅의 여정이다. 그의 말대로 특별한 삶을 스스로 열어가라. 그에 도움이 되지 않는 것은 받아들이지 말라. 그러려면 자신이 누구인지부터 발견하고 자신이 진정 사랑하는 일에 노력과 열정을 쏟아야 한다.

자신에 대한 집착과 이기심을 버릴 때 비로소 의식의 변화를 이룰 수 있다. 당신이 꿈을 찾아 모험한다면, 문이 있으리라고 전혀 예상하지 못했던 곳에서 문이 열리게 될 것이다.

11

'스마트 무경쟁'이 나만의 가치다

진정한 경쟁력은 '최고'가 아닌 '최적'이다

인간이 세상을 살면서 가장 힘든 것이 경쟁에서 이기는 것이다. 경쟁 자체가 상대방을 누르고 내가 이겨야 하는 게 철칙이다. 모두가 산술적인 개념으로 '1등', '최고'를 목표로 한다.

하지만 그 오로지 하나밖에 존재하지 않는 1등만을 추구하는 것은 냉정히 보면 비효율적이고 비인간적이다. 말이 경쟁이지 선의의 약육강식의 세계다. 고상한 표현으로 '승자독식'(Winner Takes It All)이다.

인간의 삶을 성적이나 순위나 등급을 매겨 숫자로 가르는 것이 우리 사회의 기준이자 철칙이다. 그것이 삶의 진리는 아니지만 승자독식에는 또 달리 마땅한 방법이 없다는 것도 인정해야 한다.

그래서 우리네 삶은 숫자로 자리가 정해지는 정량평가에 매여 있다. 축구경기에서 선수들이 뛰어난 기량과 전략으로 선방했더라도 골을 넣지 못하면 아무 소용이 없다. 흔히 '이기고도 진 경기'라는 표현을 한다. 그러나 그것은 그저 말장난일 뿐이다. 패널티킥으로 넣은 한 골로 승부의 세계가 판가름나는 축구경기처럼 인생살이도 그렇다.

이제 숫자에 가위눌리는 삶에서 벗어나자. 우리 뇌 속 전두엽, 후두엽, 해마를 가득 채운 숫자 포비아(공포증)에서 자유스러워지자. 그러려면 유치원 때부터 줄을 세우는 승자독식의 문화부터 깨트려야 한다.

차별과 배제, 우승열패와 승자독식 같은, 특히 한국사회의 출세만능주의를 극복해야 한다. 정당화된 차별과 서열의 고리를 끊어내야 한다.

그리고 설사 1등의 고지를 달성하였다고 해서 그 자리가 영원히 지켜지는 것도 아니다. 1등은 언젠가 그 자리를 내어 줄 때가 있다. 그것은 스스로 1등을 만들어 냈던 열정이나 기력이 소진해서일 수 있다. 아니면 우리를 둘러싸고 있는 사회문화 체계, 곧 환경이 변해서일 수도 있다.

어떤 이유이든지 간에 영원한 1등이란 있을 수가 없다. 그런데도 사람들은 오직 하나밖에 존재하지 않는 1등을 향해 몰입한다. 차라리 막연한 1등을 향해 쏟을 노력을 좀 더 잘 조준된 목표를 향해 기울여라. 그러면 더 효과적일 것이다. 신화의 영웅들처럼 말이다.

이제는 '최고'가 아니라 '최적'을 추구해야 한다. 최적이란 목표는 순위와는 상관이 없다. 왜냐하면 최적화를 이룬다는 것은 나만의 능력, 나만의 가치를 만들어 내기 때문에 순위를 매길 수가 없다.

누구나 나름대로 각자의 특출한 잠재력을 갖고 있다. 중요한 것은 그에 적합한 능력을 개발하여 독자적인 위상을 확보하면 그것이 차별화다. 차별화되었다는 것은 그 자체로서 경쟁력이 되기에 경쟁이라는 치열한 레이스를 펼칠 이유도 없다.

바로 조셉 캠벨이 강조하는 영웅의 여정이다. 그의 말대로 특별한 삶을 스스로 열어가라. 그에 도움이 되지 않는 것은 받아들이지 말라. 그럴 테면 자신이 누구인지부터 발견하고 자신이 진정 사랑하는 일에 노력과 열정을 투입해야 한다.

학업에 관심 없는 아이를 공부로 1등을 시켜보겠다고 아무리 채근한들 그것은 헛수고이다. 학업에 관심이 없는 만큼 아이가 즐겨 하려고 하는 다른 것에 열중하도록 해보라. 그러면 그 아이는 공부가 아닌, 다른 분야에서 탁월함을 나타내 보일 것이다.

그래서 진정한 경쟁력이란 '최고'가 아니라 '최적'이 되는 것 'Be Optimal, Not Top'(BONT)이다. 그것은 1등, 2등, 3등의 서열이 아니라 무순위가 되는 0등이다. 0등만큼 안정적이며 확실한 것은 없다. 그것은 비교할 대상이 존재하지 않는 나만의 유일한 가치다.

우리 사회의 모든 문제는 1등주의에서 비롯된다. 그 하나밖에 없는 1등을 위해 맹목적으로 뛰고 달린다. 그러다 보니 자연히 1%의 1등 외에 99%는 1등이라는 찬란한 월계관을 쓰지 못한다. 그래서 만족하지 못해 또 하나의 1등을 차지하려고 격렬한 투쟁에 나선다.

이제는 모두가 생각을 바꾸어야 할 시점이다. 자신의 위치에서 가장 적합하고 적절한 목표가 무엇인지를 찾아 나서야 한다. 나만이 갖는 0순위 경쟁력의 차별성을 만들어 가야 한다. 그것이 순위의 관념으로 보아 결코 1등이 아니지만, 나만이 지니고 있는 차별화된 능력이다.

•·········•

블루오션(Blue Ocean)은 바로 자기만의 차별화된 무순위 영역을 말한다. 등수로 결정되는 레드오션의 영역에서는 1등의 가치만이 승자가 되는 냉혹한 세계가 펼쳐진다. 거기에서는 오로지 승자만이 최고가 되는 냉정한 법칙이 작용한다.

그래서 이제는 최고가 되기 위해서보다 최적이 되기 위해 모든 노력을 쏟는 것이 생산적이며 효과적이다. 순위 중심의 레드오션 경쟁에서 하위에 머물러 있으면서 최고를 외치기보다 블루오션의 최적을 찾아라. 그것이 훨씬 효율적이며 현명한 일이다.

결국 BONT는 진정한 승리를 의미한다. 남을 앞서가는 전략이다. 경쟁자를 '리드'(LEAD), 곧 '이끌어 나가는' 전술이다. 이 리드라는 말속에는 BONT의 정신이 함축되어 있다.

L Learn 평생 배움
꾸준히 배우고 익히며 지식정보 기반사회에 적응한다.

E Experiment 도전 의식
새로운 것을 찾아내며 정체를 혁신하여 미래를 개척한다.

A Adapt 인식 전환
급속한 사회문화 체계의 변화를 주도적으로 수용하며 적응한다.

D Differentiate 차별화 경쟁력
글로벌 초경쟁 환경에서 자신만의 고유 경쟁력을 확보한다.

리드의 최종 목표는 싸우지 않고 이기는 승리의 기술이다. 그것은 바로 상대적 최고가 되려는 것보다 절대적 최적이 되는 것이다. 한마디로 BONT는 무한경쟁의 시대에 '창의적인 성공의 영웅'이 되는 길이다.

흔히 사람들은 성공을 거둔 다른 사람들을 모방하려는 심리가 강하다. 하지만 습관, 행동, 방식을 아무 생각 없이 따라 하는 것과 벤치마킹은 엄연히 다르다.

◆ - - - - - - - - ◆

벤치마킹은 단순히 다른 사람과 비교하고 모방하는 것이 아니다. 그것은 어떻게 보면 남이 하지 않는 것을 발굴해 내려는 차별화 시도다. 기업으로 따지면 제품이나, 서비스나 운영방식을 파악하여 그보다 더 발전된 자기만의 독특한 패턴을 만들어 내는 노력이다. 경쟁의 굴레에 끼어들지 않으면서도 자신만의 차별화를 이루려면 벤치마킹은 필요하다.

희열을 따르는 영웅들은 기본적으로 자기 자신부터 꿰뚫어 보는 의례를 거친다. 자신의 내면에서 작동하는 잠재능력을 찾아내기 위해서이다. 영웅이란 자신의 삶을 자기보다 큰 것을 위해 바친 사람이라고 캠벨은 정의한다.

그리고 자신의 강점과 한계를 분명히 알고 그에 부합한 지략을 세워야 한다. 개인도 희열을 따라야 하지만, 기업도 조직체로서 최고경영자를 중심으로 희열을 따라야 한다.

기업체가 시류에 영합하거나 경쟁사의 성공을 모방하여 문어발식 경영을 하다 보면 아무것도 이루지 못한다. 희열이 넘치는 직관과 영감과 여건이 부합하는 '한 우물'을 파야 한다.

《좋은 기업을 넘어 위대한 기업으로 》(원제'Good to Great')의 저자인 짐 콜린스는 말했다. 위대한 기업이 되려면 자신이 열정을 가지고 있고 잘 해낼 수 있는 분야에 초점을 맞춰야 한다. 또 분명히 수익 창출이 가능한 사업에 집중한다. 그게 기업이 차별화되어 시장에서 승리하는 비결이다.

자신의 꼭 해보겠다는 열정과 여건과 환경을 먼저 생각해야 한다. 경쟁자의 달콤한 승리만을 바라보고 그가 하는 대로 무조건 따라 해서는 결코 이길 수가 없다. 그가 말하는 '열정'은 희열을 의미한다.

자신만의 색깔을 갖고 자기의 내면 깊숙이에서 용틀임하려는 보석 같은 잠재력을 발굴하라. 그것을 내 인생의 비전으로 삼아 실현하는 인생의 여정에 나서라. 그러면 분명 삶의 희열, 더없는 행복, 곧 지복을 누릴 것이다. 그러면 당신은 영웅이 되는 것이다.

'생생지락'(生生之樂)과 성공가치

조선의 세종대왕이 재위하는 동안 목표로 삼은 것은 '생생지락'(生生之樂)이다. 생생지락이란 백성들이 모두 즐겁게 일하며 편안한 생활을 통해 행복을 누려야한다는 뜻의 국정철학이었다.

본래 중국 〈서경〉(書經)에 나오는 구절이다. 세종이 생생지락을 가장 많이 언급했다는 사실은 〈조선왕조실록〉을 통해 알 수 있다. 평소 백성을 사랑하는 마음이 극진했던 세종은 이렇게 말했다.

"위에 있는 사람이 성심을 다해 앞장서서 이끌어가고 솔선수범하지 않는다면, 어떻게 백성들로 하여금 부지런히 일에 전념하면서 그 생업을 즐거워할 수 있겠는가.(不有上之人誠心迪率 安能使民勤力趨本 以遂其生生之樂耶.)"

세종은 생생지락과 함께 '적솔력'(迪率力)도 강조했다. 적솔력은 지도자가 앞장서서 모범을 보이는 리더십을 의미한다. 세종의 비전과 철학은 백성들에게 바탕을 두었으며, 실제로 모든 정책은 국민을 우선으로 수립했다. 모든 백성이 간절히 원하는 것을 이루었고 나라는 태평성대를 구가하였다. 세종의 위업은 역사에 그대로 기록되고 있다.

수평적 공정사회의 기초부터

백성을 위한 마음경영을 펼쳤던 세종의 시대로부터 600여 년이 흐른 지금, 세상은 한 치 앞을 예측할 수 없는 유위변전(有爲變轉)의 시대를 맞고 있다.

인간의 보금자리인 지구의 기후환경 변화, 인간의 세계를 넘보는 디지털 기술의 무한 발전, 사회문화적으로 물질이 생각을 지배하게 되는 등… 한마디로 '세상은 항상 변화무쌍해 잠시도 머물러 있는 법이 없다'는 풀이 그대로다. 지금 시대 우리는 이 어려운 상황을 지혜롭게 극복해 나가야 한다.

현재 우리 사회는 수평적이고 공정한 사회의 기초를 닦는 변곡점이 필요하다. 과거의 행태와 가치관으로부터 완전히 탈피해 새로운 사회문화 체계를 세워야 한다. 기존에 행해지던 관습의 틀을 벗어나 새로운 미래를 위해 힘써야 한다.

진정한 선진사회는 모든 사회 구성원에게 평등한 대우와 사회적으로 공정하게 참여할 수 있는 기회가 주어지는 체계다. 어떤 계파적, 정파적, 파벌적 기준에 의해 이러한 가치가 흐트러져서는 안 될 일이다. 또한 잘못된 기준으로 정당함이 부당하게 재단되는 폐단을 없애야 한다.

시대 맞춰 자신의 '기준' 높여야

현재 글로벌 시대는 디지털 트랜스포메이션 단계를 넘어 하이퍼디지털화(hyperdigitalization)된 경쟁구도 속에 있다. 이는 고도의 통합화와 자동화 및 자동화되기 위해 더욱 디지털화되는 것을 뜻한다.

그런데 아직도 우리는 단적으로 구태의연하게 학연, 지연, 혈연으로 얽매여진 폐쇄적인 관행에 젖어 있다. 이제는 세계를 아우르며 신축적인 시대감각을 갖춘 폭넓은 사고방식이 필수다. 곧 글로벌 스탠더드의 행동양식이 요구된다.

거창하게 세계적인 표준이 아니더라도 세상살이에서 자신의 '기준'(standards)을 높이면 인생을 한 차원 끌어 올린다. 매일 똑같이 평범한 일을 하는 것은 그저 현상유지의 삶을 이어갈 뿐이다. 매일 변화를 이끌어 내는 자세로 살면 그 방향으로 인생이 전개된다.

생각지도 않게 뜻을 같이하는 사람을 만나며 창의적 아이디어가 떠오른다. 그리고 하는 일이 기대 이상의 성과를 낸다. 이런 긍정적인 결과는 인간의 이성으로 설명이 되지 않는다.

기준을 상향해 변화를 위해 노력하면 우주의 기운이 당신의 환경을 그렇게 만들어 준다. 이것이 바로 '끌어당김의 법칙'(Law of Attraction)으로 기본적인 우주의 원칙이다.

자신이 뭔가를 위해 끊임없이 생각하고 행동으로 실천하면 원하는 것이 이루어질 수 있는 가능성이 커진다. 자신이 갖고 있는 생각은 긍정적인 정신에너지를 생성시켜 실현될 수 있는 환경을 만드는 것이다.

미래에 필요한 '성공'의 가치관

시대의 조류는 유유히 흘러가고 있다. 그 거센 물결을 인간의 힘으로 막을 수도, 거역할 수도 없다. 할 수 있는 것은 우리가 그에 순응하며 스스로 변화하는 것이다. 그런데 변화는 의지만으로 쉽게 이루어지는 것이 아니다.

그럼에도 불구하고 엄청난 변화의 속도와 혼란의 위협 가운데에서 새로운 기회를 창출하는 것이 우리에게는 최선의 방책이다. 그러자면 지금까지의 타성과 관습을 떨쳐내고 새로운 기준값을 매기는 것이다. 이러한 압도적인 세상의 변화 속에서 여전히 우리 사회는 과거 후진국과 개발도상국 단계의 '출세주의'와 '황금만능주의'에 함몰되어 있다. 성공의 기준을 재력, 권력, 명예 등에 두는 풍조가 곳곳에 깊이 스며들어 있다. 그런데 가장 중요한 선진 가치인 '노블리스 오블리제'를 찾아보기는 어렵다. 세상의 권한은 누리려 하면서도 도덕적 의무와 사회적 책임은 기피한다.

한국의 압축적인 성장 과정에서 등장한 수직적·물질적·전시적 출세주의는 한국사회를 과도한 '지위경쟁'의 투전판으로 내몰았다. 이로 인해 갈등과 대립과 반목의 사회구조가 만들어졌다.

우리 사회는 성공의 자리에 도달하기 위해서 학맥, 연줄, 돈줄을 잡아야 한다는 강박관념이 강하다. 행복을 절대적인 정신적 체험보다도 상대적인 물질적 소유에서 찾는다.

이제는 성공의 가치 개념을 다시 써 나가야 한다. 출세가 아닌 성공에 대한 새로운 정의가 필요하다. 출세(出世)는 말 그대로 남을 누르고 우뚝 나와 서 있어야 되는 것이다. 여기에서 비롯되는 출세지상주의는 개인적인 가치를 존중하면서 함께 살아가야 하는 공동체 정신을 훼손시킨다.

사회의 모든 구성원이 각자의 위치에서 최선을 다하고 보람을 느껴야 한다. 또 행복감과 성취감을 느끼는 것이 성공의 기준이 되어야 한다. 모두가 생생지락을 이룰 때 그것이 곧 성공의 열매다.

'허영심'으로부터 자유로워져야

사회적인 위계나 물질적인 등위로 인간의 가치가 평가되고 구분된다면 그 사회는 끝없는 불안과 초조감에 시달린다. 이런 곳에서는 한국적 잣대로 출세는 이룰지 몰라도 참다운 의미의 성공은 누릴 수 없다. 인간의 가치를 탐구해 온 러시아의 문호 막심 고리키는 성공한 사람을 이렇게 정의했다.

"당신의 일이 비록 작은 일이라도 전력을 기울여라. 성공은 자신의 책무에 최선을 다하는 데 있다. 성공한 사람은 자기 자신이 할 수 있는 일을 게을리하지 않고 꾸준히 해나간 사람들이다."

이제 우리는 그가 말하는 성공이 사회문화의 기조가 될 수 있도록 해야 한다. 지금 우리네 삶의 누리에서는 무엇보다도 선진 사회문화 시스템이 필요하다.

이를 위해서는 한마디로 '허영심'으로부터 자유로워야 한다. 겉치레나 외관상의 화려함은 허영심의 속성이다. 우리는 끝없이 그것을 좇다 보니 참다운 행복을 얻지 못했다. 물질주의적, 출세주의적 기준에 매여 있었기 때문이다.

그래서 인생에서 블리스적 행복감을 누리는 삶을 영위하기 위해서는 정신주의적, 성공주의적 가치를 존중해야 한다. 지금 세태가 더 허영에 빠져 있게 된 것은 물질 풍요에서부터였다. 여기에 스마트 기기와 소셜 미디어, 그리고 대중 방송매체의 영향도 컸다.

이를 통해 허영심이 우리의 사고방식과 행동양식에 배어들었다. 진솔함과 수수함이 결여된 채 포장된 자아를 내세우기에 바쁘다. 그러다 보니 사회 전반에 비교의식에 우월적 편향주의가 만연하게 되었다.

형이상학적으로 주어지는 희열

허영심의 반대는 '겸손', '겸양', '소박함'이다. 이런 바람직한 자질들이 개인적·사회적 특성이 되면 세상은 온건한 공동체가 된다. 하지만 허영심에 물든 사회는 결코 살맛나는 세상이 되기가 쉽지 않다. 허영심은 이기심과 불성실에서 비롯되기 때문이다.

허영심이 지배하는 세태에서는 건전한 판단을 하는 옳은 정신을 지키기가 쉽지 않다. 전 세계 14개 이상의 언어를 통해 400권이 넘는 저술로 메시지를 전한 저명 설교가였던 위트니스 리가 있다. 그는 '허영심이 사람의 마음을 사로잡을 때, 그의 이해력은 어두워지고, 그의 마음은 완악해진다.'고 했다. 그래서 허영심은 가장 비사회적인 열정이라고 일컬어진다.

이런 허영심은 비단 오늘날의 현상만은 아니다. 고대에서 현대에 이르기까지 철학자와 사상가들은 끊임없이 행복한 삶을 규정해 왔다. 그러면서 '자아의식'(The Ego)에서 연유되는 허영심을 짚어냈다.

말하자면 인간의 존재는 형이상학적인 요소인데 오로지 형이하학적인 행복에만 집착하는 것을 경계했다. 인간이 한평생 이 세상에 와서 살다 가는 것은 형이상학적 영역이다. 그러나 사는 동안 사람은 형이하학적으로 너무 세상적인 향유(creature comforts)에 몰두한다.

이제는 삶의 콘텐츠를 새롭게 하기 위해 인생의 시야를 좀 넓혀 보라. 세상이 보여주는 기준을 쫓아가려 안달복달하지 말자. 정말 내게 형이상학적으로 주어진 내면의 희열을 찾아 나서 보자.

세상살이에서 필요한 삶의 '내공'

그래서 자신만의 레퍼토리를 갖는 삶, 자기만의 스토리를 쓰는 인생을 가꿔가자. 그렇게 꾸준히 잔잔히 열심히 세상살이에 나서면 삶의 '내공'(內攻)이 다져진다. 곧 말 그대로 '오랜 기간의 경험과 연륜을 통해 쌓아지는 능력'이다.

항상 주어진 현실만을 바라보며 급급해하지 말자. 상황이 술술 풀리든, 어려움에 처하든 담대하게 각자 인생의 큰 흐름의 물줄기를 타라. 그러면서 항상 긍정적인 자세로 새로운 것을 추구하며 내공을 쌓는다. 내공을 쌓으면서 삶의 본질과 참다운 인생의 가치를 탐구해 본다.

모든 사물, 사람, 현상을 작은 나무가 아닌 큰 숲으로 바라보라. 그러려면 사유하고 직관으로 탐구하는 형이상학적 생각을 가져야 한다. 인간의 실존을 우주의 관점에서 바라보는 것은 나무가 아닌 숲을 보는 것이다. 나무만을 쳐다보는 것과 숲을 바라보는 것은 하늘과 땅 차이다.

어떻게 보면 형이하학의 물리적인 세계에서 많은 것들은 기계적이다. 그래서 대부분 사람은 기계적인 생각과 느낌을 갖게 마련이다. 기계적으로 많은 것을 생각하지만 그것으로는 참다운 가치를 얻지 못한다.

영국의 생물학자 데이비드 애튼버러는 '자연 세계를 관조하고 이해하려고 노력하는 데서 오는 것보다 더 깊은 기쁨은 없다.'고 했다. 자연의 섭리를 숙고할 때 체험하는 희락은 세상이 주는 쾌감과는 다르다.

그래서 중세 가장 영향력 있는 토라 학자이자 천문학자와 철학자였던 마이모니데스는 설파했다. '인간의 완성에 도달하고자 하는 사람은 먼저 논리학을 공부하고, 그다음은 수학, 그다음은 물리학, 마지막으로 형이상학을 공부해야 한다.'

지금까지 어떻게 인생을 참다운 성공과 행복을 누리며 가치 있게 살 수 있을까 하는 주제를 중심으로 기술했다. 개인적 생각과 지혜, 또 이를 실천한 경험들을 현자들의 사상들에 비추어 보는 기회도 되었다.

이 책을 마무리하며 많은 독자들이 뜻을 함께해 준다면 더없는 영광이며 축복이 될 것이다. 저술을 통해 담아낸 주제로 친밀한 소통과 정겨운 교감의 기회가 있기를 기대한다. 마이크로인플루언서가 되고 나아가 낙양지귀(洛陽紙貴)가 된다면 금상첨화의 희열이 될 것이다.

독자 여러분 감사합니다.
여러분 모두가 이 책에서 제시한 성공의 원칙을 실천하여
블리스적 행복을 누리시기를 바랍니다.

Blissful Mind

초판인쇄	2023년 9월 18일
초판발행	2023년 9월 25일

글쓴이	이인권
발행인	조현수
펴낸곳	도서출판 더로드
기획	조용재
마케팅	최문섭
편집	이승득
디자인	호기심고양이

본사	경기도 파주시 초롱꽃로17 303동 205호
물류센터	경기도 파주시 산남동 693-1
전화	031-942-5364, 5366
팩스	031-942-5368
이메일	provence70@naver.com
등록번호	제2015-000135호
등록	2015년 06월 18일

정가 20,000원
ISBN 979-11-6338-414-4 03810

파본은 구입처나 본사에서 교환해드립니다.